Vers l'inconnu

Le Tourneur de page

ISBN : 978-2-35366-172-5

Muriel Zürcher

Vers l'inconnu

Le Tourneur de page

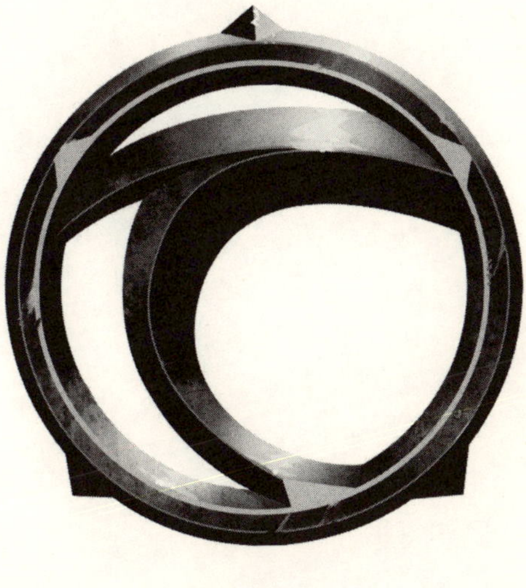

Illustrateur : Bastien Sanchez

« Planant par l'œil et la pensée sur cette ville dont il était le maître absolu, Pharaon réfléchissait tristement aux bornes du pouvoir humain, et son désir, comme un vautour affamé, lui rongeait le cœur. »
Théophile Gautier,
Le Roman de la momie, Éditions Gallimard.

1
Tel est mon nom

Un mois ? Un an ?

Depuis quand était-il plongé dans cet enfer d'eau et de soleil ?

Il se concentra pour se remémorer un petit quelque chose, n'importe quel accroc à la routine quotidienne, qui lui permette de mesurer le temps passé.

En vain, chaque jour ressemblait au jour d'avant. Aucun espoir que cela change.

Il sortit de l'eau salée sa main boursouflée. Les lambeaux du gant censé le protéger ne cachaient plus rien de sa peau crevassée.

Un regard vers les gardiens. Un répit, les hommes armés de longs fouets empierrés discutaient entre eux, côté plage.

Sa main monta lentement jusqu'à son visage.

Ses paupières ridées ne laissaient passer qu'un trait de soleil. Un trait de trop, ses yeux brûlés le piquaient.

Le coup de fouet claqua sans sommation. La douleur le plia en deux. Pourtant, seul un soupir trouva son chemin entre les lèvres fendillées. Trop épuisé pour crier.

Debout dans la mer, de l'eau jusqu'en haut des cuisses, il fit ce qu'on attendait de lui. Il enfonça à tâtons ses mains dans le liquide vert.

Chercher les roseaux perforants, les arracher en s'écorchant, les poser sur la grande barque à fond plat qu'un autre bagnard irait vider sur la plage, et recommencer, sans cesse, sans fin, sans espoir.

Les roseaux perforants étouffaient toute végétation autour d'eux. Les déraciner était l'unique moyen de cultiver des algues comestibles. L'unique moyen de donner à manger à tous les habitants de la Bulhavre. Les tourneurs auraient besoin des bagnards jusqu'à la fin de l'humanité.

– Alerte !

Le cri interrompit le labeur des bagnards. Les hommes déroulèrent leurs dos ankylosés et tournèrent leurs regards vers la plage. Là-bas, un condamné, asphyxié par les émanations toxiques, venait de s'effondrer. Si elles fermentaient trop longtemps sur le sable, les montagnes d'algues dégageaient des effluves de gaz mortel.

Sur la plage, les gardiens s'éloignaient à grands pas de l'énorme tas vert. Ils ne portèrent ni attention ni secours à l'homme tombé à terre. Son agonie les laissait indifférents. De nouveaux arrivants remplaçaient les anonymes qui quittaient le bagne vers l'unique destination possible.

La mort.

Il y pensait.

Que lui restait-il alors qu'il avait tout perdu ? Perdue, sa liberté, perdus, ceux qu'il aimait, perdues, la force de lutter et la volonté de s'échapper. Seule, l'envie de vengeance ne l'avait pas déserté. Il serait si facile de laisser ses jambes céder sous son poids, de glisser dans la mer et de s'abandonner à sa corrosive saveur salée.

Sa main s'engouffra dans l'eau où le sel s'attaqua aux plaies. Son identité, voilà ce qu'il se répétait comme un refrain pour être certain de ne jamais l'oublier. Il s'accrochait à son nom tel un naufragé à une bouée.

– Guitin, je m'appelle Guitin.

2
La chasse

– Dire que Guitin est probablement en train de faire le malin bien au chaud, sa griffe d'aigle à la main !

Artelune glissa sur le mélange de boue et de neige qui recouvrait le sol. À peine réussissait-elle à se hisser d'un pas qu'elle dégringolait de deux vers le bas. Chasser dans ces conditions ressemblait à la pire des corvées !

Son frère s'invitait souvent dans sa tête. Malgré ces cinq derniers mois passés loin de lui, elle continuait à lancer ses habituelles remarques caustiques. Comme elle l'aurait titillé s'il s'était tenu à ses côtés. En souvenir.

– Tu crois qu'il est avec les villageois ? demanda Berlusin.

– Le mot qu'il a laissé dans la grotte est clair. « Ne vous inquiétez pas. Je pars chercher les parents. » Depuis le temps, il les a sûrement rejoints. Sinon, il serait déjà venu nous retrouver.

Elle soupira. Guitin lui manquait. Terriblement. Ses parents et tous les villageois aussi. Bien plus qu'elle n'acceptait de l'avouer à ses amis.

– Il te manque, c'est normal ! l'interpella Adélou depuis le sommet d'un arbre. Il paraît que les frères sont comme ça : insupportables quand ils sont là, indispensables après leur départ. Regarde Alkan et Tahar : toujours à se chamailler, mais prêts à tout pour s'entraider !

Il s'interrompit un instant avant de crier : « Je l'ai ! »

Le piège dans une main, en équilibre sur une branche, Adélou libéra la proie. La loutre des bois était morte sans douleur, assommée d'un coup par le mécanisme.

Cette technique de chasse dans les arbres constituait un élément essentiel à la survie du petit groupe. Même le plus perspicace des patrouilleurs n'aurait soupçonné la présence d'un piège accroché aux branches !

Voilà cinq mois déjà que Tahar, Adélou et Alkan s'étaient évadés de la Bulhavre. La neige, qui bloquait la progression des véhicules sur coussin d'air, leur avait offert un long répit. Mais, avec la fin de l'hiver, les tourneurs reprenaient les patrouilles dans les environs. Et si personne n'en parlait, les enfants savaient ce qui les attendait s'ils étaient capturés. La grande cicatrice qui marquait la joue d'Alkan témoignait de la perversité et du raffinement des tortures d'Iriulnik, la tourneuse-alpha. Pire ! Elle maîtrisait à distance les émotions et les souvenirs des habitants de la Bulhavre, grâce à la misphère implantée à la naissance sur leur nombril. Il suffisait qu'un tourneur-programmeur déclenche l'injection de nanoparticules dans le sang. Ces minuscules éléments, chargés d'informations, trouvaient leur chemin jusqu'aux cellules, aux glandes ou aux neurones. Et ainsi, presque toute l'activité du corps et du cerveau devenait contrôlable. Artelune haussa les épaules. Dire que cette manipulation avait pour objectif le bonheur des habitants ! Le bonheur ne se décrète pas. Même les plus petits des enfants du village savaient ça !

Artelune revint à la réalité quand Adélou sauta de la branche basse juste devant ses pieds.

– Une loutre des bois ? C'est tout ce que tu as attrapé ? grommela Berlusin, on aura à peine une noisette de viande à se caler sous la dent.

– Un gage !

Artelune et Adélou s'étaient exclamés en cœur, pour réclamer l'application de leur règle antimorosité : chaque personne surprise en train de râler écopait d'un gage à la prochaine veillée.

Berlusin dissimula un sourire sous une grimace menaçante.

– Si vous me demandez encore une fois d'imiter un oisillon qui sort de l'œuf, je vous préviens, je me métamorphose en monstre… et un vrai !

Les trois enfants poursuivirent leur tournée des pièges. La chasse leur offrait de quoi survivre. De quoi compléter les bouillies de céréales. De quoi attendre que l'hiver se termine.

Après ? Artelune secoua la tête. Mieux valait ne pas y penser. Pas maintenant, pas tout de suite.

3
L'étau

Quand les amis rejoignirent le ruisseau qui serpentait jusqu'à la grotte, ils accélérèrent le pas. Un peu plus loin, l'eau s'enfonçait dans la terre pour rejaillir, quelques dizaines de mètres en amont, au sein d'une large cuvette.

– Continuez sans moi, les gars. Il ne gèle plus, j'ai emmené de la fleur de savon, et j'ai bien envie de me sentir propre. Je fais une pause ici.

Adélou s'arrêta.

– Ça ne me plaît pas de te laisser seule !

– Et moi, ça ne me plaît pas d'être la seule fille dans un groupe de garçons, mais si en plus tu veux jouer les chaperons…

Faisant fi des réticences des garçons, Artelune sortit la plante de sa fourrure. Elle se laverait, qu'elle recueille leur accord ou non.

– Tu gardes Tam avec toi, proposa Berlusin.

Un chien, ça ne gêne pas les filles.

Adélou et Berlusin battirent en retraite et poursuivirent la descente.

Enfin seule, Artelune s'esclaffa. Une fois encore, Berlusin s'était arrogé le dernier mot !

En quelques secondes, Artelune se débarrassa de ses vêtements. Même si les températures étaient positives depuis quelques jours, la morsure du froid restait vive. Il fallait faire vite. Un brin de toilette suffirait. Frottées entre ses deux mains mouillées, les fleurs de la plante séchée produisirent la mousse nécessaire. Ses ablutions terminées, Artelune enfila son sous-vêtement. Un bruit l'incita à s'immobiliser. Pire qu'un bruit. Des voix.

Des hommes parlaient et s'approchaient. Bientôt, elle entendit des pas écraser la neige. Autour du point d'eau, les troncs d'arbres n'offraient pas de cachettes. Ni buissons, ni végétations touffues ne permettaient de se dissimuler. Il ne restait plus assez de temps pour grimper dans un arbre. En un instant, Artelune prit sa décision. D'un geste, elle ordonna à Tam de s'éloigner. Plongeant ses deux pieds dans l'eau peu profonde, ses habits sous un bras, elle avança en silence jusqu'à l'endroit où poussaient des joncs. Accroupie au milieu, le corps à moitié immergé, elle attendit, l'oreille aux aguets.

– En haut, en haut, toujours plus haut ! Elle en a de bonnes l'alpha ! C'est facile pour elle, depuis la cabine chauffée de son engin.

La voix glissait sur la surface de la mare, l'homme se tenait à découvert.

Artelune frissonna. Le liquide glacé enfonçait mille piqûres dans le bas de son corps.

– Tu crois que l'eau est contaminée, ici ?

Une deuxième voix masculine résonna à proximité d'Artelune.

– Eh ben, si elle ne l'est pas encore, ça ne saurait tarder.

Deux rires vinrent souligner cette remarque. Le cœur d'Artelune s'emballa. Et si les tourneurs avaient ordonné d'empoisonner les cours d'eau ? La jeune fille contracta ses muscles. Avec les minutes qui passaient, elle sentait ses jambes s'engourdir, prises dans un étau glacé. Impossible de l'éviter ! Bouger pour stimuler sa circulation sanguine l'aurait mise en danger.

Le bruit d'un jet tombant dans l'eau, suivi bientôt d'un deuxième, manqua de la faire sursauter. Le parfum de sous-bois laissa place à une odeur chaude et acide. Alors que la douleur s'amplifiait dans ses membres inférieurs, elle comprit. Les deux hommes urinaient dans sa piscine !

Elle n'eut pas le loisir d'insulter silencieusement les gardes. Même la trace de dégoût qu'elle avait ressenti s'effilocha rapidement. Le froid la broyait en une prison glacée. Si seulement un rayon de soleil venait la réchauffer ! Elle patienta, les dents serrées. Le goût de métal qui se répandait de sa langue jusqu'à son palais lui donnait la nausée. Oppressés par la douleur du froid, ses poumons se recroquevillaient. Toute son énergie se concentrait sur un objectif : ne pas crier, même si, comme pour un nouveau-né, c'était l'unique moyen dont elle disposait pour continuer à respirer.

Un bruit de feuilles attira son attention. Elle leva les yeux. Dans un arbre planté sur la berge, deux mains énormes écartaient les branchages, centimètre par centimètre. Le visage d'un abominable se dessina dans la pénombre du sous-bois. Artelune n'avait croisé qu'une seule fois ces créatures de près. Elle avait soigné l'un des leurs, défiguré et torturé par la tourneuse Iriulnik, sans rien comprendre de son langage étrange. Le géant lui jeta un regard avant de reporter son attention sur les deux gardes.

Artelune s'en désintéressa. Elle n'avait plus la force de réfléchir. Peu à peu, la douleur s'atténua. Le froid poursuivait son ouvrage. Ses jambes, anesthésiées par l'eau glacée, ne la soutinrent plus. Elle s'affaissa lentement luttant pour ne pas perdre connaissance. Le rythme de sa respiration ralentit. Les hommes restaient là, à quelques pas.

Garder les yeux ouverts, garder les yeux ouverts…

La litanie résonna doucement dans sa tête.

Garder les yeux ouverts.

Ses yeux se fermèrent.

4
L'Alpha

Iriulnik sourit. Le tourneur quittait l'appartement avec les reliefs de son repas et un regard terrorisé. Comme elle aimait exercer ce pouvoir de vie et de mort ! Si la peur pouvait dégouliner, elle aurait lapé jusqu'à la dernière goutte de ce nectar savoureux. Elle pensa à son grand-père. Certes, elle avait assassiné le Tourneur de Page. Mais elle lui reconnaissait une once de noblesse. Face à l'horreur qu'il lui avait fait endurer, il n'avait jamais flanché. Iriulnik pinça les lèvres. Pour ça, il méritait son respect.

Iriulnik souleva son vêtement et caressa son nombril, vierge de misphère. Plusieurs mois s'étaient écoulés depuis l'enterrement du Tourneur de Page. Prestige et magnificence avaient marqué la cérémonie. Cette journée lui avait conféré une crédibilité qui dépassait ses espérances !

À l'évidence, Rustor n'occupait que la deuxième place, aux ordres de sa belle. Tous lui obéissaient. Tous. Quoi qu'elle demande. La liste des effacements s'allongeait sans cesse. Incapables de les gérer correctement, les tourneurs-effaceurs bâclaient le travail. Des traces de souvenirs des personnes enlevées émergeaient encore chez certains de leurs proches. Iriulnik ricana. C'était si drôle quand tout à coup un éclair de lucidité frappait ces gens ! Ils hurlaient, comme devenus fous !

Toache, le directeur du collège des potentiels, émettait parfois un soupçon de protestation. Le seul à avoir le courage de s'opposer — un peu — à elle. Iriulnik dressa ses mains devant ses yeux. Ses ongles étaient si pointus qu'elle aurait pu crever un œil rien qu'en l'effleurant. Toache. Il faudrait qu'elle songe à s'en occuper. Elle chuchota pour elle-même :

– Patience… Attendre donnera encore plus de saveur à sa déchéance !

5
Cauchemar

– Non ! Pas ça… laissez-les… derrière nous… vie menacée !…

Les paroles hachées de Liriana, entrecoupées de gémissements de terreur, réveillèrent Lali. La jeune femme se leva, rajusta son vêtement et fit quelques pas jusqu'au seau d'eau. Une poignée de laine cardée dans la main, elle s'assit sur le lit où se débattait Liriana. Lali épongea le front couvert de sueur, et souffla sur la base des cheveux. La fraîcheur produisit l'effet escompté. Liriana se calma.

Lali regarda le beau visage ridé. Surtout, ne pas la réveiller, ou le cauchemar risquerait de s'enraciner. Lali se releva, fit quelques pas jusqu'à la table, et plongea la main dans le tiroir pour la ressortir aussitôt, serrée autour d'une boule de poils. De retour au chevet de la vieille femme,

Lali glissa la guérisseuse dans le lit. Mais, une fois encore, la boule de poils demeura immobile. Ce n'était pas cette nuit-là qu'elle aiderait Liriana à soigner les blessures de sa vie passée.

Quand Liriana reprit sa plainte mêlée de sanglots, Lali attrapa sa main et la caressa. Elle resterait là, à ses côtés. Comme elle le faisait depuis que la vieille femme était arrivée avec ses villageois parmi les gens du peuple.

Car chaque nuit, Liriana rêvait. Son cauchemar mêlait les événements du passé à ses plus grandes peurs.

Le corps sans vie de Losham ne cessait de la hanter. Pour sauver le village, cet homme, son ami, était demeuré silencieux sous la torture. Mais dans ses rêves, le corps changeait de tête pour laisser place à celle d'Alkan. Le corps supplicié d'un enfant qu'elle avait arraché à une existence sereine sous la Bulhavre. En avait-elle le droit ? La lâcheté des adultes avait contraint le garçon à partir seul sauver son frère. Artelune, Berlusin et Guitin l'avaient suivi sous la Bulhavre. Que leur était-il arrivé ? La question tourbillonnait dans sa tête tandis que la réponse la torturait.

Mais le cauchemar ne cessait jamais. Il reprenait son cours et l'obligeait à revivre sans cesse la fuite. L'alerte brutalisait le calme de la nuit.

Le soufflement caractéristique des véhicules de la Bulhavre au pied de l'accès de la falaise.

Comme le jour de l'évacuation du village, elle réexplorait chaque nuit les solutions possibles.

Trop tard pour rejoindre la grotte de repli où tout le nécessaire de survie attendait les villageois. Chaque nuit, elle reprenait la décision qui avait tout changé.

Vite, y aller. S'engouffrer dans le tunnel pour fuir vers les terres inconnues.

Liriana cria dans son sommeil.

Hommes, femmes, enfants, tous s'étaient mis en marche. À l'intérieur du tunnel, les bêlements, meuglements, caquètements des animaux affolés se répercutaient sur les parois.

Les parents de Guitin et Artelune n'avaient pas pénétré dans le tunnel.

Ensemble, ils avaient provoqué l'éboulement de l'accès au tunnel. Ils avaient sauvé les villageois. Ils s'étaient condamnés.

Plongée dans son cauchemar, Liriana remua. Aucune larme ne vint soulager ses yeux qui la brûlaient. Jamais encore les années n'avaient autant pesé sur ses épaules. La question empoisonna son rêve. Pourquoi ne s'était-elle pas sacrifiée ? Pourquoi n'avait-elle pas pris leur place ? Comme elle regrettait…

Les sanglots n'interrompaient pas son sommeil bouleversé. Dans sa tête défilaient les images du tunnel, de la sortie, le premier jour de marche.

La lueur embrasait son cauchemar.

Le soir même, en installant le camp, tous les fugitifs avaient vu la lumière rougeoyer dans la nuit. Le village brûlait. La colonne de fumée était restée visible trois jours entiers, s'amenuisant à mesure qu'ils s'étaient éloignés. Tous s'étaient appliqués à l'ignorer, le ventre noué.

Couchée dans son lit, les muscles de ses cuisses se contractaient. Liriana respirait avec avidité, comme ces jours d'hiver où la marche harassante l'aidait à ne pas penser.

Jour après jour, marcher dans la boue, dans la neige. Heure après heure, avancer d'un pas puis d'un autre. Et chaque soir, tomber de fatigue sous la peau qui l'abritait, au milieu des villageois serrés contre leurs bêtes pour se réchauffer. La fatigue constante de cette grande marche l'avait sauvée de la terrible culpabilité qui se tenait à l'affût, prête à dévorer son esprit, et à la rendre folle.

Dans la cahute, Lali sentit la tension de Liriana s'apaiser. Le cauchemar avait déserté. Elle se leva, plongea un verre dans le seau, but d'un trait, et retourna se coucher. Comme d'habitude, le lendemain, la vieille femme aurait tout oublié. Et Lali lui répondrait :

– Bien dormi, oui, merci.

Elle ne poserait aucune question à Liriana. Surtout, ne pas savoir. Fille du peuple, Lali connaissait trop la souffrance. Tant de cauchemars l'habitaient depuis des années. Elle n'avait plus le courage d'en affronter d'autres que les siens.

6
Gelée !

Les buissons dissimulaient la grotte aux regards des tourneurs. Mais, ils n'arrêtaient pas les bruits. C'est ainsi que les garçons, rassemblés en rond autour du foyer entendirent leurs pas. Le cœur battant, Alkan s'approcha de l'entrée. Et s'ils les avaient repérés ? L'odeur de la fumée, même si elle s'évacuait à distance par une cheminée naturelle, avait pu donner l'alerte. Il écarta imperceptiblement la lourde bâche de bambous tressés qui leur servait de porte et les protégeait des éléments.

Il tendit deux doigts vers les autres. La patrouille ne comportait que deux tourneurs. Une patrouille classique, bien loin du déploiement de force qu'aurait organisé Iriulnik si elle les savait piégés. Les pas s'éloignèrent, le bruissement de la conversation s'assourdit peu à peu.

Adélou fut le premier à réagir. Il murmura :

– Ils venaient d'en haut ?

Alkan approuva et saisit sa fourrure d'extérieur.

– Vite, Artelune est là-bas, il faut aller voir.

D'autres patrouilleurs poursuivaient peut-être leur incursion dans les hauteurs. Au mépris du danger, tous les garçons sortirent. Jamais encore ils n'avaient escaladé aussi rapidement le flanc pentu de la colline. Arrivé à une centaine de mètres du bassin d'eau, Alkan lança un timide :

– Artelune ?

Seul le croassement d'un corbeau lui répondit.

Alkan, suivi de ses trois amis, courut de toutes ses forces.

– Artelune !

Le cri qu'il poussa ne ressemblait pas à celui plein d'espoir poussé quelques secondes auparavant. La peur lui perforait le ventre. Une peur plus forte encore que celle qui l'avait habité lorsqu'il se trouvait en face de la perverse tourneuse-alpha.

Enfin, il l'aperçut. De la jeune fille, il ne distinguait plus que la longue chevelure éparse. Elle était là, couchée sur la berge, entièrement recouverte de feuilles séchées. Tam se tenait allongé à ses côtés. Tahar s'agenouilla et tendit la main vers la bouche aux lèvres bleues. Pendant quelques secondes, le temps s'arrêta.

– Elle respire ! À peine, mais elle respire ! Elle est gelée.

Alkan ne sentit pas les larmes s'échapper de ses yeux. Il chassa les feuilles sèches, ôta sa fourrure, en couvrit son amie et la frictionna fermement.

– Faites comme moi, il faut la réchauffer. Adélou et Berlusin, les jambes, Tahar, tu t'occupes des bras, je me charge du dos et de la tête.

De longues minutes durant, chacun s'activa. Instinctivement, Tam restait lové contre le ventre de la jeune fille. Sa chaleur avait contribué à la maintenir en vie. Peu à peu, le teint si blanc d'Artelune laissa place à une ombre de couleur. Et malgré ses lèvres qui viraient au violet, sa température augmentait. Les premiers mots qu'elle prononça furent à peine audibles.

– Pas fermer les yeux, pas fermer les…

– Chut, nous sommes là, Artelune. Tout va bien.

Elle regarda Alkan, penché au-dessus de son visage et esquissa un sourire. Elle s'endormit, apaisée.

7
Puisqu'il le faut

Après un hiver, la grotte était méconnaissable. Il y avait cette immense fresque qui couvrait un mur entier. Tahar avait passé des mois à la dessiner. Comme une longue phrase aurait pu le faire dans un livre, elle déroulait la vie et les épreuves que les enfants avaient traversées. Les parents d'Alkan souriants, le collège des potentiels où Adélou et Tahar s'étaient retrouvés enfermés ; la folle échappée par le souterrain ; la cicatrice laissée par Iriulnik sur la joue d'Alkan ; le village en cendres ; la grotte. Tahar avait représenté toute leur existence de ces derniers mois sur la paroi.

Artelune soupira. Si seulement Tahar avait connu ses parents, il aurait pu dessiner leurs visages. Les regarder lui aurait procuré bien du réconfort !

Pelotonnée sous un amoncellement de fourrure, Artelune s'était réchauffée. Mais contrairement à son habitude, elle restait silencieuse. Elle s'interrogeait. Son ultime souvenir de l'épreuve qu'elle avait traversée était clair : elle se tenait dans l'eau, glacée. Les garçons l'avaient retrouvée sur la berge, couchée sous une épaisse couverture de feuilles emprisonnant le peu de chaleur qu'elle dégageait encore. Qui l'avait sortie de l'eau ? Tam aurait pu la tirer sur la rive, mais pas rassembler au-dessus de son corps gelé cet isolant naturel. Qui l'avait sauvée ?

Pour la soirée, Artelune trouva la force de rejoindre ses amis regroupés comme à l'accoutumée autour du foyer. Mais pour la première fois depuis longtemps, ce dernier restait éteint. Les gardes s'étaient trop rapprochés de la grotte pour courir le risque de les attirer avec la fumée. Et même les gages antimorosité qui déclenchaient de grands fous rires à la fin de la veillée n'auraient pu chasser les sentiments mêlés qui animaient les enfants : soulagement et inquiétude, gravité et lassitude.

Depuis que les jours rallongeaient, ils pressentaient qu'une décision devrait être prise. Tam lui-même paraissait plus nerveux. L'épreuve d'Artelune ajoutait à l'urgence. Le moment était venu.

– Les provisions sont presque épuisées.

– Et l'hiver s'éloigne, bientôt il n'y aura plus un seul flocon de neige.

– À quoi bon rester ici désormais, puisque le village a été brûlé ?

Les évidences, énumérées par chacun des garçons, s'enchaînaient comme les coups d'une horloge marquant l'arrivée d'une heure nouvelle.

La menace des gardes, et de leurs rondes toujours plus proches, était si présente dans les esprits que nul ne ressentit le besoin de l'évoquer à voix haute. Elle avait failli coûter la vie à Artelune, et les garçons se sentaient coupables. Coupables de l'avoir laissée seule. Coupables de n'être pas montés la rechercher plus tôt. Coupable de n'avoir pas su la protéger.

Le silence s'installa. Les premiers temps dans la grotte s'étaient révélés difficiles. Pas de feu, pour éviter d'être repérés, une caverne humide où les pluies s'infiltraient par endroits, un sol dur et froid. Les tourneurs avaient multiplié les excursions en Outre-Monde. Heureusement, Liriana avait pensé au nécessaire de survie : fourrures, nourriture, outils, armes de chasse, quelques livres et une collection de silex pour allumer le feu.

Puis, l'hiver était arrivé. La neige fraîche leur avait offert un répit parce qu'elle bloquait le fonctionnement des véhicules sur coussin d'air des tourneurs. Chasse, cueillette, nettoyage, ramassage de bois sec… les tâches quotidiennes à accomplir avaient réussi à créer ce qui leur manquait : une routine, dans laquelle les enfants se sentaient en sécurité.

Bientôt, la grotte fut équipée d'un sol en herbes et fougères séchées, d'un foyer où brûlait du feu pendant les nuits sans lune, elle fut meublée de chaises, d'une table, d'étagères de bambou conçues par Adélou, ces planches où s'alignaient tous les livres qu'ils avaient lus ensemble pendant les longues soirées. Adélou avait même inventé des sommiers en lattes tressées, supportant des matelas dont le moelleux augmentait de jour en jour, à mesure que des volailles étaient capturées. Leur duvet s'avérait si léger ! Une organisation de la surveillance jour et nuit avait achevé la transformation : finie la tanière où les enfants effrayés se cachaient, la grotte était désormais plus qu'un abri. C'était chez eux.

Ils avaient survécu.

Et puis la neige avait fondu.

Les véhicules venus de la Bulhavre circulaient à nouveau sans difficulté.

Tahar se leva, et plongea sa main dans l'écuelle de bois pour y prélever une poignée d'argile rouge. Il avait trouvé tous ses pigments à proximité de la grotte. Feuilles pilées, terre, racines, les nuances de couleur variées libéraient sa créativité. Sa fresque était presque achevée. D'un geste, il plaqua une pincée de terre sur la roche. Puis, à l'aide d'un bambou taillé, il dessina. Peu à peu, à mesure qu'il esquissait les traits, le motif apparut : un groupe d'enfants qui s'éloignait, tournant le dos à la caverne, au village et à la Bulhavre.

Tous hochèrent la tête. Ils approuvaient. Même si la grotte était devenue leur maison, ils devaient la quitter.

– On ne sait pas ce qu'on trouvera sur le chemin, que faut-il emporter ?

Après sa question, Alkan resta silencieux. De plus en plus souvent, l'image de ses parents s'invitait dans son esprit. Sa mère lui souriait, son père riait. Et même si tous les deux l'avaient oublié, Alkan sentait grandir en lui l'envie de les retrouver. Mais pas question d'en parler ! Autour de lui, tous les enfants étaient séparés de leurs parents. Et même si l'amitié les aidait à se sentir bien, elle ne remplaçait pas la famille.

Tahar lança la première idée, les autres fusèrent peu après.

– J'emporterai mon pinceau en poil de loutre.

– Chacun portera ses fourrures, sa gourde.

– Les silex.

– Les pièges, on devra bien se nourrir.

– Des galettes, on peut finir de cuire tout le blé.

La liste s'allongea rapidement. Tous les enfants se mêlaient à l'échange. Adélou grimaça :

– Du métal et du plastique aussi. Tu l'as dit toi-même Alkan, on ne sait pas ce qu'on trouvera. Et on a besoin de métal, pour nos couteaux, nos pièges, pour tout ce qui doit être résistant. Avec du plastique, je peux bricoler un genre de traîneau, assez fin pour nous suivre entre les arbres, assez léger pour qu'on le tire chacun notre tour. Ainsi, on ne sera pas limité par le poids des objets. On pourra emporter la bâche qui protège l'entrée de la grotte, par exemple, en guise de tente.

– Tu veux qu'on aille à la réserve ? s'inquiéta Berlusin. Faudrait mon poids en chocolat pour me décider à m'y rendre !

– En chocolat ? Peut-être que tu n'aimerais pas, tu n'y as jamais goûté ! s'amusa Artelune.

– Et pour cause, Alkan préfère le donner en becquées aux abominables !

La parfaite mauvaise foi de Berlusin fit sourire les amis et détendit l'atmosphère.

Le groupe repoussait cette expédition depuis plusieurs semaines. La réserve, cet immense lieu de stockage où s'empilaient les traces de la vie humaine d'avant la construction de la Bulhavre, recélait des trésors. Des machines de métal, des carcasses en plastique, des montagnes de vieux objets dont plus personne ne savait à quoi ils servaient. Chacun de leur composant pouvait s'avérer utile pour faciliter leur existence.

Mais la réserve approvisionnait également la Bulhavre. Les tourneurs-fouineurs y pullulaient, parcourant les kilomètres de sa longueur pour y trouver ce qui leur avait été commandé.

Malgré l'immense surface que la réserve couvrait, les enfants mesuraient la probabilité d'une mauvaise rencontre. Faute de choix, ils se résignaient à s'y rendre.

– Demain ? proposa Alkan. Il devrait pleuvoir, les fouineurs détestent probablement se faire mouiller. J'irai seul.

– Je t'accompagne, décréta Tahar.

– Pas question ! se fâcha Artelune. On y va tous ensemble.

Elle pensa à ses parents, à son frère, dont elle n'avait pas de nouvelles. Elle ne supporterait pas d'être encore une fois séparée de ceux qu'elle aime.

– Artelune a raison, conclut Berlusin, si jamais il y a du chocolat planqué quelque part dans la réserve, je veux en être ! Je te connais Alkan, tu pourrais le donner à manger au premier abominable venu !

– Et toi, rétorqua Adélou, tu n'échapperas pas à ton gage ! T'as râlé tout l'après-midi, faut assumer maintenant !

– J'ai réfléchi à une épreuve parfaite pour toi ! ironisa Tahar.

Berlusin imita une grenouille qui a la bougeotte, un hibou infesté de puces, un tourneur constipé. La soirée se termina sur des éclats de rire.

Artelune se sentait mieux, entourée de ses amis. Sa mésaventure quittait peu à peu le présent pour glisser dans ses souvenirs. À la fin de la veillée, chacun prépara son sac avec le nécessaire de survie.

Adélou distribua des cordes pour rapporter plus facilement le résultat de leur quête. Puis, les enfants s'étendirent sur leurs lits, l'expédition du lendemain à l'esprit.

Seul, Tahar s'assit à l'entrée afin de prendre le premier quart de garde.

Tam vint se coucher à ses pieds. Son maître le caressa derrière les oreilles.

– Et toi, tu es prêt à quitter la grotte ? demanda-t-il à l'animal.

Le chien resta silencieux.

– Oui, grotte ou pas grotte, tu t'en moques. L'important est de rester en bonne compagnie, pas vrai ?

Un jappement lui répondit. Tahar sourit. Dehors, la pluie tombait.

8
L'expédition

Trois à quatre heures de marche. C'était le temps nécessaire pour relier la grotte à la réserve, par son accès sud. Bien sûr, avec un véhicule, une trentaine de minutes suffisait, à condition de ne pas s'écarter de la piste. Même de simples chaussures auraient permis aux amis d'avancer plus rapidement. Mais si Adélou et Tahar portaient encore les solides godillots façonnés en cuir dans un atelier de la Bulhavre et distribués au collège, les autres devaient se contenter de mocassins rapiécés ou de fourrure enrubannée autour des pieds à l'aide de cordelettes.

Et pourtant, ils progressaient à grands pas, slalomaient entre les arbres serrés, tout en discutant.

– C'était avant ton arrivée au collège, Tahar, dit Adélou. Je participais à un projet de confection de lumière solaire. L'énergie du soleil éclaire l'ampoule. Vous voyez ?

Berlusin haussa les épaules :

– Je vois pas l'intérêt d'allumer une lampe si le soleil brille.

– C'était justement ça le projet : réussir à produire de l'énergie et l'accumuler pour la réutiliser la nuit. Le tourneur-directeur nous a conduits à la réserve. Nous étions huit potentiels. Huit à sillonner les allées et même à escalader les tas encore non exploités. À la fin de la journée, nous n'avions pas vu le centième de tous les trésors que recèle cet endroit. On devait revenir le lendemain.

Adélou se tut. Alkan le relança :

– Et ?

– Et les tourneurs-alpha ont tout annulé, la visite et le projet. Il paraît que l'énergie est si facile à créer sous la Bulhavre qu'il est inutile de réfléchir à inventer d'autres sources. Voilà comment j'ai su qu'il existait cette longue piste dégagée reliant la Bulhavre à la réserve.

– Celle que nous sommes en train d'éviter en la contournant !

Artelune avait pris la tête de la colonne. Elle avait dû insister, affirmant que les heures de repos de la veille avaient suffi à son organisme pour récupérer. Car la position de guide était la plus fatigante. Choisir le meilleur passage, coucher les plantes piquantes, écarter les branches, de quoi épuiser n'importe quel aventurier ! Aussi, les enfants se relayaient à cette place, et quand chacun, à son tour, avait assuré cette mission, le moment de la pause arrivait.

Le groupe avait déjà parcouru environ les deux tiers du chemin. Comme prévu, Artelune fouilla les taillis du regard afin de trouver un espace propice pour le casse-croûte. Tam effectuait des allers-retours entre son maître et les odeurs alléchantes de lapin, d'écureuil ou de loutre des bois que son flair détectait à des dizaines de mètres de distance. C'est en se guidant sur ses aboiements qu'elle dénicha le coin idéal : une petite clairière, entourée d'arbres assez serrés pour empêcher le passage d'un véhicule, encerclée pour moitié par un pan de falaise. Impossible de les surprendre depuis là-haut, ils n'auraient qu'un côté à surveiller tandis qu'ils se reposeraient.

Tahar fit taire le chien qui risquait d'alerter les tourneurs de leur présence. Tam cessa d'aboyer. Mais il continua à parcourir le coin, humant l'air puis collant sa truffe à terre. À peine Artelune annonça la pause, que Berlusin se laissa tomber sur un tronc posé en travers du sol.

– Pas trop tôt, j'ai les muscles si fatigués que j'ai l'impression de me transformer en statue de pierre !

– Si seulement... plaisanta Artelune, les statues de pierre ne râlent jamais et ne dévorent pas les galettes de blé !

Occupé à enfourner une galette tout entière dans sa bouche, Berlusin se joignit de bon cœur à l'éclat de rire général. Tous les enfants s'assirent. Les gourdes, façonnées dans des estomacs d'animaux grâce à l'habileté d'Adélou, circulèrent dans le groupe. Avant de se désaltérer, Artelune renfila sa fourrure. L'humidité et le froid chassaient la chaleur de la marche dès les premières secondes d'arrêt. Quelques gorgées, puis elle tendit la gourde à Tahar qui la porta aussitôt à sa bouche. Il toussa si fort, qu'Artelune lui tapota le dos.

– Eh ! C'est pas le moment de t'étrangler ! On a encore besoin de toi.

Tahar sourit au travers des larmes qui jaillissaient de ses yeux. Reprenant doucement sa respiration, la voix aiguë, il précisa :

– C'est Tam ! Qu'est-ce que tu fabriques mon

chien, tu m'as fait avaler de travers !

Tam, couché à ses pieds, glissa sa tête sous sa jambe, et tenta de la soulever en gémissant.

– Mais arrête !

Alkan plissa ses yeux et murmura :

– Ce n'est pas normal.

Son regard se porta sur les arbres qui les entouraient. Rien. Il n'observa aucun mouvement suspect. Tam se redressa et, contournant le rondin de bois sur lequel les enfants s'étaient assis en brochette, il vint pousser le dos de Tahar avec son museau. Tahar se leva.

– Je ne sais pas ce qu'il se passe, mais on ferait peut-être bien d'y aller.

Inquiets du comportement inhabituel du chien, les amis remballèrent gourdes et galettes, puis enfilèrent les bretelles de leurs sacs à dos.

C'est alors qu'ils l'entendirent.

Un « crac », discret, néanmoins parfaitement perceptible. Le « crac » d'une branche sèche qui se brise sous le pas d'un marcheur. Puis, à l'opposé, résonna un deuxième « crac ». Un peu plus bruyant cette fois. Un peu plus proche.

Alkan se tourna vers la falaise : la roche humide et friable n'offrait aucune échappatoire.

– Les tourneurs ! s'exclama-t-il, ils nous encerclent. On fuit, chacun de son côté, c'est notre seule chance. Rendez-vous à la grotte !

Les enfants s'éparpillèrent au même instant, dans toutes les directions. Cette course aussi désordonnée qu'imprévue prit les tourneurs-patrouilleurs au dépourvu. Les hommes sanglés dans leurs tuniques tentèrent de les attraper en tenaille. Mais leur maladresse avait révélé leur présence bien trop tôt pour permettre au piège de fonctionner efficacement. Se faufilant entre deux tourneurs éloignés de quelques pas, Artelune se jeta dans un buisson d'épineux. Svelte et souple, elle rampa sans dommage sous les premières branches, tandis que les hommes déchiraient leur pantalon en tentant de l'y poursuivre.

Un premier tourneur renonça et entreprit l'inventaire des estafilades qui zébraient ses cuisses. Un bruit lui fit lever la tête. À quelques mètres de là, un autre des enfants recherchés s'enfuyait ! L'homme courut sur ses talons en sollicitant l'aide d'un collège.

Grâce à ses solides chaussures aux semelles crantées, Tahar progressait rapidement malgré la boue et les feuilles glissantes. Tam courait à ses côtés jusqu'à ce qu'un sifflement lui fasse faire demi-tour. Le garçon ne tenta pas de comprendre qui l'avait appelé. L'urgence consistait à semer le tourneur qui le poursuivait. Quelques instants plus tard, un deuxième ahanement résonna derrière lui. Ils étaient deux à l'avoir pris en chasse ! Tahar choisit le parti de la vitesse. Évoluant entre les arbres, il allongea sa foulée. En vain. Il ne parvenait pas à distancer ses adversaires. La course lui semblait interminable ! Il sortit de la forêt, rejoignit une zone plus dégagée et subitement, il stoppa net. Tahar se trouvait au-dessus d'un à-pic d'une trentaine de mètres, l'une de ces falaises fréquentes dans la région. Impossible d'aller de l'avant. Pas le temps de la contourner. Les pas se rapprochaient.

Au bord de l'à-pic, Tahar réfléchit. Il vit les deux tourneurs ralentirent. Ses adversaires avaient abouti à la même conclusion que lui. Leur proie n'avait aucune issue.

Tahar emplit ses poumons avec l'avidité d'un noyé. Il pensa à son frère, à ses parents. Il regarda le ciel et sourit tristement. Puis, il fit un pas en avant et sauta dans le vide.

Les tourneurs se précipitèrent. Sous leurs pieds, c'était un gouffre qui s'ouvrait.

– Le gamin a perdu la raison ! s'exclama le premier.

– C'est sûr ! approuva le deuxième, on ne réchappe pas d'un saut comme celui-là.

9
La fuite

Berlusin longea la falaise quelques instants. Aucun bruit n'indiquait une présence. Il n'avait pas été repéré. Pas encore. La course et l'endurance n'appartenaient pas au rang limité de ses activités préférées. Dire qu'il n'excellait pas en la matière était un poli raccourci pour signifier qu'un enfant de quatre ans le dépassait facilement. Ses neurones, à l'inverse, turbinaient à grande vitesse. En un coup d'œil, Berlusin trouva sa porte de sortie. Un gros tas de feuilles, accumulé par le vent au pied de la falaise. Il fouilla le monticule jusqu'à atteindre la terre, s'y étendit et entreprit de se recouvrir de cet amas végétal. C'est ainsi qu'Artelune avait survécu à sa baignade forcée. Berlusin supposa qu'il pourrait donc résister au froid, plusieurs heures s'il le fallait. Au moins jusqu'au départ des tourneurs-patrouilleurs. Il attendit, refrénant toute envie de mouvement. Un ver de terre aurait pu élire domicile dans ses narines, qu'il n'aurait pas bougé. Si quelqu'un savait imiter une statue, c'était bien lui. Et cette fois, il y allait de son salut.

Alkan fila à l'opposé de son frère. Après quelques minutes de course, il se retourna, et siffla Tam. En suivant son maître à la trace, le chien risquait de faciliter son arrestation. Alkan voulait à tout prix éviter que Tahar, ou qu'un de ses amis, ne soit capturé. Même s'il ne l'évoquait jamais, il se sentait responsable de ce qui était arrivé. Sa fuite de la Bulhavre et son obstination à sauver son frère avaient eu des répercussions telles, qu'il n'osait même pas se les avouer.

Les fourrures nouées autour de ses pieds ne permettaient pas d'accrocher correctement le sol. À l'inverse, il percevait au travers chaque relief, chaque racine, chaque inclinaison de terrain sans se blesser ni trébucher. Après avoir cultivé l'art de se déplacer en silence lors des séances de chasse, il était désormais capable de courir sans qu'aucun bruit ne trahisse sa présence.

Quelques minutes après le début de sa course, il s'arrêta. Tam, qui l'avait rejoint, stoppa à ses côtés, langue pendante. Un sourire de triomphe éclaira le visage du garçon tandis qu'il tapotait le flanc du chien : il avait réussi ! Il avait déjoué l'attention des gardes plus facilement que celle d'une loutre des bois ! Il reprit sa progression en marchant, l'oreille aux aguets. Tam marqua l'arrêt, patte avant levée et museau tendu, avant de partir ventre à terre sur la gauche. Alkan hésita à le rappeler. Il risquait de signaler sa présence, alors que les autres devaient déjà être cachés. Il renonça. Ce n'était probablement qu'un écureuil ou un lapin qui avait attiré l'attention du chien.

Mais, quand il entendit le cri de douleur, étouffé par les fourrés, Alkan comprit qu'il se trompait. Il était arrivé quelque chose à Tahar !

S'il avait pu rattraper Tam, Alkan l'aurait fait. Il courait aussi vite que le lui permettaient ses chausses, sans plus se soucier du bruit qu'il faisait. Les aboiements le guidaient vers son seul objectif : rejoindre son frère avant les patrouilleurs.

Ignorant les épineux qui le lacéraient, slalomant entre les arbres en s'aidant de ses bras, Alkan retrouva rapidement celui qui avait crié. Il ne s'agissait pas de Tahar mais d'Adélou.

Assis sur le sol, tenant sa cheville à pleines

mains, une grimace déformant son visage, le jeune garçon souffrait. Tam cessa d'aboyer dès qu'Alkan s'approcha.

– Va-t'en ! siffla Adélou entre ses dents serrées.

Difficile de savoir s'il s'adressait, au chien ou à Alkan.

– Foutue racine. Je suis blessé, je peux plus marcher. Va-t'en, j'te dis !

Alkan ignora les injonctions d'Adélou. Contournant les épineux, il observa attentivement les feuillus jusqu'à trouver ce qu'il cherchait. Un long bâton, dont l'extrémité formait une fourche, pendait à quelques mètres du sol, encastré dans un amas de branches sèches. Alkan grimpa, le tronc enserré entre ses genoux, et tira le morceau de bois qu'il convoitait. Une fois jeté à terre, il sauta.

– Debout ! ordonna-t-il au malade. Tu glisses ce truc sous ton bras, en guise de béquille. Je te tiendrais de l'autre côté. On a encore quelques minutes d'avance, on peut y arriver.

Mais les cris et le raffut des gardes n'auguraient pas de bonnes nouvelles. Les quelques minutes fondaient plus vite que des flocons de neige sous un soleil d'été.

Sans un mot, les traits du visage figés, Adélou

se redressa et, encouragé par Alkan, avança d'un pas. Puis d'un autre. Les troisième et quatrième s'enchaînèrent dans la foulée. Ce fut au cinquième pas que la béquille cassa. Un craquement net. Adélou s'effondra en hurlant de douleur.

Les gardes n'étaient plus qu'à une centaine de mètres.

– T'as fait ce qu'il fallait, affirma Adélou. Pars. Je ne veux pas que tu souffres à cause de moi.

Alkan esquivait le regard suppliant que son ami dardait sur son visage. Il cherchait autour de lui. N'importe quoi, une grotte, un souterrain, un miracle. Mais il ne trouva rien.

Ce ne fut pas le bruit qui lui fit lever la tête vers le ciel, mais la sensation d'un appel. Là, tout en haut, il distingua un visage. Un abominable.

– Aide-nous ! S'il te plaît ! Aide au moins mon ami !

Adélou chercha des yeux à qui Alkan s'adressait ainsi. N'apercevant que les branches dépouillées des feuillus et celles touffues des épineux, il sentit son cœur se serrer. Alkan perdait la tête ! Adélou saisit une pierre. Il tenta de la lancer sur Alkan. Il voulait frapper son ami pour l'obliger à fuir et à sauver sa vie.

En haut, l'abominable observait, sans bouger.

La pierre n'atteignit pas sa cible, mais retomba au sol, en même temps que la main qui la portait. La cheville tordue, la douleur, l'envie de vomir, tout le corps d'Adélou l'avait trahi. Il s'était évanoui.

Alkan s'agenouilla et tendit ses paumes vers le ciel en une supplication muette. Ses manches glissèrent le long de ses bras, dévoilant le tatouage infligé par la bague à piques du chef des abominables. Un tatouage en guise de merci, pour avoir sauvé une vie.

En découvrant les garçons, les patrouilleurs crièrent avec la même excitation que des chasseurs acculant leur gibier après une journée de traque. Il ne restait que quelques pas pour les capturer quand soudain, leurs proies s'envolèrent vers le ciel. Les abominables avaient attrapé et jeté les enfants sur leur dos. Ils les hissèrent le long des arbres, indifférents aux hurlements de fureur des tourneurs, indifférents aux projectiles lancés dans leur direction. Ils fonçaient si vite d'arbre en arbre, qu'on aurait pu croire qu'ils volaient.

Les patrouilleurs se frottèrent les yeux. À peine quelques secondes après l'enlèvement, tout était si calme ! Ils doutaient presque d'avoir vu et entendu les abominables. Pourtant, la présence des monstres voleurs d'enfants de l'Outre-Monde faisait naître quelques réminiscences dans leurs esprits. N'était-ce pas ce que leurs professeurs leur avaient appris, en leçon de géographie ?

Il s'écoula encore deux bonnes heures avant que les gardes ne se résignent à repartir bredouilles. Berlusin en ajouta une de plus, au cas où un traînard se serait mêlé au groupe. Puis une autre encore, dans l'hypothèse d'un demi-tour intempestif.

Son ventre gargouillait. Son visage, constellé de bestioles avec carapaces et pattes antidérapantes, le démangeait. Il ne respirait plus par le nez de peur d'éternuer.

Quand enfin il se débarrassa de son couvre-lit végétal, il s'assit. Trop ankylosé pour se relever immédiatement, il grogna.

– Ils n'avaient aucune chance. J'suis le roi du cache-cache !

10
Sur le dos d'un abominable

Quelle sensation de liberté !

Tout réjouissait Alkan : la caresse des feuilles sur son visage, le sifflement du vent à ses oreilles, le vertige qui brouillait sa vue à chacun des sauts de l'abominable. Les mains crispées sur deux poignées de poil, les jambes enserrant au mieux la large taille, Alkan se sentait grisé par le parcours d'arbre en arbre.

Un coup d'œil lui suffit pour comprendre qu'il n'en était pas de même pour Adélou. Il était à nouveau conscient. Les secousses se répercutaient dans sa cheville blessée, et lui arrachaient des grimaces de douleurs.

En tout, les abominables étaient quatre. L'un précédait ses compagnons de plusieurs troncs, en éclaireur. Un autre fermait la marche, et effaçait les éventuelles traces laissées par leur passage. Ils progressaient rapidement, jetant à peine un œil sur les branches qui leur servaient d'appui. Et le poids des deux garçons n'entravait ni leur agilité ni leur vitesse. En les observant, on aurait pu croire que se déplacer dans la ramure des arbres, à dix mètres du sol, était un jeu d'enfant ! Comment des êtres aussi lourds et imposants réussissaient-ils à bondir avec tant de légèreté ? Alkan secoua la tête. Cela restait un mystère.

Soudain, Alkan reconnut la clairière qu'ils contournaient. Avec ses amis, ils avaient marché deux bonnes heures, en direction de la réserve. Il n'avait pas fallu plus d'une demi-heure aux abominables pour parcourir le chemin inverse. Encore quelques secondes, et la troupe atteindrait la grotte. Alkan réfléchit à ce qu'il ferait une fois arrivé. Le plus urgent consistait à rassembler de quoi soigner Adélou : une attelle, de larges bandes d'écorce pour la fixer. Mais cela ne suffirait pas à apaiser la douleur. L'onguent, préparé par Liriana, avait tourné. Odeur infecte, couleur brunâtre, il était peu probable qu'il soit encore efficace.

La tête perdue dans ses pensées, Alkan manqua de tomber lorsque l'abominable stoppa net. Le visage poilu se tourna vers lui, et l'intensité du regard était telle, qu'il comprit. Un danger. Alkan devait rester silencieux. Une fois certain que le garçon garderait son calme, l'abominable rejoignit l'éclaireur sans un bruit. Il écarta les branchages avec la légèreté d'un vent d'été, et d'un coup de menton vers la brèche, invita Alkan à découvrir la raison de l'alerte.

Au début, Alkan ne vit rien. L'entrée de la grotte se tenait là, à une dizaine de mètres sous ses pieds. Rien ne semblait avoir changé. Ce n'est qu'après une observation attentive qu'il avisa une trace de pas. Une semelle crantée, clairement dessinée dans la terre boueuse. Une semelle crantée trop longue pour qu'elle corresponde aux chaussures de ses amis. C'est alors que les feuilles des buissons, dissimulant l'entrée de la grotte, bougèrent.

Alkan hocha la tête en silence pour remercier l'abominable. À l'affût, un tourneur espionnait le chemin d'accès. Derrière lui, se tenait probablement toute une patrouille venue les arrêter.

Les quatre abominables refluèrent lentement vers le bas de la pente. Quelques minutes après, ils descendirent le long des troncs, au bord de la rivière. Adélou, assis la jambe tendue et le dos fermement soutenu par un arbre, s'appliqua à respirer profondément. Avec soulagement, il sentait enfin la douleur s'atténuer. Alkan observa les abominables se déplacer sur la berge. Si habiles à progresser dans les arbres, les gigantesques animaux paraissaient patauds. Ils marchaient en balançant leurs corps de chaque côté, jusqu'à donner l'impression d'une perte d'équilibre. Leurs membres inférieurs arqués peinaient à trouver une bonne stabilité. Et ce n'est qu'à petits pas, qu'ils réussirent à se regrouper en cercle. Alkan reconnut sans hésitation la langue qu'ils utilisèrent pour discuter. C'était bien ce bruit étonnant, mixant grognements et claquements de langue, qu'il avait déjà entendu lors d'une expédition de chasse menée par Guitin autour du village. Mais s'ajoutait à ce langage, un surprenant ballet : les abominables gesticulaient, déplaçant leurs mains et leurs doigts devant leur visage. La combinaison des deux modes d'échange leur permettait de se comprendre.

Malgré ses efforts, Alkan échoua à déceler le contenu de leur conversation. Il se concentra bien vite sur l'essentiel : trouver le moyen de prévenir ses amis du danger.

– Qu'est ce qu'ils t'ont montré quand on arrivait à la grotte ?

Alkan s'approcha d'Adélou pour lui répondre. Le blessé avait repris des couleurs.

– Les tourneurs ! l'informa Alkan. Ils sont planqués dedans. On doit avertir les autres pour qu'ils ne se jettent pas dans leurs bras.

– La pente est raide, ils passeront forcément près du chemin d'accès.

– Mais comment les prévenir ? Même s'ils avancent à dix mètres de là, on risque de ne pas les entendre !

Adélou et Alkan réfléchirent. Il fallait trouver une solution, et vite.

– On aurait besoin d'un bruit, proposa Adélou, quelque chose qui n'attire pas l'attention des tourneurs, mais que les autres peuvent identifier facilement.

– Comme un sifflement d'oiseau, par exemple ? interrogea Alkan avec un sourire qui fendait son visage depuis une oreille jusqu'à la deuxième.

Il saisit la tête de son ami dans ses mains et colla son front au sien pour ajouter, hilare :

– Adélou, tu es un génie !

– On me l'a souvent dit ! plaisanta le blessé.

Le sifflement d'Alkan n'attira même pas l'attention des abominables. Les trois notes modulées avec les lèvres ressemblaient à s'y méprendre à un chant d'oiseau.

– C'est un signal que j'ai avec mon frère, depuis qu'on est tout petits. Et ces trois notes, Artelune et Berlusin les connaissent également.

– Reste à répéter le signal assez souvent pour être sûrs qu'ils l'entendent. Attends, j'essaye, et on pourra se relayer.

Adélou sifflota les trois notes. Au début, elles ressemblaient davantage au cri d'un oiseau enroué. Mais petit à petit, à l'aide des conseils d'Alkan, il parvint à enchaîner la mélodie mieux qu'un rossignol.

– Il leur faudra encore plus d'une heure pour arriver jusque-là. Je te propose de commencer dans une demi-heure, d'abord espacé dans le temps, puis de plus en plus rapproché. Ainsi, même si les tourneurs passent à proximité, ils ne s'étonneront pas d'entendre un nouvel oiseau se mettre à chanter subitement.

Adélou leva sa main en l'air, Alkan claqua la sienne dessus, en évitant de faire trop de bruit. Le plan était au point.

À quelques pas de là, trois abominables grimpèrent avec agilité dans un arbre, et disparurent. Les aiguilles des pins et les feuillages persistants qui résistaient au froid de l'hiver les dissimulèrent rapidement. Le dernier géant s'assit en tailleur sur le sol, le dos droit, le regard scrutant les abords.

11
La chute

Blottie dans un creux du sol, Artelune reprenait son souffle. Quelle chance d'avoir glissé dans cette cuvette que les taillis dissimulaient aux regards ! Elle la sauvait d'une mauvaise passe… ou plutôt d'une impasse : quelques minutes auparavant, Artelune avait avancé jusqu'à découvrir un abîme à ses pieds. Le chemin s'arrêtait net, au sommet d'une falaise. Faire demi-tour pour la contourner signifiait presque à coup sûr se jeter dans les mains des tourneurs qui patrouillaient alentour !

À tâtons, Artelune chercha la pierre qui lui meurtrissait les fesses. Elle gratta tout autour, jusqu'à réussir à l'extraire. Puis, elle se réinstalla, plus confortablement, bien résolue à attendre la nuit pour rejoindre la grotte. Quelques heures à guetter tous les bruits, quelques heures à imaginer le pire valaient mieux que céder à sa dangereuse envie : se lever et fuir sans réfléchir.

Quand le son d'une course dans la forêt parvint jusqu'à elle, son cœur s'emballa. La peur lui tenaillait les tripes : et si les tourneurs l'avaient vue ? Et s'ils étaient sur ses traces ? Et s'ils fouillaient le secteur pour la débusquer ? Il fallait qu'elle sache. Prudemment, elle forma une trouée au milieu des taillis. Pour elle, qui se tenait dans un creux, la fenêtre s'ouvrait au niveau de ses yeux. Mais pour ceux qui avançaient sur le plateau, la brèche se trouvait à ras du sol, impossible à détecter.

Le regard rivé vers la forêt, l'oreille aux aguets, elle attendit que la menace se dévoile. Mais ce ne fut pas un tourneur qui déboucha à une dizaine de mètres de là.

– Tahar !

L'exclamation d'Artelune ne parvint pas aux oreilles de son ami. Il détalait, telle une proie devant son chasseur. Et pour cause ! À peine quelques secondes plus tard, deux tourneurs-patrouilleurs surgirent à leur tour. Sans les arbres pour le dissimuler, Tahar redoubla de vitesse. Il formait une cible parfaite que les tourneurs traquaient sans difficulté.

Quand elle comprit vers où Tahar se dirigeait,

Artelune sentit ses poumons se bloquer : il courait droit vers le précipice ! Désarmée, la jeune fille assista à la scène.

Tahar qui stoppa brutalement sa course, balayant l'air de ses bras pour ne pas basculer dans l'abîme qui avait brusquement surgi à ses pieds ; les deux tourneurs qui ralentirent le rythme de leur progression, sûrs désormais d'attraper leur proie ; Tahar, impuissant, dont le regard allait et venait du gouffre vers ses poursuivants ; puis son calme, soudain, quand il regarda le ciel ; sa détermination, lorsqu'il fit un pas pour se jeter dans le vide.

Le poing enfoncé entre ses dents pour étouffer son cri d'horreur, Artelune sentit tous ses muscles se contracter jusqu'à transformer son corps en une barre de métal. La tension était telle qu'elle bloqua quelques instants ses pensées, ses réflexes, ses idées. Elle l'empêcha de se précipiter à la rescousse de son ami. Et alors qu'un juron retentissait dans la clairière, elle comprit que la douleur, en la paralysant, venait de lui sauver la vie.

L'homme au juron s'avança jusqu'au bord de la falaise, aussitôt suivi par son coéquipier. Un pied au bord du précipice, un autre ancré en arrière, ils se penchèrent vers le vide.

– C'est bien notre chance ! Avec les arbres qui poussent au fond, autant chercher un rat dans un bosquet de fougères.

– Il n'a pas sauté, il s'est juste laissé tomber. Il a dû s'écraser tout près de la paroi. Arbre ou pas arbre, avec ce fichu surplomb, on ne le verra pas.

Un silence ponctua la déception des deux tourneurs.

Des grognements montèrent alors jusqu'à eux.

– C'est quoi ?

– On dirait un renard-loup qui n'apprécie pas la visite. Sûrement ton odeur qui l'énerve. Tu pues la charogne ! On t'a jamais dit qu'il faut te laver de temps en temps ?

Le tourneur accusé se pencha de nouveau au-dessus du vide et regarda pensivement son collègue.

– Fais attention tourneur Je-sens-bon ! On est au bord d'une falaise. Un accident serait si vite arrivé…

– T'emballe pas, je rigolais.

– Moi aussi, mais ce qui me fait moins marrer c'est qu'il faut qu'on trouve le moyen d'accéder en bas. C'est le corps du gamin que l'Alpha attend.

On en a pour des heures !

Frustré, le tourneur ramassa un caillou, et le jeta dans le vide.

Les deux tourneurs s'éloignèrent vers les bois. Le renard-loup ponctuait désormais l'expression de son mécontentement par des jappements menaçants.

Tétanisée par le drame auquel elle venait d'assister, Artelune ne pleurait pas. Elle se tenait assise, figée, incapable du moindre mouvement. Seuls ses sens restaient en éveil. Et le déchaînement du renard-loup finit par se frayer un chemin jusqu'à sa conscience. Le rythme de ses cris, mêlant feulements et hurlements, ne cessait de s'accélérer. Un tapage propre à alerter tous les habitants de la forêt ! À croire que quelqu'un s'amusait à l'exciter.

Au moment même où cette dernière pensée se formait dans son esprit, un rayon d'espoir inonda le cœur d'Artelune. Si le renard-loup continuait à protester, c'est que quelque chose le menaçait ! Et comme les tourneurs s'étaient éclipsés depuis déjà longtemps, alors…

Artelune sortit de sa cachette comme on sort de son lit le jour de son anniversaire. Elle traversa à grandes enjambées l'espace qui la séparait du précipice, et se coucha de telle sorte que seule sa tête dépassait au-dessus du vide. En dessous, une corniche de pierre, partiellement dissimulée par la végétation, arrêta son regard à moins de deux mètres. Les cris de l'animal semblaient provenir d'un peu plus bas. Elle appela :

– Tahar ?

– Artelune ? C'est toi ?

– Oui ! Je suis là, en haut ! Où es-tu ?

Nul n'aurait pu dire qui éprouva plus de joie entre Artelune qui découvrait Tahar vivant et Tahar qui voyait surgir une main secourable.

– Je suis accroché au tronc d'un tout petit arbre, juste en dessous du surplomb. L'arbre ploie progressivement sous mon poids. Il me conduit droit vers une plate-forme.

– Laisse-toi tomber dessus !

– J'aimerais bien, mais la place est déjà occupée. Et le renard-loup qui s'y tient m'a tout l'air d'une mère prête à me dépecer pour défendre ses petits.

– Bouge pas ! Je vais chercher de quoi t'aider !

– Dépêche-toi !

Artelune n'entendit pas cette dernière recommandation. Il y avait urgence à sauver Tahar. Mais comment faire, alors qu'elle ne disposait ni de corde, ni de sangle, ni d'une perche qui puisse lui servir d'appui ?

À peine la lisière de la forêt atteinte, elle fouilla du regard tout le sous-bois, cherchant ce qui pourrait lui être utile. Mais dans cette partie de la forêt, bien exposée au soleil, on ne trouvait pas les mêmes lianes épaisses et solides qui foisonnaient dans les zones humides. Buissons et arbrisseaux, trop fragiles, ne lui offraient aucun secours. Et abattre un arbre aurait réclamé bien trop de temps !

Derrière elle, la colère du renard-loup redoublait.

Sa rage avait contaminé Artelune. Savoir Tahar en danger, tout proche, et ne pas imaginer de solution pour le sortir de là, la rendait folle furieuse ! Elle s'obligea à se calmer. Puis, déterminée, elle ramassa un gros caillou à ses pieds et le porta à bras-le-corps jusqu'au bord de la falaise.

Aussi vite que possible, elle dénoua les lanières ceinturant sa taille, et ôta son pantalon. Elle l'avait coupé dans une peau d'aurochs. Les deux jambes du vêtement placées en grand écart, le cuir mesurait près de deux mètres d'envergure. C'était encore insuffisant pour atteindre Tahar.

De son sac à dos, elle sortit le morceau de bambou à l'intérieur duquel elle conservait ses pierres à feu.

À un pied de distance du bord, Artelune entreprit de planter le bambou à l'aide du gros caillou. Soulevée à deux mains, la pierre s'abattait sur le piquet avec force. Le front couvert de sueur, la jeune fille répéta le mouvement autant de fois que nécessaire pour que le bambou soit solidement ancré au sol.

Elle enleva sa pelisse qui protégeait le haut de son corps. Le vent froid sur sa peau humide la fit frissonner : sa longue tunique de laine et ses sous-vêtements étaient désormais les seuls habits qu'elle portait. Elle attacha une manche de sa pelisse à l'une des extrémités du pantalon. Elle noua l'autre autour du bambou. Ainsi rallongée, sa corde improvisée mesurait près de 2,50 m. Elle la lança dans le vide.

– Un mètre ! hurla Tahar pour couvrir les grognements du renard-loup, il manque un mètre ! Vite !

Un regard autour d'elle confirma ce qu'Artelune craignait : elle ne vit aucun matériau suffisamment solide pour tirer Tahar de ce mauvais pas.

La respiration rauque et paniquée de son ami monta jusqu'à elle. Le temps pressait. Elle devait trouver une solution. Tout de suite. Elle se sentait si désarmée ! Il ne lui manquait qu'un mètre pour atteindre Tahar. Un mètre qui risquait de lui coûter la vie !

De rage, elle serra les poings. Et c'est en voyant ses mains crispées qu'un éclair de lucidité jaillit en son esprit. Comment n'y avait-elle pas pensé avant ? Elle rallongerait la corde de son propre corps !

Elle se jeta par terre plutôt qu'elle ne s'assit. Malgré le tremblement de ses mains fébriles, elle arracha le pantalon du bambou, et parvint à renouer son extrémité autour de ses chevilles. Puis elle saisit le bambou à pleine main. Ainsi accrochée, elle bascula son corps dans le vide en donnant un grand coup de pied en arrière pour que la peau qu'elle y avait fixée se déploie vers le bas. Désormais, ses bras reposaient sur le sol tandis que le reste de son corps descendait à la verticale, le long de l'à-pic.

Dès que Tahar attrapa l'extrémité de la corde, Artelune gémit. Son poids, auquel s'ajoutait celui de Tahar, exerçait une forte traction sur ses poignets, son dos, ses jambes. L'étirement douloureux qui en résultait atteignait les limites de ce qu'elle pouvait supporter. Mais pas question de lâcher prise ! Malgré les souffrances, malgré ses mains moites qui menaçaient de glisser, elle tiendrait.

Elle ne pouvait pas en dire autant du bambou dont les craquements n'avaient rien de rassurant.

– Accélère, ça peut casser à tout moment !

Tahar grimpa le long de la corde qui la séparait des pieds d'Artelune. Aussi vite qu'il le pouvait, il s'agrippa à sa tunique. Il utilisa ses hanches puis ses épaules en guise de prises. Tahar escalada Artelune comme il l'aurait fait d'un rocher jusqu'à rejoindre le bord de la falaise. Il l'aida alors à regagner le terrain herbeux.

Dès qu'elle prit appui sur le sol, le soulagement envahit Artelune. Un soulagement physique bien sûr, mais pas seulement. Son ami était là, sain et sauf. C'était ça l'important.

Allongés sur le dos, les muscles noués, les articulations endolories, les deux amis reprirent leur souffle. Le premier, Tahar récupéra ses esprits :

– Jamais je n'avais vu de crocs d'aussi près !

Désormais, quand je me laverai les dents, je les regarderai d'une tout autre manière.

– Le renard-loup avait oublié de laver les siennes avant de passer à table ?

Tahar et Artelune éclatèrent de rire. C'était si bon de se sentir vivant ! Une fois calmé, Tahar murmura :

– Merci, Artelune, merci.

Les yeux brillants, elle plaisanta :

– Je n'avais pas le choix… Je n'ose imaginer ce qu'Alkan m'aurait fait si je t'avais laissé dans la gueule du renard-loup !

Ils se relevèrent. Artelune se rhabilla. Les tourneurs poursuivaient leur patrouille. Rester ici les mettait en danger. Et un long chemin les séparait encore de leur grotte.

12
À chaque proie, son chasseur

– Qu'on les suspende par les orteils, par les oreilles ! Qu'on leur arrache le nez, les yeux, les ongles ! Qu'on les écorche vifs et qu'on les roule dans le sel !

Les hurlements d'Iriulnik n'épargnèrent aucun des tourneurs-patrouilleurs. Piteux, la tête basse, les hommes ne pipaient mot, trop effrayés à l'idée que la tourneuse-alpha ne mette ses menaces à exécution. Ils l'en savaient capable, et leur échec les condamnait à subir un châtiment exemplaire. Depuis le temps qu'ils fouillaient l'Outre-Monde à la recherche des gamins, ils s'étaient presque convaincus que les enfants avaient fui au loin. Et quand enfin ils les avaient localisés et encerclés, ces monstres leur avaient filé entre les doigts !

Appuyé contre le véhicule à coussin d'air, Rustor serrait les dents. Les colères d'Iriulnik étaient fréquentes. Et d'habitude, Rustor les appréciait, tant la femme qu'il adorait s'en trouvait embellie. Mais cette fois-ci, au pied des monts sur lesquels se cachaient les sales gosses, la colère d'Iriulnik prenait une ampleur inédite. Elle écumait de rage, une petite mousse blanche se formant aux commissures de ses lèvres. Ses cris s'accompagnaient de bave. Rustor craignait qu'elle ne se blesse. Il s'approcha d'elle, prudemment.

– Tu as raison, Iriulnik. Ces hommes seront châtiés. Mais tout n'est pas perdu !

– Perdu ! C'est exactement ça ! Nous les avons perdus.

La femme ne hurlait plus, mais sifflait ses mots entre ses dents serrées. Elle poursuivit :

– Ils se méfieront désormais. Une alliance avec les abominables, qui aurait pu les croire capables de ça ? Ce ne sont plus que des animaux, de sales rats indignes d'une quelconque humanité.

Rustor posa sa main sur le bras d'Iriulnik en un geste d'apaisement.

– Aucune proie ne peut nous résister, ma belle. Bientôt, on trouvera le bon chasseur, et là…

D'un geste de la main, Rustor mima un cou tranché.

Dans la clairière, on n'entendait plus un bruit. Les tourneurs-patrouilleurs s'appliquaient à ne faire aucun mouvement afin d'éviter d'attirer l'attention sur eux. Leur chef se tenait courbé, les doigts léchés par les orties polaires, apeuré par les battements de son propre cœur. Le silence s'éternisa tandis que les muscles se tétanisaient. Et soudain, les sourcils froncés d'Iriulnik se relevèrent. Son visage se détendit. Son corps crispé retrouva sa souplesse de félin. Elle se pencha vers Rustor, attrapa sa tête entre ses mains, et apposa un baiser sur son crâne.

– Rustor, tu es mon sauveur ! Je sais où trouver le chasseur qu'il nous faut. Qui mieux qu'un enfant saurait penser et réfléchir comme un autre enfant ? Notre gibier se croit sauvé. Erreur ! Qu'il profite de ce court répit, la chasse recommencera bientôt. J'arracherai leurs cœurs, et j'attendrai, jusqu'à ce que plus un seul battement ne les anime. Viens Rustor, allons chercher mon chasseur.

La mère de Piupy et Colard, armée d'un chiffon à poussière, astiquait la tranche des quatre manuels que la famille possédait. Depuis l'annonce de la grande nouvelle, dix minutes auparavant à peine, elle tentait de rendre sa maison parfaite. Jamais encore les tourneurs-alpha n'étaient venus dans leur quartier, et pour cette première visite, ils leur faisaient l'honneur de les choisir, eux, une famille toute simple. La récompense d'un respect scrupuleux de toutes les règles du manuel. L'homme de la maison s'activait dans le jardin, arrachant les quelques feuilles sèches des bambous, lissant le bac à sable, balayant les dalles de l'entrée. Piupy et Colard, excités par la perspective de cette rencontre inespérée, étaient consignés dans la rue, pour éviter toute ultime bêtise dont les conséquences ne pourraient être réparées dans les temps impartis.

Ce fut donc les enfants qui aperçurent en premier le véhicule électrique qui se gara le long de la barrière en flottant sur son coussin d'air. Le tourneur-chauffeur qui sortit par la porte avant, impressionna les enfants. Qu'il était beau dans sa tunique sanglée ! Et quelle démarche puissante pour ouvrir la porte des passagers !

Mais leur étonnement augmenta encore lorsqu'Iriulnik posa un premier pied sur le sol, puis, s'appuyant des deux mains sur les côtés de la porte, expulsa tout son corps hors du véhicule.

D'un mouvement de tête, elle replaça son abondante crinière. Et les reflets rougeoyants de ses cheveux émerveillèrent Piupy tout autant que la taille de la femme. Bouche bée, la petite fille pensa aussitôt aux princesses qui peuplaient les histoires que lui racontait sa mère. Seule une princesse pouvait être aussi belle !

Piupy fit un pas vers elle, mais n'approcha pas le fantastique personnage assez vite. Sa mère se précipitait déjà pour accueillir leurs invités de marque.

Assis sur le canapé du salon, Colard dévisageait les deux tourneurs-alpha avec incrédulité. Bien sûr, il en avait rêvé. Servir le Tourneur de Page, revêtir la tunique cintrée… ce projet lui faisait tourner la tête depuis tant d'années ! Il justifiait chacun des efforts qu'il déployait pour se conformer à la discipline stricte du manuel. Mais jamais il n'avait imaginé concrétiser ce rêve si jeune. Ses parents n'étaient que de simples travailleurs, ils ne résidaient pas dans le quartier des officiels. Comment aurait-il réussi à attirer l'attention ?

Et voilà que deux tourneurs — et quels tourneurs ! les plus hauts de la hiérarchie de la Bulhavre — lui proposaient de revêtir l'uniforme prestigieux pour les servir. La fierté se lisait dans les yeux de ses parents. Ignorant son cœur qui s'emballait dans sa poitrine, Colard se mit debout, redressa le menton et annonça :

– J'accepte cet honneur ! Le Tourneur de Page veille au bonheur de chacun, et je lui suis reconnaissant d'avoir veillé sur le mien.

Tous se levèrent pour saluer sa déclaration. Perdue au milieu d'un océan de jambes, Piupy s'agrippa à une main pour se rassurer. Elle croyait avoir saisi celle de sa maman, mais elle se trompait.

Iriulnik sentit une petite main se glisser dans la sienne. Sans réfléchir, en suivant ce que son instinct lui dictait, elle se pencha et souleva Piupy pour la prendre dans ses bras. Le corps chaud et fragile de l'enfant serré contre elle, Iriulnik ressentit une étrange émotion. Une émotion qu'elle ne parvint pas à identifier. Une émotion qu'elle n'avait encore jamais perçue. Elle s'écarta légèrement et Piupy, découvrant le visage de la merveilleuse princesse, lui sourit et se lova contre elle, glissant sa tête dans le creux de son cou, sous le flot soyeux des cheveux. Pendant quelques secondes, Iriulnik n'osa plus bouger de peur de briser l'onde de confiance qui l'avait submergée. Sans comprendre ce qu'il se passait en elle, Iriulnik découvrit une force plus puissante que le mépris, plus puissante que la colère et qui ne cessait de grandir et de l'envahir. Quand elle reprit le contrôle d'elle-même, elle posa la fillette à terre.

Le plan devait être appliqué, c'est tout ce qui importait.

13
Et pourtant...

Le soleil réchauffait les articulations des deux vieilles femmes assises sur un banc. Pas de doute, l'hiver s'éloignait. Et les douleurs, dont les deux ne se plaignaient jamais, s'atténueraient bientôt avec le retour de l'été.

– Les plantes associées dans ce breuvage en font une boisson de choix.

Liriana termina sa phrase en aspirant quelques gouttes de la tisane brûlante. Puis elle attendit. Son interlocutrice laissa le silence s'installer, soupira, hocha la tête et enfin, se décida à parler.

– Merci, Liriana. Tu sais toujours trouver les mots qui font plaisir. Tes villageois t'honorent comme une sage. Je suis la chef du peuple. Je crois que nous sommes un peu pareilles toutes les deux.

À son tour, Liriana garda le silence. Elle parvenait mal à cerner cette femme. Tout la poussait à la respecter. Depuis que les villageois étaient arrivés parmi les hommes qui vivaient là, au bord de la mer, la Grande Mère les avait protégés. « Le peuple », comme elle désignait sa tribu, les avait accueillis chez eux, au hameau. Un drôle de mot pour nommer ce regroupement de maisons bien plus vaste que le village qu'ils avaient quitté !

La Grande Mère avait exigé que son peuple se serre dans les demeures pour faire de la place aux villageois égarés. C'est encore elle qui avait organisé le partage des réserves de nourriture, au risque d'en manquer. Et pourtant, Liriana ne cessait d'être sur le qui-vive en sa présence.

La Grande Mère cracha une pleine gorgée de tisane à ses pieds.

– Que les bienfaits que la terre nous dispense fertilisent son essence. Dis-moi, Liriana, j'ai entendu parler de cette décision des sages de reconstruire un village à quelques jours de marche. Pourquoi s'éloigner ? Pourquoi ne pas rester parmi nous ? Deux tribus qui s'unissent deviennent plus fortes ! Mon peuple pourrait aider tes villageois à bâtir vos maisons. La nature nous offre notre subsistance en abondance.

Liriana regarda autour d'elle. Un groupe de

femmes s'apprêtait à partir à la chasse. Chacune portait le grand arc sculpté qu'elle recevait, jeune fille, des mains de leur mère, lorsqu'elle était en âge. Les drapeaux suspendus au-dessus des rues claquaient dans le vent, en hommage à la générosité de la nature.

Un peu plus loin, des hommes et de rares enfants se tenaient rassemblés autour du puits. S'ils restaient là, c'était pour discuter, échanger des nouvelles. Liriana les entendait rire et plaisanter. La roue actionnée par le vent facilitait le puisage. Même un enfant de trois ans réussissait à remonter un seau plein à ras bord !

La vieille villageoise sourit. Ce lieu paraissait si apaisant, si accueillant, presque idyllique et pourtant…

Elle répondit à la Grande Mère :

– Vous révérez la nature, nous pas. Vos hommes et vos femmes occupent une place sociale distincte, nous pas. Vos enfants sont élevés sans limites, nous pas. Nos cultures diffèrent sur bien des aspects. À terme, une cohabitation risquerait d'engendrer des conflits.

– Nos cultures ne sont pas si éloignées que tu sembles le penser, Liriana. Les femmes occupent une place de choix, c'est vrai. Mais nos hommes ne s'en plaignent pas. Nous respectons la vie humaine. Accueil, échange et partage forment des principes fondateurs. La sagesse des anciens guide notre avenir. N'est-ce point là les valeurs que tes villageois défendent aussi ?

– Si, confirma Liriana à la Grande Mère. Ces valeurs comptent beaucoup, c'est vrai.

Elle tut le mot qui conclut sa pensée :

« Mais… »

14
Au centre de fin de vie

Colard prit place à l'avant du véhicule. Tout le réjouissait. Le baptême sur coussin d'air bien sûr, mais aussi la visite imminente du centre de fin de vie.

Dans la rue, Piupy se tortillait pour échapper aux bras de sa mère. Comprenant que le véhicule allait partir sans elle, elle tendit les bras vers Iriulnik installée à l'arrière. Son geste eut l'effet escompté. La tourneuse-alpha sourit et tapota la banquette de la main. Éperdue de reconnaissance, la mère installa Piupy aux côtés d'Iriulnik. Mais l'Alpha n'écoutait ni ses mercis ni ses compliments. Elle observait l'enfant. Inconsciente de la solennité du moment, la petite babillait. Elle entoura une boucle soyeuse de cheveux de la tourneuse-alpha autour de son petit doigt pour les relâcher subitement. Les cheveux, animés tel un ressort, dansèrent quelques secondes dans le vide. Piupy éclata de rire, et Iriulnik rit avec elle.

De grands gestes d'au revoir des deux côtés, et déjà, le véhicule s'éloignait. Colard eut à peine le temps d'apercevoir les tourneurs-programmeurs encercler ses parents, leur matériel porté en bandoulière. Il se redressa et pointa son menton en avant. Tant d'attentions pour sa famille le rendaient fier !

Le véhicule stoppa au pied d'un vieux bâtiment du quartier des officiels. Colard s'attendait à un lieu somptueux, un lieu chaleureux où il ferait bon finir ses jours. Mais en pénétrant dans le hall du centre de fin de vie, il fut déçu. Ni étoffe précieuse, ni lumières tamisées, pas même le ciel peint en trompe-l'œil au plafond dont il avait entendu parler à la récré. Terne et vide, le bâtiment ressemblait plutôt au centre de soins dans lequel il se rendait chaque année pour le bilan de santé.

Iriulnik l'entraîna à sa suite le long d'un interminable couloir. Si elle restait douce et joyeuse avec Piupy, son attitude changea du tout au tout vis-à-vis de Colard. Gestes brusques, paroles glacées d'ironie, moue emplie de mépris, la supériorité de la tourneuse-alpha sur le petit écolier transpirait par toutes les fibres de son être.

Intimidé, Colard n'osa plus poser de questions. Secrètement, il espérait encore admirer tout ce dont les rumeurs parlaient. Les mets inconnus des repas de fête, la baignoire d'eau chaude où l'on tient à quatre, les salles de détente, les berceuses chantées pour se relaxer en paix.

Mais ce fut tout à fait autre chose qu'il découvrit. Il pénétra dans une pièce obscure sentant le renfermé. Iriulnik déposa Piupy sur le large fauteuil qui traînait au milieu. La petite fille, fatiguée par tant de nouveautés, ferma les yeux, et s'endormit. C'est alors qu'une lumière étrange éclaira l'espace. Elle provenait de la salle adjacente, dont ils n'étaient séparés que par une paroi de verre teinté. De là où ils se tenaient, ils pouvaient observer tout ce qui se passait dans la pièce d'à côté sans que les personnes présentes ne sachent qu'elles étaient espionnées.

Iriulnik désigna du doigt la table surélevée qui se trouvait au centre, face à un grand écran.

– Tu la connais ?

Une femme était allongée sur le dos, à même la table de métal. Son ventre énorme qui pointait sous ses vêtements ne laissait aucun doute.

La femme était enceinte. À ses côtés, un tourneur sanglé d'une tunique blanche veillait au déroulement des opérations.

– C'est Minda, identifia Colard, une voisine. Elle attend un bébé, son premier enfant.

Iriulnik approuva.

– Maintenant, regarde. Et ne détourne pas la tête, sinon…

Les paroles lourdes de menaces inquiétèrent Colard. Sans un coup d'œil vers lui, Iriulnik appuya sur un interrupteur et ordonna :

– Allez-y !

Aussitôt, des images apparurent sur l'écran. La scène se déroulait dans un jardin. Colard fut surpris de le reconnaître. C'était son jardin. Sa mère, assise à la table de bambou, discutait avec Minda qui n'était pas encore enceinte. Piupy, plus jeune de quelques mois, enchaînait les facéties pour retenir leur attention. Colard se vit à l'écran, récitant les règles du manuel devant un garçon de son âge.

– Tu reconnais celui à qui tu parles ?

La voix d'Iriulnik le fit sursauter. Colard se sentait mal à l'aise. Sur le film, ce garçon lui était visiblement familier et pourtant, Colard était certain de ne pas le connaître. Il hocha la tête de droite à gauche et souligna son incompréhension.

– Non ! Je ne l'ai jamais vu. C'est un inconnu.

À l'écran, la scène se poursuivait. Colard vit son père entrer dans le jardin, accompagné de Tomy, le mari de Minda. Tous les deux rapportaient un container d'algues. Étant donné la manière dont ils se penchaient en avant pour le tirer, le bac était probablement plein à ras bord ! Fixé sur le couvercle, il reconnut le poisson traditionnel du barbecue du samedi.

Dans la pièce du centre de fin de vie, attachée sur la table, Minda gardait les yeux fermés et une respiration régulière. Les sourires de son visage, les quelques exclamations qui fusaient, les mouvements de ses sourcils : tout laissait penser qu'elle voyait le film, avec plaisir.

D'un geste du menton, Iriulnik désigna l'écran sur lequel le film continuait à se dérouler.

– Ce que tu regardes, c'est la projection des souvenirs de cette femme. Les souvenirs dont elle se rappelle à la date d'aujourd'hui.

– À la date d'aujourd'hui ?

– Ne sois pas impatient, Colard, tu en savoureras d'autant mieux mon histoire !

Iriulnik tira vers elle l'une des chaises alignées

contre le mur de côté et s'y installa.

– À chaque naissance, les tourneurs-docteurs greffent une misphère sur le ventre du nouveau-né. Cette misphère programmable a plusieurs fonctions. Elle envoie de petites particules dans le sang qui rejoignent les différentes parties du corps, les glandes, les muscles… Les plus utiles sont celles destinées au cerveau. Les particules bloquent ou créent des circuits entre les neurones. Avec ça, on maîtrise presque tout ! La fertilité, la douleur, les maladies simples. Tu comprends ?

Colard hocha la tête en signe d'assentiment. Rien de nouveau, il connaissait ce fonctionnement depuis ses premiers cours de biologie à l'école. Il récita :

– « La misphère est l'outil par lequel…

– … le Tourneur de Page veille au bonheur de chacun. » compléta Iriulnik. Maintenant, allons un peu plus loin. Sais-tu ce qui peut rendre malheureux quelqu'un au point qu'il perde le goût de vivre ?

Le silence de Colard traduisit son ignorance.

– Quand une mère, un enfant ou un parent meurt, la douleur est terrible. Le souvenir de la personne disparue reste là, ancré dans l'esprit des membres de sa famille. Il provoque colère, tristesse et dégoût. Le Tourneur de Page refusait d'accepter que la mort abîme ce bonheur auquel il tenait tant. Pendant des années, il a tenté de contrôler ces émotions, afin de les réguler, de les atténuer, de les supprimer ! En vain. Les émotions du deuil sont plus puissantes que tout, tu sais. Plus forte que la volonté, plus forte que soi. Un être chétif animé d'une telle émotion peut soulever un rocher qu'un costaud musclé ne pourrait ébranler. Mais, le Tourneur de Page a fini par trouver une autre solution.

– Comment a-t-il fait ? demanda Colard.

Iriulnik lui répondit par une question :

– Te souviens-tu de quelqu'un de ta famille qui aurait disparu ? Ou d'un voisin ? Ou même d'un camarade ?

Colard fouilla dans sa mémoire. Aucun nom, aucun visage ne lui venait à l'esprit.

– Alors regarde ça, tu vas comprendre, poursuivit Iriulnik.

15
Ceux oubliés

Un ordre sèchement donné, et un nouveau film fut projeté dans la pièce à côté.

– Regarde les souvenirs de cette femme, annonça Iriulnik.

La scène se déroulait dans la maison de Colard plusieurs années avant le film du jardin. Sa mère, assise à table, servait de la purée d'algue. Colard se reconnut, bien qu'il eût semblé avoir à peine atteint l'âge d'aller à l'école. Piupy n'était pas encore née. Autour de la table étaient installés des invités qu'Iriulnik lui nomma :

– Voilà tes copains, Alkan et Tahar avec leur père que tu connais déjà, Tomy !

Colard ne voulait pas contrarier la tourneuse-alpha. Mais il savait qu'elle se trompait. Il ne connaissait pas les deux garçons et Tomy ne pouvait pas être leur père. Il le connaissait bien puisqu'ils étaient voisins ! Marié à Minda, le couple attendait son premier enfant. Colard se réfugia dans le silence et observa la suite du film.

Bientôt, un homme vint s'asseoir et, ébouriffant les cheveux de Colard, s'exclama : « Alors, fiston, on mange à la table des grands maintenant ! »

Un mot d'Iriulnik, et la projection du film fut interrompue.

– Je te présente ton père ! annonça Iriulnik. L'ironie affichée sur son visage contredisait la solennité du ton qu'elle employait.

– Mon père ?

Colard n'ajouta rien d'autre. Cet homme n'était pas celui qu'il venait de quitter, deux heures auparavant. Iriulnik l'avait pourtant rencontré ! Il n'y avait aucun doute, cet homme n'était pas son père.

– Ton père, confirma Iriulnik, le vrai. Celui qui a été enlevé. Celui dont le souvenir a été effacé dans toutes les têtes, y compris la tienne.

Colard fronça les sourcils. Il ne comprenait rien ! Des garçons inconnus qui parlent avec lui, un père qui n'est pas un père, qu'est-ce que tout cela signifiait ?

Iriulnik haussa les épaules et poursuivit :

– Pour éviter que les derniers représentants de l'humanité n'aient à souffrir de leurs émotions, le Tourneur de Page a trouvé une solution imparable : effacer les souvenirs douloureux. Un souvenir nous rend tristes ? Hop, on l'efface, et nous voilà joyeux ! C'est tellement logique, tellement simple ! On oublie sa mère, son enfant, ses amis disparus sans souffrir. C'est magique !

Pas un seul muscle du visage de Colard ne bougea. Il s'inquiétait. Iriulnik avait probablement perdu la raison. Mieux valait la laisser parler, elle finirait par se fatiguer.

– Tu ne me crois pas, hein ? Nous possédons les cartes mémoires de tous les habitants : on sait où vont se loger les souvenirs dans le cerveau. Il suffit de déclencher la misphère pour qu'elle envoie des nanoparticules bloquer le passage de l'information pile à cet endroit du cerveau ! Le souvenir est toujours là, mais il ne peut plus remonter à la conscience.

Colard secoua la tête. Incroyable ! Voilà le terme qui le hantait. Cette histoire était incroyable au sens propre : il ne parvenait pas à y croire. Comment des tourneurs-programmeurs pourraient-ils effacer les souvenirs chez tous les habitants ? Cela lui paraissait impossible !

Son scepticisme n'échappa pas à Iriulnik. Un ordre, et le film déjà vu du barbecue fut projeté à nouveau sur l'écran.

– Voilà une fois encore les souvenirs de cette femme. Ce sont les mêmes que tout à l'heure sauf que cette fois, toute sa mémoire a été restaurée. Y compris la partie qu'on avait bloquée. Désormais, le souvenir de ton vrai père a réintégré sa conscience. Alors, observe bien sa réaction quand ton deuxième père, le faux, entre en scène.

Fasciné et écœuré à la fois, Colard ne quitta plus du regard la femme attachée sur la table. Dès qu'elle vit les hommes qui tiraient les containers, elle s'agita, balbutiant une série de paroles incompréhensibles, et secoua sa tête de droite à gauche, comme pour en chasser les images.

– Et voilà ! triompha Iriulnik. Elle est agitée parce qu'elle réalise tout à coup que ton père n'est plus là, qu'un inconnu l'a remplacé. Elle lutte contre ce souvenir parce qu'elle a honte. Elle a laissé disparaître un homme sans rien dire, sans rien penser, sans rien ressentir. Un autre a pris sa place, et elle ne s'en est pas aperçue… jusqu'à aujourd'hui. Tu vois l'indicateur lumineux, à côté de l'écran ?

Incapable de prononcer un mot, Colard approuva d'un clignement de paupières.

– Il était sombre tout à l'heure. Mais maintenant, tu peux y discerner une maigre lueur. Il mesure la quantité d'énergie produite. Chaque souvenir retrouvé crée de l'émotion toute fraîche, bien concentrée. Et cette émotion, nous la canalisons. Voilà d'où vient l'énergie de la Bulhavre ! Une énergie propre et renouvelable, directement produite par les émotions. Un moment heureux en famille, hop ! une petite heure de lumière. La maladie d'un enfant, hop ! de quoi faire rouler mon véhicule pendant deux heures.

– Vous utilisez les émotions pour produire de l'énergie ?

– Ah ! Tu commences à comprendre. Mais on ne se limite pas à utiliser les émotions… On fabrique des souvenirs pour augmenter leur production. Les mauvais souvenirs sont plus efficaces que les bons. Alors on fait vivre des situations douloureuses aux habitants. On enlève un enfant, on arrache une mère à sa famille. C'est pas grave ! Ils n'en prennent pas conscience puisqu'on efface leur mémoire.

Iriulnik se leva et se frotta les mains. Un sourire méchant noircissait son visage.

– Voilà le moment le plus croustillant de cette histoire ! Quand les habitants arrivent au centre de fin de vie, on réintroduit leurs souvenirs. Ils découvrent toutes les horreurs qu'ils ont vécues et qu'ils avaient oubliées ! On passe et on repasse leurs souvenirs jusqu'à les vider de toute émotion, de toute énergie !

Le rire d'Iriulnik hérissa les poils de Colard. Un rire sinistre, tranchant, un rire glacial, comme le ton qu'elle employa pour conclure :

– Non seulement le Tourneur de Page a réussi à créer du bonheur, mais en plus, on dispose ainsi d'une réserve d'énergie infinie ! Quelques personnes qui souffrent le martyre pour le bien-être de l'humanité tout entière, n'est-ce pas une merveilleuse solution ?

Colard colla une main devant sa bouche. Il se sentait nauséeux, les tripes serrées par ces explications. Mais il n'eut pas le loisir de réfléchir à tout ce que cette découverte impliquait. Un cri déchira l'atmosphère pesante de la pièce. Minda, la femme sanglée sur la table de l'autre côté de la vitre, se débattait, hurlant et implorant à la fois. Elle tenta violemment d'arracher les liens qui la retenaient prisonnière. Sa tête ballottait, de droite à gauche. Le corps tout entier arqué en arrière, elle se tordait dans tous les sens, elle souffrait.

Et pourtant, sur l'écran, la scène de son souvenir se déroulait dans une grande sérénité. On la voyait saluer son fils Tahar d'un geste de la main. Elle souriait, sans noter le regard implorant et paniqué de son enfant. Elle souriait encore tandis que les tourneurs obligeaient son fils à s'engouffrer dans le véhicule. Elle agitait la main en riant alors qu'on lui enlevait son enfant.

Et là, entravée sur la table, elle prenait soudain conscience de l'existence de cet enfant. On lui avait arraché son fils, et elle n'avait pas réagi !

Iriulnik ricana.

– Toutes les mêmes ! Les mères qui revivent la disparition de leurs enfants sont tellement torturées par leurs souvenirs que certaines préfèrent mourir. Celle-ci nous crée une vraie tempête d'énergie. Je ne peux même pas regarder l'indicateur tant sa lumière est devenue éblouissante !

Recroquevillé sur le sol, les mains collées sur ses oreilles, les yeux fermés, Colard se balançait en suppliant.

– Arrêtez, s'il vous plaît, arrêtez de lui faire du mal.

Iriulnik haussa les épaules et enfonça l'interrupteur. Les hurlements cessèrent, tandis que des sanglots prenaient leur relais.

– Il va falloir t'endurcir, mon jeune ami, si tu veux travailler pour moi ! Regarde !

Sur l'écran, Colard vit un garçon rentrer chez lui. Dans les souvenirs de la femme, son fils fouillait la maison, s'inquiétait, pleurait. Elle tentait de le rassurer, répétant son prénom « Alkan ». Aujourd'hui, sanglée sur la table de mémoire, elle comprenait ce qu'il avait ressenti. Lui, savait que son frère avait disparu. Et elle ne l'avait pas cru !

Iriulnik glissa ses doigts dans les cheveux de Colard. Malgré la répulsion qu'elle lui inspirait, il ne sursauta pas, ne s'autorisant même pas un frisson. Elle se pencha vers lui et murmura à son oreille :

– Maintenant, sois attentif.

Immobile, tous ses muscles tendus pour ne pas bouger, concentré, Colard écouta Iriulnik.

– J'ai une mission à te confier.

Elle lui expliqua pourquoi elle était venue le chercher. Colard suivrait un entraînement très dur. Les meilleurs tourneurs-explorateurs et patrouilleurs le formeraient. Pas le droit à l'échec. Sa mission ? Sortir de la Bulhavre. Chasser ce garçon qu'il avait aperçu sur le film. Débusquer cet Alkan et toute sa troupe.

– J'ignore comment ils ont survécu à l'hiver, précisa Iriulnik. Mais ce ne sont que des gamins. Dès qu'ils le pourront, ils fileront vers les terres inconnues pour retrouver ces rats de villageois. À toi de les suivre et de localiser leur planque. Et quand tu pourras me dire où exterminer leur engeance, alors ramène-moi Alkan, vivant de préférence. S'il meurt avant, rapporte-moi ses oreilles. J'aimerais tellement les ajouter à mon collier !

Elle plongea une main sous sa tunique et en sortit le collier d'oreilles qu'elle ne quittait pas. Colard hésita une seconde à reconnaître la nature de sa composition. Quand il saisit de quel genre de perles il était formé, il déglutit, réprimant les mouvements saccadés de son estomac. Ce n'était pas le moment de vomir.

Alors il hocha la tête, soumis. Oui, il comprenait sa mission. Oui, il obéirait. Oui, il ferait ce qu'elle lui ordonnait sans faillir. Il avait espéré devenir tourneur et il la remerciait de concrétiser ce rêve.

Satisfaite, Iriulnik ajouta :

– Tu le reconnaîtras d'autant plus facilement que je lui ai offert une belle cicatrice qui balafre désormais son visage. Mais rappelle-toi, je le préfère vivant ! Je veux le tuer moi-même, lentement. Je te donne un an. C'est plus que nécessaire. Et si tu ne reviens pas…

Iriulnik s'approcha de Piupy que les cris étouffés par la vitre n'avaient pas réveillée, et souffla doucement sur une bouclette de ses cheveux blonds. Sa bague de tourneuse-alpha pointes dressées vers le ciel, elle effleura son oreille aussi délicatement que possible.

– Et si tu ne reviens pas… c'est elle qui prendra sa place.

Colard sentit son cœur se vider de toute chaleur, et une lame de glace lui traverser la colonne vertébrale. Un très doux sourire éclaira le visage d'Iriulnik quand elle se retourna vers lui en désignant le lit de la pièce d'à côté.

– À ton tour maintenant. Tu as un rendez-vous douloureux avec tes souvenirs !

Lorsque la séance de souvenirs s'acheva, Colard rejoignit Iriulnik et Piupy dans la pièce vitrée. Son père Mino, Alkan, Tahar, tous les disparus avaient réintégré sa mémoire. Piupy se cacha derrière les jambes d'Iriulnik. Elle avait peur de ce frère qu'elle ne reconnaissait plus. Colard était transformé. Son regard ressemblait à celui d'un vieillard.

16
La confiance

Piupy glissa sa main dans celle de la femme à blouse blanche. La princesse qui l'avait amenée lui avait dit en souriant :

– Va avec la tourneuse, ma chérie !

Iriulnik, voilà comment s'appelait la princesse aux cheveux rouges. Dès qu'elle l'avait aperçue, Piupy lui avait fait confiance. Elle était si belle !

La petite fille suivit la femme inconnue dans les escaliers qui tournent. Elle la suivit encore dans le long couloir. Mais c'est seule qu'elle pénétra dans la pièce sombre et humide. La femme claqua la porte derrière elle, et le bruit du loquet fit sursauter l'enfant.

Piupy s'avança vers le petit soupirail, tout au fond. Il était bien trop haut pour qu'elle puisse l'atteindre. Même un adulte sur la pointe des pieds n'aurait pu y parvenir ! Un rayon de lumière le traversait, éclairant faiblement le sol, sur la largeur d'une main.

C'est là qu'elle choisit de s'asseoir. Le sol était froid. Elle enserra ses genoux dans ses bras.

Et elle attendit.

Elle attendait la princesse.

Bien sûr qu'elle viendrait ! Jamais une princesse si belle n'accepterait d'abandonner une enfant ici ! Piupy pressa ses mains l'une contre l'autre et murmura :

– Princesse, vite, s'il te plaît.

La princesse viendrait la délivrer avant la nuit. Cette certitude la rassura. Parce que Piupy avait peur du noir. Un noir empli de monstres tapis dans les recoins, un noir envahi de cauchemars, un noir qui ne ressemblait pas à la vie.

Non, c'est sûr, la princesse n'arriverait pas trop tard. Les princesses n'arrivent jamais trop tard.

Piupy attendit.

Puis, la nuit tomba.

Et le noir enferma la cellule au cœur de ses effrayants tentacules.

17
Lali

La Grande Mère regarda autour d'elle. Enfants du peuple et enfants des villageois jouaient ensemble, sans distinction d'origine. Voilà pourquoi elle aimait tant s'asseoir chaque jour sur le banc adossé à la maison-de-tous. Les enfants constituaient le vrai trésor du peuple : son avenir. Elle n'aurait pu rêver meilleure place pour sentir circuler en elle l'énergie de la jeunesse.

Un tout jeune enfant, un garçon du peuple, s'approcha d'elle. Il ordonna d'une voix impérieuse :

– Dis que je suis le meilleur ! Dis-le !

Un large sourire éclaira le vieux visage. La Grande Mère décréta d'un ton solennel :

– Tu es le trésor. Tu es l'avenir. Bénis soient les enfants que nous offre la nature.

Assise à ses côtés, Liriana sourit à son tour. Le moment était idéal pour évoquer un sujet difficile.

Liriana prit la main ridée de sa voisine dans la sienne et la serra.

– Tu sais combien je te respecte, Grande Mère. Je ne veux pas t'offenser. Mais je souhaite te parler de Lali. Je m'inquiète pour elle. Cette jeune femme, à peine adulte, si gentille, si intelligente est méprisée par tous. Les membres du peuple font mine d'ignorer sa présence, et ne lui adressent jamais la parole. Même sa maison est à l'écart, isolée du reste du hameau. Grande Mère, explique-moi les raisons de cette situation.

La vieille femme retira sa main et affirma d'un ton sec :

– Elle a l'âge, mais elle n'est pas femme. Elle n'honore pas la nature. Si le temps n'y fait rien, si le sacré continue à lui tourner le dos, elle sera bannie.

Liriana étouffa un soupir. Une fois encore, elle ne comprenait pas le sens des paroles de la Grande Mère, mais elle percevait l'intensité de la colère qui l'animait.

Un silence s'installa entre les deux ancêtres. Une famille de villageois — un couple accompagné de trois enfants — les salua d'un geste en passant devant elle. Les familles nombreuses n'étaient pas une exception chez les villageois. C'était loin d'être le cas au sein du peuple. Rares étaient les femmes qui retombaient enceintes après une première naissance. Certaines n'avaient même jamais d'enfant.

La Grande Mère suivit la famille du regard et annonça comme une évidence :

– Vous, les villageois, êtes assurés de survivre.

Liriana sentit la pointe de jalousie qui ponctuait les propos de la Grande Mère. Son interlocutrice précisa :

– Trois enfants pour deux adultes, et la descendance est garantie. Elle ne l'est pas au sein du peuple. Nos femmes sont si peu fertiles.

– C'est normal ! répondit Liriana. Je ne t'ai pas encore parlé de nos origines. Tous les villageois, à l'exception des enfants, sont nés et ont grandi sous la Bulhavre, protégés de la pollution de l'air et de l'eau. Ton peuple n'a pas bénéficié des mêmes conditions de vie. Cela a certainement influé sur sa fécondité.

La phrase de Liriana déclencha un torrent de questions. Lali était oubliée. La curiosité de la Grande Mère à l'égard de la Bulhavre s'avéra insatiable. Après une heure d'échanges, elle se tut subitement. Surprise, Liriana la dévisagea. La chef du peuple regardait l'horizon, plongée dans sa réflexion.

Plusieurs minutes après, la Grande Mère sortit de son mutisme :

– Lors de la grande extinction, nombreux sont ceux qui ont pensé que seuls les élus partis en terre saine survivraient. Ils se trompaient. Mon peuple vit et aspire à croître. Et ceux de ton village, ceux qui ont fui la terre saine, nous aideront. J'ai confiance.

Quelque part au plus profond d'elle-même, Liriana sentit palpiter un malaise. Elle se remémora la décision prise par la communauté : dès l'arrivée des beaux jours, les villageois s'en iraient à la recherche d'un territoire où s'implanter. Alors, ils retrouveraient leur liberté et elle, sa sérénité.

18
Du bol à la gamelle

Guitin se releva péniblement, son bol à la main. Le repas du soir, le seul de la journée, méritait cet effort. Ensuite, il retournerait s'effondrer dans un coin, sous l'un des toits qui abritaient les bagnards.

Il prit sa place au milieu de la queue. Les plus forts, ceux qui n'hésitaient pas à cogner, passaient les derniers. Car si le jus d'algue ressemblait à de l'eau en surface, plus la louche s'approchait du fond de la grande casserole, plus la soupe, enrichie de plancton bouilli, se révélait épaisse et nourrissante.

Un petit pas, puis un autre, la queue avançait. Ce n'était pas l'homme habituel qui maniait la louche. Celui-là dévisageait les bagnards avant de servir. S'il en avait eu la force, Guitin aurait haussé les épaules. Pourquoi regarder des hommes condamnés à s'épuiser à la tâche ?

À son arrivée au bagne, Guitin avait déclenché des réactions d'hostilités. Dans ce lieu, blancs, noirs et cuivrés étaient mélangés et traités de la même manière inhumaine. Mais les contre-diversités, nés de parents de couleurs différentes, étaient rares. Il n'en fallait pas plus pour les choisir comme cible ! Ses poings et la fougue de sa jeunesse avaient permis à Guitin d'obtenir la paix. Sa seule compagne était désormais la griffe d'aigle qu'il serrait dans sa main. Petit, il était si fier d'avoir sauvé l'aigle à qui elle appartenait ! Il l'avait trouvé avec Awim, blessé par un piège. À force de soin, sa patte avait cicatrisé. La griffe était tombée au moment où l'oiseau avait repris son envol vers la liberté. Elle était désormais le seul souvenir qui lui restait de sa vie passée.

Arrivé devant l'homme, Guitin courba donc la tête, et tendit son bol.

– J'avais un fils, un peu plus jeune que toi.

Guitin, tête baissée, leva prudemment les yeux vers l'homme, qui poursuivit :

– Il s'appelait Colard. Si seulement j'avais eu le temps de lui apprendre à ne jamais courber la tête !

Guitin n'avait pas parlé depuis des jours. Ses poumons séchés par l'air marin, sa gorge abîmée et ses lèvres fendillées produisirent un chuchotement grave qu'il ne reconnut pas comme sa voix :

– Ce qui se courbe jusqu'à terre gagne assez de ressort pour se redresser jusqu'au ciel.

Les mots de révolte étaient sortis de lui, comme animés d'une vie propre. Guitin s'immobilisa, tétanisé par la peur. Les gardes avaient fouetté à mort des bagnards pour moins que ça.

Ce fut le bruit de la louche raclant le fond de la casserole qui le rassura. Une fois rempli, son bol pesait lourd au bout de son bras. Un gros morceau de chair de poisson reposait au fond et affleurait la surface. Un vrai festin !

Guitin échangea un regard avec l'homme qui l'avait généreusement servi. Dans ses yeux, il vit une petite lumière, à peine une étincelle, qui le réchauffa plus chaudement que l'auraient fait les braises d'un barbecue. Avant de verser une louche au bagnard suivant, l'homme ajouta :

– Je m'appelle Mino.

Guitin hocha la tête, et répondit :

– Guitin.

Et ses lèvres se craquelèrent en une étrange grimace. Il avait oublié comment sourire. Il repartit, le bol à la main. Sans y penser, il glissa la serre d'aigle dans sa poche.

Ce soir-là, Guitin retrouva sa voix. Mino, son service fini, le rejoignit sous le toit à l'ouest du camp. Sans un mot tout d'abord, il s'assit à ses côtés et resta là, genoux ramenés sous son menton, bras tendus en appui sur le sol. Puis il parla. De sa vie d'avant, de sa femme, de son fils Colard. Il riait quand il évoquait sa fille Piupy qui apprenait à marcher. Longtemps après, il se tut, et attendit.

Guitin laissa passer plusieurs minutes avant de se lancer à son tour. Mais, à peine le premier mot avait franchi ses lèvres, qu'un torrent de phrases le suivit. Comme si, à l'intérieur de sa tête, la vanne d'un barrage avait soudainement cédé sous la pression.

Passionné, Mino l'écoutait parler de son village, de sa famille. En voyant ce jeune contre-diversité si différent de tous les autres bagnards faire la queue à la soupe, Mino avait pressenti qu'il pourrait en apprendre quelque chose. Il n'était pas déçu, car ce qu'il découvrait dépassait toutes ses espérances. Contrairement à ce que tous les tourneurs enseignaient, une vie humaine était possible dans l'Outre-Monde ! Le cœur de Mino battit un peu plus vite, quand il comprit qu'un accès existait entre la Bulhavre et l'Outre-Monde. Chacun de ses neurones était concentré sur ce que le jeune contre-diversité racontait.

– Le garçon nous attendait là, au pied de la trappe. Son frère venait d'être enlevé et envoyé dans un collège de potentiels. Mais le réencodage des mémoires n'avait pas fonctionné, car sa misphère était cassée.

Après un silence, il précisa :

– Alkan. C'est son nom, et il est dev…

Le cri de son voisin surpris l'interrompit.

– Alkan ?

Quelques bagnards, réveillés en sursaut, protestèrent. Les deux hommes se turent, le temps que tout s'apaise.

Les souvenirs assaillaient l'esprit de Mino. Alkan, un gamin de la classe de Colard. Ce jeune garçon que Mino appréciait déjà alors qu'il n'était qu'un enfant jouant près de la haie de son jardin, avait déployé le courage d'un héros pour libérer son frère !

Mino dévisagea longuement Guitin et murmura :

– J'ai connu un Alkan. Et j'ai connu son frère, Tahar. Viens, je vais te présenter à Tomy. C'est leur père !

Incrédule, Guitin vit Mino se lever. Il lui fallut quelques instants pour comprendre. Le père d'Alkan était emprisonné au bagne ! Il se dépêcha de suivre son guide.

Un peu plus loin, Mino s'agenouilla aux côtés d'un homme au visage sans âge. Quand Guitin s'approcha, il remarqua les larmes qui coulaient sur ses joues burinées. Le bagnard lui tendit sa main labourée par les roseaux :

– Alors c'est bien vrai ? Tahar est vivant ? Et Alkan, est-ce que tu sais si… ?

Guitin secoua la tête en signe de dénégation.

– J'ai quitté les enfants alors qu'ils attendaient Alkan. J'ignore s'il a réussi à s'enfuir. Mais Tahar était avec nous, en parfaite santé.

Le silence plana sur les trois hommes, riche de pensées et de souvenirs. Mino opina du chef :

– Je savais pouvoir tirer un enseignement de toi, un enseignement utile pour me sortir de là, un jour. C'est pour ça que je t'ai servi ce poisson. Mais je me trompais. J'ignorais que nos destins s'étaient déjà croisés. Le hasard n'y est pour rien. Nous devions nous rencontrer.

– Merci, mon ami, ajouta Tomy.

Guitin esquissa un sourire.

Dans la nuit, jamais complètement noire en raison des projecteurs antiévasion, il poursuivit son récit.

Il se souvenait, parlait, racontait. Son débit se ralentit quand il évoqua le village vidé de ses habitants. Il se rappelait précisément les quelques mots qu'il avait gravés de sa griffe d'aigle sur un morceau d'écorce. « Ne vous inquiétez pas. Je pars chercher les parents. » Les enfants l'avaient inévitablement trouvé lorsqu'ils avaient atteint la grotte pour se mettre à l'abri.

– Je savais que ma sœur et ses amis localiseraient la caverne. J'en étais certain. Et ce mot était destiné à les rassurer. Parce que mon devoir m'obligeait à les abandonner. Je n'avais pas le choix, vous comprenez ? Je devais le faire.

Sur cette dernière remarque, sa voix se brisa en sanglots.

En chuchotant, il poursuivit son récit, les yeux cachés dans le creux de son coude.

– Mes parents. Les tourneurs les avaient capturés. J'ai suivi leur piste, une journée durant. Et quand je les ai trouvés, quand je les ai trouvés…

Guitin répétait sa phrase, sans parvenir à la terminer. Sa gorge serrée ne laissait passer qu'un sifflement. Il inspira brutalement pour conclure, poumons bloqués :

– Je les ai trouvés, je les ai libérés, mais trop tard, trop tard. C'est en allant chercher de l'eau pour commencer à les soigner que les tourneurs m'ont capturé.

Mino posa une main sur l'épaule de son voisin.

– Ne te reproche rien.

– Ce n'est pas de ta faute si tu as été fait prisonnier ! ajouta Tomy.

La nuit résonna encore de nombreux récits.

Malgré la douleur réveillée par tous les souvenirs évoqués, Guitin, Mino et Tomy s'endormirent le cœur soulagé, à peine quelques heures avant le lever du soleil. Désormais, ils partageaient une même destinée.

19
Dépassée !

Comme chaque matin, Iriulnik s'étira dans son lit avant de se lever.

Elle qui se redressait d'habitude avec entrain, courba sa tête vers l'avant en soupirant. Sa chevelure vint dissimuler son visage tel un masque. Elle se sentait éteinte.

Malgré l'heure tardive, elle prit son temps pour se préparer. Un massage des muscles des cuisses et des mollets était l'idéal pour tromper son sentiment de malaise. Quoi de plus excitant que de tenir dans ses mains les symboles de sa puissance, des muscles durs, longs, effilés et qui lui obéissaient, sans même qu'elle ait à y penser ?

Mais rien n'y fit. Le brouillard qui l'habitait refusait de céder la place à sa gourmandise de vivre. Elle interpella le tourneur de garde :

– Un véhicule, tout de suite !

Seul Rustor saurait la sortir de cette gluante torpeur.

Dès qu'Iriulnik passa le nez par la porte de son bureau, Rustor comprit que quelque chose n'allait pas. Les yeux éteints, les épaules affaissées, la tête penchée, où donc s'était cachée l'Iriulnik flamboyante qu'il admirait ? Il demanda :

– Ma belle, qu'est-ce qu'il t'arrive ?

– J'ai tellement mal dormi ! C'est à cause de Piupy.

Rustor mit quelques secondes à saisir de qui elle parlait.

– La petite fille que tu as emmenée au centre hier ?

Iriulnik approuva d'un hochement de tête.

– Elle m'appelait. Elle m'appelait sans s'arrêter. Cet affreux cauchemar n'en finissait plus.

– Ça va mieux, ce matin ?

– Non, non, j'ai eu beau tenter de chasser toutes ces mauvaises pensées, mon corps a pris le dessus. Oh ! Rustor, qu'est-ce qui m'arrive ? Je me sens coupable de l'avoir abandonnée là-bas, comme si j'avais fait quelque chose de mal. Moi qui suis si gentille, moi qui ne fais que mon devoir !

Une affreuse émotion a pris possession de moi.

Iriulnik s'effondra sur une chaise, et laissa une avalanche de larmes déborder de ses paupières. Rustor s'agenouilla devant sa compagne, et l'entoura de ses bras. Le nez plongé dans sa chevelure, il respira le parfum qui l'enivrait plus sûrement que du jus d'algue fermenté. Doucement, il entreprit de la bercer.

– Ça va aller, ne t'inquiète pas, ça va aller.

Et tandis que sa litanie apaisait peu à peu sa partenaire, Rustor réfléchissait, rassemblant les paramètres, croisant les données, examinant les hypothèses. Les échecs répétés pour attraper ce monstre d'Alkan, les sorties successives en Outre-Monde où régnait un froid à glacer les neurones, et la famille de ce Colard poisseuse de bons sentiments, bien sûr, tout cela était clair : les événements se liguaient pour faire craquer la belle ! Quand il arriva à une conclusion, il saisit les épaules d'Iriulnik et s'écarta jusqu'à ce que leurs visages se trouvent en face à face.

– Vas-y !

Le flot des larmes stoppa net. Iriulnik le dévisagea, hésitant à comprendre.

– Tu crois ?

Le sourire indulgent qui se dessina sur les lèvres de Rustor suffit à lui répondre. Comme propulsée par un ressort, elle se leva, courut jusqu'à la porte, et la voix vibrante d'excitation, elle s'exclama :

– Tu as raison ! Oh, Rustor ! Quelle vie aurais-je sans toi ? Tu sais toujours comment me rendre heureuse.

Debout, Rustor hocha silencieusement la tête. Iriulnik avait disparu dans le couloir. Il songea que ce nouveau jeu la divertirait quelque temps, jusqu'à ce qu'Iriulnik dispose d'autre chose à se mettre sous la dent.

Iriulnik s'engouffra dans le hall du centre de fin de vie comme l'aurait fait un ouragan. Elle lançait déjà des ordres alors que personne ne se tenait encore à ses côtés. Quand les tourneurs chargés des réencodages comprirent dans le flot de ses paroles ce qu'elle désirait, tout alla très vite. Une femme vêtue de la tunique blanche du centre la précéda dans l'escalier à vis qui descendait jusqu'aux caves. Au moment de la construction de la Bulhavre, les deux étages souterrains situés sous le bâtiment ancien avaient convaincu le Tourneur de Page d'y installer son centre de fin de vie. Dans ses larges pièces voûtées aux murs de pierre, où la lumière ne filtrait au mieux, que par un étroit soupirail, de nombreux prisonniers pouvaient être entassés. Et les épouvantables conditions de détention augmentaient la production d'émotion lors des séances de réencodage. Personne n'aurait pu rêver meilleure préparation.

Au bas des escaliers, les deux femmes longèrent un long couloir flanqué d'une succession de portes. Iriulnik demanda :

– La petite est-elle passée au réencodage ? A-t-elle vu le film de ses souvenirs ?

– C'était inutile, répondit la tourneuse-réencodeuse, les souvenirs des enfants si jeunes sont très peu exploitables. L'efficacité des réencodages se heurte à leur imaginaire, qu'on ne parvient à anéantir que plus tard, lorsqu'ils ont grandi.

La femme s'arrêta devant une porte de bois, plus vieille que la Bulhavre. Elle ajouta :

– On l'a enfermée là. Vous avez bien fait de venir rapidement. Les enfants privés de leurs parents se laissent mourir si vite !

Le grincement du loquet réveilla Piupy en sursaut. Depuis que les tentacules de la nuit l'avaient encerclée, la petite fille s'était réfugiée dans le sommeil. Elle dormait, sans bouger, sans rêver, en respirant à peine. La porte s'ouvrit sur un torrent de lumière qui fit cligner ses yeux. La princesse était revenue ! Piupy se leva, et se jeta dans les bras de sa sauveuse.

Tout contre sa poitrine, Iriulnik perçut le cœur de Piupy battre à grands coups. Le sien ne tarda pas à l'accompagner.

Elle emporta l'enfant serrée tout contre son buste. Et quand la petite fille affirma dans le creux de son oreille :

– Je savais que tu viendrais parce que tu es une princesse !

Iriulnik sentit une énergie nouvelle couler dans ses veines.

20
La détresse

Le directeur Toache aimait l'atmosphère sonore du collège. Avec ses craquements, la bâtisse semblait respirer comme un être vivant. Les cris des enfants et les aboiements des chiens dans la cour ponctuaient chacune des journées. Le calme était toujours habité par les bruits routiniers. Mais ce jour-là, un hurlement de désespoir fit exploser le silence. Le cœur de Toache s'emballa. Le hurlement n'en finissait pas de s'insinuer dans le bâtiment, dans son bureau, jusque vers ses tympans.

D'un bond, Toache se leva et marcha en accélérant le pas. Une information lui revint à l'esprit. Ce jour-là, tous les élèves étaient en sortie découverte à la réserve. Il se sentit partiellement soulagé. Le cri ne provenait pas d'un enfant. Mais le directeur restait inquiet. À juste raison.

Quand il arriva dans la cour, le hurlement s'était réduit à un gémissement. Près de la grille, deux gardiennes se tenaient debout, bras ballants. Elles regardaient la forme recroquevillée à leurs pieds. Toache cerna aussitôt la situation, et s'adressa à l'une d'entre elles :

– Un tourneur-effaceur, vite ! Préviens le centre, qu'il nous en envoie un dans les plus brefs délais !

Il s'accroupit aux côtés de ce qui semblait être une femme, et posa sa main sur son épaule. Le gémissement évolua alors vers un mélange de mots et de sanglots.

– Rendez-moi mon fils, je vous en prie, rendez-le-moi, je ferai tout ce que vous voudrez.

Comment rester insensible à la détresse de cette mère ? Toache grimaça, il ne s'était pas trompé. Voilà quatre jours que le dernier élève avait rejoint le collège. Et cette femme avait accompli le miracle de le localiser, de franchir la sécurité renforcée du poste de surveillance et d'escalader la grille. Il n'y avait pas de hasard. C'était l'exploit d'une mère qu'on avait mal traitée.

La pitié de Toache se transforma peu à peu en colère. Le Tourneur de Page était mort. Son décès avait beaucoup surpris. Sa vie semblait prête à durer une éternité. La cérémonie d'enfouissement avait, pour la première fois depuis la création de la Bulhavre, réuni les habitants de tous les quartiers, toutes couleurs mélangées. Et si le recueillement de ces hommes honorant leur sauveur était sincère, le petit sourire de triomphe qui éclairait le visage d'Iriulnik ne laissait pas place au doute. Enfin, le pouvoir lui appartenait. Enfin, elle pourrait œuvrer à son idée. Sans personne pour lui imposer des limites.

La souffrance de cette femme n'était qu'un effet collatéral de cette prise de pouvoir. Les disparitions et les enlèvements se poursuivaient, mais les réencodages censés les accompagner étaient trop souvent bâclés, faute de temps. Les tourneurs effaçaient les souvenirs principaux. Par le biais de la misphère, ils envoyaient de minuscules particules qui empêchaient les neurones du cerveau de communiquer entre eux. Mais ils en oubliaient ! Quelques bribes de mémoire s'accrochaient. Et peu à peu, le cerveau balisait de nouveaux chemins, créait de nouveaux circuits. Il reconstituait les souvenirs.

Quand une personne réalisait qu'un membre de la famille avait disparu, elle endurait une douleur morale insoutenable.

Le tourneur-effaceur arriva, son matériel sous le bras. Il se mit au travail. Toache patienta, sa main posée sur l'épaule de la femme. Quand l'homme acheva sa mission, Toache ne sentait plus ses jambes ankylosées. Il sourit à la femme qui se releva, le visage apaisé. Elle eut beau tenter de rappeler ses souvenirs à la conscience, elle ignorait tout de ce qui l'avait conduite ici, dans cet endroit inconnu, en ce lieu probablement interdit. Impossible de comprendre ce qu'elle faisait là, alors que la journée de labeur avait déjà commencé.

« Partir travailler, oui, voilà, pensait-elle, je dois partir travailler. » Et cette idée qui la rattachait à la routine de sa vie la réconforta.

– Raccompagnez-la jusque chez elle ! ordonna Toache à la deuxième gardienne.

La femme suivit docilement la tourneuse, mortifiée d'avoir peut-être, sans en avoir conscience, contrevenu à une — voire à plusieurs — règle du manuel.

Toache observa quelques secondes la démarche hésitante de la mère. Elle paraissait groggy, vidée d'énergie.

Alors qu'à son tour il se mettait en marche pour regagner la porte d'entrée du bâtiment, Toache sentait que sa colère ne s'estompait pas. Pire ! Elle se transformait en un dégoût qui lui plaçait le cœur au bord des lèvres. Écœurement face à l'inconséquence de la tourneuse-alpha, écœurement face à la peur qu'il percevait tapie à l'intérieur de lui. Non, il n'était pas impuissant. Et même si sa révolte ne pouvait que se solder par un châtiment, il refusait de la taire.

Protester ne suffisait plus, seule l'action arrêterait cette femme. Mais agir seul ne servait à rien. Toache avait besoin de soutien. Comment savoir à qui se fier ? Au professeur Mogi avec qui il prenait plaisir à échanger des idées ? Au professeur Lana qui n'hésitait pas à contester ces propositions ? À Canile, cette tourneuse en charge de l'éducation des chiens et qui venait d'accoucher ? Il pinça les lèvres. D'une manière ou d'une autre, il trouverait le moyen de sonder leurs opinions.

Comme une promesse que nul ne peut dédire, il se murmura à lui-même :

– Iriulnik, tu me trouveras sur ton chemin.

21
Rassemblement

Tam se tenait assis, sa queue balayant régulièrement les feuilles du sous-bois. Il avait déboulé dans la clairière, si vite et si brusquement, qu'Adélou et Alkan avaient sursauté. Haletant, la langue pendante, il récupérait d'une longue course à travers bois.

– Mais d'où tu sors, toi ? pesta Alkan. Si seulement les chiens pouvaient parler ! Peut-être qu'il saurait nous dire où sont les autres ?

Agenouillé devant l'animal, sa main caressa la fourrure du rescapé de l'attaque des tourneurs. Mais la toison ressemblait désormais à un tapis de glomérules. Des brindilles, des boules végétales, des morceaux d'écorces s'y étaient emmêlés. Le chien aurait fait exprès de se camoufler que son aspect n'aurait pas été différent !

– Les chiens ne parlent pas, rappela Adélou,

mais toi, tu peux lui parler.

L'incompréhension qui fronça les traits du visage d'Alkan fut vite balayée par un sourire triomphant.

– Adélou, tu ne causes peut-être pas beaucoup, mais quand tu lâches trois mots, tu ne les choisis pas au hasard !

Alkan attrapa la tête de Tam entre ses mains. Nez à truffe, les yeux dans les yeux, il ordonna :

– Cherche Tahar, Tam, cherche !

Relâchant son emprise, il libéra l'animal. Il était convaincu qu'il partirait comme une étoile filante dont il n'aurait qu'à suivre le sillage.

Mais Tam ne bougea pas. C'est à peine s'il esquissa un mouvement vers les arbres tout proches.

– Allez Tam, cherche Tahar !

Le chien gémit, sa queue cessa son va-et-vient, et son regard implora Alkan. Il se leva, tourna sur lui-même avant de coucher en rond, la tête dissimulée sous sa cuisse.

Adélou soupira sans ajouter un mot. Discrète, l'expression de sa déception cachait une émotion intense. Renoncer à leur seule chance de retrouver leurs compagnons l'aurait presque fait pleurer.

Alkan réagit différemment. Il se sentait coupable, désarmé et surtout terrorisé à l'idée qu'il ait pu arriver quelque chose à ses amis. La colère masqua son impuissance.

– Tu n'es qu'un ingrat, Tam. Mon frère t'a libéré de la Bulhavre au péril de sa vie, et maintenant que tu peux lui donner un petit coup de patte, tu préfères piquer un roupillon ! Espèce de lâche !

L'exutoire à sa colère resta couché, sans un mouvement. Alkan sentit les larmes de dépit couler le long de ses joues. C'était sa faute. Si quelque chose était arrivé à ses amis, il porterait cette culpabilité toute sa vie. Qui les avait convaincus de partir ? Qui avait approuvé l'approvisionnement à la réserve ? Qui avait échoué à reconnaitre le piège que formaient les falaises ? Lui, lui et encore lui. Il n'espérait qu'une chose : que ses compagnons échappent au pire, les griffes d'Iriulnik.

– À peine je tourne le dos que te voilà déjà en train de crier sur mon chien ! Il ne faut pas te quitter de l'œil une seconde, toi !

La voix qui surgit du rideau d'arbres, bientôt accompagnée par deux silhouettes, transforma Alkan en un ressort de joie. Toute trace de ses sinistres pensées fut balayée par le torrent de soulagement qui se déversa en lui lorsqu'il vit apparaître son frère et son amie :

– Tahar ! Artelune !

Privé de la possibilité de hurler son émotion, Alkan se jeta sur Tahar. Il frappait des mains dans son dos, trépignait d'un pied à l'autre. Quand il se dégagea, il avança vers Artelune, hésita, puis s'arrêta pour lui sourire.

– Qu'est-ce que tu attends, zigouillou !

Encore un pas, et Alkan la serra dans ses bras. Des mois durant, sous la grotte, il avait réprimé ses gestes et mouvements spontanés en direction d'Artelune. Partager un espace sans cloisons et sans chambres nécessitait le strict respect de l'intimité des uns et des autres. Tous l'avaient compris. Alkan plongea son regard dans celui d'Artelune et prit une large inspiration. Elle était là. Et elle était vivante.

– J'ai eu tellement peur ! laissa-t-il échapper du flot de ses pensées.

Artelune esquissa un mouvement :

– Si ton objectif est de me faire suffoquer, sache que tu n'es pas loin de réussir !

Alkan la relâcha aussitôt, et recula d'un pas.

Il lui sourit, arrêta de sourire, chercha désespérément quelque chose à dire pour dissimuler sa gêne, tandis qu'elle le dévisageait en fronçant les sourcils. Enfin, elle pouffa de rire, assez discrètement pour ne pas donner l'alerte, entraînant Alkan avec elle :

– Contente de te retrouver !

22
L'appel du ventre

L'abominable n'avait pas bougé. Installé au bord de la rivière, il continuait à surveiller les abords, sans porter attention au petit groupe qui murmurait à courte distance. Assis en cercle, les enfants regardèrent Tahar raconter ses aventures. Un bâton à la main, il dessinait sur le sol pour accompagner ses paroles. Tam écopa de son content de caresses. Il avait rejoint son maître peu après l'acrobatique sauvetage. Artelune et Tahar l'avaient suivi, confiants dans sa capacité à les guider jusqu'à leurs amis. Artelune s'était éclipsée pour ramasser quelques feuilles, mousses et lichens médicinaux. Les félicitations pleuvèrent à son retour. Mais ce fut le baiser de gratitude d'Alkan qui la fit rougir d'une oreille à l'autre ! Pour cacher son trouble, elle s'appliqua à broyer sa récolte entre deux pierres, jusqu'à en extraire le principe actif.

Le silence revint dans le groupe. Seul, le sifflement des trois notes continuait à résonner à intervalle régulier. Et si aucun des quatre enfants n'osait se l'avouer, tous s'inquiétaient pour Berlusin. Ils plongèrent dans leurs pensées.

Dès les premières minutes, le soin se révéla douloureux. Tahar suspendit son geste, les mains encore pleines de l'emplâtre fabriquée par Artelune. Adélou grimaça. Sa souffrance augmentait, comme si l'immobilité lui laissait plus d'espace pour se développer.

– Désolé, j'essaie de le faire aussi délicatement que possible.

– Ça va aller.

Les mâchoires crispées, Adélou observa Tahar continuer à masser doucement sa cheville. Il savait que le traitement atténuerait l'inflammation. Mais il peinait à dissimuler sa douleur.

Quand enfin le traitement s'acheva, Adélou croisa les regards de ses compagnons. Comme il détestait la compassion qu'il lisait dans leurs yeux ! Il les comprenait, mais il ne supportait pas cette pitié. Car elle l'obligeait à réfléchir plus loin que le bout de sa cheville. Blessé, au cœur de la forêt infestée de tourneurs, il serait, malgré son petit gabarit, un poids trop lourd pour ses amis. Il risquait surtout de les mettre en danger. Le moment où Alkan avait volé à son secours, contre son gré, demeurait encore présent à son esprit.

Adélou secoua la tête pour en chasser les pensées. Il s'obligea à sourire, et à proposer avec enthousiasme :

– Et si on mangeait quelque chose ?

– Bonne idée ! approuva Artelune, c'est toi qui portais les galettes, Alkan ?

– On aura de la chance s'il en reste plus que des miettes !

Alkan attrapa son sac à dos. Il était formé d'un gros lièvre qu'il avait vidé par le cou. Gratter et travailler la peau avaient mobilisé ses efforts presque tout l'hiver. Mais l'absence totale de couture ou d'accroc lui garantissait une étanchéité parfaite. Il en sortit son outre et un petit ballot de toile. Il rabattit les pans du tissu, dévoilant les galettes presque intactes.

La distribution fut rapide. Alkan se leva et s'approcha de l'abominable qui se tenait à peu de distance. Il lui montra la galette, pointant les doigts de son autre main vers sa bouche pour mimer un repas. L'abominable croisa ses doigts devant son visage. Il n'en voulait pas. Mais alors qu'Alkan retournait s'asseoir, il dressa sa paume vers lui en guise de merci.

Bientôt, on n'entendit plus que le bruit des mâchoires mastiquant les céréales séchées et celui des gosiers avalant l'eau nécessaire à leur réhydratation.

C'est dans ce relatif silence que Berlusin surgit. Tous sursautèrent, d'abord surpris, puis heureux de le voir arriver. Mais aucun n'osa dire un mot. Berlusin fronçait les sourcils, le visage crispé obstinément penché vers le sol. Partagés entre le soulagement de le retrouver en bonne santé et l'inquiétude devant son attitude, plus aucun d'entre eux ne savait comment réagir.

Artelune se résolut enfin à l'interroger :

– Berlusin, qu'est-ce qui ne va pas ?

Le garçon haussa les épaules et grommela :

– Vous auriez quand même pu m'attendre pour manger !

23
Se mettre en sécurité

Une galette, une poignée de lichettes de viande fumée, une autre galette, quelques lamelles de pomme séchée… Depuis qu'il avait surgi affamé dans la petite clairière où l'attendaient ses amis, Berlusin rendait honneur à son appétit légendaire. Entre deux aliments, la bouche encore pleine, il raconta le subterfuge employé pour échapper aux tourneurs. Resté immobile plusieurs heures durant sous un tapis de feuilles, il avait fait provision de mauvaise humeur ! Qu'il râle ou qu'il grogne, Berlusin ne se laissa pas distraire par les réactions de ses compagnons. Son récit provoqua leurs rires. Même Adélou ne put s'empêcher de s'esclaffer malgré sa douleur à la jambe. Et chacun savoura cette parenthèse légère où, pour un court laps de temps, les soucis n'avaient plus leur place.

– Plus jamais je n'observerai une fourmi

comme avant ! Je suis certain que ces sales bestioles dissimulent des armes quelque part. Elles s'acharnaient à entrer dans ma bouche. Et que je te pique la lèvre, et que je te chatouille le nez…

– Quel courage, Berlusin ! ironisa Tahar, résister à de si valeureux ennemis demande un sang-froid exemplaire !

– Rigole, rigole… mais tu rigolerais moins sous leur assaut. Et il y a pire que ces monstres acides !

Berlusin engouffra dans sa bouche une nouvelle galette, la tassant pour qu'elle y rentre tout entière. Mastiquant aussi vite que possible, il poursuivit :

– Ces choses gluantes et collantes qui rampent jusqu'aux trous de nez et qui n'ont même pas assez de savoir-vivre pour attendre qu'on leur autorise l'entrée. Beurk. Écœurant… Pour un peu, j'en aurais vomi !

– C'est toi qui vas nous rendre malades en nous offrant le spectacle de ta bouche ouverte !

Berlusin sourit à la remarque taquine d'Artelune.

– Alors à vous ! Racontez, je veux tout savoir !

Les récits des uns et des autres s'entrecroisèrent. La chute de Tahar, l'acrobatique intervention d'Artelune, le sauvetage inespéré d'Adélou et d'Alkan, les courses folles pour échapper aux tourneurs, tous les détails de leurs aventures convergeaient vers une seule conclusion : ils avaient eu de la chance, beaucoup de chance.

Indifférent aux réactions des enfants, à courte distance de là, l'abominable s'était couché à cheval sur une branche qui surplombait la rivière. À intervalles réguliers, il se relevait d'un saut léger. Après une observation des alentours à 360 degrés, le géant se rallongeait.

Quand le calme revint dans la clairière, les sourires s'effacèrent des visages. Les dessins esquissés par Tahar sur le sol humide témoignaient du danger qu'ils avaient tous frôlé de près. Après la joie des retrouvailles, la réalité reprenait ses droits. Les tourneurs, à l'affût dans la grotte. La nuit qui ne tarderait plus à tomber. La perte de presque tout le matériel nécessaire à l'expédition vers les terres inconnues. L'incertitude de l'avenir. Chacun retournait dans sa tête les éléments du problème, mais personne n'y trouvait un début de solution. Car l'hypothèse à laquelle tous aspiraient se heurtait à une difficulté que les enfants n'osaient aborder : la blessure d'Adélou. Comment partir sans équipement alors que l'un d'entre eux était incapable de marcher ?

– Je t'avais dit de me laisser, Alkan. Maintenant, c'est le moment de le faire.

La voix empreinte de tristesse d'Adélou serra les cœurs de tous ses amis. Tahar saisit sa main, et la tapota entre les siennes. Artelune se leva pour passer son bras autour de lui. Alkan secoua la tête sans le lâcher du regard.

– Je ne peux pas m'empêcher de penser au pire, poursuivit Adélou. À cause de moi, les tourneurs pourraient tous vous capturer. J'aimerais mieux mourir que de vous savoir entre les griffes d'Iriulnik par ma faute.

Berlusin haussa les épaules.

– N'importe quoi ! Ce n'est pas ça le pire. Le pire, c'est d'imaginer que MA couverture, composée de toutes ces splendides fourrures que j'ai passé des jours à tanner, est désormais entre les mains de ces sales tourneurs. Une vieille serpillière pleine de puces et de poux, voilà ce qu'ils vont en faire ! Et dire qu'il n'a pas fallu moins de quatre peaux de renards-loups pour qu'elle soit à la bonne taille ! Il est parfois si difficile de posséder un corps d'athlète…

– Berlusin a raison, approuva Alkan, ne crois pas t'en tirer à si bon compte !

Artelune renchérit aussitôt :

– Dans trois semaines, tu seras sur pied et d'ici là, tu nous auras préparé quelques-uns de ces pièges que tu es le seul à savoir fabriquer !

– Il faudra bien que tu ailles les poser et les relever !

Avec cette remarque, Tahar adressa un sourire à ce garçon aussi discret qu'habile qu'il avait rencontré aux collèges des potentiels. La solidarité de tout le groupe lui faisait chaud au cœur. Bien sûr, aucun d'entre eux n'aurait pu se résoudre à l'abandonner !

D'un signe de main, Adélou remercia ses amis. Mais il ne releva pas la tête. Il pensait ce qu'il avait dit. Et si sa présence devait mettre en danger les autres, il saurait en tirer les conclusions qui s'imposent.

24
Par-delà les urticants

Le sursaut des cinq amis fut d'abord celui de la peur.

Le mouvement brusque des corps, le choc brutal des pieds sur le sol, les enfants étaient encerclés ! Mais la peur laissa aussitôt place à l'étonnement. Quatre abominables venaient de sauter des arbres, autour du groupe. Ils restaient debout, immobiles, sans aucun signe d'agressivité ni de menace.

L'un d'entre eux avança d'un pas vers Alkan. Il tendit le bras, et prit la main du garçon dans la sienne. Puis, il la plaqua contre sa poitrine. Comprimée entre le torse et la main de l'abominable, la paume d'Alkan perçut les lents battements du cœur qui tambourinaient. L'abominable posa alors sa main contre la poitrine d'Alkan. La vie qui animait le cœur d'Alkan résonna en lui. L'évidence s'imposa, murmurée par Alkan :

– C'est lui que nous avons sauvé avant l'hiver. Il vient nous dire merci.

Un coup d'œil attentif au visage de l'abominable confirma cette intuition : ses deux oreilles manquaient. Et si des poils avaient repoussé et dissimulaient les cicatrices, aucun des enfants n'était prêt d'oublier les plaies béantes qui enserraient sa tête quelques mois auparavant. Iriulnik, la tourneuse-alpha, lui avait coupé les oreilles pour les enfiler sur son collier en guise de trophées.

Libérant la main d'Alkan, l'abominable recula d'un pas. À peine s'était-il immobilisé, qu'Artelune se jeta sur lui, encercla sa taille de ses bras, posa sa joue sur la fourrure et resta agrippée à deux touffes de poils tout en criant :

– Je le savais ! Je savais que tu survivrais !

Déséquilibré par ce mouvement d'affection imprévu, l'abominable vacilla. Il se stabilisa, et plaça sa main devant la bouche de la jeune fille, le regard plongé dans celui d'Artelune.

– Je parle pas sa langue, mais je crois bien que ça veut dire chut ! s'exclama Berlusin. Tu vas nous faire repérer à hurler comme ça !

Pour une fois, Artelune ne rétorqua rien. Rouge de confusion, elle baissa la tête et bafouilla :

– C'est que je suis tellement contente ! Le village qui a brûlé, les villageois qui sont partis, mes parents et mon frère disparus, j'ai tant de mauvais souvenirs ! Alors, quand je vois qu'une victime de ces affreux tourneurs a échappé au malheur, cela me redonne de l'espoir.

Comme s'il avait compris ce qu'elle disait, l'abominable glissa un index sous son menton et le lui releva. Puis, ployant son gigantesque corps, il appliqua son nez contre celui d'Artelune.

– J'hésite ! affirma Berlusin, ça veut peut-être dire « excuses acceptées », mais je pencherais plutôt pour « elle va bientôt me lâcher les poils celle-là, si ça continue, je vais me retrouver chauve du bidon ! ».

Artelune, dont les mains continuaient à agripper la fourrure, relâcha sa prise.

– Désolée ! dit-elle en levant les yeux vers son ancien patient. Quant à toi, Berlusin, dès que j'aurai récupéré mes esprits, attends-toi à une repartie en règle !

Discrètement, l'abominable qui était resté seul à l'affût le long de la rivière vint rejoindre les membres de sa tribu. Sa venue eut l'effet d'un signal. Chaque géant attrapa un enfant. Avant même de comprendre ce qui leur arrivait, Alkan, Tahar, Artelune, Berlusin et Adélou furent emportés dans les airs. Ils virent la terre défiler de plus en plus loin sous leurs pieds. Les abominables les enlevaient vers une destination inconnue.

– Tam, suis-nous !

Un aboiement résonna jusqu'en haut des arbres. Même s'il avait tardé à reprendre ses esprits et à l'appeler, Tahar était rassuré : depuis le sol, son chien galopait sans perdre leur trace.

Comme Alkan avant eux, Artelune, Berlusin et Tahar se sentaient grisés. La vitesse avec laquelle les abominables se déplaçaient dans les arbres dépassait tout ce qu'ils avaient pu imaginer jusque-là. Dès les premières minutes, les abominables cessèrent de les tenir. À cette altitude, toute chute se solderait par un drame. Jambes, pieds et mains crispés, les amis s'accrochaient d'instinct aux corps et à la fourrure des géants. Seul Adélou bénéficiait d'un traitement particulier : une longue lanière de fibres blanches ceinturait son corps contre celui de l'abominable.

Attrapant une branche après l'autre, se balançant d'un arbre au suivant, rebondissant parfois d'un coup de pied pour saisir une prise haute, la progression des abominables n'avait rien de linéaire. Quelle dextérité ces géants déployaient pour voler au travers des bois ! Le cœur battant, envahis par une émotion mêlant peur, excitation et joie, les enfants n'avaient d'autre choix que de faire confiance à leurs étonnantes montures.

Peu à peu, ils relâchèrent la tension de leurs muscles jusqu'à ressentir et partager chacun des mouvements des géants. Ils goûtaient l'air qui fouettait leur visage, ils savouraient les images qui défilaient, ils faisaient corps avec eux. Les abominables les transportaient dans un monde de sensations fortes, de dangers et de risques exaltants !

Un aboiement signa le premier arrêt. Tahar le perçut à peine. En quelques secondes, des milliers d'oiseaux avaient commencé à piailler. Le concert était assourdissant ! Au sol, Tam donnait l'alerte, il se trouvait en difficulté. Tahar réagit aussitôt, prêt à lâcher sa monture pour se porter au secours de son chien. Ce ne fut pas utile. D'un claquement de langue, l'abominable prévint ses comparses. Tout le groupe s'immobilisa, tandis que Tahar et le géant disparaissaient dans les branches basses. Un instant plus tard, ils étaient de retour.

Et alors que l'abominable rapportait la situation à ses compagnons dans sa langue, Tahar annonça :

– La barrière des urticants est juste en dessous. Les arbres sont couverts de feuilles poilues qui ressemblent à des chenilles. J'y ai vu une loutre des bois prise au piège, collée par la glu qui suinte à l'extrémité de chaque poil. Même Tam ne s'est pas risqué à la franchir. L'abominable l'a porté de l'autre côté avant de revenir me chercher.

– Liriana en avait parlé à Guitin. Ça signifie une chose : on s'approche du sommet.

Le deuxième arrêt confirma les propos de Berlusin. Alors qu'ils progressaient jusque-là au milieu des feuilles persistantes, les géants montèrent vers les branches plus fines de la cime des arbres. Quand Adélou glissa, et qu'il fallut réajuster la sangle qui le tenait, le groupe s'immobilisa.

Éberlués par le spectacle qui s'offrait à eux, les cinq amis restèrent silencieux. L'altitude qu'ils avaient atteinte leur permettait d'englober en un seul regard la mer, la Bulhavre, les collines environnantes, la vallée qu'il venait de quitter. Et si le village n'avait pas brûlé peut-être même auraient-ils pu admirer le toit de son plus haut bâtiment.

Berlusin s'arracha à la contemplation du paysage, et se retourna vers le sommet.

– Regardez là-haut ! Qu'est-ce qui est accroché dans les arbres ?

Toutes les têtes se tournèrent dans la direction qu'il indiquait. D'énormes boules blanches semblaient posées en équilibre sur les branches des arbres.

– Il y en a au moins vingt ou même trente ! s'étonna Tahar.

– C'est peut-être une plante, un genre de gui géant qui colonise les arbres ?

La proposition d'Alkan ne convainquit pas Adélou.

– Une plante ? Ça ne ressemble à rien de tout ce qu'on a vu ces derniers mois, et pourtant, on a parcouru presque toutes les collines, de haut en bas, pour poser nos pièges !

Sans porter attention aux échanges entre les enfants, les abominables reprirent l'ascension vers le sommet. Et plus ils avançaient, plus les masses se dessinaient avec précision. De forme ovoïde, plus ou moins grandes, certaines grises, d'autres blanches, les boules mesuraient entre trois et cinq mètres de hauteur pour une largeur encore plus imposante. Par quel miracle restaient-elles fixées en équilibre dans les arbres ? Impossible de le savoir. Mais quand les enfants aperçurent une forme rectangle, de teinte différente, qui ornait chacune des masses à sa jonction avec sa branche support, ils comprirent. Cela ressemblait à des portes.

Confirmant ce que tous supposaient, Artelune dit :

– Ces boules, ce sont leurs nids. Ils nous emmènent dans leur village !

25
Boules de nids

La position du groupe n'était pas aussi inconfortable que les enfants l'avaient craint. Les cinq abominables avaient achevé leur mission : ils avaient déposé leurs cavaliers au centre de leur étonnant village d'œufs géants, bâti à plus de dix mètres du sol. Aussitôt, ils s'étaient éclipsés. Leur aisance à se déplacer d'arbre en arbre interdisait toute tentative de poursuite.

À l'exception d'Adélou, assis à califourchon sur une branche, tous se tenaient debout en équilibre au-dessus du vide. Des troncs partiellement aplanis et taillés avaient été disposés entre les branches des différents arbres pour faciliter le cheminement d'une maison-œuf à l'autre. Devant la plus imposante demeure du village, là où étaient installés les enfants, les troncs formaient presque une plate-forme. Une plate-forme parsemée de crevasses !

Adélou s'avança le premier vers l'œuf. Toujours assis sur la branche, il poussait avec son pied valide, s'équilibrait des deux mains, soulevait ses fesses pour les reposer plus loin. Un grand rectangle de cuir dissimulait probablement l'entrée de la construction. Mais Adélou ne s'y intéressa pas. De sa curieuse démarche, il progressa jusqu'à atteindre le mur de l'œuf. D'une main légère, il caressa la surface avant de la gratter du bout de l'index.

– C'est incroyable ! Fantastique ! Ces maisons sont faites d'argile polie à la pierre ! Une argile mêlée de gravier et de paille. Et ça tient !

Même s'il s'adressait à lui-même, les autres l'entendirent et Tahar réagit :

– L'argile se gorgerait d'eau pour finir en boue si elle n'était pas recouverte de cette substance étanche ! L'espèce de crépi doit servir d'imperméable !

Adélou avait précédé son raisonnement. Intrigué, il préleva un petit bout du crépi et le roula doucement entre son pouce et son index.

– J'ai du mal à y croire. Mais c'est sûrement ça ! Sûrement ! C'est stupéfiant, mais je ne vois pas comm…

– Sûrement quoi ? l'interrompit Berlusin.

Adélou leva les yeux vers ses compagnons. La question de Berlusin l'avait comme sorti d'un rêve éveillé. Il secoua la tête de droite à gauche, peinant à assimiler ce qu'il s'apprêtait à révéler :

– C'est du fil d'araignée ! Des kilomètres de fils d'araignée enroulés tout autour de la boule d'argile, jusqu'à former une couche assez épaisse pour garantir l'étanchéité !

Stupéfaits, les enfants regardèrent les maisons-œufs d'un œil neuf. Tahar s'approcha à son tour pour toucher la paroi soyeuse.

– Des bâtisseurs ! Les abominables sont des bâtisseurs de génie !

Berlusin grimaça :

– Génie ou pas, revenez sur terre, enfin… sur branche ! Je vous signale que, qui dit toile d'araignée, dit araignée. Et je n'ose même pas imaginer le nombre et la taille des bestioles qui ont fait ça ! Peut-être qu'on est ici pour leur servir de repas ?

Artelune éclata de rire tandis qu'Alkan rassurait leur bougon compagnon :

– Tu as vu le nombre de terriers au pied de leurs arbres-villages ? Je n'en ai jamais vu autant sur une aussi petite surface. Les abominables n'auraient pas risqué leur vie pour nous attraper alors que le gibier pullule !

– Alors, s'ils veulent nous sauver, ils ont sûrement pensé au petit casse-croûte de bienvenue ! rétorqua Berlusin. On entre ?

Alkan et Artelune approuvèrent d'un mouvement de tête. Il était temps de visiter et de découvrir ce qui les attendait. Mais alors qu'Alkan et Artelune avançaient de branche en branche pour atteindre la porte de cuir, un cri retentit depuis un autre arbre situé derrière eux.

– Artelune ! Artelune !

Dans la voix se mêlaient le bonheur et les larmes. Mais ce ne fut pas ce qui fit réagir Artelune. Bouche bée, les yeux débordant d'émotion, elle pivota d'un coup pour s'assurer que son oreille ne l'avait pas trompée.

– Maman !

En découvrant sa mère, sa joie connut un nouveau sursaut : son père se tenait debout à côté d'elle ! Alkan eut à peine le temps de retenir Artelune par son sac à dos. Oubliant qu'elle se trouvait à dix mètres du sol, elle s'était élancée, lançant un premier pied dans le vide !

Son équilibre rétabli, elle entreprit de progresser de branche en branche vers sa mère. Elle bondissait avec tant de légèreté qu'on aurait pu croire qu'elle imitait un abominable. Arrivée sur la plate-forme où se tenaient ses parents, elle se jeta dans leurs bras.

Devant le spectacle de ces retrouvailles, les gorges des garçons se serrèrent. Ils partageaient l'émotion d'Artelune. Mais, dans un coin de leur cœur, ils ne pouvaient s'empêcher de penser à leur propre famille. Une famille laissée derrière eux et qui continuait à habiter leur esprit, leur cœur et leurs rêves.

La mère d'Artelune écarta doucement sa fille jusqu'à pouvoir l'observer de la tête aux pieds. Comme elle avait grandi ! Comme elle avait changé ! Elle s'était affinée, musclée. Elle n'était plus l'enfant qu'elle avait quittée quelques mois auparavant. Le corps d'Artelune s'approchait de celui d'une femme. Émue, la mère ne cacha pas son soulagement : son enfant était vivante ! Elle demanda alors :

– Et Guitin, où est-il ?

– Il est parti avec les villageois, vers les terres inconnues ! répondit Artelune.

– Non, non ! Il est resté. Il est resté pour vous retrouver et vous aider !

Artelune ne dit pas un mot, agitant la tête en signe de dénégation. Les traits du visage de la mère s'affaissèrent juste avant que ses jambes ne cèdent. Ramassée en boule sur l'étroite plate-forme, elle gémit en répétant une longue litanie que rien ne semblait pouvoir apaiser :

– Non, non, non, non…

Les sanglots secouaient ses épaules. Puis soudain, la mère d'Artelune leva les yeux vers le ciel, tendit ses deux poings serrés en l'air, et hurla si fort que son cri dut s'entendre jusqu'à la Bulhavre :

– NOOOOOOOOOOOOON !

Les portes des maisons-œufs se soulevèrent dans tout le village. Des abominables surgirent et formèrent un cercle autour de la femme effondrée. Tous dirigèrent vers elle leurs mains paumes ouvertes. Bientôt, une mélopée retentit. Une mélopée douce et enivrante. Une mélopée apaisante.

Les abominables chantaient.

26
Chez les abominables

Adossée aux parois d'argile, assise sur les confortables paillasses qui meublaient les abris des abominables, Artelune serrait la main de sa mère dans la sienne. L'envie de la voir une fois encore, de vérifier qu'elle ne rêvait pas, la démangeait. Mais elle n'osait pas. Le visage de sa mère, déjà prématurément vieilli, accusait les traces des épreuves de ces derniers mois. Artelune craignait que son regard n'agisse comme un miroir dans lequel sa mère observerait les ravages de la peur sur son apparence. Elle l'évitait.

La main de la mère échappa à son étreinte, et vint attraper le menton d'Artelune. Doucement, elle tourna le visage d'Artelune vers le sien :

– N'aie crainte, Artelune ! J'ai survécu. Et je continuerai à m'accrocher à la vie, je te le promets.

Le sourire qu'elle adressa à sa fille confirma

ses dires. À travers lui, on sentait son cœur battre plus fort que jamais. Soulagée, Artelune se blottit contre elle, et saisit son écuelle.

Berlusin reposa la sienne à terre.

– Miam ! J'aurais pu manger n'importe quoi tellement j'avais faim. Mais cette bouillie blanche est un vrai délice ! Merci !

Installé face à lui, le chef des abominables hocha la tête. Juste à côté, un géant aux poils grisonnants et une abominable plus petite se tenaient de part et d'autre d'Adélou. L'un broyait des plantes dans un pot de bois tandis que l'autre massait doucement sa cheville blessée. Tous deux formaient un couple et c'est au sein de leur demeure que les parents d'Artelune étaient hébergés. C'est également là que leur grand fils, le géant aux oreilles coupées, accueillait les enfants.

L'attroupement devant la maison marquait l'intérêt que le reste de la tribu portait aux invités. Mais l'heure était davantage aux souvenirs qu'aux présentations.

Alkan imita Artelune en attrapant son écuelle. Il avait longuement parlé des quelques mois passés dans la grotte. Des réserves et de la chasse qui les avaient nourris. Des peaux qu'ils avaient tannées et cousues pour en faire vêtements et couvertures. Des aménagements ingénieux qu'avait inventés Adélou pour adoucir leur vie. Des lectures qui les avaient divertis pendant les journées de pluie et de neige. De l'immense fresque qu'avait dessinée Tahar sur toute la paroi, représentant leurs aventures. Alkan avait beaucoup parlé. Et puis, il s'était tu.

Désormais, tous attendaient le récit des parents d'Artelune.

– Le jour maudit où les tourneurs ont trouvé l'accès du village, nous avons fait ce qu'il fallait faire.

Le père d'Artelune passa sa main autour des épaules de sa femme. Il soupira et continua.

– Pour protéger la fuite de nos amis, de nos voisins, dans le tunnel qui mène vers les terres inconnues, nous avons provoqué l'éboulement qui a condamné son accès. Ainsi, toute poursuite devenait impossible. Les tourneurs se sont heurtés à un mur.

– Vous avez risqué votre vie ! constata Tahar.

– Au fond, c'était une réaction égoïste : notre fils et notre fille étaient là, quelque part. Nous n'avions pas d'autre enfant à mettre à l'abri. Quel sens aurait eu notre vie si nous avions fui ?

Sans se relever tout à fait, Berlusin avança sur les genoux jusqu'au centre du cercle formé par les enfants, les parents et les abominables. Il se resservit une généreuse louche de bouillie, puis regagna sa place.

Le père d'Artelune poursuivit son récit. Il raconta l'arrestation, la course derrière le véhicule et l'amputation de son oreille.

– Quand nous nous sommes réveillés nous étions là, dans cette maison de terre, sous le regard chaleureux de Bella, de son mari Amis et d'Olius, leur fils.

Alors que la mère d'Artelune traduisait en langue d'abominable les phrases de son mari, les trois géants tendirent leur paume vers elle. Elle fit de même, en réponse. L'homme reprit la parole, et s'adressa à sa fille et à ses amis :

– Les abominables nous ont sauvé la vie, comme ils l'ont fait aujourd'hui pour vous. Et pourtant, nous ne portions pas la marque de la tribu, celle qui s'affiche à ton bras, Alkan ! Olius a pris cette initiative. Il nous a découverts par hasard, couchés sous des buissons. Il ignore qui nous a libérés de nos liens et qui nous a dissimulés à l'abri des regards des tourneurs.

– Peut-être avez-vous trouvé la force de le faire vous-mêmes, mais pas celle de vous en souvenir ? suggéra Tahar.

– Je ne crois pas. Nous avions sombré dans l'inconscience. Mais nous avons tous les deux une parole en mémoire. Elle s'est glissée jusqu'à notre esprit. C'était Guitin. Guitin nous a promis de revenir.

Il serra sa femme contre lui :

– Il reviendra.

Le silence envahit la cabane dans les arbres. Chacun plongea dans ses pensées, songeant à ces quelques mois passés. Berlusin pensa à ses parents, à ses frères et sœurs qui s'inquiétaient probablement pour lui depuis leur nouveau lieu de vie dans les terres inconnues.

Alkan tourna son esprit vers sa mère. Avait-elle donné naissance à son enfant ? Avait-il désormais une petite sœur, un petit frère ? Il l'imaginait, doucement bercé dans les bras de sa mère dans la maison B12, dans SA maison. Alkan ferma les yeux, chassant ces idées qui lui donnaient envie de pleurer. Il se concentra sur Liriana. Il aurait tant aimé qu'elle puisse, elle aussi, découvrir le village des abominables !

Alkan n'était pas seul à se remémorer la Bulhavre. Au même moment, Tahar se souvenait également de la demeure qu'ils habitaient. Ses parents restaient sa famille, même s'ils l'avaient trahi. Après des mois passés à leur en vouloir, il leur avait pardonné.

Berlusin interrompit les réflexions de chacun :

– Elle est à base de quoi, cette bouillie ?

– De larves, répondit la mère d'Artelune.

Les joues de Berlusin perdirent leur couleur d'un seul coup. La femme renchérit en riant :

– La nourriture, ou plutôt le manque de nourriture, est au cœur de la vie des abominables. Ils se nourrissent des larves qu'ils élèvent dans des souches d'arbres pourries. Ils ajoutent la sève de certains végétaux qui donne ce petit goût fruité et sucré. Les bourgeons, lichens et écorces forment l'autre base de leur alimentation : pilés, en tisane ou croquant sous la dent, ils sont très énergétiques !

Adélou sortit alors de sa réserve pour demander :

– Vous avez appris leur langue ?

– Un enfant de trois ans parle mieux que moi ! répondit la femme. Ce langage est si compliqué !

Les claquements de langue et les bruits de bouche communiquent les informations, les faits. Les mains accompagnent l'ensemble pour donner une tonalité émotive à ce que les abominables disent. Ainsi, c'est grâce aux mouvements de leurs mains qu'on sait si une situation les inquiète, les réjouit, les dégoûte… Et quand l'émotion est très forte, quand un abominable déclare son amour par exemple, alors c'est l'ombre des mains qui importe. L'ombre danse et avec elle, c'est toute une nouvelle palette d'émotions qui est offerte, bien plus large que le vocabulaire dont nous disposons entre hommes !

– Vous pourriez leur demander une tisane qui soulage les nausées ? interrogea Berlusin. Rien que de savoir ce que j'ai mangé, ça me donne envie de vomir !

Tous éclatèrent de rire. Même les abominables paraissaient sensibles à l'humour de la situation. Bella tendit au malade un bol de tisane. Redevenue sérieuse, la mère d'Artelune décréta :

– Sois heureux d'être nourri, Berlusin. Les réserves des abominables sont comptées. Leur croyance ne leur autorise pas à consommer de la viande, ni à plume, ni à poil. La famille qui nous accueille peine parfois à trouver de quoi subsister.

– Si seulement je l'avais su avant, j'aurais fait davantage attention ! regretta Berlusin.

La mère d'Artelune lui adressa un sourire rassurant et s'étira :

– Ne t'inquiète pas ! Alkan porte la marque sacrée. C'est un honneur pour toute la tribu de partager leur alimentation avec lui et ses amis. Et maintenant, il est grand temps de dormir !

Le père d'Artelune distribua les couvertures. Les garçons en partagèrent une pour deux. Artelune se blottit sous la sienne. Ses parents s'isolèrent à l'abri d'une tenture, tandis que les abominables grimpaient dans leurs hamacs accrochés en hauteur. Le chef de la tribu se leva, et referma la porte derrière lui, sonnant ainsi le retour de tous les géants vers leurs propres demeures.

– Bonne nuit !

En quelques secondes, le silence se fit. Le rougeoiement de braises, au centre du foyer, éclairait faiblement l'espace. Soudain, un vrombissement fit sursauter les enfants. Berlusin grommela :

– Qu'ils mangent des larves, pourquoi pas, chacun ses goûts. Mais s'ils se mettent en plus à ronfler, alors là, alors là…

Il ne termina pas sa phrase, terrassé par la fatigue.

27
La récolte

La première journée des amis dans le village des abominables commença à l'aube. Bella, Amis et Olius, leurs hôtes, descendirent de leur hamac. Ils plongèrent une main dans une poterie, en sortirent une petite poignée de lichen pilé puis, au creux de leur paume, versèrent un filet d'eau. Ils avalèrent l'ensemble sans en laisser échapper une miette. Puis, ils recueillirent une goutte d'eau au bout de leur pouce, et dans un geste circulaire, accompagné d'une douce litanie, ils effleurèrent le signe sacré dessiné à l'aide de cailloux incrustés dans la paroi d'argile de leur maison. Ce même signe dont Alkan avait hérité, tatoué à son poignet.

La mère d'Artelune réveilla les enfants, et les invita à imiter les abominables.

– Le petit déjeuner est frugal, mais il dispense

assez d'énergie pour faire les cueillettes du matin. Attention à l'eau ! Il s'agit de la rosée, récoltée à la fin de la nuit. Les abominables sont convaincus qu'elle possède de nombreuses vertus. C'est pour ça qu'ils l'utilisent pour rendre hommage au signe de la tribu.

Alkan, Tahar et Artelune s'habillèrent rapidement. Berlusin grogna un peu avant de se décider à se lever. Le père d'Artelune aida Adélou à sortir de la maison pour se soulager. Moins d'un quart d'heure plus tard, alors que les rayons du soleil peinaient encore à chasser la nuit, tout le monde était à pied d'œuvre.

Ils avancèrent sur les planches sans même penser aux mètres de vide qui les séparaient du sol. Adélou passerait sa journée à l'atelier de tissage et tous l'accompagnaient à l'un des points d'élevage des araignées. Olius les guida à l'extrémité du village. Là, tendus entre des troncs d'arbres depuis la souche jusqu'à la cime, des millions de fils formaient un écran immaculé. Bouche bée devant la beauté du spectacle, Berlusin s'appuya contre l'arbre à côté duquel il s'était arrêté. Son cri de dégoût et d'horreur fit se retourner tous ses amis :

– Regardez ! Il y a en a des milliers !

Au-dessus de son épaule, d'énormes araignées noires s'affairaient déjà à réparer les dégâts qu'il avait causés : retendre les fils sectionnés, renforcer les points d'attache, abandonner les zones d'écorce fragilisées.

Avec la délicatesse d'une main maternelle s'occupant de son nouveau-né, Olius attrapa une araignée et, d'un doigt léger, effleura le duvet qui couvrait son dos. L'araignée s'immobilisa au centre de l'énorme paume. Artelune s'étonna :

– On dirait qu'elle fait le gros dos, comme pour mieux profiter des caresses !

Olius secoua sa tête. Il avait compris, et approuvait les propos de la jeune fille. Doucement, il saisit l'araignée entre son pouce et son index, et la déposa sur le tronc, à quelques centimètres du crâne de Berlusin. Celui-ci, fasciné, en oublia de protester.

La mère d'Artelune expliqua :

– Ce sont les enfants, plus légers et plus habiles que les adultes, qui détachent les fils. Tous les mois environ, une fois que les fibres traversent tous les espaces disponibles. Cette journée est attendue par tout le village, car elle forme le prétexte à une grande fête qui démarre lors du ramassage du dernier fil. Les enfants commencent toujours par le haut, en équipe de deux, chacun à une extrémité. Les fils sont aussitôt pliés en gros écheveaux. La plupart sont mis de côté, pour un tissage pendant l'hiver. Mais parfois, les besoins urgents rendent nécessaire le travail immédiat de cette matière. Voilà ce que tu vas découvrir, Adélou. Les abominables fabriqueront des cordelettes. Tu t'assiéras avec eux, et tu les aideras. J'espère que tu es habile ?

Tahar répondit à la place de son ami :

– Habile ? Adélou est bien plus que ça. À croire que ses mains disposent chacune de leur propre cerveau !

Adélou s'installa, les enfants abominables s'approchaient déjà pour lier connaissance. Puis, ses amis suivirent leur guide. Il était temps pour eux d'accompagner les adultes à la recherche de nourriture.

La première action de Tahar en touchant le sol fut de s'agenouiller par terre.

– Viens là mon beau chien ! Tu sais que tu m'as manqué ?

Tam ne se fit pas prier pour venir se faire caresser. Sa queue battait l'air si vite qu'on pouvait craindre un coup de vent. Car si Olius avait porté l'animal sur son dos afin qu'il franchisse sans dommage la frontière des urticants, il était hors de propos de l'installer au village des abominables. Marcher en équilibre sur d'étroites passerelles ne présentait pas de difficulté particulière pour Tam. Mais s'y cantonner des jours entiers lui aurait fait courir le risque d'une chute. Chaque tentative de croquer mouches et papillons aurait pu se solder par un accident. Le danger lui imposait de garder les pattes sur terre.

La situation n'affectait pas le chien. Tam dormait roulé en boule auprès du tronc de l'arbre supportant le nid d'Olius et de ses parents. Comme à son habitude, il partait à la chasse matin et soir pour composer ses menus.

Submergé par les caresses des uns et des autres, Tam n'en finissait plus de distribuer des coups de langue. Intrigué, Olius désigna l'animal du doigt, écartant ensuite les mains en signe d'interrogation.

– Il nous lèche, c'est sa manière de nous dire merci ! précisa Artelune dont la mère traduisait les paroles. Et toi, comment fais-tu ?

Olius, sans même attendre la fin de la traduction, présenta ses paumes ouvertes face à la jeune fille. Aussitôt, les enfants reconnurent le geste que tous les abominables avaient effectué en réaction au cri de douleur de la mère, lorsqu'elle avait découvert l'absence de son fils.

La mère précisa :

– C'est un merci, mais pas seulement, il est plus puissant que celui qu'on utilise chez les humains. Un merci qui inclut une dimension de partage. Un merci chargé d'empathie.

Artelune fixa du regard Olius. Puis, assurée de son attention, elle désigna chacun de ses amis et sa mère. Alors, lentement, elle plaça ses mains devant ses épaules, et à son tour lui offrit le spectacle de ses paumes ouvertes.

L'abominable esquissa une sorte de sourire. Il avait compris sa volonté de le remercier, lui et son village, de les avoir sauvés.

Les abominables attrapèrent les branches basses pour cheminer au plus près du sol. C'est à pied que les enfants suivirent leurs amis jusqu'au point de récolte. La forêt, divisée en secteur, était ratissée par étapes. Ce jour-là, il s'agissait de creuser les souches pour y déloger les larves. Équipé d'un solide bâton pointu, Berlusin attaqua le bois pourri d'une souche couverte de mousse. Suivant les explications d'Olius, traduites par la mère d'Artelune, il creusa une petite galerie jusqu'à atteindre le cœur de tronc. Curieusement, l'odeur qui s'exhalait de l'arbre mort était loin d'être désagréable. Une odeur mouillée, où se concentraient les parfums du sous-bois, d'une terre féconde et de champignon, montait vers ses narines. Vint le moment qu'il redoutait : plonger sa main à l'aveuglette dans le boyau, et tâtonner pour sentir les corps mous et spongieux des larves. À genoux par terre, le torse collé à la souche, le bras presque entièrement enfilé dans le bois pourri, il commenta :

– Eurk ! Ce serait quand même plus facile d'ouvrir entièrement la souche, on y verrait mieux !

– Certes, lui répondit la mère d'Artelune, mais cette méthode a l'avantage de respecter l'habitat des insectes. Tant que la souche ne s'écroulera pas sur elle-même, les bestioles continueront à venir pondre ici. Préserver cette nature, c'est s'assurer d'une subsistance à venir.

La mine écœurée, Berlusin ramena de pleines poignées de larves et les glissa dans le réceptacle fait d'argile et de toiles d'araignée tissées. Sa forme en œuf, légèrement aplani à la base, lui permettait de tenir en équilibre posé au sol comme coincé entre deux branches. Elle évitait par ailleurs que les larves, tentées par l'ascension des murs de leur prison, ne parviennent à s'échapper.

Artelune s'attaqua à la souche suivante, avec le même succès. Puis ce fut le tour d'Alkan et de Tahar. Quand Berlusin fut invité à recommencer, il proposa :

– Et si je fabriquais des pièges, plutôt ! Vu le nombre de terriers qu'on a déjà croisés, le gibier ne manque pas. Même si Adélou n'est pas avec nous, je devrais réussir à me débrouiller. Après tout, Guitin m'a enseigné tout ce qu'il savait, et comme chasseur, on ne fait pas mieux !

Aussitôt après, Berlusin se mordit la langue. L'évocation de Guitin ne risquait-elle pas d'attrister sa mère ? Le sourire de la mère d'Artelune dissipa ses craintes.

– Guitin est le meilleur, c'est vrai ! Et tu es son digne élève, Berlusin. Mais tu ne pourras pas exercer tes talents sur le territoire des abominables. Ils respectent certaines croyances et l'une d'entre elles concerne la violence. Aucune forme de violence n'est acceptée. Et l'atteinte intentionnelle à la vie des animaux à poils et à plumes est une faute qui souille l'honneur de toute la tribu. D'ailleurs, nous, les humains, sommes intégrés dans les « à poils ». On ne risque rien.

– Mais pour se nourrir, c'est différent ! s'exclama Alkan. Il ne s'agit pas de violence.

– J'ai peur que même la survie ne justifie pas une entorse à leur mode de vie. S'ils ont besoin d'os, de nerf ou d'entrailles pour confectionner leurs besaces, les abominables les prélèvent sur des cadavres d'animaux. S'ils ont faim, ils subissent, sans se plaindre, jusqu'à l'arrivée des jours meilleurs. Peut-être est-ce la raison du faible nombre d'enfants ? Les mères abominables luttent à leur manière pour que leur territoire suffise à nourrir la tribu.

La matinée passa rapidement. Les récoltes s'enchaînaient, dans une ambiance sereine. Berlusin multipliait les pitreries. Mais le spectacle qui les attendait l'après-midi le laissa, lui aussi, sans voix. Une fois le recueil de nourriture achevé, les abominables s'occupèrent d'entretenir la parcelle de forêt.

Le débroussaillage ne posait pas de problème, chaque buisson trop résistant étant tiré hors de terre grâce à une corde en fil d'araignée.

Mais l'abattage des arbres choisis pour devenir les souches de l'année d'après nécessitait un travail colossal : équipés d'un bâton le long duquel étaient fixées des dents de rongeurs, les abominables grignotèrent les troncs jusqu'à ce qu'ils soient suffisamment entamés de tous côtés pour se briser. La chute des arbres résonna comme une victoire. Et l'étrange ballet des abominables, sautillant autour de la nouvelle souche en était la danse.

Peu après le début de l'après-midi, la mère d'Artelune les quitta, emportée dans les airs par une jeune abominable qui comprenait quelques mots du langage des hommes. La mère avait achevé sa récolte d'herbes médicinales. Ses connaissances, acquises auprès de Liriana, s'avéraient utiles pour toute la tribu. Outre les soins directs qu'elle offrait aux abominables, la mère d'Artelune avait entrepris de former une assistante, à même de prendre sa place, plus tard. Elle doublait ses explications en gestes par un discours humain, comme elle le faisait déjà avec Olius et ses parents. Ainsi, peu à peu, les abominables apprenaient son langage en même temps qu'elle décryptait le leur.

28
Le choix

Artelune s'immobilisa sur la plate-forme de bois. Le bruit qu'elle entendait provenait de la maison-œuf. Voilà plusieurs jours qu'elle partageait la vie des abominables, et c'était la première fois qu'elle percevait ce son. Elle tendit l'oreille, cherchant à l'identifier, à débusquer le moindre signe d'alerte. Le bruit continuait, par intermittence, comme si le vent s'engouffrait par bourrasque dans une petite flûte, en un étrange halètement. Artelune posa le pot d'argile rempli de larves pour libérer ses mains, prête à parer une attaque. La récolte avait été bonne. Après avoir laissé la jeune fille à l'entrée, Olius était aussitôt reparti, avec l'agilité qui caractérisait les abominables. Les autres enfants avaient besoin de son aide pour rejoindre les hautes branches.

Artelune était seule, le bruit indéfinissable. Elle

s'inquiéta : le tissage des cordelettes s'était terminé la veille et Adélou, fatigué, avait prévu de passer sa journée dans cette demeure, ne s'écartant pas plus loin que la galerie de bois qui l'entourait. Et si quelque chose lui était arrivé ? Et si un danger le menaçait ? La raison lui murmurait d'attendre de l'aide, de patienter jusqu'au retour des autres. Mais sa témérité et son courage balayèrent ses hésitations. Artelune ouvrit la porte souple du logement, et se glissa à l'intérieur. Aussitôt, le bruit cessa.

Adélou se tenait tout au fond, allongé dans la pénombre. Sa peau cuivrée et les fourrures qu'il portait en guise de vêtements l'auraient presque dissimulé aux yeux d'une personne moins observatrice qu'Artelune. Celle-ci fit un pas vers lui. Mais à l'inverse des jours précédents, il ne sourit pas pour l'accueillir. Il ne lui lança même pas un mot gentil.

Artelune comprit. Il pleurait et c'était ses sanglots qu'elle avait discernés depuis la plate-forme.

– Ça ne va pas ?

La sollicitude d'Artelune transparaissait dans le ton de sa voix.

– Y a rien, tout va bien.

Les sanglots secouèrent les épaules d'Adélou qui répéta au travers de ses larmes :

– T'inquiète pas, tout va bien.

Artelune ressortit, attrapa le seau d'argile qu'elle avait laissé à l'entrée, puis pénétra de nouveau dans la demeure. Elle se dirigea vers le silo où chaque soir, la récolte des larves se trouvait stockée. Elle but une louche d'eau. Puis, elle vint s'asseoir à côté d'Adélou. Elle déroula les larges lambeaux de cuir qu'elle utilisait en guise de chaussures et dit :

– Y a rien, bien sûr. Et moi, depuis cinq jours que nous sommes là, je commence à me changer en abominable !

Elle tendit son pied vers Adélou. Avec la transpiration, le duvet qu'elle fourrait à l'intérieur de ses chaussures collait à sa peau.

– Mes pieds deviennent tout poilus !

Sa remarque arracha un sourire à Adélou. Les hoquets de pleurs s'atténuèrent. Le garçon soupira.

– Tu l'as dit, cinq jours que nous mangeons et dormons ici. Vous m'avez raconté les heures de travail passées par les abominables à récolter leur nourriture. Alors cinq bouches à nourrir, en plus des deux déjà recueillies, ça fait beaucoup !

Artelune approuva d'un hochement de tête.

– Cette ceinture de végétaux urticants les protège peut-être. Mais je crois surtout qu'elle les enferme. Sans elle, ils chercheraient des aliments sur un territoire bien plus grand !

– Allons, regarde ce qui est arrivé à Olius ! souligna Adélou. Peut-être que, pour les abominables, la violence est signe de la plus terrible des déchéances, mais c'est l'inverse chez les tourneurs. Olius a bien failli y laisser la vie ! En refusant de se défendre, les abominables se condamnent eux-mêmes à l'enfermement. Et à cause de nous, à cause de moi, ils sont contraints à la famine. C'est pour ne pas mourir de faim qu'ils ont élargi leurs recherches jusque vers la réserve. Une chance pour Alkan et moi !

– Arrête ! On trouvera bien une solution, personne ne mourra de faim !

La jeune fille tentait de rassurer le blessé. Mais elle manquait de conviction. Comment éviter que leur présence ne mette en danger l'équilibre de la vie des abominables ? Elle-même s'était déjà posé la question, sans parvenir à y apporter de réponse.

– La solution est trouvée, Artelune, inutile de me le cacher. J'ai beau passer du temps à apprendre le tressage du fil d'araignée, il m'en reste beaucoup pour réfléchir. Alkan, Tahar, toi et même Berlusin, vous mourez d'envie de partir. Je le sais. Je le sens. Sauf que je ne peux plus marcher, je ne peux pas vous suivre. Et vous êtes trop intègres pour renoncer à votre fidélité envers moi. Mais, ouvre les yeux : je ne suis qu'un obstacle sur votre route vers les terres inconnues.

Artelune le regarda, interloquée. Elle ne savait quoi lui répondre. Adélou avait percé son souhait le plus secret. Car, même si elle n'avait pas osé le penser jusqu'ici, même si elle évitait d'aborder ce sujet, elle aspirait au départ. Elle avait assez souffert de la routine pendant son séjour dans la grotte. Elle n'imaginait pas passer des semaines ici, à élever des larves ou à récolter les lichens. Sa mère utilisait ses talents et ses connaissances des plantes pour soigner les blessures et les maladies. En échange, elle glanait ainsi de quoi subvenir aux besoins alimentaires du couple. Son père enseignait le monde des hommes au chef des abominables, de longues heures durant. Jamais Artelune ne l'avait vu aussi épanoui dans une mission. Ses parents occupaient une place importante ici. Il ne manquait que Guitin pour que tout soit parfait.

Mais sa place à elle, Artelune, n'était pas au sein de cette tribu d'abominables. Malgré tout l'amour qu'elle portait à ses parents, elle venait de comprendre que son existence s'étiolerait à rester auprès d'eux. Elle aspirait à d'autres découvertes, à d'autres aventures ! Elle les quitterait, car sa vie l'attendait. Sa vie. Elle hocha la tête.

– Tu as raison. J'ai envie de partir. Les autres aussi probablement. Mais, d'ici quelques semaines, ta blessure sera guérie. Alors, ton rétablissement sonnera le début de notre expédition.

– Nous ignorons ce qui nous attend dans les terres inconnues. Plus on recule le moment du départ, plus le risque augmente d'être surpris par l'hiver, sans avoir ni toit ni vivres. Et les stocks alimentaires des abominables sont trop limités pour nous accueillir une si longue durée !

– C'est vrai que l'appétit d'un seul Berlusin suffirait à les vider !

Ils échangèrent un triste sourire.

Adélou soupira en balayant l'air de ses deux mains, comme pour chasser ses amis :

– Partez ! Vous devez partir sans moi, c'est l'unique solution.

La noix qui rebondit sur sa tête les fit sursauter

tous les deux. Ils se retournèrent : Olius se tenait debout à l'entrée. Comme tous les abominables, malgré son imposante stature, il réussissait l'exploit de se déplacer sans aucun bruit ni mouvement d'air. Une deuxième noix, nichée entre son pouce et son index, le désignait comme le coupable. Depuis quand était-il là ? Qu'avait-il saisi de leur échange, lui qui apprenait peu à peu leur langage ? Les enfants l'ignoraient, mais ce qu'ils comprirent en un coup d'œil, c'est qu'Olius était en colère. Le visage contracté, la poitrine gonflée, il ne ressemblait pas au placide abominable qu'ils connaissaient ! Et même si les enfants savaient qu'aucun abominable ne se résoudrait à la violence, la carrure et l'expression de ce jeune adulte dans la force de l'âge, les effrayèrent.

Olius attrapa la branche qui supportait son hamac et, d'un seul mouvement de bras, se retrouva aux côtés des deux enfants.

Sans laisser à Artelune l'opportunité de réagir, Olius abattit sa large main sur le dos du garçon et le souleva par son vêtement dans les airs. À l'image d'Adélou, tétanisé par la surprise, le temps sembla suspendu quelques instants. Reprenant ses esprits, Artelune se précipita, poings dressés en avant, pour protéger son ami. D'un léger coup d'orteil, Olius l'éloigna et la fit basculer doucement en arrière.

À peine avait-elle touché le sol que déjà Artelune se redressait, prête à en découdre avec celui qui menaçait Adélou. Une parole la stoppa net :

– Oi !

Prononcée par Olius, la syllabe résonna dans la pièce, grave et ferme. Elle ne ressemblait en rien aux vocalises habituelles des abominables. De sa main libre, Olius frappa son torse puis, désignant chacun des enfants, fit un grand geste du bras vers l'entrée du nid et enfin répéta :

– Oi !

Puis, avec toute l'attention requise pour sa blessure, il déposa Adélou sur son hamac.

– Je crois que j'ai compris, annonça Adélou en dévisageant Olius. Tu veux partir aussi ?

Olius baissa les paupières, en un oui silencieux.

– Avec nous ?

Les yeux du géant brillèrent. Son message était reçu.

À leur tour, Alkan, Tahar et Berlusin entrèrent dans le nid des abominables. La tension qui y régnait les surprit. Que s'était-il passé entre leurs amis et Olius pour que frémisse dans l'air ce climat d'émotion ? En quelques mots, Artelune les mit au courant.

Alkan s'étonna :

– Nous n'avons pas envisagé de partir !

Aussitôt après, il se rangea à l'évidence. Il faudrait bien parler de l'avenir, un jour ou l'autre. Il dit :

– Olius, ce n'est pas parce que nous t'avons soigné après les tortures infligées par Iriulnik que tu as une dette envers nous. Si nous décidions de partir, tu ne dois pas te sentir obligé. Nous accompagner, ce serait te mettre en danger !

Olius secoua la tête. Alkan se méprenait. Mais si l'abominable parvenait peu à peu à comprendre la langue des hommes, il lui était encore impossible de s'exprimer. Comment leur expliquer ? Lui, jeune abominable presque adulte, refusait de partager plus longtemps le nid de ses parents. Au contraire des autres géants de son âge, son cœur était libre : ni amoureuse, ni enfant, seulement des parents qui aspiraient à son bonheur. Et sa manière de vivre heurtait souvent la tribu : Olius franchissait la barrière des urticants sans nécessité, juste pour le plaisir d'explorer, de découvrir de nouveaux horizons. Il avait ainsi espionné tourneurs et villageois. Jamais un abominable ne l'aurait imité, sauf à y être obligé ! Et même si son expédition auprès des patrouilleurs lui avait valu de perdre deux oreilles, il y avait gagné l'amitié des enfants et la possibilité d'une vie riche d'aventures.

C'est alors qu'une idée germa en son esprit.

Il attrapa l'une des pommes de pin en attente d'être vidée de ses pignons, et la plaça à quelques centimètres du visage d'Artelune. Puis, il la plongea dans la réserve d'eau et commença à trembler de tous ses membres. Alors, il désigna sa propre poitrine, sortit la pomme de pin de son bain et la recouvrit d'une couche épaisse de feuilles. Seule, l'extrémité pointue du fruit dépassait.

Artelune bafouilla :

– La pomme de pin, c'est moi ? Tu m'as sortie de cette mare où le froid s'apprêtait à me tuer ?

Olius secoua vigoureusement la tête de haut en bas. Puis, il désigna les paillasses des parents d'Artelune.

– Eh oui, c'est vrai. Tu as aussi sauvé mes parents !

La gorge serrée par l'émotion, Artelune se tut. Elle marcha jusqu'à Olius, et saisissant son corps de géant entre ses bras, le serra contre elle de toutes ses forces. C'était sa manière de le remercier.

– Alors, tu ne nous dois rien, constata Alkan. C'est nous qui avons une dette envers toi. Et si tu proposes de venir avec nous, ce n'est pas seulement pour porter Adélou le temps qu'il guérisse. C'est que tu as tout simplement envie de t'en aller.

Après un silence, il interrogea ses amis :

– Et nous ? Est-ce qu'on veut partir ?

Aucune protestation ne s'éleva dans la cahute de terre. Si on avait pu entendre les cœurs battre, ils auraient fait plus de vacarme qu'un orage de grêle. Et si les cœurs battaient la chamade, c'est que chacun des enfants se sentait prêt. Prêt à quitter la sécurité du village des abominables, prêt à partir à l'aventure sur les traces des villageois.

Le premier, Berlusin brisa le silence :

– Évidemment qu'on part, on va pas manger des asticots toute notre vie !

Aussitôt, chacun eut son mot à dire. Les préparatifs s'annonçaient chargés !

29
Désigné volontaire

Mino préparait la soupe du soir. Il ignorait pourquoi le chef du bagne l'avait affecté à cette mission, préservée des vicissitudes du travail dans la mer, mais il avait depuis longtemps cessé de s'interroger. Il lui en était reconnaissant, voilà tout.

Lorsque deux tourneurs pénétrèrent dans le bagne, Mino comprit qu'il s'agissait d'un événement imprévu. Ils n'accompagnaient pas de prisonnier. Le chef discuta, s'inclina et se dirigea droit vers lui.

– Lève-toi ! La tourneuse-alpha envoie quérir un bagnard calme et solide. Suis-moi.

Mino lâcha l'instrument sans lame qu'il utilisait en guise de couteau pour réduire les algues en morceaux. Il essuya rapidement ses mains sur son vieux pantalon, et il marcha derrière le chef.

La respiration courte, il était à deux doigts de se réjouir. Enfin, il sortait d'ici ! Mais, dans le même temps, il se hurlait intérieurement de ne pas s'emballer. Et s'il n'était pas choisi ? Et si la tourneuse-alpha réservait à l'élu un sort pire encore que la mort ?

– Voilà l'homme, annonça le chef. Dès son arrivée, alors que tous les autres expriment leur agressivité, il est resté tranquille. Vous n'aurez aucun problème avec lui.

Mino songea à l'abattement qui l'avait saisi quand on l'avait jeté au bagne. Il avait préféré ne penser à rien, se réfugier en lui-même, se laisser sombrer sans même lutter plutôt qu'espérer en un avenir qui ne viendrait jamais. Ainsi, c'était ce comportement qui lui avait valu sa place de privilégié ! La réponse du tourneur le glaça :

– Trop vieux. Il en faut un jeune, en forme. Facilement repérable pour qu'il ne s'échappe pas. Et calme.

Le chef hésita une seconde. Le cœur battant, Mino osa se mêler à la conversation. Il savait qu'en agissant ainsi, il risquait de se retrouver affecté au poste de pelletage des algues, le poste où la survie ne dépassait pas la prochaine alerte toxique. Il se décida :

– Je m'excuse de prendre la parole sans y avoir été invité. Mais je connais le bagnard qui correspond à cette description.

Le chef lui lança un coup d'œil interrogatif.

– Eh bien, parle ! Qu'attends-tu donc ?

– Un contre-diversité est arrivé récemment. Il est jeune, et n'a pas encore perdu toute sa musculature.

Mino s'abstint de dire que Guitin était calme. Même en ces circonstances, il préférait éviter le mensonge.

Les deux tourneurs se consultèrent du regard. Rapporter un contre-diversité revenait à parier sur la définition qu'Iriulnik plaçait derrière les mots « facilement repérable ». Mais l'excentricité de la tourneuse-alpha était avérée. La livraison d'un contre-diversité leur apporterait peut-être sa reconnaissance ? Ils adressèrent un signe d'assentiment au chef du bagne qui ordonna aussitôt à Mino de descendre à la plage pour ramener le prisonnier.

Mino et Guitin remontèrent de la plage au pas de course. Un bagnard ne faisait pas attendre des tourneurs. Mais les deux compagnons disposèrent d'assez de temps pour que Mino explique à son ami la situation. Comme Mino avant lui, Guitin sentait ses idées se mélanger dans son esprit. L'espoir s'y disputait avec l'inquiétude. La peur tentait d'étouffer le soulagement. Guitin tâta la ceinture de son pantalon sur laquelle il avait noué le morceau de tissus entourant sa griffe d'aigle. Il se sentit rassuré de la sentir au bout de ses doigts. La rumeur qui circulait au bagne évoquait des hommes privés de souvenirs. Si cette torture lui était infligée, elle resterait le seul témoin de sa vie passée.

Les deux hommes s'arrêtèrent devant les tourneurs.

– Il doit être couvert de puces ! On va passer le faire dépoiler au centre de soins, annonça l'un des gardes avec une moue dégoûtée.

À peine un au revoir chuchoté du bout des lèvres, et déjà Guitin suivait ses gardiens. La porte du bagne se referma avant que Mino ne le voie s'engouffrer dans le véhicule. Au fond de lui, de toute la puissance de ses tripes, il pensa : « Bonne chance. »

Assis sur la banquette arrière, Guitin attrapa la

serre d'aigle. Il ignorait où les tourneurs l'emmenaient. Il ignorait vers quel avenir le destin l'emportait. Mais une chose était certaine : il était sorti de l'horreur du bagne. Et quoi qu'il lui arrive plus tard, il n'imaginait pas que cela puisse être pire que là-bas.

30
Le berceau du mal

Devant l'entrée vitrée du siège des tourneurs, Toache s'arrêta. Il regarda le sigle qui ornait le mur, juste au-dessus de la porte, et soupira. Comme il regrettait le temps où le Tourneur de Page soupesait chaque problème, avec fermeté et justice, jusqu'à aboutir à une décision ! Cet homme était le plus extraordinaire des hommes, le seul de cette trempe que Toache n'ait jamais rencontré. En quelques mots, il savait créer l'espoir, dessiner un avenir, fédérer des énergies. Tous les tourneurs l'auraient suivi, n'importe où, les yeux fermés. Le Tourneur de Page galvanisait les habitants, car sa foi en son projet était sans limites. Le bonheur… Qu'importent les moyens ! Il était prêt à tous les sacrifices pour construire le bonheur de chacun.

Et puis, vinrent ses cent ans. Le Tourneur de Page se retira. Seule sa petite-fille fut autorisée à le voir. Bientôt, un modeste tourneur, Rustor, gardien du quartier général, eut ses entrées dans l'appartement où le Tourneur de Page vivait en reclus. C'était il y a vingt ans. Depuis, la situation s'était peu à peu dégradée. Imperceptiblement d'abord. Les patrouilleurs avaient remplacé les scientifiques lors des sorties en Outre-Monde, certaines disparitions ne se justifiaient que par l'inimitié qu'Iriulnik portait à leurs victimes. Peu de chose. Puis, le rythme de changement s'était accéléré. Désormais, la folie d'Iriulnik colorait la Bulhavre d'une teinte sanguine : la tourneuse-alpha aimait tuer et torturer.

Longtemps, Toache avait espéré le retour du Tourneur de Page. Quand Iriulnik avait annoncé sa mort, Toache avait compris que le rêve d'une Bulhavre heureuse s'écroulait. La volonté d'une vie meilleure n'était plus aux commandes et ne le serait plus jamais.

Toache entra dans le quartier général et se présenta à l'hôtesse d'accueil. Elle lui indiqua les escaliers en précisant :

– La tourneuse-alpha vous attend au troisième étage, la petite porte tout au fond du couloir.

– La petite porte ? Quelle petite porte ?

– Désolée de ne pouvoir vous renseigner. Je ne suis pas autorisée à pénétrer dans cette partie du bâtiment.

– Je me débrouillerai.

Le sourire poli et distant de l'hôtesse renforça l'appréhension de Toache. Face à Iriulnik, il serait seul, désarmé. Il se dirigea vers les escaliers. Arrivé au troisième étage, il franchit la porte de l'appartement du Tourneur de Page. Cette porte qui lui était restée interdite durant vingt ans. Il appela :

– Iriulnik ?

En l'absence de réponse, il avança, ignorant qu'il suivait le même chemin qu'Alkan des mois auparavant.

– Iriulnik ?

L'appartement, dans un état de saleté repoussant, sentait mauvais. Une odeur de crasse, de renfermé et de déjections. Toache poursuivit sa recherche, de pièce en pièce, toutes plus répugnantes les unes que les autres. En visitant la dernière, il comprit qu'il ne la trouverait pas. Il s'apprêtait à faire demi-tour lorsqu'une porte attira son attention. On aurait dit un battant de placard tant elle se fondait dans la décoration du mur. Et pourtant, alors que le sol était jonché d'objets et de détritus, l'espace devant la porte était dégagé. Quelqu'un l'avait ouverte récemment.

Toache tira la porte vers lui, dévoilant l'accès à un escalier en colimaçon, éclairé par un puits de lumière provenant du plafond. Il entreprit de le descendre. Deux, peut-être trois, étages plus bas, il entendit sa voix. La clarté déclinait à mesure qu'il dévalait les marches. Une dernière porte, et il la trouva.

– Toache ! Quelle délicieuse surprise de te voir ici ! Nous sommes dans une cave, en dessous du niveau du sol. Il en existe plusieurs comme ça dans les bâtiments les plus anciens. Toutes ont été condamnées. Toutes, sauf celle-là, dont on a conservé un seul accès.

Iriulnik souriait. Elle se délectait de la réaction de Toache. Il avait beau tenter de se maîtriser, il n'avait pu empêcher ni son mouvement de recul ni l'expression de son dégoût. Et pour cause ! Malgré la pénombre, il distinguait ce qui l'entourait. La pièce avait la taille d'une chambre et ses murs étaient constellés de longs clous. Sur les pointes étaient empalés des rats. De certains, il ne restait que le squelette. D'autres se décomposaient encore dans une odeur pestilentielle. Toache sursauta quand des ombres s'agitèrent à ses pieds.

– Des rats !

– Eh oui, des rats, approuva Iriulnik. Sais-tu que mon grand-père, le grand Tourneur de Page, avait confié mon éducation à ces charmantes petites bêtes ?

Toache remua la tête. Il ne la comprenait pas.

– « Seul l'homme peut faire le mal par plaisir. » Tu te rappelles ? Pendant longtemps, il a pensé que l'homme devait occuper sa place de maître. Et puis, il a fini par changer d'avis. Il a estimé que le règne animal se plaçait à un échelon supérieur à l'homme par sa capacité à agir sans haine. Voilà ce qu'il souhaitait que j'apprenne. Mais il se trompait !

Toache peinait à comprendre.

– Est-ce qu'il t'a donné des rats pendant ton enfance ?

– Non ! Il a fait mieux. Il m'a donnée aux rats.

La sidération figeait les traits de Toache en une grimace qui aurait pu faire rire en d'autres circonstances. Iriulnik caressa la joue du directeur du bout de son ongle pointu.

– Il m'a enfermée là, persuadé qu'aux contacts d'animaux sauvages, je resterais pure, préservée de la sordide condition d'être humain. Quel meilleur moyen que de développer un naturel aimant, juste et bon ? Quelle erreur ! À coups de morsures, ces bêtes m'ont réduite en esclavage. Alors qu'ils pouvaient aller et venir par leurs galeries, j'étais condamnée à passer mes journées et mes nuits ici. Je préparais les proies qu'ils avaient chassées : les éventrer, les dépecer, arracher les morceaux de chair. Tout ce qu'ils mangeaient, je le prémâchais jusqu'à ce qu'il soit plus facile pour eux de l'ingurgiter. Je nettoyais leurs puces, leurs tiques. J'enterrais leurs morts. Et chaque nuit, chaque heure, je sursautais pour ne pas tomber dans le sommeil. J'avais bien trop peur qu'ils en profitent pour me dévorer ! Une enfant morte-vivante, voilà à quoi mon cher grand-père m'a réduite.

– Je suis désolée, j'ignorais, jamais je n'aurais pu penser que…

– Allons, allons, Toache, je n'ai que faire de ta pitié. C'est grâce à mon grand-papa que je suis devenue Iriulnik, tourneuse-alpha, dont la puissance réside dans les entrailles de tant de rats !

– Quand t'a-t-il libérée ?

– Jamais ! Mon cher grand-père ne m'a pas libérée. Trop convaincu de ses théories. Trop sûr d'agir au mieux pour l'avenir de sa Bulhavre chérie. C'est Rustor qui a découvert ma geôle, par hasard. C'est lui qui m'a aidée. Le seul qui m'ait comprise. Et grâce à lui, j'ai donné un coup de main à mon grand-père, histoire de mettre ses hypothèses en pratique ! Avec un autre cobaye, cette fois.

Le rire si caractéristique d'Iriulnik, ce rire sans joie, ce rire débordant d'une folie qu'on pressentait sans limites, explosa dans la petite pièce.

– Je l'ai enfermé avec ses amis poilus ! Un, deux, trois, quatre, cinq, quel bonheur de compter les jours ! Au dixième, je suis descendue jusqu'à la cave. Les rats m'ont tellement déçue ! Ils ne lui avaient dévoré qu'un seul pied. Moi qui espérais tant ne retrouver qu'un cadavre ! J'ai soutenu ce pauvre vieil homme de près de cent ans pour remonter sur un pied tous les escaliers. Tu l'aurais vu ! Il implorait mon pardon. Il pleurait ! Il quémandait un regard, un sourire, un signe. Tu me connais, je suis si sensible… Je l'ai laissé se laver. Il a enfilé sa belle robe de chambre brodée. Et puis, je l'ai tué. Je n'ai pas fait durer le plaisir. Un coup de poignard par-derrière, il était de ma famille tout de même !

Toache ne trouva rien à dire. Il secouait la tête, effaré, peinant à croire cette effroyable histoire et pourtant convaincu de sa véracité. Il comprenait une chose : la tourneuse-alpha avait basculé dans la folie. Ses premières actions en vue de trouver des alliés pour se révolter n'étaient pas vaines. Les belles intentions et les belles idées ne suffisaient plus. Mieux valait se battre au risque de mourir plutôt que survivre en subissant la loi de la folie.

Iriulnik sortit de la cave, et s'arrêta sur le palier, avant la montée d'escalier. Elle ajouta :

– Il y a vingt ans… tu te rappelles ? Cette grande chasse aux rats, conduite pour éviter qu'ils ne répandent leurs maladies. C'était mon tout premier ordre au nom du Tourneur de Page. Le premier, mais pas le dernier ! J'ai gardé quelques spécimens dans la cave. Rustor a bouché toutes les galeries. Je les nourris, parfois. Si j'ai besoin de me réconforter, après la pâtée, j'en prends un dans les bras. Je le caresse, je lui parle doucement. Quand enfin il cesse de trembler, au moment où il se sent en confiance, je le jette contre le mur. Il rejoint ses amis, après une longue agonie.

Iriulnik fit pivoter la porte de la cave. Un instant, Toache crut qu'elle envisageait de l'enfermer là, pour subir le même sort que le Tourneur de Page. Elle lui sourit, devinant ses pensées :

– Allons Toache, sors d'ici ! Les rats ont déjà mangé. Et j'ai bien trop besoin de toi. Toi, dont l'humanité n'est que partiellement achevée : ni rancune, ni jalousie, ni soif de pouvoir. Qu'est-ce qui a bien pu te pervertir ainsi ? J'adore les énigmes, tu en es une. Mais avant de me pencher sur ton cas, je veux te montrer autre chose. Viens avec moi.

Toache sortit à son tour de la cave et suivit Iriulnik dans les escaliers. Ils traversèrent ensemble le troisième étage, redescendirent jusqu'au hall d'entrée du bâtiment puis s'engouffrèrent dans le véhicule qui les attendait.

Iriulnik ordonna :

– Au centre de fin de vie.

Sans un mot, le tourneur-chauffeur mit en route l'engin. Iriulnik regarda longuement ses ongles effilés avant d'utiliser leurs pointes pour gratter la nuque du chauffeur. Ce dernier resta impassible, le visage obstinément tourné vers la rue. Quand une petite goutte de sang apparut sur sa peau, Iriulnik soupira. Elle s'était lassée de son jeu, et s'adossa confortablement au siège.

– Toache, tu vas adorer la surprise que je t'ai préparée !

31
Fin de vie

Bien sûr, Toache connaissait l'existence du centre de fin de vie. Il savait aussi le rôle essentiel que jouait cet organisme au sein de la Bulhavre. Mais, malgré sa haute position dans la hiérarchie des tourneurs, il n'avait jamais pénétré le bâtiment jusque-là.

Le vaste espace d'entrée laissa rapidement place à des couloirs jalonnés de portes en enfilade. À peu de distance de là, Toache entendit des cris. Il n'aurait su reconnaître s'ils provenaient d'un homme, d'une femme ou d'un enfant. Mais il ne douta pas un instant qu'il s'agissait d'un être humain. S'ils n'avaient pas été épilés, ses poils se seraient dressés sur ses bras. L'émotion et la douleur contenues dans les hurlements lui glacèrent le sang. Toache s'apprêtait à demander la raison d'une telle souffrance quand la tourneuse-alpha s'arrêta au milieu du couloir, et poussa une porte. Sans un mot, Toache s'engouffra dans la pièce où elle l'invitait à entrer. Après la pitié, c'était désormais la peur qui habitait ses pensées.

Plongée dans la pénombre, la salle n'était que faiblement éclairée par une large vitre qui s'ouvrait sur la pièce d'à côté. Toache mit plusieurs secondes à distinguer l'ameublement de ce nouvel espace. Il ne remarqua pas la personne, debout en retrait, qui les attendait.

– Je te présente Colard !

D'un geste du bras, Iriulnik intima au garçon l'ordre de s'avancer. Il franchit les trois pas qui le séparaient d'elle, tête fièrement dressée.

– À votre disposition, tourneuse-alpha.

Elle farfouilla dans ses cheveux en une tentative ratée de signe d'affection et lui adressa un sourire froid tandis qu'elle continuait à parler à Toache.

– Colard sera bientôt un tourneur. Un tourneur très très spécial. Je fonde de grands espoirs sur lui ! Toache, tu vas l'héberger dans ton collège. Tu t'en occuperas mieux que de tes potentiels. Pioche les plus riches nourritures dans la réserve. Installe-le dans le plus douillet des dortoirs. Mais surtout, trouve-lui les plus compétents des professeurs.

– Tous nos potentiels profitent d'un excellent cadre de vie et des meilleurs enseignements, précisa Toache.

– Alors dépasse la perfection. Je veux qu'il bénéficie de leçons particulières avec pour seuls objectifs d'apprendre la survie en Outre-Monde, de maîtriser les méthodes de combat et de devenir imbattable pour suivre une piste. Sais-tu pourquoi ?

Toache secoua la tête en signe d'ignorance.

– Parce que cet enfant n'aura aucune difficulté à imaginer ce qu'un autre enfant pourrait inventer pour s'échapper. Une fois formé aux techniques de chasse, je l'enverrai chercher la tanière des fugitifs.

Toache ne put dissimuler un mouvement de recul. Iriulnik renchérit aussitôt :

– Tu as peur pour tes petits protégés ? Ce Tahar ?

– Non, non, bien sûr.

– Allons Toache, ton corps parle mieux que tes mots. Tu voudrais les voir sains et saufs, tous ! Tahar, Alkan et les autres. Alors, prépare-toi au pire. Colard trouvera leur repaire. Il me ramènera Alkan, ou au moins ses oreilles. J'irai débusquer les autres moi-même. Comme je suis impatiente de les tenir en mon pouvoir !

Colard jeta un regard discret vers l'homme à

qui il serait confié. Il le vit déglutir, hésiter, puis s'apprêter à parler. Mais un mouvement dans la pièce d'à côté attira l'attention d'Iriulnik.

Elle éclata de rire.

– Voilà justement la mère de ces sales petits monstres de l'Outre-Monde !

De l'autre côté de la vitre, une femme entrait, enceinte de plusieurs mois. Elle se tenait arquée vers l'arrière, ventre en avant, et marchait à petits pas, comme écrasée par une immense fatigue. La tourneuse en tunique blanche qui l'accompagnait l'aida à s'installer sur la table-lit située au centre de la pièce. Puis, elle entreprit de l'immobiliser en l'attachant par de grandes sangles tendues sur le corps. La femme ne se débattit pas, ne protesta pas, ne prononça pas un mot. Seules les larmes qui coulaient en silence le long de ses joues témoignaient de son désespoir.

Alors la séance de souvenirs commença. Toache reconnut Tahar sur l'écran. La scène se déroulait au moment de son enlèvement. La mère couchée sur la table revivait cette quinzaine de minutes. Mais, à la différence de ce qui s'était passé dans la vraie vie, elle avait conscience qu'on lui volait son enfant. Elle ignorait tout de ce qu'il deviendrait.

Les tourneurs l'avaient-ils tué ? Torturé ? Envoyé au bagne ? La femme se tordit en tous sens, trop épuisée pour crier, brûlée par une émotion si puissante que l'indicateur lumineux chargé de la mesurer ne quitta pas la zone rouge. Il était trop tard pour empêcher le pire d'arriver. Il était trop tard, et jamais elle ne se le pardonnerait. À chaque nouvelle vision du souvenir, la culpabilité dévorait les maigres forces qui lui restaient.

Écœuré par le tableau de douleur auquel il assistait, Toache s'écria :

– Tu n'as pas le droit de la traiter ainsi !

Iriulnik planta ses ongles sous le menton de Toache, l'obligeant à la regarder droit dans les yeux. Elle répliqua d'un ton glacé.

– Méfie-toi, Toache, des tourneurs ont rejoint le bagne pour bien moins que ça !

– Mais…

Toache s'interrompit, troublé. Iriulnik l'encouragea d'un signe.

– Mais cette femme va mourir.

– Oui, et quelle belle mort ! Quelle fierté de périr au service de la Bulhavre, au service du bonheur de ses habitants. Voyons Toache, tu sais bien que les besoins en énergie sont colossaux. Dessalinisation de l'eau, purification de l'air, éclairage et maintien en température… tout cela exige des sacrifices. « Le Tourneur de Page veille au bonheur de chacun », c'est la règle numéro 1. Je m'emploie à l'appliquer.

Toache se sentit désarmé, comme un enfant injustement grondé. À ce moment précis, il aurait aimé posséder le pouvoir de tout arrêter, revenir en arrière, lutter contre les idées du Tourneur de Page, ces idées qu'il avait lui-même ardemment défendues, en lesquelles il croyait ! Nul besoin d'une séance de souvenirs pour éprouver de la culpabilité.

Terrassé par ses sentiments, il n'ajouta qu'une phrase.

– Cette femme est enceinte. N'est-ce pas une raison suffisante pour l'épargner ?

Iriulnik haussa les épaules.

– La grossesse multiplie la puissance des émotions. Cette sacrifiée fournit plus d'énergie que n'importe qui. Une aubaine dont profitent tous les habitants !

La séance de souvenirs prit fin à cet instant.

La mère de Tahar et d'Alkan s'était évanouie.

32
Au cachot

Toache tendit une oreille distraite au monologue d'Iriulnik. Elle déplorait tout haut l'absence de son grand-père, versant presque une larme pour affirmer :

– Il aurait été si fier de moi !

S'en suivit une longue énumération des horreurs accomplies dans l'intérêt de la Bulhavre. À l'entendre chanter les louanges du Tourneur de Page, nul n'aurait pu soupçonner qu'elle l'avait assassiné de ses propres mains !

Derrière elle, Colard avançait à grandes enjambées, prêt à obéir au moindre de ses ordres. Toache fermait la marche, et tandis qu'il parcourait les couloirs vers le hall d'entrée du centre de fin de vie, il réfléchissait.

Malgré ses tentatives pour l'en écarter, l'image de la femme enceinte s'incrustait dans ses pensées.

Il la voyait évanouie, vidée de toute énergie, le visage pâle, le corps résigné. Comment partir sans même vérifier si elle avait survécu à son calvaire ? Il hésita un moment, soupesant ses chances, évaluant les conséquences. Fâcher la tourneuse-alpha coûtait cher ! Cependant, Iriulnik avait encore besoin de lui. Pas seulement pour héberger le jeune Colard au collège. Toache savait combien elle aimait qu'il la regarde et qu'il l'écoute. Mais ce fut son dernier argument qui le décida à agir : s'il abandonnait maintenant, s'il renonçait à toute initiative, alors il n'aurait plus de raison de vivre. La mort lui tendrait les bras d'autant plus vite qu'il ne supporterait pas d'avoir été si lâche.

Dès qu'il perçut une pause dans les propos d'Iriulnik, il demanda :

– Que deviennent les fins de vie après leur séance de souvenirs ?

La tourneuse-alpha, imitée par Colard, s'immobilisa. Elle se retourna vers Toache, plissa les sourcils comme si elle tentait de lire ses pensées, puis elle grimaça un sourire.

– C'est la femme qui t'intéresse. Tu as pitié, comme toujours. Ta bonté me répugne, mais j'accède à ta requête. Tu veux voir cette fin de vie ? Tu vas la voir. Et tu ne l'oublieras pas de sitôt !

Elle désigna Colard du doigt :

– Toi, reste là ! Quand mon trésor arrivera, prends-en bien soin.

Il opina du chef.

Et alors qu'elle s'acheminait vers la porte dissimulant l'accès aux caves, elle précisa à l'attention de Toache :

– Piupy me rejoint bientôt. C'est une enfant délicieuse. D'ailleurs, dans quelques jours, tu ne reconnaîtras plus mes appartements. Pour elle, ils vont être entièrement nettoyés, rangés. Ma petite perle vivra dans le plus beau des cocons ! Depuis qu'elle partage mon quotidien, je suis devenue encore plus gentille !

Le directeur du collègue ne releva pas, trop écœuré pour laisser échapper un sourire ironique.

L'humidité qui suintait le long des parois confirmait la déduction de Toache. Les escaliers qu'ils avaient empruntés s'étendaient sur une hauteur de plus d'un étage. Les cellules où les tourneurs emprisonnaient les personnes en fin de vie se situaient donc sous le niveau de la terre. Ils stoppèrent devant celle de la mère d'Alkan et

Tahar. Le loquet soulevé, la gardienne ouvrit la porte. Le grincement résonna le long du couloir. Tout au fond du cachot, sous le mince rayon de lumière que dispensait l'étroite fenêtre jouxtant le plafond, une masse informe gisait sous une couverture. Toache s'approcha jusqu'à réussir à discerner un visage : c'était bien celui de la femme, mouillé de sueur. « Elle a peur ! » se dit-il. Il s'en voulut, et tenta aussitôt de la rassurer :

– Ne vous inquiétez pas.

Il ôta sa tunique, trempa l'une des manches dans le broc d'eau posé sur le sol, et s'agenouilla devant la femme. Doucement, il épongea son front, puis ses joues.

Restée dans l'encadrement de la porte, Iriulnik ironisa :

– Comme c'est touchant !

Puis sa voix dure claqua, aussi coupante qu'un morceau de glace.

– Maintenant, on s'en va.

Toache se releva. Ses tripes contractées lui faisaient mal au ventre. Il jeta un coup d'œil circulaire sans rien trouver où s'accrocher. Il se sentait tellement désarmé devant cette injustice ! Il fit quelques pas vers Iriulnik qui tournait déjà les talons. Un souffle mêlé de paroles les stoppa :

– Votre veste ! Vous oubliez votre veste !

La femme s'était redressée. Elle tenait sa tunique à deux mains, tendue vers lui. Son regard le suppliait, sans qu'il n'en saisisse la raison. Il revint sur ses pas, et l'attrapa. Ce n'est que lorsqu'il sentit le poids inhabituel de son vêtement et qu'il écarta le tissu pour en découvrir l'explication qu'il comprit.

La peur n'était pas à l'origine de la transpiration. Dans ce lugubre cachot, la mère venait de donner naissance à un enfant. Elle l'avait hâtivement emmailloté, à l'abri des yeux d'Iriulnik. Et si son regard était tellement intense, c'est qu'elle le priait d'accepter. Elle lui confiait son bébé. Un abandon pour lui sauver la vie.

Pas une seconde, Toache n'hésita. Il prit l'enfant dans ses bras, veillant à le garder dissimulé sous sa veste. D'un discret hochement de tête, il tenta de rassurer la mère : il s'en occuperait, il s'y engageait. La tension quitta les muscles du visage de la femme pour céder la place aux signes d'un immense soulagement mêlé de reconnaissance. Les paupières quasi-closes, la bouche entrouverte, le front barré de rides, la lèvre tremblante, elle inspira douloureusement, tel un nouveau-né dont les poumons éclosent à la vie. Elle s'étendit sur le sol, épuisée. Elle entendit les pas de l'homme le long du couloir, éloignant d'elle son bébé. Ses larmes s'étaient taries, et ses yeux la piquaient à trop vouloir pleurer. Sa souffrance ne comptait pas. Seule la disparition de la menace qui pesait sur son enfant lui importait. Son choix était le bon, elle le savait.

Elle murmura :

– Sois heureuse, ma si jolie petite fille ! Mon amour t'accompagnera, où que la vie mène tes pas.

L'esquisse d'un sourire se dessina sur ses lèvres alors qu'elle sombrait dans le sommeil.

Assis sur un banc du hall d'entrée, Colard souriait, lui aussi. Bien sûr, devenir tourneur-patrouilleur correspondait à la consécration de sa vie. Et la mission confiée par Iriulnik lui offrait l'occasion de faire ses preuves. Mais, s'il se réjouissait, c'était à l'idée du moment à venir ! Dans un instant, avant de suivre Toache jusqu'au collège des potentiels, il reverrait sa petite sœur. Piupy lui avait manqué depuis leur dernière rencontre, au centre de fin de vie. Et si le garçon s'appliquait à ne pas penser à ses parents, inquiet du sort qu'Iriulnik avait pu leur réserver, il conservait toujours à l'esprit sa sœur, son rire et ses facéties.

Quand Rustor poussa la porte et laissa entrer Piupy sautillante, Colard s'exclama :

– Te voilà !

Ravie, Piupy trottina jusqu'à lui. Elle portait à la main une fourrure grise, l'une de ces peaux d'animal interdit sous la Bulhavre. À l'exception des rats, aucun mammifère ne parvenait à s'infiltrer dans les quartiers. Colard en déduisit avec une grimace :

– C'est une peau de rat ?

Elle frotta son visage contre les poils gris, et grimpa sur les genoux de son frère.

– Oui, c'est ma podera. Depuis que la princesse me l'a offerte, les monstres ne viennent plus la nuit. Mais, j'ai aussi un nouveau jouet !

Colard dissimula son dégoût. Il se sentait trop heureux de retrouver l'innocence de la petite pour gâcher ce moment. Il lui sourit :

– Vraiment ?

Enthousiaste, elle répondit :

– Je peux monter sur son dos, et il obéit à mes

ordres ! Tu veux le voir ?

Colard donna son assentiment.

Elle glissa de ses genoux, s'élança vers la porte. Un cri la stoppa net :

– Mon trésor !

Iriulnik était de retour, Toache à ses côtés.

Piupy pivota sur elle-même, en un demi-tour express, courut vers la femme aux ongles pointus, et se jeta dans ses bras.

Stupéfait, Toache observa la scène bouche bée. Si ce n'était l'enfant caché qu'il tenait coincé au creux du coude, il en aurait laissé tomber sa tunique tant la situation lui semblait irréelle. Iriulnik, celle qui torturait et tuait sans une once de pitié, celle qui n'avait probablement jamais aimé de toute sa vie, serrait la petite fille contre elle. « Comme si… comme si… » Toache hésita à mettre en mot sa pensée. « Comme si elle l'aimait ? »

Mais déjà, Piupy s'agitait. Ses coups de pied atteignirent le bassin d'Iriulnik. Toache retint son souffle, craignant le pire. Qui sait comment allait réagir la tourneuse-alpha ? Une fois encore, il resta médusé. Iriulnik éclata d'un rire frais, et se pencha pour déposer Piupy au sol et la regarder courir chercher son nouveau jouet.

Toache sentit le bébé bouger sur son bras. Il devenait urgent de sortir avant qu'un cri ne les trahisse tous les deux.

D'un geste, il intima à Colard l'ordre de le suivre et se dirigea droit vers la porte de sortie. Debout dans le hall, Rustor l'ignorait. Il n'avait d'yeux que pour Iriulnik. Mais alors que Toache s'apprêtait à prendre congé des deux tourneurs-alpha, Piupy refit son entrée. Juchée à califourchon sur le dos d'un homme à quatre pattes, elle lui donnait des coups de pied dans les côtes pour le faire avancer. L'homme redressa la tête une seconde, dévoilant la couleur de sa peau.

Instinctivement, Colard s'insurgea, le dégoût imprégnant sa remarque :

– Piupy ! C'est un contre-diversité !

En deux secondes, Iriulnik se tint devant lui, l'index tendu à hauteur de ses yeux, le ton menaçant.

– Tais-toi ! Piupy est à moi ! Tu n'as rien à dire.

La tourneuse-alpha s'avança jusqu'au contre-diversité, souleva Piupy et la porta contre elle. Son nez plongé dans les fins cheveux de l'enfant, elle inspira longuement. Quelle odeur enivrante !

Piupy sentait bon. Tellement bon qu'Iriulnik ressentait l'envie de lécher ses joues à coups de langue. Elle se retint. Dévoiler la puissance de ses sentiments devant Colard risquait de mettre à mal son plan. L'attitude et le comportement du garçon s'apparentaient à une discipline bête et respectueuse, digne d'un tourneur de base. Mais qui sait s'il ne renoncerait pas à revenir sous la Bulhavre, une fois dans l'Outre-Monde ? Elle se pencha vers lui et murmura :

– Inutile de te rappeler ce qui arrivera à ta petite sœur si tu ne remplis pas ta mission, n'est-ce pas ?

Colard baissa la tête, soumis, et répondit :

– Un tourneur ne faillit pas à sa tâche.

Iriulnik s'esclaffa. Un plan brillant, des individus livrés à son pouvoir, l'espoir de retrouver bientôt les fugitifs haïs, comme elle aimait sa vie ! À ses pieds, l'homme-monture de Piupy n'avait pas bougé. Iriulnik l'observa un moment et soudainement, sans aucun avertissement, le frappa d'un violent coup de pied sur la hanche. L'homme s'écroula sur le côté, recroquevillé, entourant sa tête d'un bras pour parer une nouvelle attaque.

– C'est un bagnard très docile. Je l'ai choisi facilement repérable pour lui ôter toute tentation de fuite. Mon trésor s'amuse tellement avec lui !

Elle s'adressa à l'enfant qu'elle tenait contre elle :

– Tu veux refaire un tour ?

Un « oui » enthousiaste résonna dans le hall d'entrée. L'homme se remit à quatre pattes. Iriulnik installa doucement Piupy sur son dos et tira le pavillon d'une oreille du bagnard :

– Avance !

L'homme obéit, laissant des traînées rouges sur le sol.

– Ses genoux saignent ! protesta Toache.

– Toache ! rétorqua Iriulnik, tu ne changeras donc jamais. Après les fugitifs et leur mère, tu voudrais sauver un bagnard, un contre-diversité qui plus est ? Reprends tes esprits avant que je ne perde mon sang-froid !

Toache ne répondit pas. Elle poursuivit perfide :

– À moins que tu ne t'inquiètes pour Piupy ? Elle serait si triste que son jouet soit trop cassé pour réussir à avancer ! Heureusement, cet homme est un bagnard. Il n'est déjà plus vraiment humain. Quand il sera usé…, je le changerai !

Toache échangea un regard avec le prisonnier. Il était incapable de l'aider. Un gémissement retentit distinctement. Le bébé ! Toache le sentit bouger sur son bras. Méfiante, Iriulnik s'approcha. La panique envahit Toache. La découverte du bébé pourrait déclencher un moment de folie et de cruauté chez la tourneuse-alpha. Le nouveau-né n'y survivrait pas ! Le regard qu'il posait sur le prisonnier se fit alors implorant. Un appel à l'aide. La situation était si désespérée qu'il sollicitait un bagnard livré pieds et mains liés à la volonté d'Iriulnik !

L'homme le dévisagea une seconde. Vu du sol, le bébé n'était pas dissimulé par la veste. Il le distinguait clairement. Sans tout comprendre des circonstances, il décida de réagir. Rampant par terre, il poussa un gémissement proche de celui d'un nouveau-né.

Iriulnik sourit méchamment.

– Tiens ? Je finissais presque par admirer cet homme, capable d'endurer en silence mes coups et les caprices de mon trésor. Et le voilà qui gémit ! Un misérable et méprisable bagnard.

Toache retint son souffle. Partir devenait une nécessité. Chaque seconde passée dans le hall constituait une menace pour le bébé. Il effectua un pas vers la sortie. Rustor s'approcha de lui, et postillonna.

– Quinze jours ! Iriulnik te donne quinze jours pour transformer ce garçon — il désigna Colard d'un mouvement de tête — en un patrouilleur et pisteur de talent. Alors que fais-tu encore là ?

Saisissant l'opportunité de quitter les lieux au plus vite, Toache regagna l'extérieur, Colard derrière lui. La marche berça l'enfant qui se rendormit, ignorant la chance qu'elle avait d'être encore en vie.

33
Préparatifs

Quinze jours !

C'était le délai que s'étaient fixé Alkan et ses amis avant le départ. Un délai suffisamment court pour ne pas mettre en péril les réserves alimentaires des abominables ; un délai à peine assez long pour effectuer les préparatifs nécessaires à leur aventure. Nul n'avait idée de ce qui les attendait lors de leur traversée des terres inconnues. Des montagnes à escalader ? Des torrents à franchir ? Des bêtes sauvages à affronter ? Quelles que soient les épreuves qu'ils rencontreraient, ils devraient être prêts à les surmonter. Question de survie.

– Il nous faut un harnais, pour qu'Olius me porte sans que je gêne sa progression. J'ai déjà un plan dans la tête, et j'ai tressé suffisamment de fils d'araignée pour le réaliser.

– Une attelle ! ajouta la mère d'Artelune. Elle

sourit à Adélou pour préciser : dans quinze jours, tu seras en voie de guérison. Avec une attelle, tu pourras marcher une centaine de mètres, puis un peu plus chaque jour. Ainsi, tu récupéreras progressivement assez de muscles et de souplesse pour poursuivre votre périple à pied.

Adélou approuva, une moue d'espoir sur les lèvres. Comme il détestait être dépendant des autres ! Comme il se sentait coupable de les ralentir ! Il attendait le moment de retrouver sa mobilité comme une délivrance.

– Maman, ajouta Artelune, il faut nous apprendre du vocabulaire en langue abominable ! Même si Olius comprend de mieux en mieux nos échanges, nous en aurons besoin pour parler avec lui. Et puis, communiquer par signes, en silence, ça peut toujours s'avérer utile !

La mère d'Artelune baissa la tête. Ce geste, qu'on aurait pu interpréter comme un assentiment, dissimulait son émotion et son secret. Sa fille, encore si jeune et si vulnérable, partait pour un voyage où mille dangers l'attendaient. La mère avait peur. Peur de perdre sa fille comme elle avait déjà perdu son fils, Guitin. Peur qu'elle soit blessée, peur de ne plus la revoir. Pourtant, elle avait approuvé le projet des enfants, sans hésiter. Le village des abominables serait vite devenu une prison pour Artelune ! Et elle connaissait les innombrables qualités de sa fille, sa soif de découverte et de vie insatiable. Rester à lui faire confiance. Son chagrin maîtrisé, elle releva la tête :

– Excellente idée ! Cours de langue matin et soir, dès demain. Elle regarda Berlusin et ajouta : cours o-bli-ga-toire !

Il grimaça.

– Et pour construire le chariot, comment allons-nous faire ?

Alkan leva la main. Tous le dévisagèrent, l'attention en éveil.

– Notre dernière tentative d'atteindre la réserve a bien failli nous être fatale. Y retourner reviendrait à nous jeter dans les griffes d'Iriulnik. On n'a plus le choix : on voyagera sans chariot. Si Olius est d'accord, il portera la charge la plus lourde. Dans nos sacs à dos, on se répartira le reste ainsi que le nécessaire de survie. Si jamais…

Il s'arrêta un instant, peinant à terminer sa phrase. Après une grande inspiration, il reprit :

– Si jamais nous étions séparés les uns des autres, nous aurons alors une petite chance de rester en vie.

Un long silence prit place dans la cahute de terre. Tout excités à l'idée de partir, les amis avaient écarté la notion concrète du danger. Ils en parlaient bien sûr, mais comme d'un élément abstrait, le moyen de pimenter la saveur de leur projet. La prise de conscience soudaine que leur vie pourrait dépendre du contenu d'un sac à dos, ou pire encore, que leur aventure de groupe pourrait se solder par une épreuve solitaire, les laissa songeurs.

– Et si on se trompait ? chuchota Alkan, partir, n'est peut-être pas la solution.

Artelune tapota la tête de son ami avec le poing fermé :

– Toc toc ! Y a quelqu'un ? Faut-il que ton crâne soit vide pour dire de telles bêtises ! Espèce de zigouillou, tu ne réussiras pas à me faire douter !

Alkan sourit et prit la main d'Artelune dans la sienne. Elle ajouta :

– Pour connaître ce qui nous attend, il n'y a pas d'autre moyen : on doit y aller !

Chacun s'endormit, la tête pleine d'idées et d'émotions. Adélou réfléchissait à la forme de la tente. Artelune oscillait entre l'excitation du départ et la tristesse d'abandonner ses parents. Alkan et Tahar songeaient secrètement aux leurs : s'éloigner de la Bulhavre signifiait renoncer à revoir un jour leur père et leur mère, à connaître un jour leur petit frère ou petite sœur. Berlusin ne pensa pas très longtemps. Deux minutes après la fin de la soirée, il dormait déjà. Heureusement, il ne ronfla pas.

34
Dans la nuit

Inlassablement, la terre tournait sur elle-même. Au milieu de la nuit, la lune dardait ses rayons bleutés. Recroquevillée sous sa couverture élimée, la femme ne profitait pas du spectacle. Les veilleuses de la Bulhavre traversaient l'étroite fenêtre de son cachot avec tant de paresse qu'elles perçaient à peine l'obscurité. Elle ferma les yeux.

C'est ainsi, livrée à la nuit et au silence, qu'elle sentit une vague de chaleur déferler sur son corps, comme la main d'une mère caresse le front de son enfant pour le réconforter. Elle soupira d'aise. Ses douleurs, sa position inconfortable, son ventre si désespérément vide… toutes ses souffrances s'envolèrent. Quand elle rouvrit les yeux, une vive clarté la réchauffait. Autour d'elle, se tenaient son mari et ses enfants. Tahar s'avança d'un pas, et déposa le bébé dans ses bras. Sa petite fille se lova contre son sein et un sourire d'ange, le sourire si pur des nouveau-nés, illumina son visage. Alkan s'approcha à son tour, et ses fils prirent chacun une de ses mains dans les leurs. Ils lui souriaient. Ils lui pardonnaient. Ils l'aimaient.

Sa poitrine se souleva d'allégresse. Son mari, assis tout près d'elle, posa une main légère sur sa joue en un geste apaisant. Elle ressentait tant d'amour pour sa famille !

Son buste s'abaissa tandis qu'elle murmurait :

– Mes enfants.

Ils étaient là, près d'elle. Ils étaient là et elle savait qu'ils ne la quitteraient plus jamais.

Elle sourit, le visage détendu, riche du bonheur de les avoir revus.

Les mouvements de sa poitrine ralentirent peu à peu.

***

L'appel réveilla tous les habitants de la maison d'argile. Alkan et Tahar venaient de crier ensemble :

– Maman !

Redressés sur leurs séants, les cheveux en bataille, ils sentaient leur cœur battre aussi vite qu'après un violent effort. Une joie immense mêlée d'un vernis de tristesse les remuait jusqu'au plus profond de leur être. Alkan le premier expliqua ce qu'il se passait.

– C'est ma mère, elle était là ! Elle est venue dans mes rêves et soudain, c'était comme si elle en sortait pour s'installer près de moi, dans la réalité. Je la sens si proche !

Descendu de son hamac, Olius alluma une brindille couverte de résine à l'aide d'une braise rouge vif. La lumière éclaira les deux frères. Tahar souriait au milieu des larmes, incapable de parler. Il observa la paume de ses mains. Il y percevait encore la chaleur de sa mère. Voilà l'évidence. Elle était venue les rejoindre.

Alkan murmura, la gorge serrée :

– Je ne peux m'empêcher de penser à elle et à notre père. Je les imagine, vivant leur existence paisible sous la Bulhavre. Peut-être que leur enfant est né maintenant ?

– Moi qui croyais ne plus jamais les voir ! sanglota Tahar. Je l'ai sentie, elle était là. Maman est venue nous souhaiter bon voyage.

L'émotion gagna tous ceux qui entouraient les deux frères. Parfois, les paroles sont inutiles. Personne ne dit un mot. Quand la lumière s'éteignit, tous se recouchèrent.

La nuit se poursuivit. La vie aussi.

***

Malgré le sommeil qui plombait ses paupières, Toache se réveilla. Moins d'une heure auparavant, il avait couru aux cuisines du collège, à moitié vêtu, pour prélever dans une casserole quelques cuillères de bouillie de pousses de bambous. Cette bouillie, il l'avait préparée dès son retour du centre de fin de vie, le bébé hurlant de faim dans ses bras. L'enfant l'avait tétée sur le bout de son doigt jusqu'à en être rassasié. Toache l'avait nourri ainsi quatre fois, y compris dans la nuit. Et voilà que le nouveau-né recommençait déjà à s'agiter ! L'homme soupira, résigné. Mais un point attira son attention. Les bruits ténus qui résonnaient dans le berceau, juste à côté de son lit, ne ressemblaient en rien aux vagissements précédents. Intrigué, il se pencha au-dessus de la petite fille et l'observa à la lueur des veilleuses de la Bulhavre. Elle ne babillait pas comme le faisaient les bébés plus grands, mais il ne faisait aucun doute qu'elle parlait, à sa manière. Les yeux grands ouverts, elle tendit les bras dans la même direction que celle de son regard. Toache chercha ce qui attirait ainsi son attention. En vain. La chambre qu'il occupait, sobrement meublée, ne comportait même pas d'écran sur le mur. Et pourtant, le visage détendu de l'enfant, ses gestes et ses curieux bruits de bouches ressemblaient à une discussion dont Toache aurait ignoré le langage. Le directeur du collège secoua la tête. La fatigue lui embrumait certainement l'esprit ! Un nouveau-né ne discute pas ! Il se recoucha, heureux de replonger dans le monde des rêves.

Il ne perçut pas la chaleur qui envahit la pièce. Il ne vit pas la lumière qui éclaira le berceau. Seule, la petite fille perçut ce que tout son corps réclamait : sa mère était là. Elle enveloppa son enfant de son amour, de sa confiance. Comblée, la nouveau-née s'endormit. Elle se sentait prête à vivre, à grandir. Quoi qu'il arrive.

***

La présence le réveilla en sursaut. Tomy, étendu à même le sol entre deux bagnards, s'assit et se frotta les paupières. Souvent, sa famille s'invitait dans ses rêves. Malgré les souffrances qu'il avait endurées au centre de fin de vie, il était heureux d'avoir retrouvé ses souvenirs. Car sa mémoire l'accompagnait chaque nuit. Il voyait Alkan et Tahar. Il riait avec eux. Mais cette nuit-là, ses sensations étaient différentes. Sa femme Minda était là, devant lui. Une onde de chaleur caressa son visage. Alors il comprit. Il se recoucha sur le dos, les yeux clos et murmura :

– Merci pour ta présence. J'ai tant besoin de toi.

La chaleur se diffusa bientôt dans le reste de son corps. Pour la première fois depuis son arrivée au bagne, Tomy ne ressentait plus la douleur des plaies infligées par les roseaux perforants à ses mains et ses jambes. Apaisé, il glissa dans le sommeil. Il n'était plus seul, désormais.

35
Sœur de lait

La chambre, petite et propre, bénéficiait d'une belle lumière. Dans ce bâtiment construit avant la Bulhavre, la hauteur des fenêtres dépassait celle d'un homme. Juché debout sur une table, Colard ne parvenait pas à toucher le sommet de la vitre qui éclairait la pièce. Il descendit, et se rassit sur le lit. Les plateaux qu'il avait dévorés la veille au soir et le matin même, riches d'aliments inconnus et délicieux, avaient été débarrassés par une femme sans qu'elle ne prête attention à ses questions. Colard récita tout haut les règles du chapitre 4 du manuel, pour s'occuper l'esprit. Toache finirait bien par passer le voir. Il serait contraint d'organiser sa formation accélérée aux rôles de pisteur. L'exécution de l'ordre d'un tourneur-alpha ne souffrait pas le moindre retard. Colard l'avait bien compris. On ne contrariait pas Iriulnik sans en subir les conséquences. Des conséquences susceptibles de s'avérer mortelles.

L'homme n'inspirait au garçon aucune sympathie. « Le Tourneur de Page veille au bonheur de chacun. » Comment ce Toache pouvait-il mettre en doute cette règle du manuel, la toute première, celle du fondement de la Bulhavre ? Depuis la mort du Tourneur de Page, depuis les grandioses funérailles, Iriulnik jouait le rôle du guide. Or, la veille, au centre de fin de vie, Toache n'avait eu de cesse de contester, de protester. Chaque intervention d'Iriulnik l'avait fait réagir. Un tourneur n'avait pourtant qu'une mission : obéir.

Le pire, c'était ce bébé ! Colard l'avait repéré, bien sûr. Malgré les tentatives de Toache pour le cacher, ses cris en arrivant au collège l'avaient trahi. Dans la salle du souvenir, la grossesse de la mère d'Alkan et Tahar touchait à sa fin. Et Toache était remonté de son cachot avec un nouveau-né dissimulé sous sa tunique. Colard secoua la tête. Il aurait fallu qu'il soit idiot pour ne pas comprendre l'évidence : Toache avait enlevé l'enfant, à l'insu d'Iriulnik.

Toujours assis sur le lit, Colard ficha ses coudes sur ses genoux, et posa son menton au creux de ses mains. Il réfléchissait. L'information qu'il détenait s'avérerait peut-être utile. Pas question de se précipiter pour la dévoiler.

Ignorant la menace à laquelle il venait provisoirement d'échapper, Toache sortit du collège par l'accès situé à l'arrière, et jeta un regard alentour. Personne. Contre lui, soigneusement dissimulé par son vêtement, il portait le bébé. Il rejoignit au pas de course l'une des maisons carrées destinées à l'hébergement des employés. Sur le pas de la porte, il hésita, le poing serré en l'air. La peur lui susurrait de fuir, de rentrer à l'abri. Après une grande inspiration, il frappa.

La gardienne en charge des chiens lui ouvrit. Il était trop tard pour revenir en arrière.

– Toache ? Bonjour !

Le ton surpris de la jeune femme s'expliquait aisément. Elle et Toache se respectaient et s'estimaient mutuellement, mais même s'ils appréciaient de travailler ensemble, ils n'avaient jamais pris l'initiative d'une rencontre en dehors des heures de labeur. Hormis, bien sûr, les deux ou trois barbecues partagés dans le cadre de la stricte application du manuel. « Chaque dimanche, tu te restaureras de poisson grillé avec une famille de ton quartier. »

Canile se tenait dans l'encadrement de la porte, son bébé dans les bras. Elle avait accouché à peine trois jours auparavant. Elle supposa que Toache s'était déplacé pour la féliciter et voir le nouveau-né. Elle s'effaça pour le laisser entrer.

Le directeur-tourneur pénétra dans le hall, sans un mot. Il la suivit jusque dans la pièce de vie de la maison. Son silence mettait Canile mal à l'aise. À l'abri des regards et des oreilles, Toache hésita encore un court instant, comme avant de se jeter dans le vide, sans rien pour se retenir. Sa démarche pouvait lui coûter le bagne, ou même pire. Le cœur battant la chamade, il sauta :

– Canile, je demande ton aide. Il écarta son vêtement, la laissant apercevoir le visage chiffonné de la nouveau-née endormie puis il corrigea : cette enfant a besoin de toi. Je ne parviendrai pas à la cacher longtemps. Et la bouillie grâce à laquelle je l'ai nourrie ne lui suffira pas pour grandir.

En moins d'une seconde, la situation s'imposa clairement dans l'esprit de la jeune mère. Toache protégeait un enfant interdit, au péril de sa vie. Et si elle l'aidait, ce serait au péril de la sienne.

Elle traversa le salon vers l'écran qui diffusait en continu les émissions des tourneurs. Elle déposa doucement son bébé dans le petit nid de couvertures qu'elle avait préparé. Puis elle revint vers Toache, et tendit ses mains vers lui. Elle saisit le bébé au creux de ses bras et le tint tout contre elle, pour le rassurer.

– Merci ! Merci !

Combien de fois Toache répéta-t-il ce mot au milieu de larmes de soulagement tout en confiant le bébé aux mains de Canile ? Trop pour les compter. Le changement de bras réveilla la nouveau-née. Ses cris se calmèrent après que Canile l'eut mise au sein.

Toache précisa :

– Je te présente la petite sœur de Tahar.

Durant une minute, on n'entendit plus rien. Le bébé buvait avec avidité sous le regard attendri de Canile. Toache ferma les yeux, serra les dents, et enfin se décida à aborder la deuxième raison de sa visite.

– Je sais que je peux te faire confiance, Canile, à toi et à ton mari. Il n'y a pas que cette petite fille à sauver.

Canile leva les yeux vers lui, et attendit la suite.

– J'ai longuement réfléchi et…

Toache se tut, hésitant. Canile patienta.

– Et je suis arrivé à la conclusion que la tourneuse-alpha n'œuvre pas pour le bien-être des habitants de la Bulhavre.

Toache observa la réaction de Canile. Elle ne bougeait pas, ne disait rien, mais n'affichait aucun signe de rejet. Il poursuivit :

– Iriulnik souffre de la folie du pouvoir. Il faut l'arrêter. Je veux l'arrêter.

Le bébé ne tétait plus. Engourdie par le sommeil, elle s'abandonnait dans les bras de la femme qui l'avait nourrie. Canile la releva doucement, et la plaqua debout contre elle, lui tapotant doucement le dos.

– Nous sommes déjà plusieurs à avoir établi ce constat. Des professeurs, des tourneurs. C'est en secret qu'on se rencontre. On réfléchit, on fait des hypothèses, mais pour le moment…

Elle s'interrompit, et posa doucement l'enfant aux côtés de sa fille. Elle se releva, planta son regard dans celui de Toache, lui sourit et affirma :

– Il nous manquait un chef pour transformer notre mouvement en révolte. Je crois qu'on l'a trouvé. Sois le bienvenu de l'autre côté, Toache.

L'enfant dormait si bien qu'elle ne réagit pas au baiser que Toache déposa sur son front. Alors que la jeune femme ouvrait la porte, elle dit d'une voix forte :

– Mes bébés vont bien, Toache, je te remercie de ta visite.

Aux yeux de tous les voisins, ces deux nouveau-nés seraient désormais les jumeaux de Canile. Toache essuya rapidement ses larmes avec la manche de son vêtement. Tenir ses émotions cachées relevait de son devoir. Car il n'était plus seul à lutter, désormais.

36
La formation du chasseur

L'œil collé au judas, Toache observa Colard. Le garçon était immobile, assis sur son lit, les yeux ouverts. Seuls les muscles de son visage frémissaient au fil des règles du manuel qu'il récitait. Le directeur entra sans frapper.

Colard se leva d'un bond, la tête haute, les deux bras le long du corps.

– Allons, jeune ami, inutile de te mettre au garde-à-vous. Prends place, que nous discutions tranquillement.

Colard se rassit, les fesses au bord du matelas, le dos bien vertical. Il renonçait à rester fièrement debout, consigne du directeur oblige. Mais il n'en était pas résigné pour autant. Pas question qu'il s'avachisse sur le lit ! Il se tiendrait droit et conserverait cette posture tant que Toache lui imposerait sa présence. Il ne laisserait pas cet homme le pervertir. Il dit :

– À votre service, directeur.

Toache hocha la tête. Il sentait qu'Iriulnik ne s'était pas trompée. Ce garçon suivrait aveuglément tous les ordres qu'elle lui donnerait, quels qu'ils soient. Dans quatorze jours, Colard partirait en chasse. Et s'il débusquait Tahar et son frère, il ne faisait aucun doute qu'il les tuerait. La seule manière pour Toache d'aider son ancien élève consistait à saboter la formation de Colard. Moins l'enfant-tourneur en apprendrait, moins il conserverait de chances de réussir sa mission.

– Ton apprentissage débutera ce matin. Te battre, suivre une piste, survivre en milieu contaminé, connaître les dangers de l'Outre-Monde, voilà le programme. Il te faudra travailler dur pour acquérir toutes ces compétences dans un délai aussi court.

– Aurai-je les meilleurs professeurs ? interrogea Colard.

Toache réprima un sourire. Il souhaitait l'échec de la mission de Colard. Aussi, la plupart des professeurs qu'il avait choisis ne brillaient ni par leurs connaissances ni par leurs capacités pédagogiques. Mais il n'était pas question d'envoyer le jeune garçon en Outre-Monde sans préparation ! Le seul professeur qui maîtrisait réellement son sujet était donc le professeur de survie en Outre-Monde. Toache répondit sans conviction :

– Oui, oui, ce sont des tourneurs d'expérience !

– J'en suis heureux, ainsi je n'aurai à me plaindre auprès de la tourneuse-alpha ni de tes choix, ni des cris du bébé.

Une goutte de sueur glacée dégoulina le long de la colonne vertébrale de Toache. Colard connaissait l'existence du nouveau-né ! Et la menace qu'il énonçait était à peine voilée : si Toache ne sollicitait pas les enseignants les plus compétents, le garçon le dénoncerait !

Toache déglutit avec difficulté. Il se leva, ouvrit la porte et annonça juste avant d'en sortir :

– N'aie point d'inquiétude, tu bénéficieras des meilleurs.

Il s'éloigna rapidement dans le couloir. Il ne lui restait plus beaucoup de temps pour tout organiser, annuler la venue des professeurs médiocres et ordonner à l'élite des pisteurs de prodiguer leur savoir. Saboter l'initiation du garçon signerait l'arrêt de mort du nouveau-né !

Toache songea à Tahar et murmura tout bas :

– Pardonne-moi, je n'ai pas le choix.

Couché sur son lit, Colard esquissa un sourire. La réaction du directeur dépassait ses attentes. Son chantage fonctionnait à merveille. De mémoire de tourneur, sa formation serait la meilleure jamais dispensée sous la Bulhavre. Bientôt, Alkan tomberait entre ses mains.

37
Cérémonial

Quelle animation dans la cour du collège ! D'un côté, se tenaient les potentiels, soigneusement alignés et encadrés par leurs professeurs. Les consignes rabâchées depuis deux jours, résonnaient encore dans toutes les têtes : vêtements impeccables, attitude irréprochable et silence dans les rangs. De l'autre côté, Colard rayonnait. La tête haute, les deux jambes ancrées au sol, ses bras le long de son uniforme de tourneur, il patientait. Pour son départ vers l'Outre-Monde, la tourneuse-alpha se déplaçait en personne. Elle arriverait dans quelques minutes.

Toache s'approcha du jeune tourneur. Le directeur ne portait pas sa tunique de prestige, il n'avait pas déployé d'effort particulier pour cette journée. Colard évita de croiser son regard. Comment ne pas se sentir mal à l'aise en sa présence ? Le directeur le détestait, il le savait. Mais il ne put se soustraire à la main que Toache posa sur son épaule.

– Voilà le grand jour ! Je te félicite, mon garçon. Tu as travaillé plus que n'importe qui ces deux dernières semaines.

Colard hocha la tête sans que son visage n'exprime rien de ses pensées. Ses quinze jours de formation s'étaient déroulés à la vitesse de l'éclair et pourtant, il avait l'impression d'avoir quitté ses parents il y a des années ! Les connaissances acquises au contact de ses professeurs l'avaient changé. Pisteurs, patrouilleurs et gardiens avaient coordonné leur enseignement pour optimiser le temps disponible. Ils l'avaient instruit, briefé, entraîné jusqu'à atteindre les limites de l'épuisement. Les résultats s'annonçaient à la hauteur des exigences d'Iriulnik. Colard avait grandi. Il n'était plus un enfant. Il se sentait prêt à s'aventurer seul en Outre-Monde. Prêt à remplir sa mission.

Quand la grille du collège pivota, tous les regards détaillèrent le véhicule qui s'approchait. Il se déplaçait en silence, sur coussin d'air. C'était loin d'être le cas de sa passagère. À peine le chauffeur eut-il ouvert sa portière qu'elle extirpa souplement ses longues jambes suivies du reste de son corps en hurlant :

– Rustor ! Admire ce que nous avons là, un vrai petit tourneur, apte au combat !

Rustor sortit du véhicule, le contourna puis trottina vers elle. Il lui attrapa le bras.

– Tu as accompli des merveilles, ma chère, comme toujours !

Il se planta devant Colard, et tapota sa joue. Iriulnik l'écarta doucement pour détailler le garçon du regard.

– L'équipement est parfait ! Chaussures, tenue, sac à dos, propulseur… les tourneurs-fouineurs de la réserve ont été à la hauteur. Et les assembleurs ont fait du bon travail.

Elle se tourna vers le véhicule et appela :

– Piupy ! Viens par ici !

Pour la première fois depuis l'arrivée des alphas, une émotion traversa le visage de Colard. Son cœur s'accéléra. Quand sa petite sœur courut vers lui, il se força à ne pas bouger. Un tourneur reste digne en toutes circonstances. Elle se précipita, ses petits bras tendus vers lui, la joie l'irradiant tout entière. Le bonheur de l'enfant eut raison des résolutions du garçon. Dignité ou pas, il ne partirait pas sans la saluer.

Quand il la serra contre lui, la petite demanda tristement :

– Ma princesse m'a dit… Tu t'en vas ?

– Oui, je m'en vais !

La petite l'embrassa en appuyant de toutes ses forces ses lèvres contre la joue de son frère.

– C'est le bisou le plus fort de la Bulhavre, un bisou d'au revoir !

Puis elle agita les jambes pour redescendre par terre.

La petite fille courait déjà vers l'un des chiens, assis devant le bâtiment. Colard caressa du bout des doigts la trace humide laissée par le baiser. La voix glaçante de l'alpha résonna au creux de son oreille. Elle s'était subrepticement glissée derrière lui.

– Tu sais ce que tu dois faire ! Ce serait tellement dommage que ta sœur ait à souffrir de ton échec !

À quelques pas de là, Toache perçut la menace dans les propos d'Iriulnik. Elle éclaira la situation d'un jour nouveau. Il s'empêcha de grimacer : l'Alpha manipulait ce pauvre garçon. Soit il trouvait Alkan, soit elle s'en prenait à la fillette ! La pitié l'envahit. Il n'avait guère apprécié la personnalité de Colard, respectueux à outrance des règlements sans chercher à en comprendre le sens. Mais il avait admiré sa ténacité au travail. Et le découvrir ainsi, objet d'un hideux chantage, l'affligeait. Après la pitié, la peur s'insinua dans son esprit. Avec son entraînement, le garçon se révélerait un ennemi acharné. Tahar et Alkan n'auraient aucune chance d'obtenir sa clémence ! Et si d'aventure Colard ne revenait pas, c'est la petite Piupy qui en pâtirait. Que le jeune tourneur échoue ou réussisse, un innocent en subirait les conséquences.

Toache esquissa un pas vers Iriulnik. Comme si elle avait suivi le fil de ses pensées, la tourneuse-alpha l'arrêta en pointant son ongle effilé vers sa poitrine :

– Toi, tu restes là ! Je ne veux pas t'entendre.
Puis, elle adopta un ton joyeux pour appeler : « Piupy ! »

L'enfant courut vers elle. Iriulnik la porta dans les bras. Précédées par Rustor et talonnées par Colard, elles s'engouffrèrent dans le véhicule. L'engin sortit par la grille, et s'éloigna rapidement. La tension qui régnait dans la cour du collège s'apaisa d'un coup. Professeurs et potentiels discutèrent en regagnant l'entrée du bâtiment. Les tourneurs-alpha ne leur avaient pas jeté un seul regard.

Toache entra dans le couloir en courant. Une bile acide remontait de son estomac, et lui donnait envie de vomir. Une femme l'arrêta d'un geste en travers de sa trajectoire. Toache reconnut le professeur Lana.

– Oui ? s'étonna-t-il.

– Demain, 17 heures.

Il la dévisagea sans comprendre. Elle renchérit :

– Rappelez-vous ! La réunion avec Canile. Sur le soin tout particulier à apporter aux chiens.

Il hocha la tête, stupéfait et réjoui à la fois. Sa première réunion de révoltés. Il poursuivit sa traversée du couloir. Lentement, cette fois. Son malaise l'avait quitté.

38
Jeté dehors

Voilà déjà trois fois que Colard se déplaçait dans un véhicule de patrouille, mais il ne s'y sentait toujours pas à l'aise. La vitesse, le balancement dans les tournants et l'air confiné du petit habitacle l'oppressaient. Piupy glissa sa main dans la sienne. Il prit une longue inspiration, et lui sourit. Peu après, l'engin s'arrêta devant un bâtiment dont l'énorme sigle métallique affiché sur la façade suggérait la fonction : le quartier général des tourneurs. Rustor descendit par la portière avant, et trottina autour du véhicule pour ouvrir celle des passagers. Piupy tenta d'embrasser son frère. Mais Rustor ne lui en laissa pas le temps. Il la tira par le poignet et la traîna vers le bâtiment sans porter attention à ses cris de protestation. Iriulnik pencha son buste par la fenêtre et dit :

– Rustor, prends soin de la petite !

L'homme effectua un demi-tour d'un seul bloc, et la grimace de jalousie qui enlaidissait son visage s'effaça aussitôt pour laisser place au sourire de l'amour. Il desserra l'étau de ses doigts, et libéra l'enfant. Piupy se recula de quelques pas. Puis, ainsi à l'abri, elle embrassa la paume de sa main, et souffla le baiser vers la voiture. Son frère partait, mais elle était trop petite pour comprendre qu'elle ne le reverrait peut-être jamais. Elle courut alors vers la porte de verre du bâtiment. Désormais, c'était chez elle.

Iriulnik et Colard n'échangèrent pas un mot du reste du trajet, jusqu'à ce que le véhicule s'arrête à proximité de la rampe de recharge. Ce lieu tampon entre la Bulhavre et l'Outre-Monde pullulait de tourneurs. L'accès en était sévèrement gardé. Une équipe de deux patrouilleurs attendait l'Alpha et Colard.

Irulnik descendit du véhicule de la Bulhavre pour rejoindre l'un des engins tout-terrain utilisés pour arpenter le sol inégal de l'Outre-Monde.

– Après toi, jeune chasseur ! dit Iriulnik en lui tenant la portière ouverte.

Colard monta dans l'habitacle.

L'équipage traversa le sas sécurisé, et sortit dans l'Outre-Monde. Empruntant la piste, le véhicule prit de la vitesse. Colard se retourna pour regarder la Bulhavre s'éloigner.

– Je reviendrai, Piupy, se promit-il à lui-même dans un murmure.

Puis, il se tourna face à la piste. Monstre, pluie contaminée ou plantes vénéneuses, aucun danger ne l'arrêterait. Il débusquerait Alkan.

L'hiver avait laissé des traces. Monceaux de feuilles mortes agglomérées par le vent en d'étranges sculptures bouffies, branches cassées par le poids de la neige, arbres tombés dévoilant leurs racines nues pointées vers le ciel, la piste qui longeait la rivière en direction de l'Est s'avéra peu praticable. À chaque obstacle, les deux patrouilleurs sautaient du véhicule et dégageaient un passage. Quand enfin ils parvinrent au pied de la falaise qui dissimulait l'accès au village, ils stoppèrent. Iriulnik sortit la première, et secoua ses cheveux. Colard émergea à son tour. Sa première goulée d'air manqua de le faire suffoquer de surprise. Le foisonnement de parfums porté par la brise ne ressemblait en rien à l'air aseptisé craché par les filtres de la

Bulhavre. Il s'interrogea un instant. Des odeurs aussi subtiles qu'enivrantes dissimulaient-elles des émanations toxiques de l'Outre-Monde ? L'attitude sereine de la tourneuse-alpha le rassura. De son index tendu, Iriulnik désignait la plate-forme reliant la pointe rocheuse à la paroi.

– Voilà le passage vers le village ! Elle ricana pour ajouter : enfin… ce qu'il en reste !

Elle plongea une main dans la poche de sa tunique. Colard rentra sa tête dans ses épaules. Que cherchait-elle ? Il avait assisté à trop de ses sautes d'humeur pour ne pas craindre ce type de mouvement. Mais ce fut une feuille inoffensive qu'elle sortit de son vêtement. Une feuille toute simple, pliée en quatre, que la femme tendit au garçon. Il s'en saisit, la déplia et la regarda. Sa stupéfaction atteint un tel degré que son cœur manqua de s'arrêter ! Il lâcha le feuillet, comme s'il venait de lui brûler les doigts.

– Un dessin ! C'est un piège ?

Colard ne comprenait pas. Avant même qu'il n'apprenne à marcher ou à parler, il savait que tout dessin était interdit. Ses parents le lui avaient martelé à chacune de ses tentatives. À peine traçait-il un trait dans une purée d'algue que son père le sermonnait. Les professeurs avaient pris le relais dès son entrée à l'école. Un dessin, c'était mal. Un dessin, et on allait au bagne. La règle du manuel tournoya dans sa tête : « Personne ne saurait représenter la vie. » Il répéta à voix haute :

– Un dessin ! C'est interdit !

Iriulnik se pencha vers lui jusqu'à ce que leurs joues se touchent. Elle lui susurra à l'oreille :

– Il existe des exceptions. Crois-tu que le manuel s'applique à moi ?

Elle se redressa, puis, sa voix reprenant son timbre habituel, elle annonça :

– Cette feuille, c'est le plan des environs.

Colard se montra attentif tandis qu'elle lui expliquait comment manipuler la carte : l'orientation, les repères, l'échelle. Il comprit rapidement le fonctionnement de cet outil inconnu. Quelques points stratégiques étaient localisés précisément : le village, la grotte, la barrière des urticants et bien sûr, la Bulhavre.

La tourneuse-alpha se réinstalla dans le véhicule. Avant de fermer la portière, elle dit :

– La dernière fois que ces incompétents de patrouilleurs les ont repérés, deux sales petits gamins étaient aux mains de monstres de l'Outre-

Monde. L'un de leur copain a préféré se jeter du haut d'une falaise plutôt que d'être capturé. Quant aux autres… c'est à toi de les repérer !

– Des monstres ? s'étonna Colard.

– Selon mes renseignements, les villageois appellent ces géants, aussi poilus que pataulds, des « abominables » et je peux te dire qu'ils portent bien leur nom ! Les gamins se terrent probablement là-bas, au-delà de la barrière des urticants. À moins qu'ils ne soient repassés dans leur grotte pour rassembler de quoi voyager en terres inconnues ? Je te laisse le découvrir…

Elle claqua la porte, et aussitôt le chauffeur démarra le véhicule.

Colard le regarda s'éloigner. Seul dans ce monde dont il ignorait tout, il resta planté debout de longues minutes, sans bouger, jusqu'à ce qu'un cri d'animal le sorte de sa torpeur. Il leva la tête vers l'éperon rocheux, et hésita un instant. Un incendie avait réduit en cendres tout le village. Il évalua ses chances d'y débusquer une piste : faibles, très faibles. Il renonça à s'y rendre. Une ombre attira son regard vers le ciel. Un énorme oiseau volait, à l'affût du moindre mouvement. Il tournait au-dessus d'une colline, enchaînant les cercles sans jamais dévier de sa trajectoire. À vue d'œil, Colard estima que la grotte se tenait à l'aplomb de l'oiseau de proie. C'était le signe qu'il attendait. Un premier pas, puis les autres suivirent. Il marcha droit vers la grotte.

39
Sur la piste

Avant d'entrer dans la grotte, Colard jeta un regard méfiant autour de lui. Les récits effrayants de son professeur de survie en Outre-Monde l'incitaient à la prudence. Qui sait si un mégacérours ne s'était pas installé dans cette grotte depuis le départ d'Alkan ? Debout sur l'étroit terre-plein, Colard distingua aisément la bâche de fibres de bambou tressées qui assurait le rôle de porte. Il esquissa une grimace d'approbation : le choix du matériau était ingénieux. Dissimulée derrière un rideau de verdure, bien malin qui serait parvenu à repérer la toile, et à trouver l'accès ! Heureusement pour lui, les patrouilleurs avaient dégagé les abords pendant leurs tours de garde, arrachant buissons, ronces et arbrisseaux.

La porte pivota le long du tronc qui lui servait de support. Quelques secondes s'écoulèrent sans que Colard ne bouge. Il laissait ses yeux s'accommoder à l'obscurité de la grotte. Des petits animaux s'étaient glissés là avant lui. Des paniers de bambou tressé étaient renversés. Une fourrure traînait au milieu, lacérée par des crocs, à moins qu'elle n'ait servi à un félin pour user ses griffes. Les professeurs l'avaient prévenu : dans l'Outre-Monde vivaient des bêtes de toute taille, herbivores et carnivores, d'espèces si différentes que nul n'en connaissait l'éventail.

À ces traces de passage d'animaux, s'ajoutait un autre indice. Aucun doute possible. C'était bien l'odeur nauséabonde de l'urine qui empestait l'atmosphère. Colard plaqua son nez dans le creux de son coude, utilisant sa manche en guise de filtre à air.

Les yeux rivés au sol, il inspecta la grotte. Il découvrit une pierre à feu, qu'il glissa dans son sac. Parvenu au fond de la caverne, il attrapa un livre, posé au sommet d'une pile. Sa couverture ne ressemblait pas à celle du manuel. Il l'ouvrit au hasard, plissa les sourcils pour distinguer les lignes, et étouffa un cri : les phrases qui s'enchaînaient ne correspondaient à aucune des règles ! Les lettres et les mots s'articulaient de la même manière, mais offraient un sens différent. Il déchiffra à voix haute : « La bulle de savon se brisa en une myriade de poussières glacées. » Colard jeta le livre, interloqué. Jamais il n'aurait pu imaginer qu'il soit possible d'écrire autre chose que les règles du manuel ! Il hésita, puis reprit l'ouvrage entre ses mains, et l'ouvrit une fois encore au hasard. Le dégoût qu'il éprouva à la vue de cette nouvelle page le suffoqua. Il jeta le livre violemment à terre, et déglutit pour s'empêcher de vomir. Mais l'image terrible continuait à hanter ses pupilles. L'ouvrage contenait un dessin, le pire des dessins interdits : un portrait !

En pleine confusion, Colard chercha un point sûr où poser son regard. C'est alors qu'il découvrit une fresque, étalée tout le long de la paroi. Il cacha son visage dans ses mains, effrayé par ce spectacle. Un dessin gigantesque, qui semblait n'avoir pas de fin ! Il se tint ainsi, immobile, se répétant comme une litanie la règle rassurante du manuel : « Nul ne saurait représenter la vie. » Il se forçait à respirer, inspiration, expiration. Les secondes s'écoulèrent, sans un bruit, sans un mouvement. Il écarta ses doigts pour jeter un œil, le temps d'une seconde. Rien ne se passa. Il n'était pas mort, il ne souffrait pas, il se sentait même un peu mieux. Petit à petit, il ôta ses mains, et s'approcha de l'œuvre gigantesque.

Les événements de la vie de Tahar et d'Alkan se trouvaient résumés là, en image. Colard découvrit ainsi l'existence d'autres enfants. Il resta bouche bée quand il réalisa qu'au sein du groupe se mêlaient des personnes aux couleurs de peau différentes.

Colard haussa les épaules. Alkan n'avait décidément aucun respect pour les règles de base indispensables au maintien de la diversité humaine. À croire qu'il n'avait pas grandi sous la Bulhavre !

Écœuré, Colard ressortit de la grotte, et s'assit sur la plate-forme. Il posa la carte d'Iriulnik sur ses genoux et l'orienta. D'un côté, se tenaient les ruines du village, porte d'entrée vers les terres inconnues. De l'autre, la Bulhavre, les collines et le territoire de ces monstres poilus. Par quoi commencer ?

Le garçon réfléchit longuement. Il savait que deux enfants avaient été enlevés par les abominables. Il n'imaginait pas crédible le fait que les uns soient partis sans les autres vers les terres inconnues. Les fugitifs avaient sûrement cherché à rejoindre leurs deux compagnons. Dans cette hypothèse, une destination s'imposait. Colard se leva, plia sa carte et la rangea dans son uniforme. S'il avait une chance de débusquer Alkan et ses amis, c'était bien vers le territoire des abominables, sur la colline des urticants ! Il enfila son sac sur son dos, et se mit en marche.

40
À l'affût

Un premier pas en arrière, un deuxième, puis Colard lâcha les branches des buissons qu'il tenait écartées. Elles fouettèrent l'air avec une telle brutalité, qu'il recula encore d'un pas. Il ôta les morceaux d'écorce qu'il avait enroulés autour de ses avant-bras. Ces protections improvisées avaient bien joué leur rôle. Lacérées de toutes parts, les écorces avaient résisté et sa peau était intacte. Colard s'en rendait compte, il aurait suffi d'une minute de progression supplémentaire dans les taillis pour que son bouclier soit réduit à l'état de charpie.

Le garçon soupira. À l'horizon, le soleil s'apprêtait à disparaître. La veille, il n'avait pas rencontré de difficulté pour atteindre la barrière des urticants. Mais pour la franchir, c'était une tout autre histoire ! Comme si la végétation du sous-bois mêlait tout ce dont la nature disposait pour repousser des assaillants. Les propriétés urticantes de certains buissons ne constituaient pas le seul obstacle. La plupart des taillis qui poussaient là comportaient également des épines, parfois plus longues que son petit doigt ! Sous leurs feuilles, nichaient des colonies de chenilles dont la vive couleur alertait sur leur toxicité. Pas question d'y toucher !

Colard fronça les sourcils. Il avait fait tout le tour de la colline. La barrière se poursuivait, sans discontinuer. En dehors des lapins, à même de creuser un terrier pour déboucher de l'autre côté, et des oiseaux capables de voler, aucun être vivant n'aurait pu pénétrer le territoire des abominables sans y laisser sa peau.

Une nouvelle fois, il leva les yeux vers la cime des arbres. Les milliers d'oiseaux se tenaient silencieux. Pourtant, il savait qu'ils nichaient là. Lors de ses tentatives pour avancer dans le sous-bois, leur raffut était assourdissant ! Colard observa attentivement le sommet de la végétation urticante. Les taillis montaient jusqu'à lécher les premières branches des arbres. Et ces arbres poussaient espacés, laissant des vides béants de plusieurs mètres entre leurs branches. Colard mesura sa chance de parvenir de l'autre côté en passant d'arbre en arbre. Une probabilité proche de zéro.

« Saleté d'Alkan, pensa-t-il, tu n'aurais pas pu te cacher dans un endroit plus commode ? Toujours à faire ton malin ! »

La lumière baissa subitement lors de la disparition du soleil. Colard descendit la pente sur une dizaine de mètres, et s'approcha d'un vieil arbre. Au pied de son énorme tronc, les herbes ne s'étaient pas encore redressées. Comme la nuit précédente, le garçon étala la bâche de protection, et s'y assit, adossé à l'arbre. Ses chaussures ôtées, il glissa ses jambes dans son sac. Ainsi, avec le haut de la bâche rabattue autour de ses épaules, l'humidité de la nuit ne l'atteindrait pas.

Le morceau de poisson séché qu'il piocha dans sa réserve s'avéra plus dur qu'un caillou. Colard s'escrima à le mordre jusqu'à en arracher un bout. Il le mâchonna longuement, le baignant dans de petites gorgées d'eau. Quand la chair eut repris sa souplesse, le garçon l'avala. D'un coup de couteau, il préleva un autre morceau, plus petit, et l'enfourna dans sa bouche. À mesure que ses mâchoires réduisaient l'aliment en bouillie,

Colard progressa dans sa réflexion. Il préférait renoncer à gagner le territoire des abominables. Restait donc à surprendre le groupe d'Alkan au moment où il en sortirait. Le garçon grimaça. Les fugitifs déboucheraient probablement sur ce flan de colline, dans l'axe des terres inconnues. Mais faute de les repérer, Colard risquait de les laisser filer sans même s'en apercevoir !

Tandis qu'il cogitait, un oiseau se posa à une dizaine de mètres de Colard. Sans un bruit, avec des gestes lents et assurés, Colard attrapa son propulseur à flèche, et tira. L'oiseau lui tournait le dos. Il n'eut pas le temps de réagir au sifflement de la flèche. Il poussa un pitoyable piaillement, et s'affaissa, mort. En réponse, un vacarme de cris d'oiseaux résonna autour de Colard. Le garçon éclata de rire. Non seulement il aurait de quoi se nourrir le lendemain, mais en plus il venait de comprendre comment surprendre les fugitifs. Alkan et ses amis ne parviendraient pas à franchir les urticants sans que les oiseaux donnent aussitôt l'alerte.

41
Le départ

Si quelqu'un s'était fié au calme qui régnait dans la maison de terre, il en aurait conclu qu'elle était déserte. Et il se serait trompé.

Trois abominables, cinq enfants et deux adultes restaient debout, immobiles, sans dire un mot. Les préparatifs touchaient à leur fin. Il ne manquait plus que les au revoir avant le grand départ. Mais personne ne se sentait le courage de rompre le silence pour amorcer cette ultime étape.

La porte s'ouvrit brusquement. D'un geste, le chef des abominables les invita à gagner l'étroit balcon. Enfants, adultes et abominables se tassèrent au centre de la plate-forme. Tout autour, dans les arbres voisins, les abominables de la tribu sortaient également de leurs demeures en forme d'œuf.

Quand tout le monde fut prêt, le chef dressa sa

main ouverte au-dessus de sa tête. Il la laissa ainsi, le tatouage rond exposé au regard. Puis, il parla dans la langue caractéristique des abominables, mêlant sons, bruits de bouche et mouvements des mains. Même si les enfants avaient acquis récemment un vocabulaire de base, ils peinaient à suivre son discours. La mère d'Artelune traduisit :

– Il évoque la bague qu'il arbore à son doigt. Il dit que le tatouage qu'elle imprime est un grand honneur, réservé à peu d'élus, souvent les plus anciens ayant œuvré toute leur vie au service de la tribu. Il signifie que celui qui le porte est digne de vie.

Alkan regarda le cercle inscrit dans sa chair à l'intérieur de son poignet. Le chef l'avait tatoué pour le remercier d'avoir soigné un abominable torturé par les tourneurs. Et c'était à cause de ce signe que les abominables l'avaient sauvé. Ils étaient intervenus alors que les patrouilleurs s'apprêtaient à les capturer, Adélou et lui. Alkan ignorait alors qu'il s'agissait d'un si grand honneur.

Le chef tourna la bague autour de son doigt, jusqu'à ce que les pointes jaillissent vers la paume. Il attrapa le bras d'Olius, frotta une pierre polie à l'intérieur de son poignet, puis l'enserra de sa main. Les fines piques de la bague libérèrent leur encre dans la peau de l'abominable. Le chef le relâcha.

Olius baissa la tête, et agita ses mains face au soleil afin que leurs ombres expriment sa pensée. La mère d'Artelune poursuivit la traduction.

– Je respecterai la Vie et une part de mon esprit restera pour toujours dans cette tribu, auprès de mes parents.

Puis il se tut. Berlusin grimaça :

– Ça veut dire qu'il est content ou pas ? Il donne l'impression qu'il est constipé depuis quinze jours !

La mère d'Artelune sourit :

– Il est heureux, oui ! Tu sais, quitter la tribu n'est pas un comportement très courant chez les abominables. Il aurait pu être renié à cause de cette décision. Le geste symbolique du chef est puissant. Il signifie que le départ d'Olius est approuvé par les anciens. Il signifie aussi qu'à son retour, Olius sera accueilli.

La première, Artelune tapa dans ses mains, aussitôt suivie par ses amis et ses parents. Ils n'imaginaient pas quelle stupéfaction les applaudissements déclencheraient chez les abominables ! Les géants les dévisageaient, partagés entre l'inquiétude et la stupéfaction. Adélou s'arrêta, le temps d'expliquer maladroitement, dans leur langue :

– Nous sommes contents de partager ce moment avec vous. C'est notre manière de vous le faire savoir.

Le chef observa ses deux mains, paumes ouvertes face à lui. Il retira la bague, la glissa sur l'orteil d'un pied, et leva ses deux mains en l'air. Alors, il les frappa l'une contre l'autre, d'abord lentement puis de plus en plus vite. Tous les membres de la tribu l'imitèrent. Les abominables applaudissaient, pour la première fois de leur vie. Et le bruit s'accordait à la force de leur mouvement pour faire vibrer la forêt.

Enfin, le moment des adieux arriva. Artelune se jeta dans les bras de ses parents, déchirée d'avoir à les quitter. Sa mère lui sourit, sans verser une larme. Elle luttait contre l'émotion qui la submergeait : son cœur se brisait à l'idée de laisser partir sa fille vers l'inconnu. Mais sa raison lui dictait sa conduite. Son enfant serait plus heureuse ainsi. Dès qu'elle serra Artelune contre elle et qu'elle sut que sa fille ne voyait plus son visage, la douleur de la séparation en déforma les traits. Alkan attrapa au vol son regard perdu, empli de questions. Il hocha la tête, de haut en bas, lentement et forma des paroles avec la bouche sans les prononcer :

– Je promets.

La mère d'Artelune pinça ses lèvres. Ses larmes n'attendaient qu'une faille pour s'échapper. Elle ne laisserait pas cette fissure se creuser. Car désormais, au milieu de ses tourments, une pensée l'apaisait. Elle savait qu'Alkan sacrifierait sa vie pour sauver celle de sa fille. Heureusement, elle n'avait pas réfléchi au fait qu'Artelune en ferait autant pour son ami Alkan.

Les voyageurs achevèrent les adieux puis enfilèrent leurs sacs à dos. Autour d'eux, tous les abominables dressèrent leurs mains, paumes ouvertes vers le petit groupe. Et tandis qu'une douce mélopée emplissait la clairière, les enfants ressentirent une chaleur éclore dans leur ventre, et se répandre dans tout leur corps, comme une énergie nouvelle offerte par leurs géants amis.

Pour franchir la barrière des urticants, Olius effectua un premier trajet avec Adélou qui rassurait le chien Tam coincé dans le filet de portage.

Habitué à se mode de déplacement, Adélou ne ressentit aucune peur. Tout aurait été parfait si le piaillement des nombreux oiseaux n'avait pas mis ses tympans à l'épreuve. En deux fois, tous les enfants se retrouvèrent de l'autre côté de l'univers des abominables.

Là, ils le savaient, plus rien ne les protégerait. Ils ignoraient qu'à quelques pas, Colard les observait.

Alerté par le bruit des oiseaux, il n'avait eu aucune difficulté à les repérer. Comme lui avait enseigné son professeur-pisteur, il s'était enduit de crotte de renard-loup, échappant ainsi à l'odorat du chien. Caché derrière un buisson, Colard se réjouissait intérieurement. La tourneuse-alpha lui avait confié une mission. Il se sentait digne de sa confiance.

42
Le village fantôme

Chaque pas provoquait un étrange crissement, comme si le groupe marchait dans la neige. Les enfants avançaient vers le fond du petit cirque encerclé de falaises. Ils regardaient autour d'eux, saisis par le spectacle de désolation qu'offrait le village. Ou plutôt, les ruines du village. Aucun des bâtiments n'avait résisté à l'incendie. Les maisons s'étaient écroulées, la charpente dévorée par les flammes. Ici ou là, des pans de mur restaient dressés, en un dérisoire sursaut de révolte. La cendre volait, contaminant l'air de ses poussières suffocantes. Sous leurs pas, les blocs de charbon s'écrasaient en un bruit à peine plus aigu qu'un gémissement.

– Je peux plus entendre ça, chuchota Alkan. J'ai l'impression de fouler à mes pieds tous ceux que j'ai connus ici. Liriana. Awim.

Artelune attrapa sa main et la serra. La vue de ce village dévasté — son village — déclenchait un déluge d'émotions. Quel gâchis ! La réalité moche, grise et puante, qui s'étalait sous ses yeux, lui retournait le cœur. La haine et le dégoût se mêlaient quand elle pensait à Iriulnik, à l'origine de cette catastrophe. Mais la tristesse étouffa l'idée de vengeance. Elle ressentait tant de peine en constatant que toute vie avait disparu de ce lieu où elle avait grandi. C'est à peine si quelques herbes parvenaient à pousser, se frayant un chemin au travers les cendres !

À l'aplomb du gigantesque tas noir formé par l'effondrement de la bibliothèque, Adélou s'arrêta.

– Regardez !

Au coin des restes du bâtiment, un buisson avait percé la couche de suie. Couvert de fleurs roses, sa fraîcheur créait un contraste saisissant avec la noirceur qui l'entourait.

Artelune cueillit délicatement la fleur la plus jolie, et la glissa dans une couture de son vêtement.

– C'est la petite fleur de l'espoir. Elle nous guidera, c'est sûr !

Tous s'approchèrent du buisson pour prélever

à leur tour l'une de ses fleurs. Olius lui-même inséra un bouton rose parmi les poils touffus de son torse.

Ainsi décorés, les enfants progressèrent au travers du village incendié jusqu'à atteindre le départ du tunnel menant aux terres inconnues. Son accès était condamné par un éboulement. Alkan et Tahar grimpèrent sur le tas mêlant pierres, terre et rochers. À l'aide d'un bambou, ils entreprirent de le sonder afin d'évaluer sa densité et sa solidité. Ils enfoncèrent la longue tige tous les vingt centimètres, suivant une trajectoire la plus droite possible, tout en respectant un écartement entre eux de la même longueur. C'était leur plan. S'ils parvenaient à repérer un passage facile à dégager, leur périple s'en trouverait raccourci de deux jours de marche. Le temps nécessaire pour contourner la grande barrière de falaises à l'est du village.

– Rien ! s'exclama Alkan. Tout est compact, impossible à bouger. Même en frappant des pieds, on ne sent aucune vibration ! Le vide est probablement loin derrière.

Artelune lui répondit :

– Deux ou trois jours de marche ne nous font pas peur, pas vrai ?

– Peur, non, rétorqua Berlusin, mais ça me fatigue d'avance. D'ailleurs, où est-ce qu'on monte le camp ?

Tous les enfants se regardèrent silencieux. Aucun d'entre eux ne ressentait l'envie de dormir près d'ici. Le village incendié, telle la carcasse putréfiée d'un animal géant, s'inviterait bien assez facilement dans leurs cauchemars !

– On passe le premier col ? suggéra Artelune. De l'autre côté, un peu en contrebas, il y a une clairière avec un ruisseau juste à côté. Guitin m'y avait déjà emmenée. Si on se dépêche, on peut l'atteindre avant la nuit.

Elle dressa sa main en l'air, paume à l'extérieur. Alkan la frappa avec la sienne, scellant son accord :

– T'as parfois de bonnes idées !

– J'ai toujours de bonnes idées, rétorqua Artelune, contrairement à un certain Alkan de ma connaissance.

– Tu veux que je secoue le malotru de ta connaissance pour lui apprendre la politesse ? proposa Berlusin.

Artelune lui sourit :

– Pas maintenant, mais je garde ta proposition en réserve, si besoin.

Alkan mima les signes d'une peur panique. Puis il jeta son sac sur l'épaule en riant, et se mit en marche.

Tous lui emboîtèrent le pas.

43
La traque

À l'ouest du village, Colard observait le groupe des marcheurs. Ils progressaient sur un sentier à peine tracé, sillonnant la pente abrupte de la falaise jusqu'à rejoindre son sommet. Handicapé par l'absence d'arbres où se suspendre, l'abominable progressait à l'arrière, de sa drôle de démarche, basculant d'un côté à l'autre à chaque pas. Il semblait lourdement chargé.

Colard plissa les yeux afin d'évaluer la trajectoire du groupe. Jusque-là, les fugitifs effaçaient les traces de leur passage. Les suivre réclamait un effort constant et épuisant. À mi-chemin entre les urticants et le village, il avait même failli les perdre ! Sur un sentier, il était beaucoup plus aisé de les pister à distance, sans se faire remarquer. Peut-être qu'après cette longue journée de marche, les enfants se sentiraient suffisamment en sécurité pour relâcher leur vigilance ? Ils comptaient probablement sur leur chien pour donner l'alerte. Sans se douter que son flair était si facile à berner !

Colard sourit. Quand ils auraient atteint les terres inconnues, il pourrait alors se rapprocher, et se laisser guider. La patience deviendrait sa meilleure arme pour remplir sa mission. Attendre le moment opportun. Et enfin, agir.

44
La réunion

Cette salle du collège servait parfois de lieu de réunion, mais plus souvent à organiser les rencontres entre les nouveaux potentiels et leurs chiens. Canile se dirigea droit vers la vingtaine de chaises empilées dans un coin. Toache l'aida à les installer en cercle. Ils s'installèrent. Déjà, les autres arrivaient.

Le professeur Mogi poussa la porte le premier. Il s'effaça pour laisser entrer le professeur Lana. Dès qu'ils aperçurent le directeur, ils s'immobilisèrent. Ils avaient beau s'attendre à sa présence, l'étonnement les avait saisis.

Lana reprit ses esprits la première, et s'avança vers Toache.

– Quelle surprise ! Ainsi te voilà des nôtres, Toache ? C'est une chance !

Toache lui sourit, rassuré sur la fiabilité de son

instinct. Lana et Mogi lui inspiraient confiance depuis bien longtemps. Si les choses s'étaient déroulées autrement, c'est à eux qu'il se serait adressé en premier pour initier un mouvement de révolte. À son tour, le professeur Mogi lui souhaita la bienvenue. Toache leur répondit :

– J'ignorais votre existence. Sinon, je vous aurais rejoints bien avant. Bravo ! Votre discrétion et votre courage sont exemplaires.

Deux hommes affectés à la préparation des repas et une femme chargée de l'entretien des uniformes pénétrèrent dans la salle. D'autres professeurs et une gardienne des dortoirs se joignirent au groupe.

Bientôt, ils furent au complet. Quinze habitants de la Bulhavre conscients des dérives du système et refusant de s'y soumettre. Quinze adultes qui mesuraient les risques qu'ils prenaient en participant à ces réunions secrètes. Tous connaissaient la consigne : à la moindre interruption, continuer à parler, comme si de rien n'était, pour faire croire qu'ils s'intéressaient aux soins à apporter aux chiens.

Canile se leva, et prit la parole. Ils cessèrent leurs chuchotements pour l'écouter.

– Je suis heureuse d'accueillir Toache dans notre groupe. Je me porte garante de lui.

Elle se tourna vers le directeur pour expliquer :

– C'est comme ça qu'on recrute.

Toache approuva d'un hochement de tête.

Puis, il écouta Canile lui rapporter l'état de leur réflexion. Une liste de petites opérations pour perturber le fonctionnement de la Bulhavre avait déjà été dressée. Les échanges lui apportèrent un éclairage complémentaire. Quand tous les participants se turent, Toache commenta :

– J'approuve votre prudence ! Nous sommes tous solidaires les uns des autres. Si l'un d'entre nous est arrêté, c'en est fini de la révolution. Mais sur le reste, je ne partage pas votre approche. Mener la révolte par étapes, c'est la condamner à l'échec ! Vous envisagez une succession de petites opérations de sabotage. Le jeu en vaut-il la peine ? Il suffirait d'une expédition ratée pour que l'on soit envoyés au bagne ou pire, pour que tous nos souvenirs soient effacés. Nous n'aurions même plus l'idée de contester le pouvoir des tourneurs-alpha. N'est-ce pas courir le risque de ne jamais mener à bien la révolte ?

– Tu as une meilleure solution ? lui demanda

Canile

– Je n'en vois qu'une, rétorqua Toache, préparer minutieusement la révolution, envisager toutes les possibilités, ne rien laisser au hasard. Puis, quand le moment sera venu, la mettre en œuvre. En une seule nuit, nous devrons prendre le pouvoir sur la totalité de la Bulhavre !

Des chuchotements suivirent sa remarque. Jusque-là, le groupe envisageait des actions nombreuses mais peu risquées. La proposition de Toache s'avérait d'une tout autre ampleur !

Un débat s'instaura, auquel Toache participa sans s'imposer. Peu à peu, tous se rangèrent à son point de vue. Leur objectif était clair : chasser les tourneurs-alpha. Et le moyen qu'offrait le directeur se révélait le meilleur pour y parvenir.

– Reste à construire le plan de bataille, jusqu'au moindre détail, conclut le professeur Lana.

– Reste aussi à trouver des bras, ajouta Toache, une révolution en une nuit ne peut se faire à quinze, ni même à trente. Tout seuls, nous n'y arriverons pas !

45
Premiers pas en terres inconnues

Longues étaient les étapes, mais grande était la motivation des explorateurs. À raison de sept heures de marche par jour, le groupe contourna en deux journées la barre rocheuse qui marquait la frontière entre les terres inconnues et l'Outre-Monde. Une fois le col franchi, la végétation sur l'autre versant se révéla un peu moins touffue. Le rythme de progression en augmenta d'autant. Juché sur le dos d'Olius, Adélou assurait la fonction d'éclaireur. L'enfant et l'abominable prenaient de l'avance. Ils grimpaient en haut de grandes cimes pour s'orienter, repéraient les passages accessibles et localisaient les dangereuses parois à pic. Puis, après une course en sens inverse, ils retrouvaient leurs compagnons, et les guidaient. Que de temps gagné grâce à cette organisation !

Olius ne montrait aucun signe de fatigue. Tant qu'il évoluait dans la forêt, s'accrochant aux branches par les pieds et les mains, l'effort qu'il déployait restait minime. C'était loin d'être le cas pour le reste du groupe. Les bras endoloris à force d'écarter les buissons qui gênaient leur passage, les jambes courbatues, les enfants peinaient à avancer sur ce sol inégal. Ils se relayaient pour assurer le rôle du premier, chargé de tracer la piste.

Toutes les deux heures, la pause s'avérait nécessaire. Reprendre un peu de force, détendre ses pieds, souffler… tous en avaient besoin avant de continuer.

Cette fois-là, Adélou leur indiqua une petite clairière que le soleil éclairait d'une belle lumière. Il ôta sa béquille du paquetage, et posa le pied à terre avec une grimace de douleur. En sautillant, il gagna le centre de cet espace. Artelune s'arrêta à ses côtés, jeta son sac et se laissa tomber dans l'herbe grasse. Couchée sur le dos, bras et jambes en étoile, elle soupira :

– Ça me ferait presque regretter les parties de chasse de cet hiver, et pourtant, je détestais les glissades dans la boue !

Tam s'approcha, la tête au-dessus de celle d'Artelune. La température était agréable, celle d'un début de printemps. Et l'effort qu'il fournissait en vadrouillant en avant du groupe le rendait haletant. Artelune le repoussa d'un geste :

– Tam ! T'es dégoûtant, tu m'as bavé dessus.

Le chien lui lécha le visage avant de s'éloigner en retournant sur leurs pas.

– Si seulement on avait une idée de la durée de notre périple, on ajusterait celle des étapes ! regretta Berlusin.

– Au moins, nos pieds sont intacts ! Merci aux bonnes idées d'Olius.

Assis sur un tronc d'arbre, Alkan retira sa chaussure, et entreprit de se masser un pied. Il avait grandi depuis son départ de la Bulhavre. La tenue et les chaussures qu'il portait alors ne convenaient plus à sa nouvelle taille. Pendant l'hiver, les enfants s'étaient débrouillés pour marcher en entourant leurs pieds jusqu'aux chevilles de bandes de fourrure. Artelune glissait du duvet entre le cuir et la plante de ses pieds pour renforcer l'amorti. Mais ces bottes de fortune n'auraient pu les protéger suffisamment lors d'une longue randonnée. Ce fut grâce à Olius qu'ils trouvèrent le moyen de fabriquer de confortables semelles. Pendant leurs préparatifs au village des abominables, ils réduisirent en purée les fruits de boules de gui et ajoutèrent des fibres de bambou et de la sciure de bois à la colle ainsi obtenue. Une fois la mixture séchée, durcie et façonnée à la taille de leur pied, ils la glissèrent dans un étui de toiles d'araignée, et fixèrent tout autour un chausson de cuir. Leurs chaussures étaient prêtes.

Olius s'assit à côté d'Alkan. Il, lui donna une bourrade amicale. La force de son amitié fut telle, qu'Alkan ne résista pas et bascula de son siège.

– Eh ! Merci pour ta marque d'affection, Olius, mais je préférerais que tu m'aimes un peu moins… j'ai pas trop envie d'être propulsé pour un voyage vers les étoiles !

À quatre pattes, Alkan se rapprocha des pieds d'Olius, pour les chatouiller. Olius partit en arrière et, dos au sol, agita ses pieds en tous sens. Le rire étrange des abominables secouait son torse et sifflait entre ses lèvres ouvertes.

Berlusin se leva aussitôt :

– T'es adepte des guili-guili ?

Artelune, Adélou, Alkan et Tahar se jetèrent avec lui sur le géant. Une bataille au corps à corps s'ensuivit. Les mains des enfants virevoltaient pour chatouiller leur grand compagnon. Olius se trémoussait, la respiration saccadée tant il s'esclaffait. Jusqu'à ce qu'il crie « Op ! », il n'eut aucun répit. Son « stop » marqua la fin du combat amical. Décoiffés, essoufflés, la figure cramoisie, les enfants riaient de tout leur soûl. Olius, couché sur le dos, se détendit. Son visage ne dissimulait rien de ce qu'il ressentait. Vivre ces instants de complicité avec les enfants le rendait heureux. Il expérimentait un bonheur dont il ignorait même l'existence. Le bonheur d'une amitié partagée.

Décidé à participer à ce joyeux moment, Tam surgit de la forêt la queue fouettant l'air en tous sens. Il aboya pour attirer l'attention.

– Où est-ce que tu as été te fourrer ? s'étonna Tahar, tu es couvert de boue !

Tam pencha sa tête sur le côté, et lança un nouvel aboiement. Il esquissa quelques pas vers les arbres, comme s'il demandait à son maître de le suivre.

Tahar lui grattouilla le crâne à l'arrière des oreilles.

– Tu as sûrement trouvé un beau trésor, Tam,

mais j'ai pas le temps d'aller l'admirer.

– Tu as raison Tahar, la pause a assez duré !

La remarque d'Alkan sonna le départ.

Une nouvelle énergie coulait dans les veines des aventuriers. La bataille les avait requinqués autant qu'une journée de repos agrémentée d'un bon repas. Adélou et Olius s'élancèrent dans les arbres. Les autres se mirent en marche.

Tam resta planté au milieu de la clairière. Il aboya une fois encore. Mais quand Tahar le siffla, il obéit, et le rejoignit. Puis une odeur de lapin l'allécha. D'un bond, il sauta par-dessus un fourré, et partit le chasser. Sa découverte demeurerait son secret.

46
Suivre à la trace

Colard se figea un instant. Tout occupé à pister le groupe, il ne s'était pas rendu compte que les fugitifs s'étaient arrêtés. Un éclat de rire l'alerta alors qu'il s'apprêtait à sortir de la forêt pour s'engager dans la clairière. Un pas de plus et il aurait été repéré.

Lentement et aussi silencieusement que possible, il repartit en arrière. Arbres et buissons dissimulaient sa présence. Son visage, noir des excréments d'animaux dont il enduisait chaque jour sa peau, se fondait dans la pénombre du sous-bois. Après une trentaine de mètres, il se laissa tomber assis au sol, épuisé.

Il n'avait pas à se plaindre de son équipement. Ses chaussures tenaient ses pieds au sec, la grande cape qui lui servait d'abri résistait à la pluie comme à la rosée, ses vêtements le protégeaient des épineux. Iriulnik n'éprouvait aucune compassion pour lui. Mais elle savait que pour conduire sa mission, il devait se maintenir en vie ! Ses ordres avaient été clairs. Les tourneurs avaient donc pensé à tout le nécessaire. À tout, sauf à la nourriture, trop lourde à emporter.

Colard grimaça. La faim le tenaillait. La fatigue s'en trouvait démultipliée.

La veille, il s'était tenu en embuscade devant un terrier, deux heures durant, au début de la nuit. À peine avait-il discerné un bruit qu'il avait propulsé une flèche à l'intérieur. Elle s'était fichée dans le corps d'une bestiole. Pour récupérer sa proie, il avait alors tiré sur la ficelle attachée à l'extrémité de sa flèche. L'animal était à peine plus gros qu'un rat. Pourtant, il s'était réjoui de ce faible butin. Ses autres tentatives s'étaient soldées par un échec. La flèche butait contre une pierre, et se brisait. D'autres fois, elle demeurait bloquée dans une racine sans que Colard ne puisse l'en extraire. Chasser en silence sans se laisser semer constituait un sérieux défi !

Colard plongea la main dans son carquois : il ne compta qu'une seule flèche et les restes de sa prise de la veille. Allumer un feu aurait trahi sa présence. Il se résigna à couper de fines lamelles de viande, et à les manger crues. Il s'arrêta avant d'être rassasié. Le rationnement lui permettrait de se nourrir le lendemain… à condition que l'odeur n'attire pas de prédateur !

Tenir ! Voilà ce qu'il se répétait. Il fallait tenir jusqu'à ce que le groupe ait rejoint la rivière. Alors, les enfants longeraient le cours d'eau pour s'enfoncer dans les terres inconnues. Le risque de perdre la trace des fugitifs s'atténuerait. Colard bénéficierait d'un répit. Tout serait plus facile ! Il pourrait rester en arrière, tailler de nouvelles flèches, cueillir des racines et des baies, poser des pièges. De quoi améliorer son ordinaire !

Il replaçait le carquois dans son sac quand il perçut un son inquiétant. Il se leva aussitôt, glissa dans la boue, se redressa, et partit en courant. Le bruit se rapprochait : celui de la végétation que l'on remue pour se frayer un passage. Et le halètement qui l'accompagnait lui confirma ce qu'il craignait : le chien l'avait repéré. Il le pourchassait !

Élevé sous la Bulhavre, Colard ne connaissait qu'un seul animal : le poisson qu'il mangeait grillé au barbecue une fois par semaine. Et si Toache lui avait présenté quelques spécimens canins, il était toujours resté en retrait de ces grandes bêtes poilues, aux crocs effrayants et aux quatre pattes griffues.

Mais Colard était certain d'une chose : il n'avait aucune chance de battre le chien à la course !

Pourtant, il constata rapidement que le halètement ne le rattrapait pas. Colard jeta un regard en arrière : l'animal broyait la carcasse de rongeur qu'il avait laissé tomber en s'enfuyant. Il n'eut même pas le temps de mettre à profit ces quelques secondes de répit que déjà, le chien levait la tête, et se précipitait vers lui. L'instinct de Colard lui dicta la seule réaction possible pour sauver sa peau : le garçon attrapa une branche d'arbre et, d'un violent coup de reins, se hissa dessus. Le chien stoppa net, juste en dessous. Tête penchée, il dévisageait Colard comme s'il ne comprenait rien à son comportement. Puis soudain, il grogna et montra les crocs.

Colard, malgré sa position instable, sortit son propulseur de son sac, enclencha une flèche. Comme il se réjouissait de ne pas avoir lâché son arme pendant sa fuite ! Il visa le chien qui, inconscient du danger, se tenait aussi immobile que les cibles sur lesquelles Colard s'était entraîné.

Il tira.

Au même moment, la branche sur laquelle il s'était réfugié se brisa sous son poids. La flèche partit se perdre dans un buisson. Le sac glissa vers le tronc. Et Colard, désarmé, tomba lourdement à terre.

Le chien grondait, menaçant. Les crocs de son impressionnante mâchoire, dévoilés par ses babines retroussées, ne laissaient aucun doute : il s'apprêtait à attaquer. Paniqué, Colard, sans quitter l'animal des yeux, tâtonna le sol autour de lui. En vain. Ni pierre, ni gourdin, il n'y avait même pas une branche d'épineux pour se défendre.

– Qu'est ce que t'attends ? Vas-y, tue-moi puisque c'est ce que tu veux !

À peine ces paroles prononcées, Colard éclata en sanglots. Il pleurait de rage. Il pleurait de peur. Il pleurait de savoir sa petite sœur à jamais prisonnière d'Iriulnik, par sa faute, par son incompétence. Les yeux fermés, les mains plaquées sur son visage, il attendit la fin.

Elle arriva enfin, sous la forme d'un coup de langue sur ses joues et ses mains noires. Un coup de langue, puis un autre, et encore un autre, suffisamment pour effacer toute trace de la boue formée par ses larmes et la couche d'excrément qui camouflait sa figure.

Colard ouvrit les yeux. Le chien se tenait à côté de lui, la truffe à quelques millimètres de son visage.

– Tu ne me mords pas ?

Il posa la question tout haut, plus pour se convaincre lui-même que pour obtenir une réponse.

Le chien jappa une fois, sa queue s'agita en l'air. Puis, il tourna la tête vers la clairière et détala en courant.

Colard resta assis quelques instants, bouche bée. L'animal était donc si bête qu'il lui avait laissé la vie sauve ? Les larmes continuèrent à couler, des larmes de soulagement cette fois.

Le garçon se sentait vulnérable. Il était là, seul, exposé à tous les dangers d'un monde sauvage. Et les autres enfants n'étaient pas mieux lotis : une attaque, un accident, une catastrophe pourraient survenir rapidement, à n'importe quel moment ! Colard soupira. Tout ça par la faute d'Iriulnik. Ses manœuvres pour l'obliger à pourchasser les fugitifs, sa manière d'arborer fièrement son collier d'oreilles, tout son comportement traduisait une méchanceté infinie. Un instant, Colard hésita. Il pourrait s'allier aux autres, leur demander de l'aider, repartir en arrière pour libérer Piupy. Cette décision effacerait d'un coup toutes les pensées inquiètes qui tournaient le soir dans sa tête ! Mais il se reprit. Si les enfants refusaient, alors il serait incapable de révéler leur cache à Iriulnik, incapable de ramener les oreilles d'Alkan, incapable de sauver sa sœur. Il n'avait pas le choix. Il se releva et ramassa ses affaires.

Il poursuivait la mission.

47
Sous la peau

Liriana passa près d'une minute à tenter de comprendre ce qui l'avait réveillée. Ce n'était pas un bruit. Depuis longtemps, elle s'était habituée aux grincements de la roue du puits et au claquement des drapeaux dans le vent. Ce n'était pas l'aube, non plus. La nuit plongeait la maison de Lali dans l'obscurité. Et si le matin n'allait plus tarder, il était encore trop tôt pour se lever. Puis, alors qu'elle émergeait davantage du sommeil, elle comprit. Ça puait ! Cette odeur infecte qui s'infiltrait par ses narines l'avait extirpée de son rêve. Elle ouvrit les yeux.

La petite lampe à huile de Lali dissipait les ténèbres de la pièce d'à côté. Le cœur de Liriana s'emballa quand elle distingua le dos poilu d'un mégacérours. En un mouvement réflexe, son regard fit le tour de la chambre pour dénicher une arme. Mais bien vite, elle se raisonna. Dressé sur ses pattes arrière, un mégacérours la dépassait en taille. Certains atteignaient même la hauteur de deux hommes ! Et aucun d'entre eux ne s'asseyait sur une chaise, devant une table. Pourtant, c'était bien ainsi qu'était installé l'être qu'elle observait. C'est alors qu'elle comprit : du mégacérours, il ne restait qu'une fourrure.

Liriana se leva, s'entoura de son châle, traversa la pièce et s'attabla.

Prostrée sous la peau, le visage indifférent à l'odeur pestilentielle qui s'en dégageait, Lali l'ignora. Ses cheveux, en partie cachés sous la tête du mégacerours, ne gardaient plus rien de leur finesse habituelle. Collés par paquets, tombant avec rigidité sur le front et la figure de la jeune femme, ils provoquaient à eux seuls le dégoût. Doucement, Liriana attrapa une mèche, et la plaça derrière l'oreille de Lali, en caressant sa joue. Puis elle demanda :

– Lali, qu'est-ce qui se passe ? Pourquoi es-tu couverte de sang ?

La vieille femme regarda une bassine de sang posée sur la table. Juste à côté gisait une dépouille égorgée. Un instant, Liriana crut reconnaître le chat blanc qui depuis la veille, se couchait en boule devant la porte de la cabane. Mais elle distingua le dessin caractéristique de la fourrure d'un putois des neiges. C'était son sang que Lali avait utilisé. Sous la peau du mégacérours, elle s'était entièrement recouverte du liquide rouge sombre. L'odeur était insoutenable.

Lali tourna un regard sans vie vers Liriana :

– Je leur donne ce qu'ils attendent : un animal.

Liriana s'inquiétait. Lali semblait avoir perdu la raison. Son comportement et ses paroles s'avéraient incompréhensibles. D'une voix douce, la vieille femme la rassura :

– Lali, tu n'as rien à craindre.

La violence avec laquelle Lali se leva et propulsa sa chaise en arrière la fit sursauter. Elle hurlait :

– Un animal ! Ou pire qu'un animal ! Si seulement ils pouvaient me tuer, si seulement…

Lali s'effondra sur le sol. Elle ne pleurait pas, elle gémissait. Et son gémissement ressemblait à celui d'un mammifère blessé.

Liriana se sentit dépassée. Au sein du peuple, les femmes étaient traitées et considérées avec respect et déférence, tout particulièrement les mères. Même si Lali était rejetée par les autres, elle n'était pas menacée ! Comment agir pour calmer la jeune femme ? Quelle parole saurait la ramener à la raison ? Ses réactions étaient empreintes de folie. Une folie contre laquelle Liriana ne savait comment lutter. Elle songeait à aller chercher du secours, quand elle entendit des pas à l'extérieur. Soulagée, elle ouvrit la porte. La Grande Mère se tenait debout sur le seuil, suivie de quatre femmes du peuple. Quatre matrones que Liriana connaissait pour les avoir vues revenir de la chasse, les avoir écoutées discuter avec leurs hommes ou rire avec leurs enfants. Sans porter aucune attention aux explications de Liriana, sans même lui jeter un regard, la Grande Mère entra. Elle tendit un doigt accusateur vers Lali. Les matrones, avec une grimace de dégoût, pénétrèrent à leur tour dans la maison. Le gémissement de Lali s'interrompit, laissant un silence, aussi lourd et poisseux que la peau mal tannée, planer derrière lui.

Liriana s'avança d'un pas, aussitôt bloquée par le geste impérieux de la chef du peuple. Deux des femmes se précipitèrent vers Lali, et l'attrapèrent sous les bras. Comme un animal pris au piège, elle opposa une farouche résistance. Elle ne parlait pas, mais son visage exprimait la même terreur qu'une proie happée par les mâchoires d'un carnivore. Son esprit semblait avoir déserté son corps, cédant la place à un instinct archaïque. Elle donnait des coups de pied, habilement esquivés par les matrones. Elle balayait l'air à grands coups de pattes de mégacérours. L'une des agresseuses reçut un violent coup de griffe sur la joue. Les deux femmes reculèrent. Interdite, Liriana retrouva ses moyens et protesta :

– Qu'est-ce que vous faites ? Laissez-la tranquille !

La Grande Mère la dévisagea pensivement :

– Le chat blanc est venu chez Lali. Il désigne les femmes fécondes. Notre peuple a besoin d'enfants pour se perpétuer.

Incrédule, Liriana secouait la tête, refusant de comprendre ce que la Grande Mère suggérait.

– Bien sûr qu'un peuple a besoin d'enfants, mais quel est le rapport avec Lali ?

La Grande Mère ne prit pas la peine de lui répondre. Et soudain, Liriana réalisa quel drame se déroulait sous ses yeux : les femmes enlevaient Lali pour l'obliger à avoir un bébé ! Parce qu'un chat avait senti que le moment était propice ! Elle s'indigna :

– Lali est à peine adulte. Le temps va passer, et il fera éclore le désir d'enfant. Aujourd'hui, il est trop tôt.

– Elle a l'âge. Le peuple l'a méprisée, car la nature refusait de la bénir en tant que femme alors qu'elle a vécu déjà beaucoup d'années. Mais le moment est arrivé. Que Lali accepte d'être reconnaissante. Alors, elle sera respectée.

Les deux autres matrones entrèrent à leur tour, l'air farouche. Liriana se plaça entre elles et Lali, recroquevillée sous la peau.

– Vous n'avez pas le droit ! s'insurgea-t-elle. C'est à elle de décider ! C'est son corps ! Elle est libre !

La présence de Liriana stoppa la progression des matrones. Face à cette femme âgée, dont les yeux débordaient de colère, elles hésitaient.

– Tu as raison, Liriana, répondit la Grande Mère. Toutes les femmes du peuple sont libres. Libres de choisir leur vie. Lali est libre aussi. Libre de se soumettre à nos lois ou de quitter le peuple.

– Partir ? fulmina Liriana, partir où ? Dans ce monde sauvage, elle n'aurait aucune chance de survivre, et tu le sais bien !

La Grande Mère secoua la tête.

– Toutes les femmes du peuple honorent la nature avec joie et reconnaissance. Lali devra s'y plier. Tu ne connais pas nos usages, Liriana. Tu as besoin d'un peu de temps pour les assimiler, les comprendre et les accepter. Nous reviendrons. Dans un mois, quand le chat blanc repassera par là.

D'un signe, elle ordonna aux femmes de sortir.

Liriana les regarda partir, terrassée par l'ignominie de la loi du peuple. La Grande Mère ajouta :

– Toi et tes villageois partagez notre vie. Vous vous devez de respecter nos croyances. Alors, je préfère te prévenir. Selon nos coutumes, si une fille de ton village devient femme en notre tribu, elle sera des nôtres, honorée de la nature, respectée par notre peuple. Prépare ton esprit à cette idée !

Sans attendre de réponse, la chef du peuple franchit le seuil de la porte, et s'éloigna à petits pas.

Liriana se figea. Elle douta un instant d'avoir bien compris les paroles de la Grande Mère. Cette femme et son peuple qui avaient accueilli, nourri et hébergé les villageois, sans jamais rechigner, enlèveraient une jeune fille ? Simplement parce que ses premières règles se déclencheraient ? Mais l'évidence lui sauta aux yeux. Pour le peuple, seuls les enfants comptaient. Tous se pliaient au principe privilégiant la survie collective. Le danger était bien réel. Les femmes ne bénéficiaient d'un haut statut que parce que leur ventre portait les enfants de l'avenir.

Paniquée, Liriana énuméra rapidement toutes les familles qui avaient fui les tourneurs avec elle. La sœur de Berlusin saignait tous les mois, comme une femme, même si elle n'était encore qu'une jeune fille. Les autres filles étaient suffisamment petites pour ne pas être menacées. Elle se précipita vers Lali, s'agenouilla difficilement à ses côtés, et murmura :

– Nous allons partir. Aucun villageois ne restera à la merci de ces rites inhumains. Et toi Lali, nous t'emmènerons avec nous.

Sous la fourrure, Lali remua la tête.

– Chaque femme a une valeur déterminée par sa capacité à enfanter. Ils nous suivront et, s'il le faut, ils exigeront de ta tribu le paiement de sa dette : une femme pour me remplacer.

Des larmes coulèrent sur ses joues tandis qu'elle se recroquevillait sous la peau du mégacérours.

– Je suis née fille. À la minute où j'ai respiré

pour la première fois, j'étais déjà condamnée à servir le peuple.

48
Au placard

Il ne marchait pas, il martelait le sol. Il ne respirait pas, il suffoquait de colère. Il ne regardait pas devant lui, il pourfendait l'espace de son dépit. Toache avançait à grandes enjambées vers le quartier général des tourneurs. Sa décision était prise. Il ne la laisserait pas faire. Elle pourrait surveiller ses faits et gestes, certes.

– Mais jamais, jamais ! articula tout haut Toache avant de replonger dans son raisonnement silencieux.

Jamais, elle ne limiterait sa liberté de penser.

Devant l'entrée surmontée du sigle des tourneurs, Toache s'arrêta. Avant l'affrontement, il devait se calmer. L'emportement ne produisait rien de bon, il le savait.

Tout avait commencé six jours auparavant.

Comme chaque matin, il s'était levé, préparé, il avait salué les potentiels dans le réfectoire, puis il avait grimpé la volée d'escaliers pour rejoindre son bureau. Quelle surprise quand il avait découvert une jeune femme assise sur son fauteuil ! Les traits fins, le regard séducteur, le maintien altier, elle était belle dans sa tenue de tourneur. Il lui avait souri en pensant que, quelle que soit l'erreur de cette femme, la méprise serait rapidement tirée au clair.

Il l'avait sous-estimée.

Deux minutes plus tard, il était ressorti, chassé de son propre bureau… ou plutôt fermement convié à occuper un autre « bureau » au fond du couloir. L'une de ces pièces qui servaient parfois à entreposer des stocks. Il n'avait plus sa place à la tête de l'établissement. La jeune femme prénommée Sybel était désormais chargée de la direction du collège.

– Codirection ! avait-elle précisé. La tourneuse-alpha qui m'a attribué cette mission n'a nulle envie de se priver de tes compétences et de tes talents.

Toache avait décodé ce langage diplomatique. Iriulnik le mettait sous surveillance.

Ainsi, depuis six jours, une espionne lui rapportait toutes ses paroles, ses réactions, le moindre de ses mouvements. Fini les visites secrètes à la petite fille dont il avait sauvé la vie. Fini les réunions des révoltés.

Dès le rôle de Sybel éclairci, Toache avait regagné sa chambre. Sous le matelas, il dissimulait les feuillets sur lesquels, chaque nuit, il écrivait ses pensées. Il y avait là autant de phrases que de raisons de l'envoyer au bagne. Il les avait glissés dans son pantalon, avait rabattu sa tunique au-dessus pour rejoindre le bureau qui lui était affecté. Mal éclairée, puant le renfermé, la pièce était colonisée par des araignées. Pourtant, sa première tâche n'avait pas été le ménage. Il s'était dirigé vers le mur de droite, et avait appuyé sur une plaque de métal. L'ensemble n'était pas aisé à distinguer : le métal était recouvert de la même peinture d'argile que celle badigeonnée sur les murs. Son prédécesseur lui avait dévoilé l'existence de cette porte et du réduit qu'elle dissimulait, avant de partir dans le centre de fin de vie. Il tenait à s'assurer qu'aucun élève ne pourrait s'y cacher sans être débusqué. Toache n'en avait jamais parlé à ceux qui travaillaient au collège. Non qu'il souhaitât le cacher, mais l'opportunité ne s'était pas présentée.

Comme il s'en félicitait !

Le battant s'était ouvert sur un espace obscur. Il avait pénétré dans le réduit d'environ trois mètres sur quatre, sans fenêtre, et avait déposé son manuscrit sur le sol. Quand il était ressorti, il avait déplacé l'une des lourdes armoires stockées là, jusqu'à masquer la petite porte. Face à ce meuble ancien, dont la production remontait à une époque antérieure à la construction de la Bulhavre, nul ne pouvait soupçonner l'existence d'une pièce en enfilade.

Durant les six longues journées où la « codirectrice » ne l'avait pas quitté d'une semelle, Toache avait réfléchi. Mais ce fut une remarque de la jeune femme qui avait précipité sa décision. Comme chaque année, le professeur de ressources techniques était venu proposer son projet de visite à la réserve. Une excursion en Outre-Monde qui permettait aux élèves de réaliser l'étendue des possibles, la montagne de matériel disponible, l'immense gisement sur lequel appuyer leurs recherches et leurs créations. Avant que Toache ait pu dire un mot, Sybel avait tranché :

– Hors de question ! Les potentiels n'ont pas à

découvrir l'Outre-Monde. Imagine qu'ils saisissent cette opportunité pour s'échapper, comme les monstres que toi, directeur Toache, tu as couvés ici même ! Les potentiels demandent, les tourneurs-fouineurs fournissent. Chacun son travail.

– Mais… avait essayé d'argumenter Toache.

– Point final, l'avait interrompu la jeune femme, le regard chargé de menaces.

Voilà pourquoi, dès le lendemain matin, Toache se sentit presque soulagé de recevoir une convocation d'Iriulnik. Quelle que soit la teneur de l'entretien avec la tourneuse-alpha, il en profiterait pour tenter d'obtenir la destitution de la « codirectrice ».

Mais alors qu'il franchissait la grille du collège, Sybel l'avait interpellé.

– Où pars-tu, Toache ?

– Je vais où j'ai envie.

L'espionne avait souri avec une petite pointe d'ironie.

– Voyons, cher collègue, connaître tes allers et venues fait partie de ma mission. Tu ne voudrais pas y faire obstacle, n'est-ce pas ?

À sa grande honte, Toache avait senti la colère

le faire rougir. Comme un jeune enfant irresponsable, il était obligé de dire où il se rendait. Il avait rétorqué :

– Je pars me plaindre de ta présence à Iriulnik.

L'espionne avait posé sa main sur son épaule. D'un ton chaleureux, à la limite de la pitié, elle avait répliqué :

– Je comprends Toache. Tu as raison d'exprimer ta colère. Peut-être faut-il prévenir les programmeurs pour qu'ils t'aident à maîtriser cette émotion qui te submerge ? Une simple reprogrammation de ta misphère, et tu retrouveras un parfait contrôle de toi. Tu sais comme je tiens à t'accompagner dans tes difficultés !

Toache avait tourné les talons malgré la folle envie qu'il avait de la réduire en bouillie.

Devant l'entrée du quartier général, Toache respira plusieurs fois, profondément. Nul besoin de misphère pour se contrôler. Le rythme de son cœur revenu à la normale, il poussa la porte. La colère s'estompait. Comme il regrettait d'être là ! Il n'était plus seul désormais. Son devoir l'obligeait à protéger ses secrets. Le bébé. Les révoltés. Il déglutit. Trop tard pour revenir en arrière,

Iriulnik l'attendait au troisième étage.

49
Tranchée

– Moi qui croyais te faire plaisir ! Intelligente, jolie, du caractère, Sybel a pourtant toutes les qualités pour te plaire !

Dans la grande pièce du troisième étage, Iriulnik parlait de la codirectrice en tournant le dos à Toache. Elle regardait par la fenêtre.

– Tu ne me fais plus confiance ? demanda-t-il après une seconde d'hésitation.

Elle se retourna d'un bloc, brutalement, et rétorqua soudain glaciale.

– Existe-t-il une seule raison pour te faire confiance ? Je ne fais confiance à personne. À personne d'autre qu'à moi.

Puis, elle sourit à nouveau, et poursuivit :

– D'ailleurs, j'ignore pourquoi je ne t'ai pas encore envoyé au bagne. Mon instinct me crie de me méfier. Mais je tolère de toi ce qui vaudrait une condamnation immédiate pour un autre. Peut-être que j'ai un faible pour toi ?

Elle marcha souplement vers Toache, attrapa sa main, et la plaqua sur son bas-ventre.

– Sens-tu ce petit faible palpiter en moi ?

Gêné, il resta silencieux, et attendit qu'elle lâche sa main. Un cri en provenance de la pièce d'à côté le libéra de cette situation embarrassante. La voix était celle d'une petite fille. Piupy.

– Il est cassé ! Mon jouet est tout cassé !

Iriulnik se précipita. Elle ouvrit la porte de séparation à la volée, dévoilant un sinistre spectacle.

L'homme, que Piupy chevauchait pour s'amuser, gisait inanimé sur le sol. Toache franchit l'encadrement de la porte pour se porter à son secours. Agenouillé à ses côtés, il palpa son cou. L'artère battait encore, faiblement. Depuis qu'il l'avait aperçu au centre de fin de vie, l'homme avait maigri. Son visage, que le sang avait déserté, affichait la couleur de la cendre. Il respirait à peine. À un mètre de là, Piupy, bras croisés, trépignait. Elle avait jeté sa podera sur le sol, et la martelait à grands coups de pied.

– Il est cassé. Il n'avance plus !

Iriulnik tenta de la prendre dans ses bras, mais Piupy la repoussa, sourcils froncés. La femme expliqua :

– Je t'avais prévenue. Si tu ne lui donnes pas à manger et à boire, il ne fonctionne plus.

Aussitôt, l'expression du visage de la petite fille changea. De colérique, elle passa à suppliante.

– S'il te plaît, s'il te plaît. Donne-m'en un autre. Je m'en occuperai, cette fois, promis, promis.

Un sourire attendri la rassura avant même qu'Iriulnik ne lui dise :

– Tu as de la chance. Puisque c'est important pour toi, je t'en ferai descendre un dans la cave, tout à l'heure. Mais c'est la dernière fois !

Piupy ramassa sa podera, se précipita dans les bras ouverts de la tourneuse-alpha, et déposa un baiser sur sa joue. Elle chuchota à l'oreille de l'Alpha :

– Merci, princesse, tu es si gentille.

La tourneuse se releva, la petite fille dans les bras. En passant devant l'homme inconscient, Iriulnik lui décocha un coup de pied et ordonna :

– Toache, débarrasse-moi de ça !

Le directeur du collège l'interrogea du regard. Elle précisa :

– C'est un contre-diversité, épuisé qui plus est, il ne servirait à rien de le faire transiter par le centre de fin de vie ou de le renvoyer au bagne. Jette-le dans la fosse des morts.

– Mais il n'est pas encore mort !

Elle haussa les épaules.

– Quelle importance ? Ça ne devrait plus tarder maintenant !

Puis, elle sortit.

Décharné, le supplicié couché à terre ressemblait à un squelette que l'on aurait recouvert de quelques feuilles d'algues. Ses genoux ne formaient qu'une plaie sur laquelle se mêlaient du sang et des saletés. Toache hocha la tête et murmura pour lui-même :

– Non, non…

– Mais si, et tu n'y peux rien !

La voix qui s'élevait du fond de la salle fit sursauter Toache. Rustor se tenait assis, presque complètement dissimulé par le dossier de son fauteuil. Prenant appui sur les accoudoirs, il se releva et, regardant pensivement par la porte empruntée par Iriulnik, il dit :

– Cette gamine est pire qu'un poison. Elle

réduit un homme en loque en quelques jours. Mais ce n'est pas tout ! Elle a transformé Iriulnik, plus que je ne le croyais possible. C'est à peine si ma belle se rend encore compte que j'existe.

Il soupira, et sortit à son tour.

Toache serra les mâchoires. Il attrapa la couverture qui servait de selle à Piupy, et la déplia. Elle se révéla suffisamment large pour entourer le corps de l'homme à l'agonie. Il souleva le bagnard ainsi empaqueté pour le jeter en travers de son épaule. La charge lui fit ployer le dos. L'homme s'avérait bien plus lourd que Toache ne s'y attendait, et la descente des escaliers fut éreintante. Dès qu'il sortit, il se raisonna. Jamais il ne parviendrait à parcourir à pied une longue distance, avec un tel poids sur ses épaules ! Il ne disposait d'autre choix que d'emprunter un véhicule.

Le chauffeur ouvrit la portière, l'aida à installer le corps du bagnard, et retourna derrière son volant. Quand Toache prit place à ses côtés, il demanda :

– Où veux-tu te rendre ?

Toache ne se laissa pas le temps de changer d'avis. Il savait qu'au retour du chauffeur, la tourneuse-alpha n'aurait qu'une question à poser pour vérifier sa destination. Parier qu'elle ne la poserait pas constituait le risque le plus important qu'il ait jamais pris. Mais il n'avait pas le choix. La fosse des morts était bien assez pleine.

Il annonça :

– Au collège des potentiels.

Le véhicule s'arrêta dans la cour vide. Par chance, les élèves suivaient leur cours et l'espionne ne l'attendait pas si tôt. Toache en profita pour entrer, traversant discrètement le bâtiment, à l'affût des bruits de pas, des bruits de voix. Une mauvaise rencontre signifierait la fin de sa tentative de sauvetage ! L'homme pesait lourd sur son dos. Toache peinait à grimper les marches. Il progressa lentement dans les couloirs. Soudain, un professeur surgit d'une classe. Si seulement il avait appartenu au groupe des révoltés ! Ce n'était pas le cas. Le directeur s'immobilisa, sans oser croiser son regard. Sous l'effet de la surprise, le professeur s'arrêta lui aussi. La scène ne pouvait signifier qu'une seule chose : Toache transgressait les interdits. Après quelques secondes de silence, comme si de rien n'était, comme si porter un bagnard inconscient dans une couverture était la chose la plus naturelle à faire sous la Bulhavre, l'homme dit :

– Bonjour Toache. J'espère avoir la chance de te croiser au réfectoire ?

Bien qu'écrasé par le poids sur son dos, Toache se sentit léger. Le professeur ne l'avait pas trahi. Malgré les risques, il le soutenait ! Le directeur leva son visage, emprunt de soulagement et de reconnaissance.

– Mais certainement, répondit-il, j'y serai à midi.

– À tout à l'heure, bonne matinée, directeur !

– Merci professeur !

Toache expira ces derniers mots plus qu'il ne les prononça. Le professeur regarda le directeur s'éloigner à petits pas, lents et flageolants. Ses ressources physiques étaient épuisées. Et la peur qui l'avait saisi en voyant le professeur surgir l'avait vidé de la faible énergie qui lui restait. Seule sa volonté le maintenait encore debout. Et ce fut à la force de ses pensées qu'il rejoignit son bureau. Là, il déposa sa lourde charge sur une chaise. Il se sentait fourbu, courbatu, comme si on l'avait battu.

Malgré les douleurs qui le taraudaient, il attrapa

un couteau, ouvrit la porte de la grande armoire, et plongea la lame dans le mince panneau de bois du fond. Après deux minutes d'efforts, il avait découpé un rectangle suffisant pour laisser passer un homme. Il était tombé juste : derrière le trou, il distinguait la plaque de métal défendant l'accès au réduit. Elle coulissa sans résistance.

Toache ne réussit pas à replacer le corps de l'homme sur son épaule. Même sa volonté ne parvenait plus à lutter contre les étoiles blanches qui s'invitaient devant ses yeux. L'évanouissement le guettait. Il saisit l'homme par les aisselles. Dans un dernier sursaut, il progressa en arrière, escalada le socle de l'armoire, franchit la porte secrète et tira l'homme au centre du local. Toache en ressortit aussitôt pour s'effondrer sur le bureau.

Quand la cloche du réfectoire retentit, il secoua la tête pour en chasser la torpeur. Il devait être présent au repas. Une absence attirerait des soupçons. Il respira plusieurs fois, poumons pleins, et se releva. Après quelques pas hésitants, sa marche se fit plus assurée. Manger l'aiderait à récupérer.

Dans le couloir menant au réfectoire, l'espionne croisa le directeur. Elle fit mine d'éprouver du bonheur à le revoir. Puis elle commenta :

– Tu es si pâle et tout en sueur ! Ton entretien avec la tourneuse-alpha ne s'est pas déroulé comme tu l'espérais ?

Il baissa la tête, faussement contrit, et il avoua :

– Tu avais raison, elle me l'a expliqué. Le collège a besoin d'un nouveau regard, de nouvelles méthodes. Toi seule peux le diriger.

Elle lui tapota gentiment l'épaule.

Il redressa la tête, esquissa une grimace de remerciement et ajouta :

– Un bon repas s'impose pour me remettre de tout cela !

Elle éclata de rire.

– Te voilà enfin raisonnable ! Nous avons la chance au collège de bénéficier d'aliments variés. Un peu plus, et tu redécouvrais la saveur des algues, en les mangeant… au bagne !

– La leçon est prise, confirma Toache, je file au réfectoire !

Pour une fois, Sybel s'abstint de le suivre. Il déposait les armes, vaincu. Voilà ce qu'elle voyait et entendait. Voilà ce qu'elle pensait. Abreuvée de pouvoir, elle se sentait puissante. Et cela lui plaisait.

Plus tard, dans la pénombre du réduit, Toache pressa un linge mouillé contre les lèvres du supplicié. Il l'entendit déglutir et avaler quelques gouttes de liquide. Un gémissement s'échappa de sa bouche. Il s'éveillait.

– Tout va bien, le rassura le directeur, je m'appelle Toache et je t'ai enlevé pour te placer à l'abri. Tu survivras. Mais surtout, pas de bruit. Tu m'as compris ?

Un autre gémissement lui répondit.

Toache demanda :

– Comment t'appelles-tu ?

Après un long silence, comme s'il cherchait au plus profond de ses souvenirs, le jeune homme murmura :

– Guitin, je m'appelle Guitin.

Toache s'étendit à ses côtés. Il souleva sa tunique, révélant la misphère qui, depuis sa naissance, formait une extension de son corps. L'espionne le lui avait rappelé opportunément. Les tourneurs-programmeurs risquaient à tout moment de manipuler son cerveau, sa mémoire. Pire encore ! Ils pourraient détecter un souvenir non identifié qui dévoilerait à la connaissance d'Iriulnik l'existence de la petite sœur de Tahar, le sauvetage de

Guitin ou le projet de révolution.

Toache attrapa la misphère et la tira vers le haut, soulevant sa peau. D'un coup net de couteau, il trancha sa chair pour détacher sa misphère. Pendant un très court instant, il ne sentit rien. Puis la douleur le submergea. Il s'évanouit.

50
La rivière sans fin

La pluie tombait, encore. Depuis six jours, les gouttes dégringolaient du ciel. Elles dégoulinaient sur les arbres, dans les arbres, sous les arbres. La pluie s'insinuait partout, glissait sur les cheveux des enfants, se déversait dans leur cou et formait une rigole le long de leur colonne vertébrale. Même les fourrures, censées les protéger des intempéries, se gorgeaient d'humidité. Les amis avaient renoncé à conserver quoi que ce soit de sec.

En silence, ils avançaient à la queue leu leu dans la forêt, la tête penchée, le regard vissé sur leurs pieds, veillant à ne pas trop inhaler d'eau lorsqu'ils respiraient. Heureusement, les arbres les maintenaient à l'abri du vent puissant qui remontait la rivière.

En ce début d'après-midi, Artelune ouvrait la

marche. Tam, les poils collés le long du corps, se déplaçait derrière elle comme un automate. Alkan et Tahar suivaient immédiatement après. Berlusin formait la queue de la colonne.

Transformé en marécage, le sol réservait quelques traîtrises. Glissade, choc contre des racines ou des cailloux dissimulés sous la boue guettaient les plus vigilants des fugitifs. Les enfants trébuchaient sans cesse et sans répit. Comme Adélou regrettait de ne pouvoir céder sa place à ses amis ! Il effectuait le trajet accroché dans le dos d'Olius. Même si la douleur de sa blessure s'estompait et qu'il parvenait désormais à marcher une à deux heures sans souffrir, il ne pouvait courir le risque de meurtrir une nouvelle fois sa cheville fragile.

Lorsqu'Artelune stoppa sa progression pour dégager un passage parmi des broussailles, Tahar sentit quelqu'un le pousser dans le dos. Il se retourna pour râler :

– Eh ! Réveille-toi Berlusin ! T'as pas vu qu'on s'arrêtait ?

Berlusin, les yeux à demi-fermés, oscillait d'avant en arrière, comme s'il ne parvenait plus à se tenir debout. Inquiet, Alkan demanda :

– Berlusin, ça va ?

Tahar tendit une main pour attraper son bras et le stabiliser. Mais avant qu'il ne le touche, Berlusin tomba tout droit en arrière, éclaboussant les buissons alentour. Tahar se précipita pour sortir sa tête de l'épaisse couche de boue. Ses oreilles en étaient déjà remplies. Elle n'atteignit ni sa bouche ni son nez. La main posée sur le front de Berlusin, Tahar annonça :

– Il est brûlant ! Je crois qu'il s'est évanoui !

Un silence accueillit l'information. Tous les membres du groupe connaissaient les ravages que pouvait générer la fièvre. Lorsqu'elle gagnait en puissance, les plantes parvenaient à peine à l'atténuer. Sous la Bulhavre, elle constituait l'un des symptômes contre lequel la misphère n'était pas efficace. Si le malade ne disposait plus assez d'énergie pour combattre l'infection, son rétablissement était compromis.

Artelune dit tout haut la conclusion à laquelle les autres étaient arrivés eux-aussi :

– Berlusin a besoin de repos. Olius s'épuiserait trop à transporter deux personnes. Il faut monter le camp ici.

Le poing tendu vers le ciel, Alkan hurla sa

colère :

– Mais quand vas-tu t'arrêter, saleté de pluie ? On n'en peut plus ! Combien de temps encore ?

Il soupira et murmura.

– On ne sait même pas si on a emprunté le bon chemin en longeant la rivière.

Artelune entoura ses épaules de son bras :

– Mais on sait construire une cabane ! Et pour le moment, c'est ça l'important.

Alkan renifla un grand coup. Adélou proposa :

– Je regarde dans les alentours avec Olius. Si on trouve quelques jeunes arbres aux troncs encore souples, disposés en rond ou en carré, alors on pourra lier leurs cimes. On installera notre toile de tente sur cette armature. Et si ça ne suffit pas, on tressera des fougères et des branchages pour combler les trous.

Alkan avait retrouvé son sang-froid. Il ajouta :

– Pendant ce temps, je ramasse du bois mort pour le feu. Artelune, tu cherches les plantes médicinales et des lianes solides. Et toi, Tahar, tu restes avec Berlusin. Tiens-le assis contre toi et veille à placer son visage à l'abri de la pluie.

Tous approuvèrent d'un hochement de tête et s'attelèrent à leur mission.

Quand la nuit s'annonça, la pluie continuait à marteler le sol. Sous la grande tente de toile d'araignée et de branchages, la température devenait agréable. Le feu crépitait, abondamment alimenté depuis l'après-midi. Au sommet de l'abri, une petite ouverture était recouverte d'une peau pour barrer l'entrée aux gouttes d'eau sans gêner le passage de la fumée. Tous les enfants s'étaient déshabillés pour ne garder qu'une mince tunique de fibres de bambou. Les fourrures et les vêtements trempés pendaient, suspendus à un fil tendu entre deux armatures de la tente. Il ne manquait qu'Alkan et Olius, partis chercher de quoi alimenter le feu pour la nuit. Enfoui sous une couverture, Berlusin était allongé sur un épais tapis de fougères qui l'isolait de la boue, du froid et de l'humidité. Adélou tenait sa tête sur ses genoux et versait dans sa bouche la tisane concoctée par Artelune. La fièvre n'avait pas baissé. Berlusin reprenait connaissance par instants, sans comprendre où il se trouvait. Il replongeait alors dans un sommeil agité, ponctué de gémissements.

Olius et Alkan regagnèrent la tente à la nuit tombée. Après avoir pris des nouvelles de Berlusin,

Alkan se déshabilla et annonça sans attendre :

– Cette fois, c'est sûr, on est sur le bon chemin !

Les autres le pressèrent de questions tandis qu'il s'asseyait au bord du foyer et tendait ses mains vers les flammes. Il répondit :

– Je suis allé jusqu'à la rive. Il y avait un saule dont les branches s'enlaçaient bizarrement, comme si quelqu'un les avait nouées ensemble. Et là, sur son tronc, j'ai reconnu les trous imitant ceux du pic-vert qu'Awim utilise pour baliser ses pistes. C'est lui ! Il nous a indiqué le chemin ! Mais, comme on longe la rivière à distance et qu'on avance en sous-bois pour éviter les bourrasques de vent, nous n'avions rien vu jusque-là !

Berlusin se réveilla à ce moment-là. Pour la première fois, il trouva la force de demander :

– À boire, s'plaît.

Adélou caressa ses cheveux tout en versant une cuillère de tisane entre ses lèvres. Olius s'approcha du malade. Il ouvrit sa main devant les enfants qui l'observaient. Au creux de sa large paume, une boule poilue était animée de soubresauts. Intriguée, Artelune tendit le bras pour s'en emparer. Olius se révéla plus rapide. Il recula sa main et glissa la boule de poil sous la couverture de

Berlusin.

– Pas oucher, prononça-t-il.

Artelune reformula :

– Tu ne veux pas qu'on touche à ce truc ?

L'abominable opina du chef.

– Es-tu certain qu'il ne blessera pas Berlusin ?

Une fois encore, le géant approuva.

La jeune fille haussa les épaules et les sourcils, interrogeant implicitement Alkan.

– Après tout, ce n'est qu'un genre de doudou, commenta le garçon, ça ne pourra pas lui faire de mal.

Son ami se rangea à son point de vue. Si Olius souhaitait aider Berlusin à sa manière, pourquoi l'en empêcher ?

Le crépitement du feu réchauffa le silence de la tente. Puis, la voix et les claquements de langue d'Olius l'accompagnèrent. L'abominable chantait une mélopée enivrante. Une musique qui rayonnait dans les cœurs, dans les têtes, jusqu'au plus profond des êtres. Tous l'écoutèrent. Et peu à peu, elle ranima la chaude étincelle de l'espoir.

51
Le long périple

Jour après jour, depuis trois mois que le groupe d'amis avançait le long de la rivière, le paysage évoluait imperceptiblement. Les longues et hautes falaises des environs du village avaient disparu. Il n'en restait que quelques blocs de rochers, à peine discernables, enfouis sous les grandes herbes. Peu à peu, les collines laissaient place à une plaine dépourvue de relief. Même le lit de la rivière, si rectiligne au début du périple, progressait désormais d'une manière plus sinueuse. Mais une composante ne changeait pas : l'omniprésence de la forêt. Dense et touffue, elle encadrait le cours d'eau à distance.

Malgré le soleil de plus en plus chaud, les enfants avaient renoncé à se déplacer à l'abri des arbres. La semi-obscurité et le travail harassant de débroussaillage les avaient lassés. Ils préféraient longer la rivière, quitte à perdre du temps à suivre ses méandres, quitte à affronter le vent qui soufflait sans interruption, quitte à transpirer sous les rayons solaires. Tous savaient que cet itinéraire leur offrait la garantie de retrouver des hommes. Les traces ne mentaient pas. Les villageois qui les avaient précédés avaient choisi de progresser ainsi.

Adélou marchait seul, sa cheville guérie. Olius déployait pourtant beaucoup d'énergie. Plus à l'aise au milieu des arbres, il effectuait des allers-retours entre la forêt, où il avançait, et le fleuve, où il retrouvait ses amis.

Le groupe avait réduit la durée des étapes et pourtant, l'épuisement se faisait à nouveau sentir.

– Et si on s'arrêtait pour quelques jours, histoire de souffler un peu ? proposa Berlusin. Ce serait l'occasion de chasser, de se baigner au soleil. N'oubliez pas que je n'ai pas vraiment profité de la dernière halte.

Face au silence de ses compagnons, il argumenta :

– Peut-être même que si vous êtes sages, je daignerai assurer le rôle de maître de nage !

Comme tous les enfants élevés sous la Bulhavre, Tahar, Alkan et Adélou ne savaient pas nager. Tahar rétorqua :

– Avec toi comme professeur, j'aurais peur de me noyer ! Alors si Artelune « daigne » autant que toi, c'est elle que je choisirai pour m'enseigner la nage.

– Moi aussi ! répondirent en un bel ensemble Alkan et Adélou.

– Je daigne, je daigne… ajouta Artelune. Mais ne t'inquiète pas, Berlusin, tu n'auras pas de quoi t'ennuyer. Corvée de bois, corvée de repas, corvée de nettoyage, on trouvera bien quelque chose pour t'occuper !

– Et puis quoi encore ? s'insurgea Berlusin.

Les marcheurs stoppèrent un instant pour rire de la mine déconfite de Berlusin. La suggestion les tentait. Leur dernière halte leur semblait déjà si loin ! C'était deux mois auparavant. Pendant les deux semaines de pluie passées à soigner leur ami, ils avaient tremblé pour lui. La fièvre l'avait tant secoué que sept jours après l'installation dans leur camp de fortune, il parvenait à peine à se lever et à se déplacer. Durant ces terribles semaines, il avait conservé dans sa main crispée la boule poilue offerte par Olius.

Ils avaient patienté sept jours de plus avant de repartir avec un Berlusin affaibli et amaigri. Et dès que des grognements avaient signalé le retour de sa légendaire mauvaise foi, tous s'étaient réjouis de retrouver le vrai Berlusin. Seuls de profonds cernes noirs incrustés sous ses yeux témoignaient encore de son combat contre la maladie.

Ils avancèrent une heure de plus, pestant contre le vent qui les ralentissait, mais profitant de sa relative fraîcheur. Lorsque le soleil atteignit son zénith, écrasant les champs de sa chaleur, ils rejoignirent la forêt pour s'en abriter, se restaurer et se reposer. Avec Olius, ils évoquèrent l'idée de passer quelques jours sur place. Il approuva. Lui aussi se sentait las de ce voyage dont nul ne connaissait la durée.

Le soir venu, l'abominable amena au bord de la rivière les longues tiges nécessaires pour monter la tente. Tandis qu'Adélou et Tahar ramassaient de grandes herbes et de l'argile pour former les parois en complément de la toile, Artelune, Berlusin et Alkan partirent en chasse. Voilà des jours que leurs réserves de viande séchée étaient épuisées. Et si la cueillette des baies complétait leur ordinaire, l'idée de rapporter un beau gibier les faisait saliver. La bouillie de céréales et de larves broyées qu'ils concoctaient chaque soir finissait par les écœurer.

Ils scrutèrent les rives jusqu'à apercevoir des traces de pattes imprimées dans la boue. La végétation légèrement couchée sur la trajectoire reliant la forêt au cours d'eau confirma leurs attentes : la piste était empruntée par des animaux pour se désaltérer. Les amis ignoraient si les bêtes se déplaçaient la nuit ou le matin. Cela ne les empêcha pas de se mettre à l'ouvrage.

– On installe un piège tous les mètres, suggéra Artelune en chuchotant, on sera presque sûrs d'attraper une proie !

Berlusin hocha la tête. Alkan approuva également.

Maculant leurs mains de boue afin d'éviter toute odeur humaine, ils disposèrent les collets, les dissimulèrent, et repartirent.

Alors qu'ils s'approchaient, Berlusin s'exclama :

– Alkan, t'as pas fini de te retourner tout le temps comme ça ? Depuis quelques jours, j'ai l'impression d'avoir une girouette dans mon champ de vision. Tu vas me donner mal au cœur !

– Désolé de t'importuner, Ô grand sage ! ironisa Alkan.

Alkan esquiva une pichenette de Berlusin et lui en envoya une sur le nez. La victime protesta en riant :

– Traître ! T'en prendre à un faible convalescent, c'est bien trop facile !

Ils avancèrent encore de quelques pas. Alkan, redevenu sérieux, répondit :

– J'ai toujours l'impression qu'on m'observe. Comme si quelqu'un s'apprêtait à me sauter dessus ! Ça ne vous fait pas ça ?

Artelune bondit sur son dos en criant :

– Non ! Mais maintenant, ce n'est plus une impression, c'est une réalité ! Hue zigouillou !

Alkan courut jusqu'à la tente, tout en s'agitant pour se débarrasser de sa cavalière. Olius pointa un doigt vers lui et lui parla en signes :

– Pas trop mal, pour un abominable débutant !

Une fois Artelune descendue, Alkan jeta un dernier regard vers les hautes herbes. Rien, pas un mouvement. Tout était normal. Il haussa les épaules et tenta de se raisonner. Ce voyage le rendait trop méfiant. Si quelqu'un ou quelque chose les menaçait, l'odorat si sensible de Tam l'aurait déjà repéré.

Peu de temps après le coucher du soleil, les amis se postèrent à une centaine de mètres de leurs pièges, et patientèrent. Ce fut un énorme lièvre qui fut attrapé le premier. À peine sa patte immobilisée, il déploya une telle énergie que ses congénères paniquèrent et coururent sans précaution. Deux autres se retrouvèrent capturés. Les trois chasseurs récupérèrent rapidement leur butin.

Cette nuit-là, autour du foyer où crépitaient les flammes, les enfants mangèrent jusqu'aux limites de leurs estomacs. Seul Olius s'abstint, préférant les larves fraîchement recueillies au fond d'une fourmilière.

Cette nuit-là, Colard, dissimulé dans les hautes herbes, respira le fumet alléchant du lièvre grillé. Son ventre se serra. Il mordit dans sa proie, une souris crue. Il broya avec application les os fins avant de se concentrer pour réussir à avaler sans tout recracher.

Cette nuit-là, l'odeur de la viande se répandit sur la prairie, s'enfonça dans la forêt, chemina plus loin que le regard ne porte. Trop loin.

52
L'attaque

Le mégacérours rôdait dans la nuit. En cette saison, la nourriture ne manquait pas. Et pourtant, il conservait cette silhouette à la fois famélique et puissante, contraste caractéristique de l'espèce. Sa large carrure soutenait une tête ronde dont l'expression placide était à l'opposé de son humeur belliqueuse. Avec son mètre quatre-vingt au garrot, trois mètres lorsqu'il se dressait sur ses pattes arrière, celui-là ne comptait pas parmi les plus grands de son espèce. Mais parmi les plus rusés, sûrement.

Le mégacérours s'arrêta subitement, immobile. Jamais rassasié, il passait ses journées à tenter d'apaiser son appétit. Le renard-loup dont il avait détecté la présence n'avait aucune chance. Quand sa proie passa près de lui, le mégacérours bondit et, d'un coup de dents, lui brisa la nuque.

Il ramena son butin au pied d'un arbre, se coucha et installa le corps de l'animal entre ses pattes avant. C'est alors qu'il sentit une odeur nouvelle, indéterminée. Dans un premier temps, il ne réagit pas. Il s'appliqua à écraser chaque os du renard-loup. La moelle était son délice ! Il lécha la flaque de sang répandu à ses pieds, goba le cœur tendre et savoureux, mâchouilla les muscles, et laissa le reste de la carcasse aux charognards. Alors le mégacérours se leva, s'étira et huma l'air de la nuit. Il ne refuserait pas un petit complément surprise à son dîner ! Quand enfin l'animal localisa précisément l'origine du fumet inconnu et si appétissant, il se mit en chasse.

Devant la grande tente, les braises du foyer rougeoyaient. Repus, heureux à l'idée de profiter de deux jours de repos, les enfants et Olius écoutaient Artelune raconter l'histoire d'un des nombreux livres qu'elle avait lus dans la grotte. Une histoire dans laquelle suspense et terreur s'associaient pour donner des frissons à ceux qui l'entendaient. Une histoire d'homme transformé en loup sous l'effet de la lune pleine. Alors qu'elle arrivait au moment critique, Tam grogna. Tous éclatèrent de rire. On aurait pu croire qu'il avait suivi le récit, attendant son heure pour leur faire une blague ! Mais leurs rires s'effilochèrent à mesure que ses grognements s'intensifiaient. Artelune ne reprit pas son récit.

Silencieux, tous tendirent l'oreille, inquiets. Le vent s'était apaisé dans la soirée. Pourtant, ils perçurent le bruit du frottement des herbes. Malgré leurs tentatives, la nuit était bien trop obscure pour apercevoir de quoi il s'agissait. Une seule chose était certaine : un être progressait dans la prairie. Et cet être avançait droit vers eux.

Dans toutes les poitrines, le rythme des battements de cœur s'accéléra. Aucun n'osait l'avouer, mais tous avaient peur. Alkan attrapa une bûche et la plaça au centre du foyer.

– C'est sûrement une bête sauvage. Le feu la tiendra éloignée !

Les autres approuvèrent. Comme ils se réjouissaient d'avoir fait provision de bois avant que le soleil ne se couche ! Leur réserve s'avérait bien assez fournie pour conserver braises et petites flammes la nuit durant.

Subitement, Tam cessa de grogner. Il rampa sur le sol pour se glisser entre les genoux de Tahar. Les caresses de son maître ne suffirent pas à calmer ses gémissements. Il était terrorisé.

La bûche se consumait doucement. Berlusin tendit la main vers le tas de bois et attrapa une branche couverte de feuille qu'il jeta par-dessus. Aussitôt, elle s'embrasa. Le feu illumina le petit groupe :

– Avec ça, la bestiole va vite comprendre à qui elle a à faire !

Il se trompait.

Le mégacérours bondit au cœur du cercle formé pour la veillée. Il lança l'attaque avant même que son odeur âcre et fétide ne parvienne aux narines des enfants. Son premier coup de patte balaya le foyer, répandant les braises aux alentours. Le second cueillit l'obstacle qui se dressait devant lui : Adélou. Le garçon, le souffle coupé par un choc au plexus, fut projeté sur la tente qui s'effondra sur lui.

Alkan, tétanisé, regardait l'énorme monstre mener l'attaque. Artelune, Tahar et Berlusin tâtonnèrent jusqu'à trouver un gourdin, une pierre, n'importe quel objet susceptible de devenir une arme. Et quand l'animal se tourna vers Alkan, tous passèrent à l'action, frappant, cognant, martelant. Mais les coups de bâtons et les projectiles ne détournèrent nullement l'attention du monstre. À le voir poursuivre sa trajectoire, il n'en paraissait pas plus dérangé que si un moustique le piquait. Il ne tenta même pas de parer les attaques, se contentant de les ignorer. Le mégacérours marchait droit vers Alkan.

Alkan le regardait s'approcher sans esquisser un seul mouvement pour se protéger. C'était comme s'il était paralysé, spectateur impuissant de sa propre vie. Même le cri qu'il poussa lorsque le monstre leva sa patte pour lui arracher la tête s'étrangla dans sa gorge. Mais au lieu de s'abattre sur son crâne, le choc violent ne le toucha qu'à l'épaule. Artelune, en sautant sur le dos de l'animal, avait dévié le coup.

Toujours harcelé par les coups de bâtons de Tahar et Berlusin, l'agresseur se secoua avec la même énergie que lorsqu'il s'ébrouait à la sortie de l'eau. Accrochée à ses poils, peinant à se maintenir en place, Artelune se sentit ballottée. La brutale projection de sa tête d'avant en arrière, sous l'effet de butoir trop puissant pour qu'elle puisse maîtriser ses mouvements, provoqua une douleur qui lui vrilla le dos depuis la nuque jusqu'au coccyx. Elle savait qu'elle ne tiendrait pas longtemps cette position. Elle savait que le mégacérours la tuerait dès qu'elle lâcherait prise.

C'est alors qu'Olius se dressa devant l'animal. Leur taille assez proche leur permit d'échanger un regard en face à face. Olius, plus massif et plus stable, observait l'adversaire calmement. Immobile, le mégacérours le dévisagea, inspirant son odeur par ses narines frémissantes. Artelune en profita pour se laisser tomber au sol. Elle s'écarta de quelques pas pour se mettre à l'abri. Alkan, encore sous le choc du coup reçu, hurla :

– Tue-le, Olius !

Mais Olius resta debout, sans bouger. Alkan glissa dans sa main une pierre assez grosse pour défoncer le crâne de l'animal. Olius la saisit.

– Vas-y, tue-le !

Olius n'esquissa pas un mouvement en direction de l'animal. Seul son regard fixait celui du monstre.

Pendant une seconde, le temps sembla s'arrêter. Les enfants observaient l'échange muet entre les deux géants. Comme s'il avait compris un message, le mégacérours se détourna, retombant sur ses pattes avant. Mais alors qu'il faisait demi-tour, il aperçut Tahar, son bâton à la main. Son grognement signa la reprise des hostilités.

Il se redressa de toute sa hauteur, et esquissa un pas menaçant vers Tahar. Alkan hurla :

– Olius ! Lance la pierre ! Il va nous réduire en pièces !

Olius trembla un instant, comme s'il contractait tous ses muscles. Puis, il ouvrit la main, et laissa tomber le caillou à terre.

Alkan se précipita en criant pour détourner l'attention du géant. En vain. Tahar vit la patte aux longues griffes fendre l'air droit sur lui. D'un geste réflexe, il para l'attaque à l'aide de son bâton qui se cassa net. Alors que le mégacérours donnait à sa deuxième patte assez d'élan pour briser la colonne vertébrale du garçon, une silhouette traversa l'obscurité et se jeta gueule ouverte sur la gorge de l'assaillant. Tam se portait à la rescousse de son maître. Mais sa tentative héroïque se solda par un gémissement de douleur : d'un coup de griffe, le monstre laboura le ventre du chien. Puis, d'un coup de crocs dans la nuque, il le projeta au sol une dizaine de mètres plus loin.

Adélou surgit aux côtés de Berlusin, un des montants de la tente à la main. Saisissant chacun une extrémité, ils se placèrent de part et d'autre à l'arrière de l'animal. Ils prirent de l'élan et coururent en tenant la perche assez bas pour le cueillir au niveau de l'articulation des genoux. Surpris, le mégacérours bascula en arrière. Alkan en profita pour lui balancer au visage une pleine poignée de cendres chaudes.

Quand l'animal se releva, il renonça à se dresser debout. Ce combat n'était qu'un jeu qui ne l'amusait plus. À quatre pattes sur le sol, il secoua sa lourde tête. Puisque sa tactique habituelle s'avérait inefficace contre ces proies inconnues, le mégacérours claqua ses mâchoires au hasard, dans le vide. Un sifflement retentit juste avant qu'il ne sente une brûlure douloureuse dans son épaule. Il recula d'un pas, puis s'enfuit à l'abri des herbes et de l'obscurité.

Le silence retomba sur ce qui restait du camp. Tahar se précipita vers le corps de son chien étendu au bord de la rivière. Agenouillé, il sentit sur ses doigts la chaleur visqueuse du sang.

– Tam ? Tam ?

Le chien ne réagit pas. La joue placée juste devant sa truffe, Tahar perçut un faible souffle.

– Il respire ! Il est vivant.

Artelune courut aussi vite que ses muscles perclus de douleurs le lui permettaient. Elle tenait un ruban de cuir à la main, et se jeta à ses côtés.

– Aide-moi, on va bander la plaie. C'est le seul moyen pour arrêter le sang de couler.

Berlusin s'approcha pour éclairer la scène avec une torche enflammée. Quand Artelune découvrit les larges plaies infligées par le mégacérours sur le ventre du chien, elle secoua la tête, et posa une main sur l'épaule de Tahar.

– On va tenter, Tahar, tout tenter. Mais… n'espère pas trop.

Le chien soigné, le feu relancé, la tente redressée, les enfants et Olius s'assirent, silencieux. Tous restaient choqués par la violence de l'attaque. Adélou était couvert de bleus. À chaque mouvement de tête, Artelune souffrait de la nuque. Alkan ne parvenait plus à bouger son épaule sans déclencher une vive douleur.

Mais le mégacérours avait infligé bien d'autres dégâts que les blessures physiques. Aucun enfant n'aurait pu fermer l'œil, trop paniqué à l'idée d'une nouvelle agression. Tam n'était plus en état de donner l'alerte désormais.

Ils instaurèrent un tour de garde.

– Je prends le premier, annonça Berlusin. Je vais en profiter pour me tailler une lance et durcir sa pointe dans le feu. On a besoin d'arme pour se protéger.

Artelune se déclara candidate pour la suite. Quand Olius leva la main pour proposer sa participation, Alkan explosa de colère :

– Tu voudrais qu'on te fasse confiance alors que tu n'as rien fait pour nous aider ?

Olius baissa la tête. Artelune s'interposa et répondit à Alkan :

– Tu connais les principes des abominables. Tu sais bien que pour eux, toute vie est sacrée.

– Si toute vie est sacrée, alors pourquoi n'a-t-il pas défendu la nôtre ?

– Alkan, tu sais bien qu'il ne peut pas, qu'il ne doit pas. Un abominable ne porte pas de coup, même sur un adversaire. C'est une question de principe.

– De principe ? De lâcheté, plutôt. Sans l'intervention de Tam, mon frère serait mort. Olius avait l'arme, le moment, la force. Il avait tout pour agir ! Et il n'a rien fait. Jamais je ne lui pardonnerai.

– Arrête, Alkan ! vitupéra Artelune, n'oublie pas que, sans l'initiative courageuse d'Olius, je ne serais plus là pour te parler.

Ignorant son amie, Alkan se retourna vers l'abominable et cracha des paroles glacées par la haine :

– Je te déteste.

Il se leva, et partit s'étendre sous la tente. Peu après, Tahar suivit son exemple. En quittant le foyer, il annonça :

– Cette nuit, je dormirai aux côtés de mon chien. Olius, il faut que tu saches que je ne t'en veux pas. Je comprends ta réaction. Je comprends aussi celle d'Alkan.

Artelune et Adélou rejoignirent la tente à leur tour après avoir salué Berlusin et l'abominable. Olius ne les imita pas. Il se leva et, de sa démarche oscillante, s'avança dans les herbes en direction de la forêt. Pour la première fois depuis le début de l'expédition en terres inconnues, il partait dormir seul, isolé du reste du groupe. Berlusin l'appela :

– Alkan ne pensait pas ce qu'il t'a dit, tu sais. Il a parlé sous le coup de l'émotion. Tu as ta vérité et tu la défends. Alkan a la sienne et en fait autant. Reste avec nous ! Ça ira mieux demain.

Olius gémit doucement. Et quand il se remit en route vers les arbres, ses épaules se voûtèrent. Elles ployaient comme si Olius portait un poids trop lourd, à même de le briser.

53
Dans le réduit

Quand il desserra les doigts de Guitin pour laver sa main, Toache se heurta à une résistance inattendue. Même inconscient, le bagnard crispait le poing. Bien cachée au creux de la paume, Toache découvrit une pointe dure et recourbée. Peut-être la griffe d'un animal de l'Outre-Monde ou mieux, celle d'un de ces oiseaux dont il apercevait parfois les silhouettes voler au-dessus de la Bulhavre ? Elle devait être bien précieuse pour qu'il la protège comme un trésor ! Il transféra la pointe marron dans l'autre main. Aussitôt, la tension se dissipa. Le patient se relâchait.

Le linge humide poursuivit son travail : la main, le bras, le cou, l'autre main, l'autre bras, la nuque, le visage et le torse. Après chaque passage, Toache nettoyait le linge dans la cuvette d'eau qu'il apportait chaque matin.

Grâce à ces soins, Guitin se portait un peu mieux. Sa constitution, jeune et solide, l'y aidait. Et ses genoux commençaient déjà à cicatriser.

Toache déroula la bande autour de la plaie afin d'appliquer un nouveau pansement. Il procéda de la même façon sur son propre ventre. La section de sa misphère s'avérait plus douloureuse qu'il ne l'avait pensé. Une croûte s'était formée et protégeait sa blessure des infections. Mais au moindre de ses mouvements, pour se tourner, se pencher, s'asseoir, elle le tiraillait. À chaque instant, il lui fallait se contrôler afin d'éviter qu'une grimace de souffrance ne dévoile son geste de révolte.

Guitin gémit. Dans ses rêves, des noms revenaient sans cesse. Artelune, Berlusin, Alkan. Bientôt, le jeune bagnard aurait recouvré assez de force pour parler. Toache attendait ce moment avec impatience. Découvrir qui il était, d'où il venait. Échanger des expériences. Apprendre mutuellement l'un de l'autre. En cette période de solitude, où chacun de ses mouvements était espionné et jugé, Toache aspirait à ce lien d'amitié. Il secoua la tête. Bientôt…

Pourtant, une incertitude assombrissait le tableau. S'il supputait que les lésions du jeune homme guériraient, Toache ignorait ce qu'il adviendrait de ses blessures intérieures. Le pauvre garçon avait tant souffert ! Les douleurs du cœur mettaient bien du temps à cicatriser. Toache soupira. Parfois, même le temps ne suffisait pas à effacer toutes les plaies.

L'homme ressortit du réduit. L'heure de la réunion des révoltés approchait. Depuis l'arrivée de Sybel, la durée et la fréquence de ces temps d'échange avaient chuté. Le risque d'attirer l'attention de l'espionne s'avérait bien trop élevé ! Mais Toache et Canile avaient trouvé la parade. Les révoltés discutaient par groupe de trois ou quatre, à la pause, au réfectoire, au milieu d'un couloir. Puis, chacun de ces petits groupes d'apparence inoffensive envoyait un émissaire pour relater la teneur de l'échange. Ainsi, sans jamais dépasser le nombre de quatre personnes, les séances se déroulaient de manière informelle.

Peu à peu, le plan de bataille prenait forme. Restait le problème du nombre de militants. Même si tous les membres recrutaient dans leur entourage, les révoltés restaient peu nombreux. Et personne ne se risquait à s'aventurer en dehors du quartier des officiels. Toache grimaça. Pas de grande révolte sans une grande armée.

54
Le travois

À la lumière du jour, les enfants mesurèrent mieux à quel point le camp était dévasté. Hâtivement redressée la nuit précédente, la tente tenait à peine debout sur des montants plantés de guingois. La grande bâche de toile d'araignée était déchirée sur la longueur d'un bras. Devant l'entrée, l'espace qu'ils avaient occupé avec enthousiasme lors de la veillée était souillé du sang perdu par Tam pendant la nuit. Nul n'osait regarder l'horrible tache. Les herbes séparant le foyer de la rivière étaient noires. Après les projections de braises, elles s'étaient consumées durant la nuit. Et seule l'humidité de l'air nocturne avait évité que la végétation ne s'embrase en un incendie brûlant tout sur son passage.

Mais ce paysage était bien moins désolé que l'ambiance sur le camp. Alkan, buté, resta mutique dès son réveil. Bien sûr, il en voulait encore à Olius. Mais à son ressentiment s'ajoutait l'opinion de ses amis. Tous refusaient d'adhérer à son point de vue. Les sombres pensées qui s'agitaient sous son crâne comportaient un avantage : elles l'empêchaient de porter attention à la douleur. Un énorme hématome s'était épanoui sur son épaule, là où le mégacérours l'avait frappé.

Tahar gardait le silence, lui aussi. Le chagrin et l'inquiétude le rongeaient. Tam n'avait pas repris connaissance. Il respirait, mais l'étendue et la profondeur de ses blessures compromettaient son pronostic. Sa vie était comme une fleur fragile, prête à se faner au moindre coup de vent. Tahar savait que son chien ne survivrait pas au voyage. Secoué dans le dos d'Olius, les chairs tiraillées à chaque mouvement, il ne résisterait pas. Or, c'était l'évidence pour tous, le petit séjour de repos appartenait désormais au passé. Rester sur le camp mettrait tout le groupe en danger. À tout moment, le mégacérours risquait de ressurgir. Il fallait partir. Vite.

Tahar retint ses larmes. Tam les avait sauvés. Il était son ami. Le garçon ne pouvait se résigner à abandonner son chien ici, à la merci de n'importe quel prédateur.

Adélou s'accroupit lentement aux côtés de Tahar. Lui aussi ressentait les conséquences du choc reçu la veille. Son corps lui donnait l'impression d'avoir dévalé un torrent en heurtant de nombreux rochers. Il proposa :

– Si on fabrique un chariot, on tirera Tam derrière nous !

Tahar leva ses yeux rougis de fatigue vers ceux de son ami.

– Un chariot ? Mais il faudrait des heures pour tailler une seule roue dans le tronc d'un arbre et le temps est compté…

Prenant appui sur un bras, Adélou se releva et vint trouver Olius. L'abominable les avait rejoints. Mais il se tenait en retrait, à la lisière du camp. Alkan l'ignorait, évitant soigneusement de croiser son regard ou sa trajectoire. Et ce comportement créait un malaise qu'Olius ne savait comment gérer. Adélou s'adressa à lui en agitant ses mains, ponctuant son propos de bruits de bouche. Artelune, occupée à rouler les peaux, s'étonna à voix haute :

– J'ignorais qu'Adélou parlait aussi bien la langue des abominables !

À la fin de leur échange, Olius s'éloigna du camp pour retourner dans la forêt. Adélou reprit les corvées du départ, sans rien dévoiler de son impatience.

Lorsque l'abominable regagna le camp, il tirait derrière lui deux longues tiges de saule, au diamètre proche d'un petit tronc. Sous un bras, il tenait deux autres bâtons, un peu plus courts, ainsi qu'un paquet de fougères. Enfin, soigneusement enroulées autour de son épaule, il rapportait des lianes. Une bonne longueur, si on en jugeait par l'épaisseur qu'elles formaient.

Adélou s'installa à côté des restes du foyer tandis qu'Olius laissait tomber sa récolte au sol. Le garçon saisit les deux perches et, éprouvant leur flexibilité en les ployant légèrement, il expliqua à Tahar :

– Voilà les supports sur lesquels on fixera la plate-forme pour Tam. Les branches sont assez souples pour absorber les chocs, et assez fines pour qu'on les traîne par terre sans qu'elles nous freinent.

Attentif, Tahar le regarda faire.

Adélou croisa les deux longues tiges à cinquante

centimètres de leur sommet et les attacha l'une à l'autre à l'aide d'une liane. Comme il se réjouissait d'avoir appris les nœuds dans le livre laissé par Liriana dans la grotte ! La structure, qui ressemblait à celle d'une tente dont on n'aurait conservé que deux piquets, changea d'allure quand Adélou ajouta deux bâtons en travers. Il fixa la première à soixante centimètres sous le croisement des deux branches, la deuxième prit place à une cinquantaine de centimètres plus bas. Entre les deux, il entreprit de tisser un réseau de lianes dans un sens puis dans l'autre. Enfin, il glissa entre les liens quelques fougères afin de former une confortable litière. Quand il se releva, il attrapa la structure et la disposa de part et d'autre de sa taille. Derrière lui, les deux longues tiges descendaient jusqu'au sol, en pente douce, et comportaient au centre une plate-forme tressée. Le travois était prêt.

– Installé sur les lianes, Tam sentira à peine les cahots, tu verras. Et puis, je te relayerai pour le tirer.

– Nous te relayerons tous ! annonça Artelune.

Les autres approuvèrent. Berlusin s'approcha pour inspecter le travois. Il fit une moue admirative, et dit d'une voix songeuse :

– Une idée simple est souvent une bonne idée. C'est ce que répétait toujours un homme du village. Et lui aussi était inventif !

Adélou sentit le sang quitter brutalement son visage et un froid glacé lui geler les joues. Il demanda :

– Un homme du village ? Quel était son nom ?

Artelune sourit, et ferma les yeux pour plonger dans ses souvenirs.

– Losham, comme il me manque !

Elle les rouvrit bien vite. Adélou s'était laissé tomber au sol, pâle comme un mort.

– Ça va ? s'inquiéta-t-elle

– Juste un étourdissement, le contrecoup de cette nuit, mes blessures, l'état de Tam, tout ça, répondit Adélou avant d'ajouter : « Et cet homme, qu'est-il devenu ? »

La gorge serrée, Artelune expliqua dans un souffle :

– Les tourneurs l'ont assassiné. Il vivait au village mais il n'a jamais cessé de retourner en secret dans la Bulhavre. Il cherchait son fils, un potentiel enlevé par les tourneurs. Ils ont fini par l'attraper.

Adélou resta assis, silencieux. Plongée dans ses pensées, Artelune songea à Losham. Son visage commençait déjà à s'effacer de sa mémoire. Pourtant, elle se rappelait tant de choses. Son sourire, ses ingénieuses inventions, sa joie de vivre, ses périodes de tristesse qu'il cachait très vite. Elle soupira.

– Losham était un homme bien.

Berlusin opina du chef. Lui aussi se souvenait de cet homme très apprécié des villageois. Mais il chassa ses pensées. Le moment était mal choisi pour la nostalgie. Il demanda :

– Qui m'aide pour installer Tam sur son matelas portable ?

Les enfants s'approchèrent. Le jour avançait. La raison leur indiquait de ne plus traîner avant de lever le camp.

55
Ne pas penser

En amont de la rivière, des yeux guettaient les enfants. Colard s'interrogea. Après l'attaque de la nuit, il ne comprenait pas pourquoi les autres n'étaient pas déjà partis. Il se rassit. Une minute. Puis il se remit à genoux, dressant prudemment la tête au-dessus de la végétation. Là-bas, à côté des herbes brûlées, ils étaient installés par terre, en cercle. Colard était trop loin pour les entendre parler. Il se rassit, encore une fois, impatient. Du bout de son arc, il fouilla le sol, le creusa, le laboura jusqu'à débusquer un ver de terre. Il le saisit par son extrémité, le laissa pendre puis le pressa de haut en bas entre son pouce et son index. Quand l'animal fut vidé, Colard le glissa dans sa bouche. Un coup de mâchoires, et il l'avala. Colard se releva avec précaution : si les autres ne quittaient pas cet endroit, il resterait bloqué là, sans possibilité de chasser. Il plaqua son poing sur son estomac et appuya. La crampe finirait par passer.

Cette vie l'écœurait autant que ce qu'il venait de manger. Il ignorait à qui il en voulait le plus. Était-ce Iriulnik la coupable ? Celle qui lui avait confié cette mission dont il tentait chaque soir d'oublier la conclusion ? Était-ce Alkan qui par ses provocations avait déclenché tout le processus ? Qu'importe, il les détestait tous les deux. Il s'interdit de penser plus avant. Vivre au jour le jour, éviter de penser à la suite, c'était le seul moyen de poursuivre. Le seul moyen de survivre.

56
La fronde

Depuis l'attaque du mégacérours, bien des jours avaient passé. La routine avait repris ses droits. Marcher, marcher, marcher puis s'arrêter avant la nuit tombée pour installer le camp. Le soir, chacun vaquait à ses occupations, selon des habitudes désormais bien ancrées. Les uns partaient chercher le bois du feu, les autres posaient les pièges sur la rive. La grande tente n'était montée que les soirs de pluie. Les nuits étoilées, les enfants dormaient sous la bâche, déployée comme une couverture.

Dès la fin de la marche, Artelune était la première à se laver, tandis que les garçons préparaient le dîner. Elle les relayait ensuite afin qu'ils rejoignent le bord de la rivière. À force d'exercices, Alkan, Tahar et Adélou avaient appris à nager.

De son côté, Olius boudait le cours d'eau, préférant se rouler le matin dans les herbes couvertes de rosée. Le soir, il ne parlait pas. Il ne participait pas. Il restait là, impénétrable.

Car, à défaut de changer la routine, l'attaque du mégacérours avait transformé l'ambiance du camp. Le ressentiment d'Alkan vis-à-vis d'Olius pesait sur le groupe. Les échanges devenaient rares. Les discussions se limitaient aux nécessités pratiques. Même les rires manquaient de naturel. À chaque mention de l'abominable, le silence pesait lourd. À tel point que le géant préférait parfois quitter le groupe pour ne rejoindre le camp qu'à l'heure du dîner.

La santé de Tam n'arrangeait pas la situation. S'il survivait sans souffrir de sa position sur le travois, ses blessures cicatrisaient mal. Tahar n'avait qu'une crainte : que l'infection se développe et que son chien n'ait plus la force de lutter.

Heureusement, une autre conséquence de l'attaque du mégacérours inversa peu à peu la tendance. Désormais, à chaque halte, tout le groupe, excepté Olius, s'entraînait au maniement des armes. Adélou et Berlusin en avaient fabriqué pour chacun. Lance à pointe effilée, arc, fronde, il y en avait pour tous les goûts ! Curieusement, cette occupation guerrière devint le meilleur moment de la journée, celui où l'insouciance reprenait ses droits, celui où l'émulation poussait chacun à se dépasser. Ce fut à l'occasion de ces compétitions que doucement, les barrières du malaise s'effondrèrent. Blagues et moqueries fusèrent à nouveau.

Ce soir-là, la cible, une pomme de pin posée en équilibre sur une souche, narguait Berlusin à une cinquantaine de pas du camp. Il sortit un caillou de sa poche, le soupesa, replongea sa main pour en quérir un autre et recommença son manège. Quand enfin il dénicha le projectile parfait, il le glissa dans sa fronde. Il assura :

– La pierre décisive ! Prépare-toi à perdre, Artelune !

Tous les deux dépassaient le niveau d'habileté du reste du groupe. La précision et la puissance de leurs tirs s'étaient améliorées à une telle vitesse qu'il ne leur manquait qu'un peu d'entraînement pour parvenir à toucher une cible mouvante.

– Prépare-TOI à perdre ! rétorqua Artelune. Je te rappelle que j'ai un point d'avance.

Berlusin fronça les sourcils, tendit ses lèvres vers l'avant en une moue de concentration puis d'un mouvement circulaire du poignet fit tourner la fronde. Seul le « han » qu'il émit permit de comprendre qu'il avait tiré. La pierre volait si vite que le regard peinait à la suivre. Mais la cible resta debout, intacte.

Artelune éclata de rire.

– Je sens que je vais bien dormir, ce soir !

Grognon, Berlusin dégaina son couteau. Le perdant devait couper assez d'herbes sèches pour fabriquer une paillasse confortable au vainqueur.

– Ce n'était qu'un coup de chance ! affirma-t-il avec mauvaise foi en commençant la moisson.

– Un coup de chance qui se répétera ! souligna Artelune. Le talent ne se décrète pas !

L'odeur de viande grillée sonna le rappel. Le feu brûlait, mais seul Adélou, de corvée de cuisson, s'en approchait. La journée avait été particulièrement chaude et, après le bain dans la rivière, tous attendaient la tombée de la nuit avec impatience pour se rafraîchir.

– C'est bizarre, Olius n'est pas là !

La remarque d'Artelune déclencha un haussement d'épaules chez Alkan. Sa réaction ne différait pas de celle des jours précédents. Indifférence et mépris, voilà les seuls sentiments qu'il dévoilait lorsqu'il s'agissait de l'abominable.

Berlusin découpa le gibier, et tendit à chacun sa part, sur une large feuille d'arbre récoltée lors de la corvée de bois. On n'entendit plus que les mâchoires en action. Après la longue journée de marche, l'appétit était au rendez-vous.

Tahar se leva pour observer au-delà des herbes sèches. Le soleil frôlait l'horizon. La lune prendrait bientôt son relais.

– C'est bizarre. Il n'est jamais rentré aussi tard. Pourtant, la forêt est plus humide que d'autres bois qu'on a déjà traversés. Les souches pourries et les larves ne doivent pas manquer !

L'absence d'Olius inquiétait le groupe. Qui sait ce qui pouvait lui arriver ? Ses principes lui interdisaient de blesser un animal, même pour se défendre. Seule sa stature lui évitait de devenir une proie.

Le repas s'acheva en silence. Le soir, il n'y avait pas de vaisselle à faire. Adélou porta la carcasse du gibier et les feuilles-assiettes en amont de la rivière, et les enterra profondément. Inutile d'allécher un nouveau prédateur !

Quand il revint, la nuit était tombée. Artelune

enroula une liane imprégnée de sève de conifère au bout d'un bâton, qu'elle plongea dans le feu. Une fois sa torche embrasée, elle annonça :

– Je pars à sa recherche.

Olius était dans toutes les têtes. Adélou et Berlusin décidèrent :

– On vient avec toi.

Tahar regretta de ne pouvoir se joindre à eux. Il profitait de la fraîcheur de la nuit pour refaire les pansements de Tam. Il proposa :

– Sifflez si vous avez besoin de moi ! L'air est calme, le bruit portera loin.

Artelune regarda Alkan. Ce dernier se détourna, et haussa une fois encore les épaules. La colère, qui couvait chez Artelune depuis plusieurs jours, explosa :

– Comment peux-tu être aussi buté ? Je savais que tu pouvais être idiot, mais à ce niveau-là, tu mérites une médaille ! T'as pas encore compris qu'Olius MOURRAIT plutôt que de faire du mal à un autre être vivant ? T'as pas encore compris qu'il s'est laissé torturer par ces monstres de tourneurs sans se défendre, sans réagir… quitte à y perdre ses oreilles, ou sa vie ? Les abominables ne sont pas des hommes. Tu profites chaque jour des capacités d'Olius pour transporter le matériel du camp, alors assume le reste de ce qu'il est !

Alkan se leva. Des pensées s'emmêlaient dans sa tête. D'un côté, il comprenait la réaction d'Artelune. Il savait pourquoi Olius avait agi ainsi. Mais il avait eu si peur que son frère soit blessé ou même tué ! Il ne réussissait pas à pardonner la passivité du géant. Artelune ne permit pas à Alkan de répliquer. Elle poursuivit :

– Nous avons été imprudents de marcher sans armes. On n'ignorait pas qu'il faudrait nous défendre, qu'il y aurait des bêtes sauvages en terres inconnues. Et on comptait trop sur le feu pour nous protéger. Ce n'est pas à Olius que tu dois reprocher l'attaque. C'est à nous, à toi, à l'inconscience de tout le groupe !

Pour sa dernière phrase, Artelune ne criait plus. Elle constatait tristement la réalité. Alkan resta silencieux. Il ne savait plus quoi dire. Il était tellement plus confortable de faire porter la responsabilité d'une situation à quelqu'un d'autre ! Artelune dressa sa torche et annonça :

– Assez perdu de temps. Maintenant, on va chercher Olius.

Mais dans le halo de lumière, elle distingua la

silhouette oscillante du géant à une vingtaine de mètres de là. Jetant sa torche sur le foyer, elle courut vers lui en criant :

– Olius !

Son rire montrait son soulagement de retrouver l'abominable sain et sauf et ce fut juchée sur ses épaules qu'elle regagna le camp. Olius, d'habitude si placide, trépignait d'impatience. Il parla avec force bruits de bouche et mouvements de main, si vite, que personne ne le comprit. Même Adélou renonça à traduire. Olius grinça des dents tant sa frustration était grande. Alkan s'interrogea. Qu'avait-il de si important à dire ?

Adélou s'approcha de l'abominable, et posa sa main sur la sienne. Des cinq enfants, il était celui qui maîtrisait le mieux la langue des géants. Il proposa :

– Recommence, Olius. Mais doucement !

L'abominable prit une longue inspiration, expira tranquillement et, ainsi calmé, recommença son récit. Adélou traduisit pour ceux qui ne parvenaient pas à suivre.

– Il cherchait des larves. Il a marché dans les bois. Une heure au moins. Là-bas, la forêt se termine. Il a vu la rivière se jeter dans un lac sans limites où poussent des bambous bizarres.

Tahar précisa :

– Sûrement des roseaux perforants. Ils poussent dans l'eau de la mer.

– Cela signifie qu'on arrive au bout des terres ! annonça Alkan.

Tous commentèrent en même temps cette grande nouvelle. Quand brutalement, Olius ramassa deux pierres proches du foyer, et les cogna bruyamment l'une contre l'autre, stoppant net toutes les discussions.

Il parla à nouveau, mais choisit de s'exprimer en langue humaine.

– Om a ba. Om, fame, anfhan.

Interloqués, les enfants le dévisagèrent en silence. Leurs cœurs battaient. Ils craignaient et espéraient à la fois avoir bien compris. Olius répéta ses paroles dans sa langue. Adélou annonça tout haut ce que les autres avaient déjà traduit :

– Là-bas, il y a un campement, avec des humains, un homme, une femme et un enfant.

Le hurlement déchira la nuit. Berlusin sautait autour du feu, laissant exploser son bonheur :

– Les villageois ! On les a retrouvés ! Je vais revoir mes parents ! Même l'idée de serrer dans mes bras ma grande…

Il se tut soudainement, conscient d'être le seul à exprimer sa joie. La réalité lui fit l'effet d'une claque : aucune famille n'attendait ses amis. Artelune avait quitté ses parents en même temps que la sécurité du camp des abominables. Adélou, Tahar et Alkan avaient abandonné les leurs en fuyant la Bulhavre.

– Désolé, mais à l'idée de revoir les miens, je…

– Arrête ! l'interrompit Artelune. Bien sûr que tu es heureux, et on aimerait l'être avec toi, mais…

Elle n'osa formuler son inquiétude et saboter le bonheur de Berlusin. À voix basse, Alkan posa la question qui les préoccupait tous :

– Une seule famille… et les autres ?

Après l'excitation vint l'angoisse. Les enfants s'étaient résolus à attendre l'aube pour partir, mais la nuit s'annonçait longue, très longue. Tahar acheva les soins de Tam. Malgré les nettoyages réguliers, les plaies du chien s'étaient infectées. Toutes les tentatives pour éradiquer les microbes, à l'aide d'onguent de feuille de chêne, avaient échoué. L'animal lapa l'eau que son maître lui tendait et essaya de mâcher une bouchée de viande.

Il reposa sa tête sur le travois. Il était faible. Trop faible pour se nourrir. Trop faible pour gémir. L'infection menaçait de gagner la partie. Tahar lui caressa le crâne, doucement. Puis, il glissa un morceau de viande crue dans sa propre bouche. Il entreprit de le broyer avec les dents. Quand il n'en resta qu'une bouillie, il la cracha au creux de sa main. Pincée après pincée, il la glissa dans la gueule du chien. Et chaque fois que Tam déglutissait, Tahar le félicitait. Ce n'était pas grand-chose. Mais l'espoir incitait le garçon à continuer. Un petit rien suffit parfois à faire changer les choses.

Alkan prit le premier quart. Assis sur une haute pierre plate devant le feu, il salua tous les enfants quand ils se glissèrent sous la grande bâche qui leur servait d'abri. Seul Olius resta auprès de lui, de l'autre côté du foyer. Alkan n'osait pas le regarder. Après des jours passés à macérer sa haine de l'abominable, son point de vue avait progressivement évolué. Petit à petit, il avait admis la réaction du géant. Mais, enferré dans sa position, il continuait à agir comme si l'abominable était responsable. Alors qu'il le savait, seuls le mégacérours et leur inconscience étaient à blâmer.

Il avait honte de son comportement. Honte

d'avoir blessé un ami, cet ami qui avait tout quitté pour les accompagner. Il fixait ses mains, trop gêné pour parler. Trouver le premier mot pour s'excuser lui semblait hors de sa portée ! C'est alors qu'un souvenir lui revint. La mère d'Artelune leur avait expliqué pendant leur séjour que la langue des abominables s'avérait d'une extrême complexité. Elle avait précisé que les échanges riches d'émotion s'opéraient par le mouvement des ombres des mains. Alkan se sentit soudain empli de gratitude pour ce peuple si sensible. Lentement, il bougea ses mains. Les flammes créaient une ombre comme animée d'une vie propre, projetée sur la pierre où Alkan s'était installé. À mesure que ses émotions le balayaient, telle une vague incontrôlable, Alkan était emporté. Ses mains, ses doigts, son être entier s'agitèrent. Leurs ombres parlaient au-delà des mots. Et peu à peu, Alkan perçut un changement. Le soulagement l'envahissait.

Olius suivait les ombres du regard, attentif, concentré. Lorsque les mains se turent, il se redressa, oscilla sur deux ou trois pas, et s'assit aux côtés d'Alkan. Le garçon se pencha jusqu'à appuyer son épaule sur le flanc du géant. L'oreille collée à sa fourrure, il entendait les battements de son cœur rythmer sereinement ce moment.

La paix était scellée.

57
Le nouveau village

Debout devant la maison de Lali, Liriana guettait la piste menant à l'orée du bois. Pas le moindre mouvement, le sentier demeurait obstinément désert. Pourtant l'espoir la maintenait droite, vigilante. Qui sait ? Awim surgirait peut-être avant la tombée de la nuit ?

Le départ des villageois datait d'un mois déjà. Awim les avait guidés à quelques jours de marche de là, sur l'emplacement du futur village. Leurs enfants, restés sur place, se languissaient de leurs parents. Mais bâtir un hameau entier, même si les maisons n'étaient construites qu'en pisé, paille et bois, nécessitait du temps et une énergie conséquente. C'était le prix à payer pour conserver de bonnes relations avec le peuple. Chacun chez soi, pas trop éloigné afin de continuer à échanger.

Liriana scruta le ciel. Les jours de chaleur torride s'enchaînaient et elle savait ce que cela signifiait. La bonne saison s'achevait. Le retour du froid ne tarderait pas. Un froid qui paralyserait la construction. Elle baissa le regard, concentrée, mobilisant ses pensées pour faire barrière à la vague d'angoisse qui menaçait de la submerger.

Quand elle redressa la tête, elle l'aperçut au loin. Enfin ! Awim rentrait.

– Impossible !

Awim, les mains serrées autour d'une tasse de tisane, secouait la tête devant sa mère.

Il répéta :

– Impossible d'y habiter avant la prochaine saison chaude !

Le souci modela le visage de Liriana, ramollissant ses paupières, barrant son front d'une ride profonde et tirant les coins de sa bouche vers le sol. Elle venait de lui expliquer la menace qui pesait sur les jeunes villageoises.

Le cœur serré, Awim poursuivit :

– En nous entassant dans les bâtiments achevés, nous pourrions affronter les grands froids. Mais comment survivre ? Tu sais que tout ce que nous avons chassé et cultivé alors que nous étions hébergés par le peuple revient à la Grande Mère. C'est leur tradition. Il serait dangereux d'aller contre. Profitons de l'hiver à venir pour terminer la construction, dégager des champs et repérer les pistes de traque pour le gibier. Dans six à dix mois, nous serons prêts.

Liriana secoua doucement la tête. Une dénégation si peu énergique qu'elle dévoilait sa résignation.

– Mais si l'une des filles grandissait d'un coup ? La Grande Mère m'a dit qu'elle appartiendrait alors au peuple. Je ne peux pas accepter ça. Je ne peux pas m'y résoudre.

– Tu ne peux pas non plus envoyer tous les villageois mourir de froid et de faim dans des maisons inachevées. Les femmes t'ont rassurée : les filles du village sont encore petites. Elles ne courent aucun risque.

Un court silence interrompit leur échange. Liriana s'obligea à raisonner. Son fils parlait avec sagesse. Mais du fond de ses tripes, elle sentait monter un danger. Et jamais son instinct ne l'avait trompée. Elle soupira.

– Alors, retourne là-bas, et travaillez d'arrache-pied. Plus vite la construction du village aura avancé plus vite nous pourrons nous y réfugier… et retrouver toute notre liberté.

Awim but les dernières gorgées de sa tisane. Il se leva, ouvrit la porte. La nuit se tenait à l'affût, prête à recouvrir les terres de son obscurité. Un vent froid soufflait, d'autant plus glacé qu'il formait un contraste avec la chaleur étouffante qui régnait la journée. Encore un signe de l'arrivée prochaine de l'hiver. Awim referma le battant.

– Je partirai dès l'aube. Et nous poursuivrons le chantier jusqu'à ce que la neige nous en empêche. Mais…

– Mais quoi ? l'interrogea Liriana.

– L'urgence n'est pas si terrible. Le peuple nous a accueillis avec générosité. Ces femmes et ces hommes ne sont pas des monstres. Peut-être même qu'une ou plusieurs des jeunes villageoises seraient heureuses de rester vivre parmi eux ?

– Comment peux-tu penser ça ? Si tu commences à le dire, alors oui, il y a aura des filles qui s'installeront là. Pour une mauvaise raison. Elles se sentiront obligées. Sur leurs épaules reposera la qualité des relations entre peuple et villageois. Tu imagines cette pression ? Tu imagines une vie entière à se persuader qu'elles ont choisi la bonne solution ? Non, non et non, je refuse ce sacrifice. Une fois que nous serons installés au nouveau village, si une femme rejoint le peuple, ce sera SA décision. Alors, la situation serait différente.

– Tu as raison, mère. La fatigue m'embrouille l'esprit. Je vais dormir. Il me faudra me lever tôt.

À la fin de la soirée, Liriana rejoignit son lit. Assise sur le matelas, les mains serrées entre ses genoux, elle repensa à ces derniers mois. La fuite, l'incendie, la longue marche et la joie quand enfin Lali les avait conduits jusque-là. Que d'espoirs elle avait alors caressés en découvrant l'existence d'hommes et de femmes en terres inconnues !

Sa déception était à la hauteur de ses espérances. Une seule priorité guidait le peuple qui les hébergeait : donner naissance à suffisamment d'enfants pour que sa survie ne soit pas menacée. Lali subissait cette tyrannie. Liriana serra les dents. Elle n'accepterait pas que les villageois se plient à ces traditions, soumettant chaque femme à l'obligation d'enfanter ! Ses mains tremblèrent de colère et soudain, elle éclata de rire. Un rire triste et joyeux à la fois. Sa révolte lui rappelait Alkan, son obstination, sa détermination. Comme elle aurait aimé qu'il soit auprès d'elle en ce moment ! Elle fronça les sourcils. Ses souvenirs pâlissaient peu à peu. Le visage d'Alkan se faisait flou dans sa mémoire. Mais qu'importe, la force de sa présence restait inoubliable !

58
Les éclaireurs

La femme ne revenait pas bredouille de la chasse. Deux lièvres et un renard-loup se balançaient dans son dos, accrochés par les pattes. Quand sa fille l'aperçut, elle trottina aussi vite que lui permettait sa maîtrise encore incertaine de la course. Alerté, l'homme abandonna un instant l'épluchage des gousses d'ail sauvage pour surveiller l'enfant. Il sourit devant le spectacle de la petite, serrée dans les bras de sa mère. Tout en marchant vers la tente, celle-ci dégagea le renard-loup :

– Regarde la magnifique fourrure ! Nous taillerons dedans ton manteau pour l'hiver.

La fillette posa sa main sur l'animal et caressa le corps encore chaud. Ses poils étaient si doux !

– Demain ! exigea-t-elle.

Les adultes éclatèrent de rire. L'homme expliqua gentiment à l'enfant :

– Pour te coudre le plus bel habit possible, j'ai besoin d'un peu de temps ! Il faut tanner la peau, la couper, l'assembler. Mais il sera prêt pour le grand froid, promis !

La petite fille s'agita en criant : « Demain ! » Sa mère la déposa au sol et s'assit aux côtés de l'homme. À près de quarante ans, la nature l'avait honorée d'un nouvel enfant. Elle était mère deux fois déjà. Et à ce titre, elle occupait une place respectée par tout le peuple. Son statut lui permettait d'assurer la fonction enviable d'éclaireur : longer la mer, planter un camp avancé et repérer les meilleurs espaces de chasse. Si le secteur s'avérait riche en gibiers, leur tente unique serait remplacée par un petit hameau provisoire. Les femmes s'y relayeraient, passant quelques jours à chasser et à se divertir. Depuis que le peuple hébergeait les villageois, les réserves suffisaient à peine. Et même si elle était heureuse que des étrangers apportent du sang neuf dans la descendance, découvrir de nouveaux territoires-ressources devenait une question de survie.

La petite trépignait encore. Bras croisés, sourcils froncés, elle lançait des coups de pied dans toutes les directions… y compris vers le feu. La mère sortit de sa poche deux boules de poil, et les tendit à l'enfant qui, étonnée, cessa ses hurlements.

– Ne leur fais pas de mal ! Ce sont des guérisseuses.

L'enfant les attrapa, les garda au creux de sa main. Les guérisseuses étaient tièdes et palpitaient à peine. Après quatre secondes à les scruter, l'enfant préféra les rendre à sa mère. Elle venait de repérer un scarabée. Elle se coucha à terre et entreprit de placer des brindilles en travers de son chemin. Le voir surmonter des obstacles s'avérait autrement plus passionnant qu'observer des guérisseuses immobiles !

***

À l'abri des regards, dissimulés par la végétation et l'obscurité du sous-bois, les enfants veillaient à ne pas faire de bruit. À leur grande surprise, les hommes annoncés par Olius n'étaient pas des villageois. La prudence imposait un examen attentif avant de dévoiler leur présence. Qui sait quelle pourrait être la réaction d'adultes inconnus en découvrant un groupe d'étrangers ?

Depuis une demi-heure qu'ils se tenaient là, ils surveillaient la vie du camp. Enfin… si on peut appeler un « camp » un emplacement agrémenté d'une seule tente ! L'abri, planté au milieu d'une étroite langue de prairie séparant la forêt de la rive, n'était occupé que par un homme et une petite fille. À en juger par sa manière de se déplacer, l'enfant n'était qu'un bébé, qui ne dépassait pas les deux ans. L'homme, assis en tailleur, ne la lâchait pas des yeux. Le danger que constituait la proximité de la mer, à peine discernable dans les interstices du mur de roseaux perforants, n'y était vraisemblablement pas pour rien. Une femme rejoignit bientôt le camp. Les proies qu'elle tenait dans le dos indiquaient qu'elle rentrait de la chasse. Son attitude à l'égard du bébé s'avéra chaleureuse. Artelune chuchota :

– C'est plutôt rassurant !

– On y va, alors ? demanda Adélou.

– Attendons Olius ! suggéra Alkan. Il vaut mieux qu'on soit tous d'accord avant de se montrer.

– Il ne devrait plus tarder maintenant ! Je grimpe pour lui faire signe.

Tout en parlant, Berlusin entreprit l'escalade d'un grand arbre. Il était bien sûr hors de propos de crier pour appeler le géant. Mais en rejoignant la zone du tronc, entre les fourrés et les feuilles, il bénéficierait d'une vue dégagée et pourrait manifester sa présence. Exécuté de nombreuses fois durant leur périple, monter jusqu'à la cime des arbres constituait un exercice maîtrisé par tous les enfants. Pourtant, Berlusin éprouva des difficultés. L'arbre battu par les vents marins était glissant. Le garçon s'apprêtait à renoncer lorsque soudain, son pied lâcha sa prise. Berlusin bascula dans le vide, sans penser à retenir un cri. Avant même qu'il ne se relève en se frottant les fesses, le couple du camp avait déjà attrapé leurs arcs. Bandés en direction du hurlement, l'homme et la femme attendaient, méfiants.

– Désolé, je crois qu'on n'a plus le choix ! annonça Berlusin.

Il franchit les mètres qui le séparaient de la prairie, levant bien haut ses bras pour montrer qu'il ne portait pas d'arme. Alkan, Tahar et Adélou le suivirent. Peu après, Artelune se décida.

Dès que l'homme et la femme discernèrent les membres du groupe, ils baissèrent leurs flèches vers le sol, pour s'avancer à leur rencontre. Selon la loi du peuple, la nature protégeait tous les enfants, y compris ces inconnus.

La fillette regarda la petite troupe s'approcher. Elle hésita un instant. Mais son attention pour les étrangers déclina rapidement. Ils étaient bien trop grands pour jouer avec elle. Elle reporta son intérêt sur son scarabée et le suivit en rampant sur le ventre.

– Bienvenue ! annonça la femme en tendant une main ouverte vers les enfants.

Berlusin se réjouit en murmurant :

– Au moins, on parle la même langue !

Artelune s'exprima d'une voix forte :

– Merci à toi ! Nous venons de l'autre côté des terres.

En apercevant la jeune fille, le sourire du couple s'élargit encore. La nature était généreuse. Peu de temps passerait avant que cette enfant s'épanouisse.

– Êtes-vous ceux que les villageois attendaient ?

La question de l'homme déclencha un mouvement de joie parmi le groupe. Ils avaient retrouvé les villageois ! Berlusin demanda aussitôt des nouvelles de sa famille. La femme répondit :

– Ta sœur vit dans la maison voisine de la nôtre. Ton frère et tes parents travaillent à la construction du nouveau village. Ils rentreront dès l'arrivée des grands froids.

– Et Liriana ? s'inquiéta Alkan.

– Votre Grande Mère se porte bien, le renseigna la femme.

Alkan sentit comme un coup d'air frais dans son corps. L'envie de rire et celle de pleurer se mélangeaient sans qu'il ne parvienne à dire un mot de ce qu'il ressentait. Liriana était vivante, et c'est tout ce qui comptait. Mais son soulagement fut balayé par la réponse de la femme à une question d'Artelune :

– Guitin ? Non, il n'y a pas de Guitin parmi les villageois.

Un silence atterré s'abattit sur le groupe. Si Guitin n'avait pas rejoint les villageois, alors une seule hypothèse restait plausible. Les tourneurs l'avaient arrêté et emmené sous la Bulhavre.

Alkan glissa sa main dans sa poche et tripota la bague du Tourneur de Page. La cicatrice sur sa joue le démangeait. Marqué dans sa chair, Alkan se rappelait ce que signifiait une arrestation : être livré à Iriulnik. Entre ses mains, l'avenir, couleur du sang, se limitait au mieux à être torturé, au pire à être son jouet jusqu'à la mort.

Artelune leva la tête et observa longuement le ciel. Comme Alkan avant elle, elle laissait tournoyer une idée en elle. Son frère avait besoin de son aide. Alkan posa sa main sur son épaule. Il se souvenait à quelles folies il se sentait prêt pour délivrer Tahar. Il craignait que la même fébrilité s'empare d'Artelune. L'hiver n'attendrait pas pour chasser les beaux jours. Trouver un abri et de quoi se nourrir, telle devait être leur priorité.

Un peu plus loin, la petite fille poursuivait avec obstination le persévérant scarabée.

***

Couché sur la plus haute branche d'un arbre, juste à l'orée de la forêt, Colard sentait son cœur battre d'allégresse. Il avait suivi la rencontre pacifique entre le couple et les enfants. Le cri de joie qui avait fusé jusqu'à son poste d'observation lui avait permis de tirer une conclusion. Enfin ! Enfin, la traque s'achevait ! Le groupe avait trouvé les villageois. La mission de Colard touchait à sa fin, à une oreille près.

Un mouvement dans les herbes, à peu de distance, attira son regard. L'abominable avançait à son tour vers le groupe. Il traversa la courte langue de prairie entre les bois et le camp. Mais personne ne prêta attention à lui : toutes les têtes étaient tournées vers Artelune, sans que Colard n'en comprenne la raison. Ce qu'il comprenait par contre, c'est que l'arrivée de l'abominable risquait de créer la surprise.

***

La femme observait le visage de la fille prénommée Artelune. Depuis qu'il avait annoncé qu'aucun Guitin ne vivait au village, elle luttait pour empêcher ses larmes de couler. Sur ses traits, on distinguait la danse des émotions, la contraction de la surprise, l'affaissement de la tristesse, la crispation de la colère. La femme admira en silence son courage. Sans conteste, amener cette fille parmi le peuple contribuerait à augmenter son prestige. Elle n'eut pas le temps d'y songer plus avant. Un mouvement dans son champ de vision l'incita à saisir son arc et le bander. Un animal géant dressé de toute sa taille s'apprêtait à attaquer !

Elle ajusta son tir en même temps que le hurlement déchirait ses tympans.

***

Olius les avait rejoints sans bruit. Quand Alkan le vit se dresser, juste à ses côtés, la femme avait déjà sorti son arc. En un réflexe incontrôlé, Alkan se jeta devant son ami, bras ouvert, en hurlant de toute la puissance de ses poumons :

– NOOOOOOOOOOOOON !

La femme retint sa flèche tandis qu'une vague de silence entourait les protagonistes. C'est à peine si on pouvait discerner le bruit de la brise effleurant les herbes et le clapotis de l'eau.

– Écarte-toi ! ordonna la femme.

– Non ! rétorqua Alkan. C'est notre ami. Ne le tuez pas. Vous n'avez rien à craindre de lui.

– On a toujours à craindre d'un animal sauvage.

La femme banda son arc avec plus de force encore. L'abominable ne bougeait pas, Alkan restait debout devant lui. La femme réfléchit rapidement. Elle connaissait la maîtrise parfaite qu'elle avait de son arc : en tirant dans la tête du monstre, elle n'effleurerait même pas le garçon ! Comme si les éléments l'approuvaient, le bruit d'une bestiole plongeant dans l'eau donna le signal.

Elle tira.

Et manqua sa cible.

Le géant, d'un bond puissant, venait de se jeter dans la mer. La femme secoua la tête en regrettant :

– Que de souffrances inutiles ! Sa mort aurait été plus rapide avec ma flèche. Les roseaux perforants le réduiront en bouillie, dans de terribles douleurs.

Tétanisés, tous les enfants regardaient avec effroi le lieu du plongeon d'Olius. Déjà, la mer se teintait de son sang. Des idées paniquées traversaient leurs esprits pour le sauver : lui tendre une peau pour se protéger des roseaux, une perche pour le sortir de l'eau. Mais l'évidence les saisit : ils étaient désarmés, incapables de l'aider.

Et le cri de désespoir qui résonna sur le camp reflétait l'exact contenu de leurs pensées.

Pourtant, ce cri n'était pas le leur.

59
À la mer

Quand le cri de désespoir résonna, les enfants se tenaient debout, silencieux, sous le choc du plongeon d'Olius. L'arc à la main, la femme se retourna, inquiète. Jamais l'homme n'aurait hurlé ainsi sans raison ! Du doigt, il désignait une piste d'herbes couchées, menant du foyer jusqu'à la rive, une piste s'achevant dans la mer. L'horreur transforma le visage harmonieux de la femme en un masque monstrueusement tordu. Sa fille ! La femme courut s'étendre au bord du rivage. Elle plongea son bras dans l'eau, tâtonnant au hasard sans prendre garde aux roseaux qui lacéraient sa peau. Sa fille était tombée à la mer. La mer dans laquelle toute chute s'avérait mortelle.

***

Colard pinça les lèvres. Du haut de son arbre, il avait vu Olius sauter sous la menace des flèches. Et s'il n'avait pas repéré la chute de l'enfant, il avait bien vite compris ce qui s'était passé en observant la réaction de la mère. Là-bas, tous restaient figés. Comme si, soudain, la succession des drames les avait transformés en statues. Et à les regarder ainsi, immobiles, il lui semblait que le temps s'était ralenti, luttant contre l'évidence, peinant à chasser tout espoir. Oppressé par cette scène de désolation, Colard attendit qu'un premier mouvement lui redonne vie, d'une manière ou d'une autre. Mais ce premier mouvement le surprit tellement qu'il sursauta, et manqua de glisser de sa branche. Il se rattrapa in extremis. Malgré ses yeux écarquillés, il ne parvenait pas à croire ce qui se déroulait sous ses yeux.

***

La femme n'exprima aucune surprise quand l'abominable sortit de l'eau. La fourrure souillée de sang, les plaies, les morceaux de chair arrachés, elle regardait les blessures sans vraiment les voir, indifférente.

Les enfants se précipitèrent en courant vers le monstre, l'aidèrent à prendre pied, à se relever. Alors que le géant déployait un violent effort pour remonter sur la berge, la femme n'envisagea même pas d'attraper son arc. Si seulement il se vengeait ! Elle espérait secrètement qu'il l'attaque, qu'il la tue, qu'il la délivre de la douleur qui écrasait son cœur. Sa fille, sa pauvre petite fille. Elle laissa tomber sa tête pour ne plus jamais rien voir.

Elle sentit l'abominable s'avancer vers elle, puissant malgré ses blessures. Mais ni coups, ni chocs ne suivirent. Il ne la frappa pas. Il s'agenouilla à ses côtés et, dans un curieux gémissement accompagné de bruits de bouche, il attrapa son menton entre ses grands doigts pour l'obliger à tourner la tête.

Doucement, il se pencha vers elle jusqu'à ce qu'elle aperçoive sa fille, lovée au creux de son coude. Les larmes jaillirent de ses yeux tandis qu'elle tendait ses mains. Et c'est en saisissant le corps chaud et palpitant qu'elle comprit : sa fille était vivante ! Le sang qui la couvrait était celui du géant. Et c'est à peine si quelques estafilades sur son ventre témoignaient de sa chute parmi les roseaux perforants. La petite toussa avec une vigueur surprenante, crachant autant d'eau que d'air. Puis, redressant sa tête, elle ouvrit la main pour dévoiler le scarabée et balbutia :

– As vu ? S'rabé fini bain.

La femme serra l'enfant contre elle.

– Merci !

Bien que le mot ne fût que murmuré, l'assemblée frissonna. La reconnaissance palpitait au-delà du son. Plus qu'un remerciement, le mot signifiait une chose : jamais plus l'abominable ne serait menacé par un membre du peuple.

***

Soutenu par ses amis, Olius s'étendit, dos sur le sol. Il garda les yeux ouverts dirigés vers le ciel. Il sentit le parfum de la brise marine caresser son visage. Il souffrait, mais il luttait. Car la douleur tentait vainement de l'écarter du spectacle de la vie. Alkan cria son nom. Olius ne discerna qu'un chuchotement, emporté par le vent. Et lorsque ses paupières se fermèrent contre son gré, une onde apaisante se propagea en lui.

60
Les guérisseuses

Assis au chevet d'Olius, Alkan et Artelune plongèrent le morceau de tissu dans une poterie emplie d'eau douce. La femme la leur avait apportée afin de nettoyer les plaies de l'abominable. Un peu plus loin, l'enfant courait maladroitement jusqu'à la tente. Elle semblait si pleine d'énergie qu'il était difficile d'imaginer qu'elle avait manqué se noyer quelques minutes auparavant. Artelune soupira :

– Toutes ces blessures !

Alkan épongea le sang du visage du géant en fronçant les sourcils.

– C'est pire qu'après son passage entre les mains des tourneurs.

L'état pitoyable de leur ami inquiétait tous les enfants. Ses plaies, moins profondes que celles de Tam, étaient trop nombreuses pour qu'on puisse les compter. On aurait dit qu'un être malfaisant l'avait roulé des heures durant dans un buisson d'épineux. Griffures, coupures et déchirures couvraient chaque partie de son corps. Et si l'infection les colonisait, même en déployant le peu d'énergie qui lui restait, Olius aurait peu de chance de survivre.

La femme secoua la tête. Elle ne regrettait pas sa réaction défensive lorsque l'abominable avait surgi devant elle. Tuer ou se faire tuer, la loi de la nature s'appliquait pour toutes les relations avec les animaux. De plus, elle avait déjà croisé un géant de cette envergure, pendant une chasse, et elle n'était pas prête à oublier la vitesse et l'aisance avec laquelle il s'était enfui dans les arbres. Un animal de cette taille et d'une telle habileté constituait indéniablement un danger. Pourtant, un doute ébranlait sa certitude. Elle ne pouvait empêcher la question de tourner dans sa tête : et si le géant n'avait pas plongé pour se protéger de sa flèche ? S'il avait plongé dans le but de porter secours à l'enfant ? La femme haussa les épaules. Même dans les récits des anciens, jamais elle n'avait entendu parler d'un animal doué de compassion. Seuls les hommes avaient atteint le degré d'évolution suffisant pour sauver les faibles.

La voix de sa fille la tira de sa songerie :

– Isseuse ! Isseuse !

L'homme avait déjà rejoint l'enfant. Accroupi devant la tente, il ramassa les guérisseuses. Des soubresauts agitaient les deux boules de poils. Dépourvues de pattes, ces bêtes étaient incapables de se déplacer. Leurs tressautements constituaient l'unique manière de se faire repérer. L'homme tendit les guérisseuses à la femme :

– C'est incroyable ! On dirait bien qu'elles l'ont toutes les deux choisi !

Quand la femme les emporta jusqu'à Olius, elle ne pouvait s'empêcher d'espérer. Elle posa les bêtes contre le flanc du géant. Aussitôt, leurs vibrations s'atténuèrent ne laissant place qu'à un doux grognement, pareil au ronronnement d'un chat. Artelune l'interrogea :

– C'est quoi ?

Interloquée, la femme demanda :

– Tu ne connais pas les guérisseuses ?

– Olius en avait glissé une près de Berlusin, un jour où il était malade. Mais, je croyais que c'était juste un genre de doudou.

Le regard interdit d'Alkan lui confirma leur ignorance. La femme poursuivit :

– Celles-ci sont adultes. On les ramasse dès qu'on les trouve dans les bois, dans la prairie... n'importe où ! On les garde chez nous. Et quand quelqu'un souffre, on approche la guérisseuse, et on attend.

– On attend ?

– Oui. Les guérisseuses ne se nourrissent pas, ne boivent pas. Elles n'ont ni yeux ni oreilles. Parfois, elles meurent sans avoir fait de choix. Mais d'autres fois, elles choisissent un malade. Elles vibrent, se trémoussent et ne se calment que lorsqu'on les pose contre sa peau. Regardez, juste là !

Artelune, Alkan, Tahar, Adélou et Berlusin se penchèrent vers les boules de poils collées contre Olius. Ils distinguèrent de minces filaments blancs qui ondulaient. La femme reprit ses explications :

– Les guérisseuses donnent naissance à des milliers de ces petits vers. Ils traversent la peau, se glissent dans les plaies, s'insinuent partout. On suppose qu'ils nettoient le corps et qu'ils dévorent le mal.

– Ça veut dire que les malades sont assurés de

guérir ?

– Pas toujours. Mais les guérisseuses passent le reste de leur vie à tenter de soigner l'être choisi. Ce qui est étrange…

La femme s'interrompit. Elle hésita un instant puis se décida à aller jusqu'au bout de sa pensée :

– Être choisi par une guérisseuse est une marque de confiance de la nature. Et c'est la première fois que j'en vois deux retenir le même malade. Cet animal doit être important.

– Tu te trompes ! affirma Alkan. Olius n'est pas un animal. C'est un être à part.

Tahar tira le travois jusqu'à l'abominable. Délicatement, il poussa Tam sur le côté et dégagea une place pour Olius. À cinq enfants et deux adultes, ils s'y reprirent à deux fois avant de parvenir à installer le géant sur la plate-forme. Et c'est à trois qu'ils s'attelèrent afin de le tracter à l'abri sous la tente. Allongés face à face, les deux guérisseuses glissées entre eux, Olius et Tam dormaient. La température du vent qui soufflait au-dehors baissa subitement. La nuit ne tarderait pas à tomber. La neige aussi, question de jours.

61
La veillée

Alkan se serra contre Liriana. Assis dans la maison-de-tous, il regardait et écoutait le peuple préparer sa soirée. Depuis la veille, jour de leur arrivée, chaque moment avait constitué l'occasion de parler, d'échanger, de raconter. Lors des retrouvailles, Liriana avait caressé ses mains dans les siennes. Après, Alkan n'avait plus retouché celle qui l'avait sauvé de la Bulhavre. Un peu voûtée, la peau parcheminée, elle était si maigre, elle paraissait si fragile qu'il craignait de la blesser. À la voir ainsi, il imaginait aisément combien la longue marche entre le village et ce bord de terre avait été éreintante. Elle n'en dit pas un mot, mais Alkan se douta que, malgré tout son courage, affronter le froid, le vent et fournir un tel effort avait brisé ses forces.

A contrario, l'impact sur Alkan de son périple en terres inconnues s'avérait positif. Même s'il n'avait pas grandi autant qu'Artelune, il y avait gagné en résistance. Fins et discrets, des muscles taillés pour l'endurance se dessinaient sous la peau de ses cuisses, de ses bras, de son ventre. Le garçon savait qu'après quelques jours de repos, sa nouvelle constitution lui réclamerait du mouvement. Bouger devenait un besoin, et Alkan se voyait mal passer l'hiver au coin du feu. Mais ce soir-là, rester assis ne lui posait pas le moindre souci. Il s'était habitué à l'odeur acide et un peu écœurante de la salle, si bien qu'il l'avait oubliée. Le peuple offrait à ses invités le spectacle de son histoire.

La Grande Mère entama la veillée. Elle tendit le bâton de parole à l'une des femmes. Cette dernière se leva, glissa un doigt sur une pierre du foyer où crépitait une belle flambée et, avec la cendre ainsi récoltée, souligna d'un large trait noir chacun de ses yeux. Les rides de son visage s'animèrent et elle commença son récit, la voix pleine d'emphase.

– Au temps de la grande terre, fécond était le peuple de la vie. Au temps de la grande terre, nul ne craignait l'avenir. Terre, eau, air et feu se donnaient la main. Et leur ronde entourait le peuple de leurs bienfaits. Sacrilège !

Lorsque la femme hurla ce dernier mot, tous les villageois qui assistaient au spectacle, les enfants et les plus âgés qui ne participaient pas au chantier, sursautèrent. La femme récita alors la suite de la légende, ponctuée de termes qui revenaient sans cesse : pollution, dégradation, inconscience. Alkan se laissa bercer par sa voix. Ses pensées s'envolèrent vers Artelune, assise un peu plus loin aux côtés de Berlusin. Comme elle avait changé ! Alkan imagina comment il aurait réagi s'il l'avait rencontrée aujourd'hui. La timidité l'aurait tétanisé ! Soudain, elle leva ses yeux vers lui et, voyant qu'il l'observait, elle lui tira la langue en louchant. Alkan sourit. Sur certains aspects, elle restait décidément la même !

– Combien d'hommes ont ainsi creusé leur propre tombe ?

La question de la conteuse attira l'attention d'Alkan. Il se replongea dans la légende. La femme parlait d'un projet démesuré. Un chantier qui consistait à séparer un morceau de la grande terre, à l'isoler en laissant la mer combler le profond fossé puis à y installer la meilleure des barrières, une ligne interrompue de roseaux perforants. Alkan se tourna vers Liriana pour demander :

– Ce morceau de terre est celui sur lequel nous vivons ? Une île fabriquée par l'homme ?

Liriana approuva en silence.

– Mais ceux qui ont creusé le grand fossé, où sont-ils ?

La vieille femme tapota la main d'Alkan et dit :

– Le Tourneur de Page a restitué cette terre à la nature. L'homme n'avait plus sa place ailleurs que sous la Bulhavre, protégée de la pollution. Les gens d'ici l'appellent la terre saine.

– Pourquoi ? demanda Alkan.

– Parce qu'eux sont restés exposés aux contaminations. La plupart des hommes sont morts, probablement empoisonnés par le Tourneur de Page. Ceux qui ont survécu se sont rassemblés pour former une communauté : le peuple.

– Alors ils sont comme nous ? Des fugitifs ?

– Ils ne fuient pas, ils vivent dans l'espoir de voir leur tribu s'étendre sur cette terre. Mais leurs corps se sont peu à peu transformés, à l'intérieur. Il est difficile pour eux d'avoir des bébés. Voilà pourquoi les mères et les enfants sont si importants.

Une fois encore, la voix de la conteuse le fit bondir, alors qu'elle hurlait :

– La page n'est pas tournée. Notre peuple n'a pas eu de place en terre saine comme les élus. La grande extinction a décimé les hommes qui habitaient la terre sale. Mais notre peuple a survécu ! Et si la nature honore chacune de nos femmes, alors la descendance le perpétuera, à jamais.

La poignée de poussières, jetée sur le brasier par la Grande Mère, s'embrasa en une boule de feu et marqua la solennité du moment. L'histoire du peuple s'achevait, mais pas la veillée. L'homme du camp avancé se leva, et proposa de raconter l'arrivée des enfants. Le bâton de parole passa de main en main, jusqu'à lui, accompagné par le brouhaha des discussions.

Alkan sentit le regard d'Artelune l'appeler. D'un geste impérieux, elle lui donna rendez-vous dehors. Alkan fit mine d'être contrarié. Mais les derniers mots de la conteuse s'avéraient ceux de trop. Il avait des fourmis dans la jambe gauche, depuis le pied jusqu'aux genoux. Prendre l'air lui ferait le plus grand bien. Liriana l'approuva. Il profita du bruit pour s'éclipser.

Dehors, les flocons qui commençaient à peine à tomber au début de la veillée, formaient déjà un mince tapis blanc. Alkan pencha la tête en arrière pour attraper quelques billes blanches sur la langue. Il dit :

– Heureusement qu'on a évité la neige pendant les trois jours de marche entre le campement des éclaireurs et ici. Imagine-nous, harnachés avec le travois ! Olius et Tam étaient si lourds que leur poids aurait pu nous entraîner sans que rien ne puisse stopper la glissade !

– Des glissades comme ça ?

Joignant le geste à sa question, Artelune poussa Alkan dans le dos en même temps qu'elle lui faisait un croche-pied. À peine était-il tombé à terre, qu'elle forma une boule de neige et la lui lança. Mais le garçon resta assis, sans repartie. Artelune s'inquiéta :

– Tu t'es fait mal ?

– Non, c'est juste que j'ose pas.

– Tu n'oses pas abîmer la neige ?

– C'est de te voir, là, tellement changée, bafouilla Alkan, tu ressembles à… tu as grandi, voilà. Et moi pas. Je suis toujours pareil, un petit gamin.

– Toujours pareil ! se mit en colère Artelune. Toujours aussi zigouillou, oui ! Tu vas voir si tu vas hésiter longtemps… j'en ai déjà bien assez de la rabat-joie chez laquelle ils m'ont collée, tu ne vas pas te mettre à jouer le sérieux avec moi !

Et d'un grand mouvement de pied, elle propulsa vers le visage du garçon une pleine bottée de neige. Alkan se redressa aussitôt. Les deux bras tendus vers l'avant, il imita un homme privé de sa vue et, alors qu'il passait à côté d'Artelune, il se détourna subitement, se jeta sur elle et la renversa à terre. Dans la bagarre qui suivit, la neige vola autant que les rires. Quand enfin, essoufflés, ils renoncèrent au combat, ils restèrent étendus sur le dos, côte à côte, observant le torrent continu de flocons qui dégringolaient vers leurs visages. Alkan parla le premier :

– C'est qui la rabat-joie ?

Artelune soupira :

– Adélou, Tahar et toi, vous avez de la chance d'être hébergés avec Liriana. Moi, je suis tombée dans une famille avec une fille de mon âge.

– C'est pas ton genre ?

– Ah, non ! Son seul sujet de conversation, c'est les bébés. Grandir pour avoir un bébé, honorer la nature, blablablabla. Non mais, tu imagines, penser à ça à son âge ! Que je parle de chasse, de blague ou que je lui raconte nos aventures, elle s'en fiche ! Comme si la vie se résumait pour elle à avoir un enfant.

– Ce n'est pas moi qui aurais envie de devenir un vieil adulte rassis aussi vite !

– Toi, tu risques rien, Alkan. C'est moi qui finirai par moisir dans cette famille d'accueil ! Je ne sais même pas si j'aurai la patience d'attendre le retour des villageois. Berlusin m'a promis de solliciter les gens qui hébergent ses parents pour me loger avec eux. D'ici là…

– Je sens qu'on va bientôt te voir débarquer chez Lali, mais je te préviens, il n'y a plus de lit disponible ! ironisa Alkan. T'as de la chance, Tam va beaucoup mieux. Tu pourras toujours lui demander de te réserver une petite place sur sa couverture.

– Ou convaincre gentiment quelqu'un de dégager de sa place. Je connais une technique.

Elle attrapa une poignée de neige, la glissa dans le cou d'Alkan. Le garçon sauta sur ses pieds et tenta de sortir les flocons gelés de son vêtement avant qu'ils ne fondent au contact de sa peau. Artelune tourna sur elle-même jusqu'à occuper la place d'Alkan. Elle commenta, le sourire aux lèvres :

– Une technique glacée… et testée avec succès !

La neige dansait au gré du vent. Cinq minutes auparavant, Alkan et Artelune chahutaient dans la rue. Ils se tenaient désormais assis sous le porche d'une petite maison du hameau.

– À quoi tu penses ?

Artelune haussa les épaules avant de répondre à Alkan.

– J'y pense tout le temps. Tous les jours, encore plus souvent depuis notre arrivée au camp des éclaireurs. Je pense à lui et mon cœur tremble. Est-ce que tu crois qu'il va bien ?

Alkan prit la main d'Artelune dans les siennes, et la serra contre lui. Elle parlait de Guitin, bien sûr. Il était bien placé pour mesurer combien l'absence d'un frère devenait un tourment de tous les instants. Comme Alkan avait craint pour la vie de Tahar, Artelune s'inquiétait de celle de Guitin. Disparu du village, de la grotte, isolé des villageois, il n'avait pas été recueilli par les abominables. Alkan répondit :

– Je crois qu'il faut garder espoir.

– Je ne resterai pas là sans rien faire, tu sais.

– Je sais.

Alkan ne mentait pas. Dès le moment où la femme du peuple leur avait appris l'absence de Guitin, il avait compris. Leur séjour ici ne durerait qu'un hiver. Et quoi qu'Artelune décide de faire, il serait avec elle.

62
L'ombre

Le crissement de la neige sous ses pieds le fit hésiter. Les maisons semblaient désertes. Tous les habitants s'amusaient dans le grand bâtiment. Mais Colard restait prudent : si quelqu'un le surprenait, il risquait gros !

Voilà cinq jours que la rencontre entre les enfants et les éclaireurs avait eu lieu. Trois jours durant, le groupe avait marché pour rejoindre le hameau, tous se relayant pour tirer le lourd travois chargé de l'abominable et du chien. De loin, impossible d'identifier leur état. Étaient-ils encore vivants ? L'absence de mouvement incitait Colard à songer que dans tous les cas, la mort ne tarderait pas. Les deux jours suivants, il avait observé les allées et venues des gens du peuple. Alkan habitait un peu à l'écart, dans une cahute isolée du reste du hameau. Pas assez isolée cependant pour que

Colard puisse l'attaquer en toute discrétion.

La neige s'invita dans la partie sans que Colard ne l'ait sentie arriver. Les saisons changeaient si rapidement en Outre-Monde ! Moins de dix jours auparavant, il ignorait comment lutter contre la lourde chaleur qui lui collait au corps. Et tout à coup, après que le vent eut forci, le froid était tombé. La neige n'avait pas tardé à suivre. Le garçon frissonna. Il devait remplir sa mission, et vite, ou il risquait de geler sur place.

Colard longea le mur d'une maison. Arrivé au coin, il s'arrêta. Les deux peaux, qu'il venait à peine de voler, pendaient à son bras. Il s'avança d'un pas, mais se rejeta aussitôt en arrière. Là-bas, un peu plus loin, deux personnes étaient couchées au travers de la rue. Installées sur le dos, la probabilité qu'elles l'aient aperçu s'approchait du zéro. Mais Colard refusa de courir un risque supplémentaire. Il stoppa son repérage, rebroussa chemin, traversa l'étendue d'herbe balayée par le vent, et regagna le trou creusé au pied d'un arbre de la forêt. Là, il se terrait, tel un animal se protégeant des rigueurs de l'hiver. Jambes et bras repliés, il disposa les deux peaux volées autour de lui. Se réchauffer lui permettrait de patienter. Depuis des mois qu'il attendait l'issue de sa mission, la neige ne le détournerait pas de son objectif. Il soupira et parla à voix basse :

– Alkan finira par se montrer. Et là…

63
Arrêt de chantier

– Berlusin !

Le cri figea tout le groupe durant une seconde. Jusque-là, le retour des villageois s'était déroulé dans la discrétion. Aucun d'entre eux ne parlait. Le bruit de leurs pas se perdait dans le sifflement du vent qui balayait les rives sans répit. Après la longue marche depuis le chantier, tous ressentaient de la fatigue. À cette lassitude s'ajoutait le froid de la neige, picotant leur visage au gré des bourrasques. Mais, quand la mère de Berlusin aperçut une silhouette bien connue au milieu du chemin, son cri résonna d'une vitalité insoupçonnée.

Berlusin courut vers les villageois. Le groupe était trop compact, et la neige trop drue pour qu'il parvienne à distinguer les membres de sa famille. Mais ce cri, il l'aurait reconnu même au milieu d'une tempête.

Les retrouvailles entre la mère et son fils, après des mois de séparation, d'incertitude et de doute, offrirent un spectacle entre comique et émotion. Elle le serra contre elle, puis, à peine deux secondes après, le repoussa brutalement afin de mieux constater combien il avait grandi. Puis, elle le tira à nouveau dans ses bras, l'écrasant de toute la puissance de ses muscles. Quand enfin elle se résolut à le lâcher, elle trépigna en frappant ses mains l'une contre l'autre. Son bonheur était trop violent pour s'accommoder d'un comportement digne et maîtrisé. Mots bafouillés, exclamations interrompues, éclats de rire et larmes de joies parsemaient la scène de sons surprenants.

Nul ne songea à s'en moquer.

Le père de Berlusin posa son bras sur l'épaule de son fils. Et d'un mouvement si puissant que Berlusin trébucha, il l'attira vers lui pour enfouir son visage dans sa chevelure. Juste à côté, la sœur et le frère de Berlusin lui souriaient, attrapant ses mains pour les serrer. Les villageois, heureux pour leurs amis, s'écartaient en formant une ronde autour de la famille.

Awim s'éclipsa rapidement, pressé de rentrer retrouver Liriana. Son cœur battait plus fort encore que les coups de masse sur le chantier. Il n'osait laisser son espoir l'envahir, de crainte d'être déçu. Mais il eut beau lutter, l'image d'un Alkan en bonne santé s'imposa dans sa tête. Si seulement le garçon avait rejoint le peuple, lui aussi ! Awim courut jusqu'à la maison de Lali et sans même penser à frapper, entra dans la demeure. Il s'arrêta, terrassé par la joie. Alkan se tenait là, debout, souriant. Awim l'entendit dire :

– Tu sais que tu peux refermer la porte, avant qu'on ne soit tous transformés en glaçons ?

Awim n'en fit rien. Il s'avança jusqu'au garçon, et le serra si fort dans ses bras que ses pieds décollèrent du sol. Quand il le reposa, il essuya ses larmes et regarda autour de lui. Lali s'appuyait contre la porte qu'elle venait de repousser. Liriana lui souriait devant la cheminée, un chien couché à ses pieds. Installés à table, deux garçons inconnus le dévisageaient. Mais ce fut l'être géant, couché sur le lit tout au fond de la pièce, qui le surprit le plus. Était-il possible qu'un abominable habite la cabane ? Awim demanda à Alkan :

– Tu nous présentes ?

Lorsque tout le monde se trouva autour de la table, la discussion s'anima. Tant de choses méritaient d'être échangées, partagées ! Chacun raconta, un mot appelant une phrase, un jour en rappelant un autre. Et malgré l'apparent désordre de la conversation, Awim reconstitua la chronologie des événements vécus par les enfants tandis que les trois garçons découvraient le long périple des villageois au travers des terres inconnues balayées par l'hiver.

Un peu à l'écart, Olius écoutait, le corps constellé de cicatrices. En l'observant se balancer doucement d'avant en arrière, Awim pensa qu'il se laissait bercer. Il avait pourtant compris, dès qu'il s'était approché pour le saluer, que l'abominable disposait de grandes capacités, notamment celle d'évaluer si Awim lui voulait du mal.

Alors qu'Adélou finissait de lécher la dernière cuillère de crème à la betterave, Olius se leva, avec difficulté. Se déplacer dans un espace aussi exigu que la cabane constituait un défi qu'il renouvelait chaque jour depuis son arrivée. Même cicatrisées, ses plaies le faisaient encore souffrir. Il ne cessait de se cogner, tantôt à un meuble, tantôt à un mur. Devant la cheminée, il heurtait même la poutre de charpente, un peu plus basse que les autres. Maladroitement, Olius slaloma entre les chaises et le sac abandonné sur le sol par Awim. Puis, il posa sa main fermée sur la table et lentement, déplia ses doigts. À l'intérieur, il tenait les deux guérisseuses.

– Or ! annonça-t-il.

Lali répéta :

– Elles sont mortes ?

Olius approuva d'un hochement de tête.

– Les guérisseuses ont achevé leur ouvrage, dit Lali. Quand tu es arrivé ici, tes forces, déjà maigres, déclinaient. Elles t'ont choisi et ont retenu la vie en ton corps et ton esprit. Et parce que vous avez partagé le même travois, collés l'un à l'autre, elles ont également soigné Tam. Elles t'ont guéri, c'était leur destin ! Sais-tu comment leur rendre hommage ?

Olius abaissa ses paupières et secoua la tête. Il l'ignorait. Lali poursuivit :

– Porte-les dans la forêt. Trouve un bel endroit, un matelas de mousse, un trou empli de feuilles séchées ou le creux d'un arbre, et pose-les là.

Olius referma ses doigts, et gagna la porte. Alkan lui sourit, le cœur serré.

– Veux-tu que je t'accompagne ?

Olius déclina sa proposition en langue abominable, et sortit.

Alkan baissa les yeux sur la table. La guérison d'Olius était incroyable, mais indéniable. Et pourtant, le garçon sentait que son ami n'était pas heureux. Son malaise dépassait le simple fait d'évoluer avec difficulté dans un espace restreint. Si Olius restait chez Lali, c'était pour demeurer auprès de ses amis. Il avait tant partagé avec eux ! Mais, il savait que l'inéluctable s'approchait. Un jour, il devrait les quitter. Vivre dans une maison, au cœur d'un village d'humains, le rendait trop malheureux.

Alkan soupira. Mécaniquement, il tira le pot de crème jusqu'à lui, et constata qu'il arrivait trop tard. Awim lui sourit :

– Je vois que tu n'as rien perdu de ton appétit !

La conversation reprit de plus belle.

64
Bande à part

La fête de l'hiver se doublait cette année d'une deuxième occasion de se réjouir : le retour des villageois et leurs retrouvailles avec les enfants. Tout le peuple œuvrait selon le programme établi par la Grande Mère. Les préparatifs battaient leur plein. Actionné par sa roue à vent, le puits déversait des seaux d'eau fraîche dans lesquels infusaient des fruits et plantes séchés. Victuailles, plats de prestige, musiques et légendes, tout était prévu pour que la cérémonie dépasse toutes les veillées que le peuple avait organisées jusque-là.

Lorsque la nuit tomba, l'attente était perceptible dans les voix, les mouvements, les regards de ceux du peuple. Depuis déjà deux heures, Berlusin chantait à tue-tête. Il tentait de convaincre ses amis de danser avec lui. Devant leur manque d'enthousiasme, il réquisitionna une petite ribambelle d'enfants pour former des farandoles débordantes d'énergie. La joie éclairait les visages comme les cœurs. La fête s'annonçait majestueuse !

Enfin, la porte de la maison-de-tous s'ouvrit. Berlusin, tête haute, pénétra le premier, suivi de sa famille. Artelune franchit le seuil, accompagnée de Liriana. Adélou et Tahar entrèrent à leur tour. Mais alors qu'Alkan et Olius s'apprêtaient à s'engouffrer dans la bâtisse, Alkan fit demi-tour et repartit en courant :

– Ne m'attends pas Olius, j'en ai pour deux secondes !

Le temps de rejoindre la maison de Lali, de caresser Tam qui se levait pour réclamer son attention et de revenir, les deux secondes se transformèrent en cinq minutes. À son retour, il tenait son poing serré dans sa poche. Il avait enfilé à son doigt la bague de la tourneuse-alpha. Le frère et la sœur de Berlusin souhaitaient la voir. Il avait failli l'oublier, mais pas question de manquer à sa promesse ! Il la montrerait, puis il la cacherait à nouveau, roulée dans une feuille sèche et rangée dans sa besace en peau. Il franchit le seuil de la maison-de-tous, traversa le hall de l'entrée, mais s'arrêta avant de pousser la porte derrière laquelle résonnaient des conversations animées. Olius se tenait debout dans le sas, face contre mur, immobile. Interloqué, Alkan s'approcha.

– Olius ?

L'abominable lui tournait le dos et ne réagit pas. Quelque chose n'allait pas. Alkan savait combien Olius était sensible. Il se plaça à ses côtés, face à la cloison et, sans le regarder, demanda :

– Est-ce que je peux t'aider ?

Olius soupira longuement. Alkan resta silencieux. Il patienta jusqu'à voir les mains de l'abominable bouger imperceptiblement. Olius parlait comme sa tribu avait l'habitude de le faire lorsque le sujet touchait au domaine des émotions. Ce qu'il disait n'était lisible que dans le ballet d'ombres de ses mains. Mais la lumière, à peine suffisante pour distinguer les traits du visage, ne créait pas d'ombres assez franches pour être décryptées. Alkan s'apprêtait à le lui expliquer quand la porte intérieure s'ouvrit, déversant son flot de bruits de fête. La Grande Mère la referma derrière elle.

– Eh bien Alkan, tu fais bande à part ?

– Désolé pour le retard.

Il hésita un instant à mêler la vieille femme à la situation, puis il se décida à demander :

– Sais-tu, Grande Mère, pourquoi Olius est ressorti ?

– Il n'est pas ressorti, il n'est pas entré.

Après un court silence, elle ajouta d'un ton déterminé :

– Et il n'entrera pas.

La stupeur se dessina sur le visage du garçon. Malgré le bruit qui passait au travers de la cloison, il était certain d'avoir bien compris. La Grande Mère tapota son épaule et lui sourit :

– La maison-de-tous est réservée aux humains. C'est ainsi depuis toujours.

– Olius n'est pas un homme, bien sûr, mais il est un être qui…

Alkan n'acheva pas sa phrase. La vieille femme l'avait bâillonné d'une main, les doigts posés en travers de sa bouche.

– Dans la forêt, il existe des êtres comme Olius. Tu as apprivoisé l'un des leurs, mais cela ne suffit pas à le transformer en humain, digne d'être accueilli dans la maison-de-tous.

D'un geste brusque, Alkan écarta la main de

son interlocutrice. Il fronça les sourcils et serra les poings, tentant de toutes ses forces de maîtriser la colère qui grondait en lui. Sa voix grave et glacée le trahit :

– Je n'ai apprivoisé personne. Olius pense, parle, ressent des émotions et les partage. Sa tribu se transmet une culture. Si quelqu'un a été apprivoisé dans cette histoire, c'est moi !

La Grande Mère ne se départit pas de son calme. Elle le regarda, sans sourire, sans que son visage n'affiche la plus petite expression. Alkan se sentit ridicule, avec sa respiration haletante, ses joues cramoisies et ses sourcils en « V ». Elle ne lui laissa pas le temps de se reprendre. Sa voix indifférente, à la limite de l'ironie, asséna :

– Le peuple respecte cet usage depuis ses origines. Crie, hurle, et appelles-en à la justice si tu veux. Celui-ci - d'un coup de menton, elle désigna Olius - restera dehors. Qu'il s'estime heureux d'avoir un toit. Il a sauvé une enfant et je lui en suis reconnaissante. Mais sache qu'hormis cette Lali sans cervelle, aucun membre du peuple n'aurait accepté de lui ouvrir sa demeure. S'il est couvert de poils, c'est bien que la nature l'a doté d'un moyen de se protéger du froid !

Sans attendre sa repartie, la vieille femme pivota sur elle-même, poussa la porte d'une main, et s'engouffra dans la grande salle.

– Tu parles d'une maison-de-tous ! se fâcha Alkan en cognant le mur avec son poing.

Il pointa son doigt vers Olius qui avait renoncé à lui tourner le dos.

– Et toi ? Tu ne pouvais pas te défendre ? Tu ne pouvais pas crier, râler, menacer ? Faire n'importe quoi, mais réagir ! Ré-a-gir ! C'est pas compliqué !

Olius baissa la tête. Alkan poursuivit :

– Je sais ! Tu ne te défends pas. C'est ta culture, tout ça. Mais ça m'énerve ! Et à ce que je sache, j'ai encore le droit de dire ce qui me hérisse les poils, parce que tu n'es pas le seul à en avoir !

La porte claqua derrière lui. Alkan venait de sortir, trop en colère pour songer à rejoindre la fête, trop désarmé pour rester aux côtés de son ami. Dans la rue, il ne sentit pas le froid. De la main gauche, il triturait la bague de tourneur enfilée sur son index. Il regagna la maison de Lali à grandes enjambées. À l'intérieur, Tam souleva péniblement une paupière avant de la laisser retomber sur ses rêves. Même si toutes ses blessures s'approchaient de la guérison, il se trouvait trop bien près du feu pour ressentir l'envie d'en bouger ! Alkan ressortit.

La lune éclairait les alentours du village. C'est alors qu'il la vit. Une silhouette, qu'il aurait juré être humaine, marchait en lisière de forêt. Alkan s'avança dans la prairie, dans sa direction. La silhouette s'immobilisa et, aussi soudainement qu'elle était apparue, elle disparut dans l'obscurité des arbres. Alkan hésita. La curiosité avait pris la place de la colère. Mais un soupçon de prudence le retenait encore. Il réfléchit. Les mégacérours évitaient les alentours du hameau. Et sa bague jouerait le rôle d'arme si d'aventure un petit carnivore l'attaquait.

Alkan chemina droit vers les bois. Il ne pouvait pas voir la silhouette, retranchée en haut d'un arbre, qui l'attendait, les lèvres déformées en un rictus déterminé.

65
Ennemis

Quelle claque ! Alkan manqua de tomber. Dès qu'on sortait des murs protecteurs du hameau, le vent soufflait à toute force ! Alkan se pencha sous la bourrasque et poursuivit sa marche, plié en deux. Arrivé en lisière de forêt, il s'arrêta, le temps de s'habituer à l'obscurité. Car si la lune déversait sa lumière sur la prairie, elle peinait à traverser les feuilles persistantes. Alkan hésita. Il n'avait pas de doute sur ce qu'il avait vu. La silhouette s'était réfugiée dans la forêt, en passant pile à l'endroit où il se tenait. Mais il ne se sentait pas très rassuré. Ici, les grincements des arbres s'ajoutaient au sifflement du vent. Pas besoin de beaucoup d'imagination pour reconnaître les ricanements d'un monstre. Et cette odeur ! Celle de bois pourri, qui aurait alléché un abominable à la recherche de larves. Elle repoussait Alkan aussi sûrement qu'une barrière.

– Dégagez !

Alkan accompagna son ordre d'un grand coup de pied destiné à chasser les insectes nocturnes tout autant que son appréhension. Il répugnait à marcher à l'aveuglette sur un sol humide. Il attendit encore un peu, sans discerner de mouvement dans la forêt.

Était-il bien nécessaire de poursuivre ses investigations ? Il songea revenir dans la maison-de-tous, annoncer à Artelune la remarque de la Grande Mère vis-à-vis d'Olius et y ajouter sa découverte d'une silhouette humaine. Il savait qu'elle lui demanderait : « Alors, qu'est-ce que tu as fait ? » Il haussa les épaules. Pas question qu'un petit « rien » n'introduise de la déception dans le regard qu'Artelune lui portait. Il avait maintes fois marché dans les bois, la nuit, lors de leur long périple au travers de terres inconnues. Cette fois-ci ne différait pas des précédentes. Entrer dans la forêt, écouter, observer. Et voilà. Pas plus compliqué que ça.

Il se glissa entre les troncs, gardant l'oreille tendue. Il n'entendit rien de spécial, ne sentit rien d'anormal, ne perçut aucun mouvement. Jusqu'au dernier moment.

Lorsque l'attaquant sauta d'un arbre sur son dos, Alkan s'étala au sol, le souffle coupé. Déjà, l'assaillant s'activait, attrapant un bras pour le relever bien haut vers la nuque. À nouveau, la colère envahit Alkan. Il ne ressentait plus de peur, oh non ! Son énergie provenait du plus profond de lui, du cœur de sa fureur. Ses colères s'ajoutaient les unes aux autres jusqu'à se transformer en haine. Ses parents loin de lui, le village détruit, les souffrances de Berlusin, de Tam et d'Olius, la manière indigne dont le peuple traitait l'abominable lui donnaient envie de hurler ! Une boule de rage flamba en lui. Et alors que l'attaquant croyait déjà le maîtriser, Alkan se retourna dans un violent mouvement de torsion de son dos. Surpris, l'adversaire lâcha son bras, et entreprit de frapper à l'aveuglette. Alkan pivota une fois encore, se retrouvant à genoux face à son assaillant qui se redressa. Leurs poings jaillirent et martelèrent les chairs. Un sonore ahanement s'ajouta aux bruits de la forêt, alertant tous les animaux d'une menace imminente. Alkan entoura son attaquant de ses bras et tenta de le coucher à terre. Luttant en corps à corps, il sentit peu à peu l'autre perdre de sa force et s'incliner. Mais quand son adversaire rompit son équilibre, ce fut si brusquement, qu'il emporta Alkan avec lui et le roula dans la boue jusqu'à s'asseoir sur son torse. Alkan se découvrit impuissant, allongé sur le dos, les bras maintenus plaqués contre son corps, emprisonnés par des cuisses serrées en étau. Alkan agita désespérément ses pieds et ses jambes, tentant en vain de pivoter sur le ventre. Jusqu'à ce qu'une pointe glacée le picotât au cou. L'autre le menaçait d'un poignard. Alkan s'immobilisa.

– Au moins, tu auras eu ta chance !

Alkan dressa l'oreille. La voix de son adversaire lui était familière. Il la connaissait, il en avait la certitude, mais sans réussir à mettre un visage dessus. Lorsque soudain, une étincelle de mémoire l'éclaira.

– Colard ?

Comment le garçon discipliné vivant sagement sous la Bulhavre pouvait se retrouver à des centaines de kilomètres, au bout des terres inconnues ?

– Tu as du mal à le croire pas vrai ? Mais oui, c'est bien moi, Colard.

– Colard ? C'est…

Tant de questions à poser, mais une seule bouche pour parler ! Alkan s'interrompit.

– Qu'est-ce que je fais là ? Tu aimerais bien le savoir ! Je vais te le dire. Mais ne bouge pas, sinon…

Colard se pencha vers Alkan, et déplaça son couteau pour glisser la lame entre son oreille et son crâne. Il poursuivit :

– Au moindre mouvement, j'effectue ma mission. Une oreille. Et puis l'autre.

Alors Alkan ne bougea pas. Il écouta Colard parler. Iriulnik venue le chercher. La découverte du centre de fin de vie et la douleur insupportable infligée par ses propres émotions. La formation au collège des potentiels. Et la longue traque, des semaines durant.

– J'ai mangé des insectes, des serpents. J'ai rampé dans la boue. J'ai tout fait pour rester invisible. Et j'ai réussi.

La tête d'Alkan esquissa un non. Impossible ! Colard ajouta :

– Le chien savait que je vous suivais. Il venait chaque soir se faire caresser. C'était la seule présence amicale que je voyais jusqu'à ce que…

Enfin, bon… Saleté de mégacérours, je ne l'ai pas raté !

– C'était toi, la flèche ? J'étais certain d'en avoir entendu une blesser ce monstre.

En même temps qu'il s'exclamait, Alkan bougea la tête. Une goutte de sang perla à son oreille.

– Bien sûr ! Je n'allais pas le laisser gâter la marchandise !

Colard regarda le sang couler doucement le long du cou d'Alkan. Même habitué à l'obscurité, il hésitait à reconnaître de quoi il s'agissait. Il précisa :

– Tu saignes !

Alkan s'en moquait. La douleur physique ne le touchait pas. C'était le désespoir, mêlé de culpabilité, qui occupait tout son esprit ! Tout était fichu. Tout ce qu'il avait fait n'avait servi à rien ! Iriulnik ne se contenterait pas de ses oreilles. Elle n'aurait de cesse d'emmener son armée de tourneurs pour détruire les vies des habitants de l'Outre-Monde. Son appétit de pouvoir n'épargnerait pas le peuple de la Grande Mère. Et c'était lui, Alkan, qui avait joué le rôle de guide pour le pire des monstres ! Il avait trahi ses amis et tous les villageois qui l'avaient accueilli en leur sein, sans condition, sans réticence, avec confiance. Ils étaient condamnés, par sa faute.

Alors que ses pensées noires l'envahissaient, Alkan sentit soudain la pression du poignard se relâcher. Sans prévenir, Colard se redressa, libérant ainsi son prisonnier. Abasourdi, Alkan se rassit. Son sang circula à nouveau dans ses membres, accompagné de fourmillements. Ils empêchaient toute tentative de se lever. Mais sa stupéfaction augmenta encore quand Colard lui jeta son arme, veillant à ce qu'Alkan puisse l'attraper par le manche sans se blesser. En un mouvement réflexe, Alkan le saisit. Son adversaire s'assit alors à ses côtés et dit :

– Je te déteste, Alkan. Je te déteste, car tu as brisé ma famille, tu as saccagé mon rêve. Une tunique aurait suffi à mon bonheur ! Je te déteste. Mais je ne peux pas. Te tuer, l'oreille, tout ça, je ne peux pas.

La voix du garçon s'étrangla. Il déglutit bruy amment, prit une longue inspiration puis poursuivit en un seul souffle :

– Je n'ai pas d'autre solution. Quand je vous

suivais, j'arrêtais pas d'y penser. Tuer ou s'allier.

Le cri claqua comme un coup de fouet :

– Je suis plus fort que toi, je n'ai pas besoin de poignard !

Alkan laissa Colard reprendre sa respiration. Il le sentait trembler, comme si la rage qui habitait Alkan quelques instants auparavant avait changé de camp. Enfin, Colard se décida :

– Tu te rappelles de Piupy, ma petite sœur ?

Alkan fronça les sourcils. Il se souvenait d'un bébé s'esclaffant lors de ses premiers pas.

– Iriulnik la retient en otage.

Une grimace de dégoût déforma le visage d'Alkan :

– S'attaquer à un bébé ! Cette Iriulnik ne mérite pas de vivre !

Colard ajouta :

– C'est pire que ça ! Elle a pris Piupy avec elle, comme si elle était sa fille. Elle...

Une remontée acide lui brûla l'œsophage et empêcha Colard de terminer sa phrase. Il cracha sa salive et poursuivit :

– Elle la transforme. Elle la modèle à son image. Même si je rentre avec tes oreilles, ça ne changera rien. Tu comprends à quel point j'ai besoin de toi, Alkan. Maintenant que je suis là avec toi, maintenant que je sais que je suis le plus fort, je ne vois qu'une évidence. Qui d'autres que des fugitifs pourraient sortir ma sœur des griffes de ce monstre ?

Guitin, Piupy, combien d'autres enfants souffraient du comportement déviant d'Iriulnik ? Avant même de prendre sa décision, Alkan sut qu'il n'avait pas le choix. Fuir en terres inconnues et se terrer au sein du peuple n'était pas une solution. Ce ne serait jamais une solution. Sa vie l'attendait sous la Bulhavre. Il annonça simplement :

– Compte sur moi, je t'aiderai.

Le choc les prit au dépourvu. Au début, gêné par l'obscurité, Alkan ne comprit pas ce qu'il se passait. Une boule hérissée de bras et de jambes s'agitait à l'endroit même où se tenait Colard une seconde auparavant. Quand la boule s'immobilisa, il découvrit Tahar, juché sur le dos de Colard, maintenant ses deux bras bloqués en arrière, prisonniers. Le nouveau venu s'exclama à l'oreille de Colard :

– Tu croyais que j'allais te laisser blesser mon frère ? Il fait peut-être noir, mais je t'ai reconnu monsieur le parfait tourneur qui connaît le manuel par cœur !

– Arrête ! intima Alkan.

Tahar fronça les sourcils.

– Arrête, je te dis ! répéta Alkan. Il ne nous veut pas de mal, il est dans notre camp !

Tahar libéra son adversaire, tout en grommelant à l'intention d'Alkan :

– Pour une fois que c'est moi qui viens à ton secours !

Puis, il plaça son pouce et son index dans sa bouche pour siffler. Mais il tremblait et il eut beau souffler, aucun son ne sortit.

– Alkan, siffle, s'il te plaît ! Olius nous a prévenus, et tous les autres attendent mon signal pour s'approcher. S'ils ne reçoivent pas de nouvelles rapidement, ils retournent chercher du renfort !

Il ne fallut pas plus d'une minute à Artelune, Adélou, Berlusin et Olius pour rejoindre le petit groupe. Même Tam était de la partie, tout guilleret de retrouver le garçon solitaire. Colard recommença son récit. Lorsque les phrases s'étranglèrent dans sa gorge, en contant les malheurs de Piupy, Alkan prit le relais. Il conclut en affichant sa décision de retourner à la Bulhavre pour l'aider. Le silence qui suivit le surprit. Mais pas autant que la réponse de Colard.

Ni merci, ni approbation, le garçon chercha ses mots pour dire :

– Il y a autre chose… Je vous ai expliqué qu'au centre de vie, Iriulnik m'a montré comment se déroulait la création d'énergie à partir des émotions. Il faut que je vous dise : je connaissais la femme qui subissait cette épreuve.

Il jeta un œil à Alkan et Tahar, et chuchota.

– C'était votre mère.

Sans leur laisser le temps de réagir, il enchaîna dans un torrent de mots :

– Les émotions sont puissantes, trop puissantes. J'ignore si elle a réussi à survivre. Mais je sais une chose. Elle était enceinte. Le directeur du collège est venu me chercher là-bas. Avant de repartir, il est descendu avec Iriulnik dans les prisons. Quand il en est remonté, il dissimulait quelque chose. J'ai fait semblant de ne pas m'en apercevoir, mais j'en suis sûr : il cachait un bébé dans ses bras.

Alkan et Tahar échangèrent un regard. Tout à coup, ils se sentaient plus forts. Quelque part sous la Bulhavre grandissait leur petit frère ou leur petite sœur.

66
Le réseau

L'éclat de rire de l'enfant arracha un sourire à Toache. À chaque tentative réussie pour attraper son pied, le bébé s'esclaffait, déversant un torrent de joie autour de lui. L'autre bébé prenait alors le relais, en un concert de félicité.

Penchée au-dessus de la couverture sur laquelle les deux bébés s'amusaient, Canile sourit à son tour :

– Depuis deux jours, elles ont trouvé le truc. On dirait que rire les fait rire !

Toache répondit :

– Rien ne peut empêcher l'énergie de la vie de faire son chemin en chacun de nous.

Sans un mot, Canile s'engagea dans les escaliers. Toache la suivit dans la chambre des enfants. Là, la femme glissa son bras sous le matelas, et lui tendit un paquet en murmurant :

– Je n'ai pas pu prendre beaucoup. Il y a peu de stocks dans la pharmacie et elle compte tout, tu sais.

Toache hocha la tête. La directrice Sybel, qui l'avait dépouillé de toutes ses missions, menait d'une main de fer le collège. Sa soif de tout maîtriser n'avait d'égal que son appétit de pouvoir. Humilier Toache était son jeu préféré. Mais ce dernier usait de ce prétexte pour s'enfermer dans son bureau. Malgré sa vigilance, le groupe des révoltés avait poursuivi ses rencontres. Le plan touchait à sa fin. Toache avait réfléchi à chaque élément, du plus anodin au plus important. Il passait également du temps auprès de Guitin. Grâce aux médicaments et aux vivres que Canile volait à l'approvisionnement, le bagnard se remettait lentement sur pied.

Le paquet à la main, Toache et Canile redescendirent rapidement au rez-de-chaussée. Il était temps pour Toache de s'en aller. Une trop longue visite aurait pu déclencher la suspicion des voisins, des collègues ou pire, de la directrice. Il glissa le paquet contre son ventre, coincé dans la ceinture de son pantalon, et prit congé.

En marchant jusqu'au collège, il sourit.

L'éclat de rire résonnait encore dans sa tête.
L'éclat de vie.

67
Cesser de fuir

À l'écart du hameau, la maison de Lali s'exposait, solitaire, sans murs voisins à même de casser les bourrasques de vent. Les sages s'engouffrèrent dedans, à l'abri. Liriana les avait conviés à une assemblée aussi urgente qu'imprévue.

Dévorés de curiosité, les sages s'installèrent autour de la table. Les lits servaient de banquettes et des morceaux de troncs étaient disposés en guise de tabourets. En se tassant un peu, tout le monde trouva une place. Berlusin leva la main, et adressa un signe à sa mère. Elle agita la sienne en réponse.

Alkan et ses amis restèrent debout contre un mur sans que Liriana ne leur demande de sortir. Ce choix étonna les sages. Un autre point les surprit plus encore : les cloisons de la maison étaient couvertes de portraits. Certains se reconnaissaient. D'autres retrouvaient leur femme, leur mari, leur enfant. Des scènes de la vie quotidienne s'intercalaient parfois entre les visages. Et le mouvement et l'émotion qui s'en dégageaient leur parlaient un langage qu'ils comprenaient.

Les sages admiratifs parcoururent du regard l'œuvre de Tahar jusqu'à ce que Liriana se lève. Ses jambes tremblaient un peu et Awim se glissa à ses côtés, sans un mot, prêt à parer à toute faiblesse.

– Merci à tous d'avoir répondu à mon appel. Inutile de perdre notre temps. Je vous présente Colard.

Colard se détacha du mur, et s'avança en pleine lumière. Les hommes et les femmes froncèrent les sourcils, cherchant à se souvenir du visage de ce garçon. En vain, ils ne le connaissaient pas.

Liriana expliqua les raisons de sa présence, sa mission, sa petite sœur retenue en otage. Le chantage d'Iriulnik fit grincer des dents. Nombreux furent les sages qui maîtrisèrent la colère que cette horrible femme excellait à faire grandir en eux. Quand elle eut achevé son récit, Liriana laissa planer un court silence, puis poursuivit.

– Il nous faut décider ce soir si nous lui apporterons une aide. Un adulte pourrait l'accompagner jusqu'à la Bulhavre. Sachant les risques encourus, pour lui, mais aussi pour le secret de l'emplacement de notre nouveau village. Réfléchissez-y, je laisse la parole à Awim pour aborder le deuxième point.

Liriana semblait épuisée. Awim soutint son bras jusqu'à ce qu'elle soit bien assise sur sa chaise. Alors, il se redressa et parla :

– Nous savons tous combien nous sommes redevables aux gens du peuple qui nous ont accueillis et nous ont sauvés la vie. Pourtant, leur vénération de la fécondité fait peser une menace sur nos enfants. La tradition veut que chaque fille, qui habite le hameau lorsqu'elle a ses règles pour la première fois, soit considérée comme appartenant au peuple. Quelle que soit son origine. Le froid a interrompu le chantier de notre nouveau village. Ce soir, nous déciderons du caractère d'urgence de la poursuite de cette construction. Travailler durant l'hiver suppose un grand courage pour affronter le froid et les éléments. Cela permettrait à nos familles de disposer plus rapidement d'un abri.

Un brouhaha suivit le discours d'Awim. Peu à peu, les voix montèrent d'un cran. Les discussions prirent de l'ampleur. Liriana patienta. Par expérience, elle savait qu'un peu de temps était nécessaire à chacun pour échanger ses idées avant de pouvoir écouter en silence celles des autres.

Alors, elle leva la main et lança le débat.

Chacun son tour, tous s'exprimèrent. La plupart préféraient laisser Colard repartir seul à la Bulhavre. Quelques-uns, dont la mère de Berlusin, proposaient que deux adultes l'accompagnent et évaluent la situation.

Concernant la construction du village, l'unanimité se faisait autour de la poursuite du chantier pendant l'hiver.

À mesure de l'avancée du débat, les mains cessèrent de se lever. Les sages se sentaient prêts à voter. Mais alors que Liriana ouvrait la bouche pour reposer la question, la voix d'Adélou retentit au-dessus des têtes.

Les premiers étonnés furent ses compagnons. Adélou était le discret de la bande. Il ne parlait que rarement. Et sa voix timide condamnait ses paroles à passer facilement inaperçues. Mais devant eux se tenait un nouvel Adélou, serrant les poings, le regard brillant de colère. Et ses mots emplirent l'espace comme aucune des paroles des sages jusque-là.

– Alors c'est ça, une assemblée des sages ? S'il ne me manquait pas autant, je me réjouirais presque que mon père ne siège pas là, parmi vous. Car j'ouvre mes yeux et mes oreilles, et je ne vois et n'entends que lâcheté et égoïsme. Je suis sûr d'une chose. Losham, mon père bien aimé, mon père qui est mort pour me sauver, cet homme courageux aurait eu honte de vous !

La stupéfaction s'abattit sur toutes les personnes présentes. Adultes comme enfants dévisageaient Adélou, bouche bée. Ils restaient médusés. Seconde après seconde, les pièces s'assemblaient en leur esprit jusqu'à reconstituer un puzzle cohérent.

Lorsqu'il avait été assassiné par la tourneuse-alpha, Losham cherchait son fils, un potentiel. Adélou s'était échappé du collège des potentiels. L'évidence n'autorisait aucun doute : la même peau cuivrée, la même sensibilité, le même goût pour l'architecture, la même histoire. Père et fils se ressemblaient tant !

Après la stupéfaction vint la vexation. Être le fils de Losham ne changeait rien à la situation : le garçon les traitait de lâches et d'égoïstes, des insultes difficiles à accepter pour les villageois. Eux qui avaient toujours ouvert leurs portes aux fugitifs de la Bulhavre. Eux qui avaient réhabilité des maisons en ruine pour y vivre malgré la menace proche du Tourneur de Page. Eux qui avaient parcouru les terres inconnues dans le froid de l'hiver. Ils n'avaient montré aucune lâcheté ! Et l'égoïsme ne motivait jamais leur décision. Seul l'intérêt de tous les guidait dans leur choix d'assemblée !

Plusieurs villageois hochèrent la tête, lèvres pincées. Avec tant d'épreuves traversées, ils comprenaient que le pauvre garçon puisse perdre la raison. Quelle pitié ! Répondre trop abruptement risquait de le briser encore davantage.

Alkan regarda le timide Adélou se rasseoir. Ses paroles avaient enflammé son esprit, chassant les ombres qui l'obscurcissaient. Pour la première fois, Alkan se posait des questions sur ses décisions. Que faisait-il là, si loin de la Bulhavre ? Pourquoi avait-il fui alors que son père, ses voisins, ses camarades de classe y poursuivaient leur vie, cette vie dont lui ne voulait pas ? De quel droit les avait-il abandonnés là-bas ? Pour se mettre égoïstement à l'abri ?

Dans la salle, un sage toussa pour s'éclaircir la voix. Mais avant qu'il ne trouve les mots pour répondre à l'accusation d'Adélou, Alkan se leva à son tour. Cette soirée réservait décidément bien des surprises ! Curieux, hommes et femmes l'observèrent. Ils étaient soulagés : il était préférable qu'un autre enfant ramène Adélou à la raison. Mais les premières paroles d'Alkan bousculèrent leur attente.

– Je suis d'accord avec Adélou. Écoutez-vous ! La prudence a enterré l'espoir. Vous voilà prêts à fuir, une fois encore. Mais fuir sans se fâcher, sans rien critiquer de ce peuple qui vous accueille. Est-ce parce qu'ils vous ont nourris et hébergés que vous devez fermer les yeux ? Faire semblant d'ignorer que les femmes sont contraintes et ne sont respectées que pour leur capacité à accoucher d'une descendance ? Accepter qu'un peuple ferme la porte de sa maison à un être, parce qu'il est différent ?

Une voix s'éleva au sein du groupe.

– Le peuple nous a sauvé la vie. Et notre rôle

est de protéger nos enfants. Nos choix reposent sur la raison. Tu es jeune, et c'est la passion qui parle par ta bouche !

Alkan demanda aussitôt :

– Je sais que vos intentions sont bonnes. Mais réfléchissez ! Ce n'est pas tout. Pour la plupart, vous êtes nés sous la Bulhavre. Couple bicolore, parents de troisième enfant, famille de potentiel... tous, vous avez fui la folie du Tourneur de Page. Aujourd'hui, on se rend compte que cette folie touche TOUS les habitants. Comment pouvez-vous rester insensibles en projetant de vivre ici ?

En écho aux paroles d'Alkan, un grand silence envahit la pièce. Ces arguments ne laissaient pas les sages indifférents.

– Colard vous a raconté : des enfants enlevés à leurs parents, effacés des mémoires, des familles éclatées sans que personne n'en sache rien. Tout ça pour torturer de pauvres gens avec leurs propres émotions. Tout ça pour récolter l'énergie nécessaire pour filtrer l'air, dessaliniser l'eau, vivre à l'abri de toute pollution. Le Tourneur de Page a tué des milliers d'hommes lors de la grande extinction. Il a isolé notre terre en creusant des gouffres envahis par la mer et par les roseaux perforants. Il a enfermé des hommes et contrôlé leur vie depuis la naissance jusqu'à la mort. Et pourtant, lui aussi n'avait que de bonnes intentions. Lui aussi. Comme vous. Et vous continuez à laisser faire, simplement parce que ça se passe ailleurs que sous votre nez. L'idée ne vous est jamais venue que vous pourriez intervenir ?

Une fois encore, lorsqu'Alkan s'interrompit, personne ne dit mot. Artelune glissa sa main dans celle de son ami. Elle se sentait fière de lui. Mais c'est à peine s'il s'aperçut de cette marque de confiance. Alkan regardait les visages des hommes et des femmes assis autour de lui. Et ce qu'il y lisait ressemblait à de l'embarras. Rien de plus. Alors, lui qui jusque-là avait parlé d'une voix forte adopta un ton calme et mesuré, presque effacé :

– Vous pouvez renoncer à l'espoir de créer un monde juste, pour tous. Mais vous ne m'empêcherez pas d'y croire. Défendre des principes peut coûter des vies, mais en sauver aussi. Inutile de voter pour que l'un d'entre vous se « sacrifie » pour accompagner Colard. J'ai une petite fille à libérer de l'emprise de la monstrueuse Iriulnik. Guitin est peut-être blessé, à nous attendre. Et tous ces habitants qui ignorent sur quoi leurs vies sont bâties ont besoin d'être informés ! Dès la fin de l'hiver, je partirai avec Colard, Adélou et ceux qui n'ont pas perdu espoir.

Artelune redressa la tête et annonça fermement :

– J'en suis.

Tahar se leva pour se placer à sa gauche.

– Je pars aussi !

Berlusin tourna son visage vers celui de sa mère. De toutes ses forces, elle tentait de l'éviter, trop inquiète de ce qu'elle allait y lire. Quand enfin elle se résolut à le regarder, elle vit son fils changé. La détermination et la conviction transformaient ses traits jusqu'à laisser deviner le visage de l'homme qu'il deviendrait un jour. D'un signe de tête, la gorge serrée, elle esquissa un oui. Berlusin la remercia d'un battement de paupières, et posa sa main sur l'épaule d'Alkan :

– N'imagine même pas une minute que tu partiras sans personne pour te surveiller ! Je viens.

Ce soir-là, aucune des deux questions proposées au vote par Liriana ne fut débattue. Et pourtant, les discussions durèrent jusqu'au matin. Lorsque le hameau se réveilla, que le grincement de la roue du puits résonna, que les enfants jouèrent dans la rue, les villageois ressortirent pour aller dormir. Leurs mines graves inquiétèrent ceux du peuple. La Grande Mère se porta à la rencontre de Liriana. Elle franchit le seuil de la maison de Lali, une moue de dégoût sur les lèvres. Mais quand elle apprit la nouvelle, ses jambes s'effondrèrent en même temps que tous ses espoirs : à la fin de l'hiver, les villageois quitteraient le hameau. Ils partiraient rejoindre la Bulhavre, décidés à se battre. La révolution était lancée.

Liriana respecta le silence attristé de la Grande Mère. La chef du peuple fit défiler dans son esprit les jeunes couples, les enfants, arrivés par miracle jusqu'à elle. Avec leur départ, c'était la probabilité de voir leur sang neuf couler dans les veines de ses descendants qui s'éloignait. Elle soupira. Il ne lui restait qu'un mince espoir. Qu'une enfant devienne une jeune fille avant la fin de l'hiver.

À ce moment-là, Alkan entra et maintint la porte ouverte à Artelune. Elle portait un lourd seau d'eau qui, à chaque pas, débordait sur son vêtement. Elle râla :

– Tu vois l'anse de ce seau, Alkan ? Oh ! Surprise ! Elle est assez grande pour qu'on la porte à deux !

Alkan haussa les épaules et vint la soulager de la moitié du poids. Une fois encore il avait échoué à trouver la repartie adéquate.

La Grande Mère ne quittait plus Artelune des yeux. Elle murmura pour elle-même :

– Si seulement…

68
L'amie

Alkan sortit de la maison, et s'étira. Le soleil brillait, la neige plus encore, et pour une fois, le vent ne soufflait pas trop fort. C'était le jour idéal pour aller retrouver Olius dans la forêt. Depuis que la Grande Mère lui avait refusé l'accès de la maison-de-tous, Olius avait quitté le hameau. Même si Alkan s'en attristait - son ami lui manquait -, il comprenait ce choix. Dans la maison de Lali, Olius ne disposait pas d'assez d'espace. Il devait maîtriser chaque mouvement pour éviter de se cogner. Dans la rue, l'absence d'arbre l'obligeait à marcher. Et le caractère brinquebalant de sa démarche lui attirait les railleries des enfants du peuple, sous la mine attendrie de leurs parents. S'installer dans les bois où il trouvait aisément de quoi se nourrir était sans conteste la meilleure solution. Depuis, Olius venait de temps en temps chez Lali, pour échanger quelques mots. Mais voilà plusieurs jours qu'il ne s'était pas montré.

Alkan chercha du regard une personne pour l'accompagner.

Pas de Colard en vue. Et tant mieux ! Car il n'avait pas tellement changé depuis qu'Alkan et lui partageaient la même classe. Colard passait ses journées auprès de la conteuse. Bon élève, il apprenait par cœur les légendes, se gargarisant des encouragements et des félicitations des gens du peuple. Alkan avait résisté jusqu'à la vingtième récitation avant d'implorer grâce. Il existait autant de légendes que de jours dans l'année ! Il avait besoin de tranquillité, pas d'un parfait écolier qui ânonne sa leçon.

Au bout de la rue, Adélou aidait les enfants à guider leurs cerfs-volants, en évitant les longues lignes de drapeaux flottant au-dessus des toits. Depuis qu'il avait découvert le mécanisme du puits actionné par le vent, Adélou multipliait les expériences. Apprivoiser la force du vent constituait son nouveau défi. Partir se promener en forêt ne suffirait sûrement pas à l'appâter.

Assis sur une souche devant la porte, Tahar leva sa tête de sa sculpture et demanda à son frère :

– Qu'est-ce que tu cherches ?

– Quelqu'un pour m'accompagner voir Olius. J'imagine qu'il est inutile de te solliciter, l'artiste ?

Tahar lui sourit.

– Tout à l'heure si tu veux, mais je dois d'abord finir. La Grande Mère m'a interdit de sculpter des arcs, il paraît que c'est réservé aux femmes. Alors je me suis rabattu sur ça.

Devant lui, un gros bloc de glace se transformait peu à peu en visage. Tahar avait déjà taillé le cou, le menton, la bouche et le nez. Les yeux restaient à l'état d'ébauche. Cependant, cela suffisait à Alkan pour reconnaître les traits de leur mère.

– Son sourire… c'est exactement celui dont je me souviens ! Même quand elle criait après nous, je savais qu'il finirait par revenir éclairer son visage.

Pendant quelques instants, les deux frères se remémorèrent leur vie d'avant. Puis Tahar brisa le silence :

– Berlusin prépare des galettes d'orge avec sa mère. Je ne pense pas qu'elle apprécierait que tu la prives de la compagnie de son fils.

Alkan enfonça les mains sous sa fourrure, et se mit en marche vers le centre du hameau.

– Je vais chercher Artelune. On sera rentrés

avant la nuit.

Dans la forêt, les feuilles gelées craquaient sous leurs pieds. Tous les persistants étaient habillés de givre. Ils scintillaient dès qu'un rayon de soleil les effleurait. Avec leur écorce noire et nue, les arbres dépourvus de feuilles paraissaient morts. Artelune tapota le tronc d'un énorme chêne :

– T'inquiète pas, l'arbre ! Je suis sûre qu'il va reneiger. Toi aussi, tu seras couvert de blanc !

Dressée sur ses pointes de pied, elle arracha une brindille, entortilla la mèche qui glissait sur son front en forme de chignon et la fixa sur le sommet de son crâne à l'aide du bâtonnet. Alkan leva les yeux pour la regarder se coiffer. Elle avait tellement grandi qu'elle le dépassait désormais de plus d'une tête !

– Pas la peine de te rajouter une méga-crotte sur le crâne, se moqua Alkan, je le sais bien que tu es la graaaaaande Artelune.

– Une crotte ? réagit Artelune, tu parles de ma coiffure élaborée comme d'une crotte ? Tu vas voir ce que c'est qu'une vraie crotte !

Alkan partit à toute allure tandis qu'Artelune le poursuivait, le poing dressé. Terrassé par un fou rire, Alkan ralentit sa course, haletant. Artelune en profita pour le rattraper et, ramassant une pleine poignée de feuilles givrées, les écrasa sur ses cheveux. Le soleil ne traversait qu'imparfaitement l'enchevêtrement de branches. Occupé à secouer et frotter les morceaux de feuille accrochés à son crâne, Alkan ne prêta pas attention aux ombres qui passèrent brièvement sur eux. Lorsque soudain, un pied de géant descendit devant son visage et des orteils lui chatouillèrent le front. En un bel ensemble, les deux enfants s'exclamèrent :

– Olius !

L'abominable lâcha sa branche pour atterrir devant eux. Son visage ravi ne trompait personne. Sa blague rentrerait dans la légende des abominables ! Artelune se jeta dans ses bras, heureuse de retrouver leur ami en si bonne forme. Mais quand elle sourit à Alkan, elle fut étonnée par son air sérieux et par son immobilité.

– Qu'est-ce qu'il y a zigouillou ? Tu te crois au milieu d'un buisson urticant ?

Alkan fit non de la tête, le regard fixé derrière elle. Il répondit :

– On a de la visite.

Inquiète, Artelune lâcha Olius et se pencha

lentement. Yeux écarquillés, bouche bée, respiration suspendue, elle formait l'image même de la surprise. Là, une dizaine de pas plus loin, assis sur une branche, se balançait un autre abominable. Il observait calmement la réaction de stupéfaction des enfants.

– Tu t'es fait un ami ? articula doucement Alkan.

En guise de réponse, Olius le souleva de terre pour le jeter sur son dos. Il en fit autant pour Artelune. Et il les emporta en l'air aussi vite qu'il était apparu.

Ballottés en tous sens, les deux compagnons n'eurent pas le temps d'émettre la moindre contestation. Déjà, Olius les ramenait au sol.

Une petite clairière, baignée de soleil, entourée par les arbres étincelants de givre, l'endroit était magnifique. Olius leur fit signe de s'asseoir sur un tronc posé par terre. Sans un mot, les deux enfants obéirent. Ils étaient intrigués par toute cette mise en scène. Dès qu'ils furent installés, Olius tira par la main le deuxième abominable, et le conduisit au centre de la clairière. Alors, les deux géants se placèrent face à face, de profil par rapport aux enfants. Ils basculèrent leurs têtes en arrière.

Faisant vibrer leurs lèvres, ils postillonnèrent une myriade de gouttelettes de salive en l'air. La lumière du soleil s'accrocha à chaque micro-goutte d'eau et bientôt, un arc-en-ciel se dessina entre les deux abominables. Éclatant et fragile par essence, le pont qui liait les deux êtres affichait les couleurs d'un rêve. Subjugués, Alkan et Artelune admiraient la beauté du spectacle. Tous les deux sentaient que la magie de ce moment dépassait les simples couleurs de l'arc-en-ciel. Alkan chuchota :

– Si seulement Tahar voyait ça !

À la fin de ce spectacle unique, Artelune et Alkan n'esquissèrent pas un geste, ne prononcèrent pas un mot. Ils restaient encore tout entiers habités par l'émotion. Le chant striduleux d'un oiseau rompit le silence. Artelune sourit à Olius :

– Je comprends. Ce n'est pas un ami, mais une amie, et même plus qu'une amie ! Jamais je n'ai vu plus belle déclaration d'amour…

Olius prononça dans la langue des hommes :

– Art loin loin, ouvez aison !

– Vous partez ? demanda Artelune, vous partez vous construire une maison ? Loin d'ici ?

Olius opina de la tête, et tendit la paume de ses mains vers les deux enfants. À leur tour, ils dressèrent les leurs vers les deux abominables. Un courant d'air chaud balaya la clairière. Puis, Olius et sa compagne s'approchèrent d'un arbre et, lentement, se hissèrent dedans. Après un court arrêt, comme si le nouveau chant de l'oiseau leur donnait le signal, ils partirent. Alkan leur cria :

– Soyez heureux !

69
Rouge neige

Alkan et Artelune prirent la direction opposée à celle des deux abominables. Ils slalomèrent entre les fourrés, sans vraiment y penser, plongés dans le souvenir de l'arc-en-ciel. Regagner tout de suite la maison ne les tentait pas, comme s'ils avaient peur de briser ce bijou avant qu'il ne se greffe dans leurs mémoires. En débouchant sur la prairie qui séparait le bois du village, ils décidèrent d'effectuer un détour pour relever les pièges les plus proches. Posés la veille par Berlusin, il était peu probable qu'ils soient déjà garnis. Mais le prétexte était parfaitement trouvé pour repousser le moment du retour.

Une heure et demie plus tard, ils foulaient à nouveau le champ, la dépouille gelée d'un renard-loup glissée dans leur besace. Dans leur dos, le soleil se tenait bas sur l'horizon. Artelune se laissa tomber assise dans la neige.

– Une petite pause ! Dire qu'il y a peu, on marchait toute la journée ! Cela fait à peine quatre heures qu'on est partis, et j'ai déjà les jambes en compote !

Alkan s'installa à ses côtés.

– Quand je pense qu'on va refaire tout le chemin à l'envers dès les beaux jours. Je sais qu'il le faut, mais, pfff…

Du bout du doigt, Artelune quadrilla un carré de neige. Elle dessina une croix.

– À toi de jouer !

– Pas la peine… je gagne jamais.

Mais tout en parlant, Alkan ajouta un rond sur le damier.

La partie ne dura pas plus de deux minutes avant qu'Artelune ne la remporte.

– On y va ? suggéra-t-elle.

Elle se leva.

Alkan s'inquiéta.

– Tu es blessée ?

Artelune se retourna. La neige, à l'emplacement où elle s'était tenue assise, était tachée de sang.

– Qu'est ce que c'est ?

Par réflexe, elle lissa l'arrière de son vêtement. Sa main, à son tour, fut couverte de sang. Alors elle comprit. Elle jeta un regard perdu à Alkan et sans prévenir, se mit à courir vers le hameau. Alkan hurla sa panique :

– Ça va ? Qu'est ce qu'il y a ?

La réponse d'Artelune lui parvint, atténuée par la distance qu'elle avait déjà parcourue :

– Liriana, je vais voir Liriana !

Alkan ramassa la besace qu'Artelune avait abandonnée sur le sol. D'un geste du pied, et sans bien savoir pourquoi, il effaça la traînée de sang. Il se mit en route vers le hameau, sans forcer le pas. Son inquiétude l'incitait pourtant à accélérer pour découvrir ce qu'il se passait. Mais la peur était la plus forte. Une boule glacée grossissait dans son ventre. Et si quelque chose de grave était arrivé ?

Quand il poussa la porte de la maison, un chat blanc se faufila entre ses jambes, pressé de se mettre au chaud. Le rideau, qui isolait la chambre du fond pour la nuit, était tiré. Adélou et Tahar continuaient probablement leurs activités à l'extérieur, la salle était vide.

– Y a quelqu'un ? demanda Alkan d'une voix forte.

– J'arrive tout de suite ! Et inutile de crier, tu sais, la maison n'est pas grande ! lui répondit Liriana.

Alkan s'installa à la table. Il rassembla les miettes qui traînaient là et entreprit de bâtir une montagne. Puis, il glissa son ongle de pouce au centre, créant une fissure dans l'édifice. Il étala toutes les miettes, avant de les regrouper à nouveau pour former des lignes. Peu après, il les écrasa avec application, du bout du pouce et de l'index. Le « tout de suite » de Liriana dura assez longtemps pour que les miettes se transforment en poussières.

Quand enfin Liriana sortit de la chambre, Artelune se tenait debout derrière elle.

– Alors ?

L'inquiétude d'Alkan était évidente. Liriana lui sourit :

– Rassure-toi ! Artelune se porte bien. C'est juste un grand jour dans sa vie. Elle…

– Tais-toi ! l'interrompit la jeune fille. J'ai pas envie d'en parler.

Liriana tendit la main pour caresser ses cheveux.

– Je comprends, ma chérie. Mais je suis obligée de dire certaines choses.

Elle se tourna vers Alkan et expliqua :

– Ce qui se passe aujourd'hui est tout à fait normal. En tout autre lieu, nous nous en serions réjouis. Mais ici, au sein du peuple, ce changement met Artelune en danger.

Alkan bafouilla :

– Mais quoi ? Pourquoi ? Tu es blessée Artelune ?

– Tu comprends rien, c'est ça ? lui demanda son amie.

Alkan secoua la tête de gauche à droite, sourcils froncés. Non, il ne comprenait rien, rien du tout.

– Mais quel zigouillou, celui-là ! s'exclama Artelune partagée entre rire et colère. Il te faut une conférence ? J'ai mes règles, voilà le problème, j'ai mes règles !

Le « aaaah ! » d'Alkan souligna sa soudaine compréhension. Aussitôt, il rougit, gêné d'évoquer cette caractéristique féminine. Sans le laisser prononcer une autre syllabe, Artelune ajouta :

– Je peux te dire que je m'en serais bien passé. Et si tu continues à rougir, on aura plus besoin de lampe tellement tu brilleras dans la nuit !

Alkan sentit son visage devenir cramoisi. Son amie s'assit sur une chaise et d'un bond, le chat blanc sauta sur ses genoux. Dès la première caresse, le félin ronronna. Liriana hurla :

– Qu'est-ce que cette maléfique bestiole fabrique là ?

Elle le saisit brutalement sous le ventre, marcha jusqu'à la porte, et le lança dehors.

La nuit tombait. En fuyant, le chat blanc se jeta dans les jambes de la Grande Mère sans que cette dernière n'en perde l'équilibre. La vieille femme poursuivit son chemin, passa l'encadrement de la porte et regarda dans la maisonnette. Elle repéra tout de suite le vêtement taché de sang jeté au sol. Face à Liriana, elle décréta :

– Le chat ne se trompe jamais. Dans quatorze jours, il reviendra. Alors la nature pourra honorer le peuple, grâce à Artelune.

– Tu ne peux pas ! Artelune fait partie des villageois. Je ne permettrai pas que vous lui fassiez du mal.

Liriana s'insurgeait, mais le renoncement perçait dans le ton de sa voix. La Grande Mère posa une main rassurante sur son bras et lui dit :

– Tu connais nos coutumes. Nous ne faisons pas de mal aux jeunes femmes. Comme tous ceux du peuple, elles ont à cœur d'honorer la nature.

Liriana dégagea son bras vivement :

– Pas Artelune, non, pas Artelune.

Le regard que la Grande Mère lui renvoya débordait de compassion et de pitié.

– Tu ne comprends pas, Liriana. Artelune sera traitée comme ce qu'elle est, une reine.

– Jamais je n'accepterai de comprendre ça. Vos jeunes femmes ne sont pas des reines. Prisonnières de vos coutumes, elles ne sont que vos esclaves.

Liriana tourna le dos à la Grande Mère. Mais avant qu'elle ne referme la porte derrière elle, elle entendit la chef du peuple répéter :

– Quatorze jours, le chat a toujours raison.

70
Stratagème

Sur la table, les écuelles de bois restaient pleines. Personne n'avait d'appétit. Berlusin et Artelune dînaient ce soir-là chez Lali. Liriana avait également convié les parents de Berlusin. Artelune refusait obstinément que davantage de villageois soient mis au courant de la menace qui pesait sur elle. Sa décision exaspérait Alkan :

– Peut-être qu'ils auraient une idée ? Peut-être qu'ils pourraient t'aider ?

Artelune haussa les épaules :

– M'aider à quoi ? On est en plein milieu de l'hiver. Je n'ai aucun endroit où me réfugier. Même dans le chantier du village, je ne survivrais pas trois mois. Et puis, je n'ai pas envie que tout le monde sache. Tu crois que c'est marrant, ce truc ? Tu crois que je veux en parler à n'importe qui ?

Alkan s'apprêta à répliquer quand Liriana posa

son index sur sa bouche. Chut. Elle lui demandait de se taire. Il obtempéra. Pendant une minute, il resta silencieux puis annonça :

– On va partir tous les deux. On a bien réussi le trajet à l'aller, pourquoi on ne parviendrait pas à rejoindre la grotte ?

Tahar secoua la tête. Il savait que son frère se torturait pour trouver une solution. La menace qui pesait sur Artelune l'incitait à faire fi de toute sa raison. Il répondit doucement :

– À l'aller, Olius portait tout le matériel, y compris la tente. Même en été, nous n'aurions pas survécu sans tout ce chargement. Maintenant, c'est l'hiver… et Olius est parti vivre avec sa compagne loin d'ici.

Alkan pianota des doigts sur la table. Le bruit énervait tout le monde, sans qu'il s'en rende compte. Artelune le somma d'arrêter. Ce qu'il fit. Avant de se tortiller en tous sens et de cogner son pied en cadence sur le montant du meuble. Puis, il se pencha vers Adélou, et l'agressa :

– Et toi, le génie, t'as pas un tour de magie à sortir de ta poche ?

Le visage hésitant d'Adélou eut pour effet de tétaniser Alkan. Le regard plein d'espoir, la respiration haletante, Alkan ne bougea que ses lèvres pour le supplier à voix basse :

– Dis-moi que tu as une solution. S'il te plaît, Adélou, dis-le moi, dis-le moi, dis-le moi.

Adélou ignora la prière d'Alkan, et se pencha vers Artelune.

– Je ne sais pas si c'est possible. Je sais que c'est risqué, ça, oui ! Mais je ne sais pas s'il y a une chance de s'en sortir.

D'un geste, elle l'invita à poursuivre.

– Les gens du peuple ont domestiqué le vent. Vous avez tous constaté combien il est puissant. Pour amuser les enfants, j'ai pensé à fabriquer un chariot, avec un grand drapeau tendu au-dessus. Le vent s'engouffrerait dedans et le ferait avancer.

Toutes les personnes regroupées autour de la table restèrent silencieuses, suspendues à ses lèvres. Il poursuivit :

– Le problème, c'est les arbres. Il y en a partout ! N'importe quel engin, même s'il peut être dirigé, finirait par se fracasser contre un tronc.

Il s'interrompit avant de changer de sujet.

– Vous vous rappelez cette histoire qu'Artelune nous lisait dans la grotte ? Ces gens qui descendaient les pentes de neige en s'attachant des planches aux pieds ? Et cette fille qui glissait sur la glace en riant avec ses copines…

Artelune, Alkan et Tahar se souvenaient de ce roman d'un lointain temps passé. Même Berlusin qui n'écoutait parfois que d'une oreille s'était passionné pour leurs aventures.

Adélou poursuivit :

– Pour mon engin, j'ai pensé à un chemin : la rivière.

– Mais la rivière est gelée à cette saison ! s'inquiéta Artelune.

– Justement ! À l'aller, nous avons longé la rivière, mais nous nous sommes plus d'une fois mis à l'abri dans la forêt pour nous protéger du vent qui soufflait contre nous. Canalisé par les arbres, le vent emprunte le chemin de la rivière ! Et si on parvient à fabriquer un engin qui avance sur la glace poussé par le vent, alors…

– … alors on filera aussi vite que lui, à toute allure ! conclut Tahar.

Alkan bondit au-dessus de la table, saisit le visage d'Adélou entre ses mains, et l'embrassa sur le front :

– Tu es un génie !

Puis, il commença à chanter tout en se trémoussant en une danse ridicule : « C'est un génie ! C'est un génie ! Génial est mon ami ! »

Une nouvelle idée lui traversa l'esprit, interrompant brutalement sa chanson. Il s'écroula sur les genoux de Tahar, désespéré :

– Mais comment fabriquer un engin ? Les roues ne servent à rien sur la glace ! Quatorze jours, il ne reste que quatorze jours. Quatorze jours !

Artelune se leva, saisit Alkan par le coude, le raccompagna jusqu'à sa chaise et lui dit :

– Tu t'assois là, et tu te tais. On ne s'entend plus réfléchir avec toutes tes simagrées.

Elle prit place à ses côtés.

Une fois l'attention revenue, Adélou sortit de sa poche un morceau de bois transpercé d'un petit roseau perforant.

– C'est cette vieille histoire qui m'en a donné l'idée. Le roseau entaille n'importe quel matériau. Il est d'une solidité à toute épreuve. En détachant de fines et longues lamelles, et en les fixant sous un chariot de bambou, peut-être que ça permettrait de glisser sur la glace ! La surface de contact serait réduite, et l'engin progresserait bien droit, dans l'axe des lamelles. Pour la charge, je ne sais pas. Il faudrait effectuer des essais.

Le sourire revint sur tous les visages. Alkan plaquait sa main contre sa bouche pour ne pas crier de joie. Il était tellement soulagé qu'un projet lui redonne enfin espoir ! Il n'aurait pas supporté de laisser Artelune dans les mains du peuple.

La mère de Berlusin prit la parole. Sa détermination se lisait dans chacun des mots qu'elle prononça pour répartir les tâches :

– Tahar, Alkan, Artelune et Adélou, vous fabriquez le chariot. Veillez à ce qu'aucun membre du peuple ne vous voie !

– Berlusin, tu t'occupes de tout le nécessaire pour lutter contre le froid : tente, peaux, pierre à feu, vêtements de fourrure. Colard, tu es chargé de l'approvisionnement du chantier : trouve ce dont auront besoin les constructeurs. Sollicitez les villageois, sans exception, mais avec discrétion. Et pour une fois, je ne vous reprocherai pas de vous servir sans permission.

Berlusin crut qu'il avait mal compris :

– Tu nous demandes de voler ?

Ignorant son interruption, sa mère continua à dérouler l'organisation.

– Je m'occupe de constituer les réserves de nourriture. Si vous avancez aussi vite que le vent, il vous faudra cinq à dix jours pour rejoindre l'ancien village. Il vous restera ensuite à marcher jusqu'à la grotte. Iriulnik vous croit loin, il est presque certain qu'elle a cessé toute surveillance.

– Cinq à dix jours… répéta Artelune songeuse. Dire qu'on a mis des mois pour arriver jusqu'ici !

Cette nuit-là, Artelune pleura dans son lit, sans bruit. Elle ne savait même pas pourquoi elle pleurait. De soulagement, peut-être. De tristesse aussi. Elle avait grandi, s'était affinée. Sa poitrine avait pris forme. Et maintenant, ça ! Elle ne se reconnaissait plus et détestait ces changements. Sans qu'elle l'entendît arriver, Liriana s'assit sur le bord du matelas, et caressa ses cheveux.

– Ne t'inquiète pas. Avec le temps, tu apprivoiseras ton corps de femme. Tout s'arrangera ! Tu es encore si jeune, mon enfant. Dire qu'à mes dix-sept ans, j'attendais toujours ce moment pour me sentir enfin femme ! La vie est parfois surprenante !

Artelune essuya ses larmes avec son bras, et se redressa.

– Et pour les autres filles ?

Liriana lui sourit. Les murmures de la discussion meublèrent l'obscurité jusque tard dans la nuit.

71
En catimini

Chaque matin, les quatre constructeurs marchaient une heure, le long de la rivière, jusqu'au chantier. Tam les accompagnait. Mais les enfants ne comptaient plus sur lui pour leur signaler un éventuel intrus. L'expérience de Colard avait démontré que Tam donnait bien vite sa confiance ! Alors, l'un après l'autre, ils prenaient la place à l'arrière du groupe pour se retourner sans cesse, à l'affût de tout mouvement, toute silhouette, tout événement inhabituel.

Le chariot à voile avançait rapidement. La science des nœuds, acquise grâce au livre de la grotte, aidait les enfants à tout assembler solidement. Les premiers essais de patins en roseau perforant s'avéraient concluants. À quatre sur la plate-forme, chacun chargé d'une lourde pierre, l'engin filait. Trop vite, même. L'invention et l'installation d'un frein, puis d'une amarre, durèrent plus longtemps que la construction du mât !

À la mi-journée, Colard venait sur place, recueillir les besoins en matériel. Comme il se tenait bien droit, pénétré de l'importance de sa mission ! Il repassait dans l'après-midi, accompagné de Berlusin. Tous deux donnaient un coup de main, même si la tendance de Colard à vouloir prendre le commandement des opérations exaspérait tous les autres. Le temps jouait contre eux.

Le soir, les enfants se réunissaient chez Lali, pour faire le point et rire ensemble.

Voilà comment, douze jours après le lancement de l'idée, le chariot à glace équipé de tout son chargement était prêt.

Au matin du treizième jour, le groupe se leva avant l'aube et se mit en route, accompagné de quelques villageois. Lali enfila une magnifique peau de mégacérours, impeccablement tannée. Liriana s'étonna :

– Est-ce la même peau qui puait tant lorsque…

– Oui, mais désormais, elle me protégera là où

j'irai.

Un doute effleura la vieille femme.

– Là où tu iras ? Qu'est ce que tu veux dire ? Tu envisages de… ?

Lali la dévisagea, sans répondre. Liriana reprit :

– Bien sûr que tu veux partir ! Comment pourrait-il en être autrement ?

Elle croisa le regard d'Alkan qui l'informa :

– Son sac est déjà chargé sur le chariot à glace. Nous lui avons proposé une place.

La vieille femme hocha la tête, trop émue pour ajouter un mot. Que de leçons ces enfants lui offraient ! Ils avaient pensé à Lali, à sa vie, à la menace qui pesait sur elle. Ils avaient trouvé moyen de la sauver, alors qu'elle-même y avait renoncé.

Le jour se levait lorsqu'ils atteignirent le point de départ. La mère de Berlusin donna fermement les dernières consignes. Mais quand vinrent les au revoir, sa voix se brisa dans un sanglot :

– Mon petit, prends soin de toi.

Les larmes aux yeux, Berlusin la serra dans ses bras.

– Ça ira, ne t'inquiète pas. Et puis je suis grand

maintenant !

– Tu pourrais être un vieux grand-père parcheminé, tu n'en resterais pas moins mon tout petit !

– À propos de vieux parcheminé, dit Liriana, sachez combien je vous aime tous. En heurtant Alkan sous la Bulhavre, jamais je n'aurais imaginé, jusqu'où cette rencontre me mènerait. Je suis heureuse et fière de vous, mes enfants.

Colard abrégea la séance d'au revoir. De minute en minute, l'émotion montait et rendait plus difficile la séparation. Les enfants s'installèrent : Adélou attrapa la ficelle qui orientait la voile, Artelune se jucha à l'arrière, la main sur le gouvernail et le frein d'urgence, Alkan s'assit à l'avant, une longue perche au bout du bras pour écarter d'éventuels obstacles. Il regarda, songeur, la bague du Tourneur qu'il avait enfilée à son doigt. Peut-être qu'elle lui porterait bonheur ? Lali, Tahar et Berlusin prirent place confortablement au centre. Les deux équipes de trois se relayeraient pour dormir et piloter. Ainsi, la distance parcourue en une journée s'en trouverait presque doublée.

Un geste de la main, et Artelune largua l'amarre. Adélou descendit le large carré de toile dans lequel le vent s'engouffra. Le chariot à glace sursauta, et fila comme une flèche.

– Youhou !

Le hurlement enthousiaste d'Alkan arracha un sourire aux villageois. Ces derniers eurent à peine le temps de crier « bon voyage » que déjà ils ne voyaient plus qu'un point se déplaçant à toute allure vers l'horizon.

Le père de Berlusin prit sa femme par les épaules. Elle savait ce que ce geste signifiait. Quelles que soient les épreuves traversées, ils pourraient compter l'un sur l'autre. Leurs enfants regardaient avec envie leur frère partir à l'aventure. Bientôt, à la fin de l'hiver, ils iraient le rejoindre.

72
Un mal pour un bien

– Merci, Toache !

– Ne me remercie pas, mon garçon, c'est à ta jeunesse et à ta solide constitution que tu dois ton avancée vers la guérison !

Guitin leva en l'air le gobelet dans lequel il venait de plonger les lèvres.

– Mais c'est à toi que je dois l'eau que je bois, les aliments étranges que je mange, les pansements propres autour de mes genoux et surtout, la compagnie qui empêche mes idées de basculer dans le noir. Si tu n'avais…

Guitin se tut à l'instant même où Toache lui fit signe. Un avertissement. Mais le jeune homme eut beau tendre l'oreille, il n'entendit que les bruits classiques qui animaient le collège à cette heure de la matinée. Les traits crispés de Toache se détendirent.

– J'ai cru… je ne sais pas, je me suis probablement trompé. Je préfère tout de même aller voir.

Guitin lui fit un signe de la main.

Passer dans l'armoire, refermer l'accès de la planque, sortir dans le bureau, pousser le battant du meuble, Toache prit soin de ne faire aucun bruit intempestif. Le secret de la présence de Guitin en dépendait. Mais lorsqu'il entendit le son des pas dans le couloir, il se précipita. À peine s'était-il installé sur le siège que la porte de la pièce s'ouvrit à la volée.

– Toache, te voilà ! Je n'ai pas pris la peine de frapper. Ici, je suis un peu comme chez moi, n'est-ce pas ?

Toache sentit les battements de son cœur rompre leur rythme habituel. Son corps se plaçait en état d'alerte. Il avait chaud. Il avait peur. Il domina son émotion pour réagir avec naturel :

– Iriulnik et Rustor, quelle surprise ! Que puis-je pour vous ?

Derrière les tourneurs-alpha, la directrice Sybel se glissa dans la pièce. Un sourire chaleureux s'affichait sur son visage. Même si Toache savait qu'il ne reflétait en rien ses froides pensées.

– La tourneuse que j'ai nommée à ta place me

rapporte ton comportement, dit Iriulnik. Et, je dois avouer qu'il me contrarie. Un peu. Assez.

– Mon comportement ? s'étonna Toache. Je n'ai plus aucun pouvoir d'aucune sorte. Je ne décide plus, je n'organise plus, je ne parle même plus aux professeurs. Je passe mes journées dans ce bureau — d'un mouvement circulaire du bras, il désigna la pièce défraîchie qui servait davantage de lieu de stockage que d'espace de travail. Iriulnik, j'ignore ce que t'a raconté ma « chère » collègue, mais la vérité est que je ne fais rien. Rien du tout. Et jamais je n'ai connu tâche plus ardue que celle de m'ennuyer à chaque heure du jour.

– C'est cela ! rétorqua Iriulnik en pointant son doigt vers lui. Tu ne fais rien, et c'est bien ce qui m'inquiète. Je te cerne bien, toi… et tes limites. Tu préférerais tailler les haies de bambous plutôt que de subir une inactivité forcée. Le rien cache quelque chose. J'ai appris que tu sortais souvent, toujours discrètement. Une promenade de santé, je suppose ?

Sans attendre de réponse, la tourneuse-alpha se retourna vers Sybel et lui ordonna :

– Et si tu allais vérifier comment vos gardiens traitent ma petite Piupy ? Emmène-la donc voir les chiens ! et veille à ce qu'ils ne la bousculent pas, sinon…

À regret, la directrice sortit et referma la porte derrière elle. Elle aurait aimé assister à la suite de la rencontre. Même si Sybel avait peur d'Iriulnik, elle ne pouvait s'empêcher de l'admirer. Le pouvoir et la puissance la rendaient tellement attirante !

Rustor marchait autour de la pièce. Il s'arrêta devant l'armoire ancienne et, lentement, fit pivoter le battant sur ses gonds de métal. Un instant, Toache se sentit proche de la panique. Si Rustor découvrait la cache de Guitin, s'en était fini de leur vie à tous les deux. Mais Iriulnik mit fin à l'exploration :

– Rustor ! Que dirais-tu d'exercer tes talents sur Toache ?

Rustor retourna à Iriulnik un regard mêlant admiration et enthousiasme. Depuis que la petite Piupy s'était imposée dans sa vie, Rustor souffrait de ne plus partager autant de choses avec sa belle. Retrouver les moments de complicité qui les avaient unis le réjouissait.

Il s'approcha de Toache, attrapa ses bras, l'obligea à les passer derrière le dossier puis menotta ses poignets. D'une main presque amicale, il ébouriffa les cheveux du directeur et annonça :

– Il est prêt.

Iriulnik s'avança à son tour, et s'installa à califourchon sur les genoux de Toache. Leurs deux fronts se heurtaient presque. Elle pencha la tête sur le côté en fronçant les sourcils.

– Sais-tu pourquoi je ne t'ai jamais touché, jusque-là ? Elle laissa un blanc avant de poursuivre. Tu me fascines, Toache.

De l'extrémité pointue de l'ongle de son index, elle traça l'ovale de son visage. Toache sentit des frissons incontrôlables lui parcourir la colonne vertébrale.

– Tu ne t'en rends pas compte, mais chez toi, le bien dégouline d'une manière particulièrement répugnante. Tes yeux, tes gestes, ton comportement, tes remarques, tout est taché par ta bonté puante ! Je suis certaine que tes petites escapades n'ont qu'un but : lutter contre moi, Iriulnik. En d'autres mots, lutter contre le mal.

À mesure qu'elle parlait, Iriulnik plantait son ongle sur les différentes parties du visage de Toache : ses paupières, sa bouche, ses joues. Comme si les marteler aiderait à leur frayer un chemin jusqu'au monde des pensées.

Toache hésita à répondre. Mais que pouvait-il dire ? La moindre de ses paroles risquait d'ajouter encore à l'énervement d'Iriulnik. Il se sentait désarmé, un être impuissant livré aux griffes d'un monstre.

– Le bien et le mal ne sont qu'une affaire de neurones, Toache. Ta mémoire et tes émotions les tricotent à chaque seconde. Le bien et le mal résultent du travail de ton cerveau, rien d'autre.

Toache pinça ses lèvres. Impossible de résister, il devait parler.

– Le bien est ce qui nous rend humains. Il est caché en nous. Grandir consiste à le découvrir.

L'éclat de rire d'Iriulnik lui vrilla les tympans. La tourneuse-alpha jeta sa tête en arrière, balayant les genoux de son prisonnier de sa longue chevelure. Puis, aussi soudainement que sa joie avait surgi, elle reprit son sérieux.

– Crois-tu vraiment qu'il y a ne serait-ce qu'une poussière de bien en moi ?

Toache hésita. Iriulnik se pencha, attrapa le haut de son oreille entre ses dents et tira. Le directeur sentit Rustor enserrer son crâne dans ses mains et bloquer tout mouvement. La souffrance lui arracha un hurlement. Lorsqu'Iriulnik se releva et écarta ses mâchoires, un morceau d'oreille déchirée tomba sur le sol. Toache perçut des hauts le cœur lui secouer son estomac. Il vomit sur sa tunique. La souffrance l'empêchait de réfléchir. Pourtant, dans le brouillard de ses pensées, une inquiétude le torturait plus encore que sa douleur. Il ferma les yeux et se répéta en lui-même :

– Reste, Guitin. Ne bouge pas. Ne sors pas.

Iriulnik le tira par les cheveux pour l'obliger à ouvrir les yeux et à la regarder.

– Je sais que tu ne fais pas « rien », Toache. Tu vas, tu viens. Tu accomplis quelque chose. Sinon, pourquoi l'aurais-tu arrachée, petit cachottier ?

Elle souleva la tunique tachée de vomi et dévoila son nombril mal cicatrisé. Elle mima la surprise :

– Oh ! Pas de misphère ! Et tu croyais que je te laisserais faire, que tu échapperais au centre de fin de vie… Nos tourneurs-docteurs t'en grefferont une nouvelle. Je tiens trop à tes souvenirs pour les laisser s'effilocher dans ta tête ! Cette fois, il est temps.

Elle caressa la main de Rustor qui continuait à

immobiliser le prisonnier.

– Dis-moi Rustor, aimerais-tu t'occuper de mon cher ami Toache ? Je suis bien trop sensible pour le faire moi-même !

Rustor lui sourit et débloqua les menottes qui rattachaient les poignets de Toache au siège de son bureau. Il les reverrouilla aussitôt, bras dans le dos. Saisissant l'ancien directeur sous l'aisselle, il le contraignit à se lever et à marcher vers la porte. Alors qu'ils en franchissaient le seuil, la voix étrangement douce d'Iriulnik les suivit :

– Tu crois n'avoir jamais fait le mal, Toache ? Les souvenirs réservent parfois bien des surprises…

73
Jalousie

Ses coups de talons rageurs fracassaient le sol de l'appartement du troisième étage et résonnaient jusqu'au rez-de-chaussée du quartier général des tourneurs. De retour du centre de fin de vie, Rustor avait rejoint Iriulnik. À peine le temps d'un rapport et déjà elle se détournait de lui. Il entra dans sa chambre, seul. Il fulminait, le visage animé de soubresauts incontrôlés. Oh, comme il détestait la sale petite peste qu'Iriulnik ne quittait plus !

Avant, tout se passait bien. À l'issue de chaque séance durant laquelle sa panthère donnait libre cours à sa sauvagerie, Rustor savait pouvoir compter sur des heures de reconnaissance. Iriulnik se faisait douce et câline. Rustor sentait alors qu'il était l'unique personne à la comprendre. L'unique individu apte à savourer toute sa beauté. À savoir la combler.

Mais maintenant, cette gamine s'était introduite dans sa vie. Elle occupait son temps, son attention, son amour. Et que lui restait-il, à lui, le compagnon des premiers jours ? Des miettes. Des miettes rassises dont il devait se contenter. Des miettes qui aiguisaient son appétit.

Il repensa à l'insupportable spectacle qu'il venait de quitter. Piupy avait entraîné Iriulnik dans un de ses jeux de mains. La femme riait, tête jetée en arrière. Elle riait sans le voir, ignorant sa présence, oubliant combien il l'avait aidée à manipuler Toache. Elle riait sans même s'intéresser au succès de la mission qu'elle lui avait confiée.

Piupy, c'était elle, la fautive !

Un jour, le moment arriverait.

Alors, il la punirait. Sa rage résonna dans la pièce.

– C'est moi le préféré.

74
Aussi vite que le vent

La vitesse ébouriffait les cheveux d'Alkan. Assis à l'avant, yeux mi-clos, narines dilatées, il surveillait la rivière gelée en savourant les sensations offertes par le chariot à glace. Le sentiment de liberté qu'il éprouvait dépassait celui ressenti sur son engin à roulettes. Voilà plus d'un an qu'il s'était élancé sur son couvercle de container. Plus d'un an qu'il avait croisé le chemin de Liriana. Mais ces mois avaient changé toute son existence si profondément, qu'il lui semblait que sa vie sous la Bulhavre remontait à bien plus longtemps.

Par équipe de trois, les enfants se relayaient au maniement de leur engin. Le vent constant les propulsait de toute sa puissance. La manœuvre la plus complexe consistait à freiner pour stopper leur course. Grâce aux efforts réduits qu'exigeait ce mode de déplacement, ils n'effectuaient cette manœuvre qu'une fois, à la nuit tombée. Amarrage du chariot et montage sommaire du camp étaient effectués rapidement : nul besoin de piquets pour la tente, ils dormaient serrés les uns contre les autres, sous la grande bâche. Si la chasse donnait vite un résultat, ils mangeaient de la viande. Dans le cas contraire, ils puisaient dans les réserves. Leur trajet durerait assez peu de temps pour qu'elles suffisent à les nourrir.

– Là, regarde !

Artelune pointa la rive du doigt, vers un point qui s'éloignait déjà. Tahar, installé à l'arrière, grimaça :

– Je ne suis pas près d'oublier cet endroit. Quelle épreuve ! Ce mégacérours était la pire chose que j'ai rencontrée, à l'exception des tourneurs-alpha. S'il y a un mot de vrai dans le manuel de la Bulhavre, c'est bien l'existence de monstres en Outre-Monde.

Artelune regarda Lali qui somnolait au milieu du chariot, pelotonnée dans sa peau de mégacérours, serrant Tam dans ses bras.

– Et pourtant, leur fourrure est si douce… à

l'opposé du caractère de l'animal !

– Un peu comme toi, railla Alkan, toute gentille à l'extérieur, un sale caractère à l'intérieur.

– T'as de la chance que je sois au poste de voile, sinon, ma gentillesse légendaire t'aurait appris à mesurer tes paroles à coups de pied aux fesses !

Alkan éclata de rire.

– Espèce de gros zigouillou malpoli !

La remarque d'Artelune eut pour effet de redoubler l'hilarité d'Alkan. Tahar s'esclaffa à son tour. Adélou et Berlusin écoutaient leurs amis, le sourire aux lèvres. Seul Colard restait concentré, résolu à ne pas entrer dans ces conversations qu'il tenait pour des enfantillages indignes de sa qualité de grand. Un morceau de liane dans les mains, il s'escrimait à apprendre chacun des nœuds d'Adélou. Cependant, quand le terme « mégacérours » parvint jusqu'à son cerveau, il leva le regard. L'occasion était trop belle ! Il entreprit de narrer cette soirée mémorable durant laquelle, caché à proximité du camp, il avait sauvé les enfants grâce à une flèche plantée dans l'épaule du monstre. Dès les premiers mots, les autres poussèrent des cris de protestation :

– Non, pitié Colard ! Ne nous refais pas l'histoire du mégacérours abattu par le grand, le beau, le fort Colard. Tu nous l'as déjà racontée… de trop nombreuses fois pour qu'on puisse les compter !

Vexé, Colard replongea sans un mot sur sa liane. Elle, au moins, ne le critiquait pas !

Lali se redressa et l'observa.

– Dire qu'Adélou a appris tous ces nœuds dans un livre. J'aimerais tant savoir lire !

Aussitôt, la mauvaise humeur disparut du visage de Colard. Plein d'espoir, il proposa :

– Je peux t'aider si tu veux !

Le regard réjoui de Lali le remplit de fierté. Torse bombé, menton relevé, il était désormais professeur.

Tahar se tourna. Sous le chariot, la glace défilait. Remonter tout le chemin parcouru durant l'été n'avait rien d'un retour en arrière. Libre, voilà comment il se sentait. Libre et heureux de cette parenthèse sereine d'un voyage sans effort. Ses compagnons et lui voguaient vers leur objectif, ouvrir les portes de la Bulhavre, dévoiler tous ses secrets aux habitants, lutter contre la méchanceté des tourneurs-alpha. Mais les grands idéaux n'étaient pas les seuls à les animer. Chacun pensait à ce qu'ils venaient chercher, un frère, un ami, une sœur, une vengeance.

Le périple glacé s'acheva très vite, après quelques jours. Cet après-midi-là, au pied de la falaise, les enfants ne se contentèrent pas d'amarrer le chariot. Ils le portèrent sur la terre ferme et le dissimulèrent au milieu des fourrés, dans les bois. Ils décidèrent de n'emporter que la tente et leur sac à dos. Écartant les branches d'épineux et les bosquets de fougères coupantes, Berlusin grommela :

– J'avais oublié que la végétation prend un peu trop ses aises, dans le coin. Et c'est pire de l'autre côté de la barre rocheuse. Dire qu'il va falloir marcher là-dedans des heures durant !

Adélou ajouta :

– Désolé, je n'ai pas d'engin pour t'épargner ça !

– Et puis, ça nous changera, affirma Tahar guilleret. Après ces longues journées à rester assis, se dérouiller les jambes sera un vrai plaisir !

Deux heures plus tard, alors que le petit groupe montait à la queue leu leu le flanc de la colline pour rejoindre le col, Berlusin marmonnait au rythme de ses pas :

– Un vrai plaisir ! C'est ça, c'est ça… On en reparlera ce soir. On verra si c'est toujours un vrai plaisir.

Profitant d'une pause où les premiers attendaient les suivants, Colard s'exclama à la cantonade, en désignant Berlusin d'un coup de menton :

– Lui, vous le laissez raconter ses bêtises, alors que vous refusez d'écouter mes récits ! Vraiment, je ne vous comprends pas. Mais alors, pas du tout.

Ils atteignirent le col le lendemain en fin d'après-midi. Aucun d'entre eux n'avait ménagé ses efforts. Alternant les places, le premier débroussaillant le chemin à coup de hache, les derniers ployant sous le poids de la tente, ils traversaient les épineux sans sourciller, ils avançaient.

Perchés en haut d'un arbre, Artelune et Alkan observaient la vallée.

– Rien à signaler. Du vert, des arbres, des herbes… On ne distingue même plus le village !

Colard demanda :

– La nuit ne devrait plus tarder. On campe ici ?

– C'est vrai qu'on est tous fatigués, argua Alkan, mais si on parvient en bas avant le coucher du soleil, on atteindra la grotte demain en milieu de journée. Ça nous laissera le temps de nous organiser avant la nuit.

Berlusin soupira bruyamment.

– Si vous préférez, on dort là ! ajouta Alkan.

Berlusin soupira encore une fois. Puis il dit :

– Quand vous aurez fini vos bla-bla et vos jérémiades, on pourra peut-être repartir ? J'ai pas que ça à faire, moi !

L'éclat de rire fut général. Berlusin, très fier de lui, attrapa la hache, et prit la tête du groupe.

– Suivez le guide !

La nuit menaçait lorsqu'ils atteignirent le village. Malgré la pénombre, ils marchèrent doucement, regardant partout autour d'eux. Quel changement !

– C'est à peine si on aperçoit une trace des constructions ! s'étonna Artelune.

Elle maîtrisait sa voix pour dissimuler son trouble. Mais l'engloutissement des restes du village par la neige et la végétation lui serrait le cœur. Sa maison, l'école, la cuisine de Liriana, tout ce qui faisait sa vie d'avant avait disparu. Complètement. Comme si elle ne l'avait jamais vécu. Et pourtant, il ne s'était passé qu'à peine plus d'un an depuis le grand incendie !

Alkan allongea sa foulée pour se retrouver à côté d'elle. Il tendit le doigt vers un monticule couvert d'herbes brûlées par le gel :

– Regarde, il reste encore quelque chose de la bibliothèque. Une petite montagne juste assez haute pour ne rien oublier !

Artelune lui sourit. Elle avait rencontré Alkan pour la première fois peu de semaines avant l'incendie. Et pourtant, elle avait le sentiment de le connaître depuis tout le temps ! Il savait si bien chasser ses idées noires.

75
La grotte

Tahar scrutait l'imposante fresque qui ornait la paroi. L'hiver précédent, il y avait travaillé des jours entiers, sans voir le temps passer. Elle était toujours là, brillante sous le reflet des torches. Témoin de leur vie à tous, elle déroulait leurs aventures sur le mur. Tahar soupira, soulagé. Ses choix de pigments s'avéraient judicieux. Les mois et l'humidité n'avaient causé aucun dommage. C'était loin d'être le cas pour le reste de la grotte !

Il ramassa une poignée de terre mêlée de cendre, cracha plusieurs fois dedans, sortit sa pointe de roseau taillé et mélangea pour obtenir une peinture épaisse. La vie se poursuivait, la fresque devait en témoigner.

Alkan, Berlusin, Adélou et Artelune arpentaient la grotte, sans logique. Les uns avançaient, s'arrêtaient, donnaient un coup de pied dans une vieille bûche. Les autres allaient dans un sens pour revenir aussitôt sur leurs pas. La caverne n'avait plus rien à voir avec l'abri qu'ils avaient quitté. Les odeurs, les déjections d'animaux, les morceaux de poteries brisées, les peaux saccagées créaient une atmosphère de désolation. Colard et Lali, debout à l'entrée, respectaient leur silence.

Artelune se retourna brusquement et se dirigea vers la sortie. Elle se laissa tomber sur une souche pourrie, les épaules affaissées.

– Je n'aurais pas le courage de tout recommencer. Reconstruire. Assainir.

Lali l'entoura de ses bras. Elle ne savait que dire pour réconforter son amie. Cette grotte lui paraissait si inhospitalière, à elle aussi ! Alors elle chantonna, entraînant Artelune dans un doux balancement.

Un à un, les enfants s'installèrent sur la plateforme de l'entrée. Même si la neige les protégeait des patrouilleurs, même s'ils n'avaient observé aucune trace de tourneur ou d'engin, ils restaient vigilants. Ils chuchotaient, l'œil aux aguets.

Tahar les rejoignit le dernier, satisfait d'avoir achevé son œuvre. La conversation tournait autour de l'abri pour l'hiver. Dénicher un lieu suffisamment grand et caché pour patienter jusqu'à l'arrivée des villageois relevait d'un défi quasi insurmontable ! Berlusin suggéra :

– Et chez les abominables ? On était bien là-bas !

– La saison froide est loin d'être terminée, répondit Alkan. Ils puiseraient dans leur réserve pour nous nourrir, jusqu'à épuisement. Mais peut-être que toi, Artelune…

Il se tourna vers elle, interrogatif. À regret, elle déclina sa proposition implicite :

– Bien sûr que j'aimerais retrouver mes parents ! Mais il est hors de propos que je vous abandonne. Et si je les vois, je ne sais pas si je parviendrai à les quitter une deuxième fois. Je n'ai pas ton courage, Berlusin !

Un silence ponctua sa remarque. Tahar prit une longue inspiration, et demanda :

– Et si on se trompait de question ? J'ai déjà passé un hiver ici. J'ai aimé créer ma fresque. J'ai aimé partager la vie de mes amis. Mais aujourd'hui, c'est différent. Finir l'hiver ici ou ailleurs, c'est perdre du temps. Perdre du temps, c'est laisser Iriulnik œuvrer à sa guise. Alors qu'elle tient Guitin et Piupy dans ses griffes.

Tous hochèrent la tête. Bien sûr ! C'était logique ! Attendre les villageois n'était pas la bonne stratégie. Leur petit groupe pouvait d'ores et déjà commencer à agir, à préparer le terrain, à recueillir les informations.

Alkan résuma l'avis de tous.

– Je propose de dormir ici, sur la plate-forme. Demain, je vous guiderai jusqu'au souterrain pour pénétrer dans la Bulhavre.

Tahar grimaça. Tam se tenait assis à ses côtés. Langue pendante, essoufflé, il venait de rentrer d'une chasse en solitaire. Son maître s'accroupit face à lui et attrapa sa tête entre ses mains. Il énonça comme une évidence :

– Tam ne peut pas nous accompagner là-bas.

Les autres regardèrent le chien. Ils étaient tellement habitués à lui qu'ils n'avaient pas pensé que la présence de l'animal poserait un problème. La Bulhavre ne comptait aucune bête à poils, à l'exclusion de quelques rats ayant survécu à leur extermination. Avec les meilleures intentions du monde — jouer avec un enfant, courser un véhicule, déterrer un caillou —, le chien risquerait de créer un mouvement de panique. Pire ! Il attirerait l'attention des gardes sur le groupe.

Tam léchait Tahar depuis le menton jusqu'au front avec enthousiasme. Sous l'assaut d'affection, le garçon bascula en arrière, assis par terre. Il serra son animal contre lui.

Alkan s'approcha et caressa la fourrure du chien.

– Ici, il a tout ce dont il a besoin. Débusquer et attraper du gibier, c'est son sport préféré ! On va rouler la tente en boule dans un coin de la grotte. Ce sera le plus douillet des lits que Tam n'ait jamais connu. Le problème, c'est de savoir s'il acceptera de ne pas nous suivre.

– Il obéira, affirma Tahar. Au collège, je l'ai dressé pour ça. On peut lui faire confiance. Pas vrai, ma bestiole poilue préférée ?

Tahar plongea son visage dans le cou de Tam. Il ne voulait pas pleurer, et pourtant l'envie ne manquait pas. Tam avait partagé toute sa vie ces derniers mois. Ils avaient surmonté tant de difficultés ensemble ! Il avait même cru le perdre après l'attaque du mégacérours ! Se résigner à le laisser en arrière le désespérait. Et s'il y avait eu le germe d'un autre choix, il l'aurait saisi sans hésiter.

Alkan se releva pour ramasser l'épaisse bâche en toiles d'araignée :

– Ne t'inquiète pas, Tahar, Tam appréciera sûrement cette période de liberté jusqu'à ce qu'on revienne.

Personne ne lui répondit. Mais tous, en secret, ne purent s'empêcher de penser :

– Si on revient un jour…

76
Remord

Quelle ironie du sort ! Toache grimaça. Il était enfermé dans un cachot voisin de celui qu'occupait la mère d'Alkan et de Tahar, lors de sa dernière visite. La même odeur de peur, aussi acide que putride, y régnait. En l'absence de fenêtre, Toache s'était résigné à la laisser s'immiscer jusqu'au fond de son nez, de ses poumons, de tout son être. Assis sur le sol froid et humide, il frissonna. Son oreille l'élançait, la greffe d'une nouvelle misphère le brûlait et il avait soif. Une soif terrible, qui le tourmentait. Malgré ses appels, aucun gardien n'était venu à son secours. Il soupira. Aucun gardien ne viendrait à son secours, jamais. Il colla sa main, creusée en coupe, contre le mur afin de recueillir la fine pellicule d'eau qui le recouvrait. Peine perdue, sa paume laissait fuir le précieux liquide. Il se mit à genoux et approcha son visage du mur. Il lécha les pierres. À leur goût de pourriture s'ajouta la saveur salée de ses larmes.

Il avait terminé quand la porte s'ouvrit. Une tourneuse inconnue, proprement vêtue d'une tunique blanche, l'invita à se lever et à la suivre. Il obéit, convaincu que résister n'aboutirait qu'à le faire entraver. La cave obscure, les escaliers en colimaçon, les larges couloirs lumineux, ils marchèrent en silence jusqu'à accéder à une pièce qu'il reconnut. La salle des souvenirs.

Rien n'avait changé dans cet espace de torture. Sur l'ordre de la tourneuse indifférente, il se coucha sur la table. La vitre, derrière laquelle se tenait le local d'observation, était noire. Il ignorait si quelqu'un s'y trouvait. Il savait Iriulnik capable de venir profiter du spectacle ! Toache détourna son regard.

La tourneuse rasa quelques mèches de cheveux pour apposer les capteurs d'énergie. Puis, elle tapota sur le clavier d'une machine et questionna :

– Toache, tourneur-directeur du collège des potentiels, c'est bien toi ?

Il confirma.

– Sur l'écran devant toi, tu vas voir défiler les

souvenirs enregistrés dans ton cerveau. Certains te seront familiers. D'autres te sembleront inconnus, car ils ont été isolés de ta conscience. Pourtant, à mesure qu'ils ressurgiront, tu sentiras que tu les as vécus. Laisse-toi aller, n'essaie pas de résister à tes émotions. Tu as compris, Toache ?

La récitation mécanique des consignes et la question finale démontraient que la tourneuse appliquait le protocole. Un rituel bien rodé, maintes fois répété. Toache n'avait qu'une crainte : dévoiler ses pensées à son insu. L'existence du bébé, de Guitin, du groupe des révoltés, il possédait tant de secrets à protéger ! Mais il ne maîtrisait rien. Quelle que soit la séquence de souvenirs exploitée, son cerveau obéirait. Il se résigna à approuver :

– J'ai compris.

Aussitôt, le défilé de ses souvenirs commença.

La main déverrouille la porte et l'ouvre.

Toache inspira longuement. Cette main, il la connaissait. C'était la sienne, il y a bien des années. Il était si jeune alors !

– C'est toi Toache ?

La voix aiguë atteint ses oreilles bien avant qu'il

ne réussisse à voir l'enfant dans la pénombre.

– C'est moi, petite. Ton grand-père m'a expliqué qu'il t'avait installée ici.

L'homme avance dans la pièce où règne une odeur désagréable, une odeur de vieille urine.

L'enfant se précipite vers lui. L'homme lui tend les bras et la tient contre lui.

La sensation de chaleur. La même que lorsqu'il portait le bébé. Oui, maintenant il s'en souvenait.

– Je ne veux pas rester ici ! Ils sont méchants. Ils viennent me mordre la nuit.

L'enfant ne pleurait pas. Elle serrait les dents, fronçait les sourcils. Tout son visage exprime sa révolte.

– Te mordre ? interroge l'homme. Qui vient te mordre ?

L'enfant chuchote un mot à son oreille.

Il la repose sur le sol.

Toache hurla dans la salle : « Non, ne fais pas ça ! »

– Ne t'inquiète pas. Je vais parler à ton grand-père. Je suis certain qu'on trouvera une solution. D'accord ?

La petite fille regarde l'homme. Elle est si concentrée qu'elle détaille chacun de ses traits. Elle demande :

– Tu ne m'oublieras pas ?

L'homme franchit le pas de la prison.

Toache, sanglé sur la table, hurla plus fort encore en s'agitant : « Arrête ! Emmène-la ! Ne la laisse pas là ! »

– Promis, Iriulnik, je reviendrai te chercher.

L'homme referme la porte et la verrouille derrière lui.

Toache se débattit, ses liens pénètrent dans ses chairs. Il ne supportait pas d'être désarmé alors que sous ses yeux, lui, Toache, tolérait le pire. Il implora : « NON ! Je t'en supplie, ne ferme pas ! Elle est si petite, tu ne peux pas la laisser là ! »

Derrière, il entend un bruit. Un sanglot. Peut-être. Il monte les escaliers.

Quand il arrive au troisième étage, le Tourneur de Page l'accueille en souriant.

– Bien sûr, c'est encore difficile. Mais j'ai confiance en elle !

Écrasé par la culpabilité, Toache sentit son cœur se serrer. C'était bien lui, le Tourneur de Page. Il était déjà vieux et pourtant, sa prestance n'avait pas d'âge.

L'homme hésite sur les mots, puis se lance :

– Elle est petite, Tourneur. Elle ne résistera pas, ce n'est pas digne de toi. Les hommes ne sont pas faits

pour grandir et vivre avec des animaux.

– Allons Toache, nous SOMMES des animaux. J'ai longtemps pensé qu'il fallait lutter contre ce caractère animal que nous possédons afin de préserver l'espèce humaine. Je me suis trompé ! L'animal est la solution ! Si nous retrouvons nos racines, si nous plongeons dans notre passé bestial en laissant les poils nous couvrir le corps, en s'abandonnant à nos instincts, en oubliant notre humanité, alors nous serons libres ! Libres de quitter la Bulhavre et de vivre dehors sans mettre en danger notre terre. Nous ne serons que des animaux, parmi d'autres, soumis aux seules lois de la nature.

– Mais Iriulnik…

– Iriulnik sera la première à devenir animale. Élevée par les rats, elle saura trouver sa place dans la nature. Et c'est elle qui tracera la voie pour les suivants. Grâce à ma petite-fille, la Bulhavre ne sera qu'une étape et la page se tournera, définitivement, sur l'humanité. La terre sera sauvée.

– Tourneur, tes projets débordent d'ambition, tes intentions sont louables. Mais ce n'est qu'une enfant. Elle ne…

Le corps entier de Toache fut secoué par de violents soubresauts. Sa tête valdinguait de droite à gauche en un refus perdu d'avance. Il cria : « Continue ! Bats-toi ! Ne le laisse pas t'interrompre et te manipuler à sa guise. »

Le Tourneur de Page prend affectueusement l'homme par l'épaule et le raccompagne jusqu'à l'extérieur.

– Ne t'inquiète pas mon ami. Je comprends, tu as raison. On ne sacrifie pas une vie, même pour toute une communauté. Je vais la faire remonter.

Il cria : « Ne sors pas. Ne lui fais pas confiance. Ta misphère lui permet d'effacer ta mémoire. Ne pars pas sans l'enfant ! Je t'en supplie, écoute-moi, ne pars pas sans l'enfant ! »

Toache se réveilla au cachot. La douleur du souvenir le terrassa instantanément. Il avait donné sa parole. Il avait promis à cette petite fille. Promis de la sauver. Promis de penser à elle. Et il l'avait oubliée.

Même les larmes ne soulagèrent pas Toache. Jamais il n'avait autant souffert et il savait que rien ne pourrait le délivrer du poids de sa trahison. Il sanglota :

– Pardonne-moi, Iriulnik.

77
Garde en faction

Des toiles d'araignée barraient l'entrée du souterrain. Les enfants les enlevèrent, rassurés. Aucun tourneur n'était passé par là récemment. Les galeries restaient ignorées de l'armée de la Bulhavre. Mais pas question de relâcher leur vigilance ! Le risque de se perdre et d'errer sans fin dans le labyrinthe du souterrain constituait un danger plus grand encore qu'une rencontre avec un patrouilleur.

Les enfants progressaient avec lenteur, attentifs à chaque bruit, à chaque courant d'air. Les torches, fabriquées pour l'occasion, n'éclairaient que faiblement. Et le plan qu'Alkan avait pris soin d'emporter avec lui tombait en lambeau. Les plis étaient si usés que la plus petite manipulation du papier se soldait par des déchirures. Cependant, associé aux indications inscrites par Awim sur les parois d'une part et à la mémoire d'Artelune d'autre part, il permit à Alkan de guider ses amis. À chaque embranchement, la réflexion nourrissait les hésitations jusqu'à ce qu'une décision soit prise.

Après des heures de marche et de piétinement, Alkan désigna une porte enduite d'argile qui fermait la galerie.

– C'est là !

Artelune précisa :

– Derrière, une grande échelle monte jusqu'au parc du quartier des familles blanches. Le plus souvent, le parc est désert. Mais mieux vaut rester prudents.

– Surtout que nos tenues ne ressemblent pas à celles portées sous la Bulhavre ! ajouta Alkan.

– Alors, vous m'attendez, annonça Artelune et si la voie est libre, je vous donne le signal.

Alkan rattrapa son amie avant qu'elle ne franchisse la porte.

– Pas question que tu sortes la première !

– Et pourquoi donc ?

– Parce que tu n'es pas blanche ! répondit Tahar.

– Te promener dans le quartier blanc de la

Bulhavre, toi qui symbolises la contre-diversité, c'est à peu près comme si tu allais directement chez Iriulnik pour lui chatouiller les pieds !

En parlant, Alkan tira Artelune en arrière et s'engagea à sa place.

– C'est mon ancien quartier, j'y vais !

– Je t'accompagne, décréta Tahar.

Alkan tendit sa main pour l'arrêter, mais son petit frère prit le devant et argumenta :

– Tu m'as déjà fait le coup une fois, le jour du chariot à roulettes. Pas question que je te laisse partir seul cette fois-ci. On sait tous de quoi tu es capable, du meilleur… mais aussi du reste !

– Je vous préviens, les deux frères, s'il vous arrive la moindre chose, c'est par la peau des fesses que j'irai vous chercher, compris ?

Tous les deux se frottèrent l'arrière-train… Artelune, sourcils froncés et lèvres serrées, n'avait pas l'air de plaisanter. Puis, ils saisirent un premier barreau et s'élevèrent vers la trappe d'accès à la Bulhavre.

Artelune, Lali, Berlusin, Colard et Adélou posèrent leur sac à dos sur le sol et l'utilisèrent pour s'asseoir. L'attente s'annonçait longue.

La trappe pesait aussi lourd qu'un petit rocher. Alkan dégagea une main pour s'aider à la soulever, sa tête n'y suffisait pas. Une dizaine d'échelons plus bas, Tahar patientait. Au premier coup d'œil vers l'extérieur, Alkan ne remarqua rien. La grosse pierre qu'il avait laissé tomber près de l'arbre lors de son départ de la Bulhavre trônait toujours en bonne place. Il chuchota :

– Personne, je sors !

Un genou posé sur le tas de feuilles, puis un autre et Alkan se retrouva à quatre pattes dans le parc de la Bulhavre. Il s'accroupit avant de se relever, et se retourna pour maintenir la trappe ouverte à son frère. Ce ne fut qu'à ce moment-là qu'il remarqua la bâtisse carrée édifiée à une centaine de mètres. Elle barrait l'accès à la sortie. Mais ce n'était pas le plus grave. Pourvue de larges fenêtres surplombant un muret, sa configuration était identique aux postes des gardes contrôlant le passage d'un quartier à l'autre. Alkan n'eut pas le temps de réfléchir à la conduite à tenir, la porte du local s'ouvrit. Il ne disposait que de deux secondes avant qu'un tourneur ne l'aperçoive. Deux secondes pour se mettre à l'abri. D'un coup de pied, Alkan rabattit la trappe. Son frère resterait invisible. Pour lui, il était déjà trop tard.

– Toi, là-bas !

Le maigre espoir de ne pas être remarqué fut balayé par le cri du garde. Courir ? Attaquer ? Attendre ? Alkan hésita sur le comportement à adopter. Un poing serré sous son vêtement, il ne parvenait plus à réfléchir rationnellement. Il toucha la cicatrice qui barrait sa joue et les souvenirs brûlants de sa dernière arrestation rejaillirent dans sa mémoire. Alkan avança de quelques pas puis s'arrêta. Il ne bougeait plus, tétanisé par la peur.

– Pas de mouvement brusque, gamin, ordonna le garde. Au deuxième qui l'avait rejoint, il précisa : Tu le prends à revers, OK ?

Les hommes s'approchèrent, déployés en tenaille. La tenue du garçon ne leur laissait aucun doute : ni uniforme d'écolier, ni vêtement de détente, pas même une tunique de tourneur. Ses habits ne ressemblaient à rien de ce qu'ils connaissaient. Un pas après l'autre, ils avancèrent vers Alkan.

Chez Alkan, la panique déclencha un nouvel effet : chaque battement de son cœur explosait entre ses deux oreilles, assourdissant. Et le rythme était si soutenu qu'Alkan n'entendit pas le garde lui ordonner :

– Sors la main de ta poche, lentement.

Le garçon resta droit, sans un mouvement, sans un mot, sans même un tressaillement du visage. Et cette réaction inattendue inquiéta les deux gardes. Qui était cet enfant ? Vu son âge, il paraissait inoffensif, mais qui sait, il était bien assez grand pour dissimuler une arme sur lui.

Avec prudence, mais sans douceur, le garde crocheta le cou d'Alkan de son bras droit.

– Il est maîtrisé !

Son collègue colla presque sa tête à celle du prisonnier pour articuler chaque syllabe d'un ton menaçant :

– Tu sors ta main de ta poche, len-te-ment.

Alkan observa son visage. Un visage sans particularité, ni plus beau ni plus laid que ceux des habitants de la Bulhavre. Le garde n'était qu'un homme comme un autre, exécutant le travail qui lui était confié. Doucement, Alkan retira son poing de son vêtement et le tendit vers lui.

– Ouvre ta main !

Alkan déplia ses doigts. La réaction des tourneurs fut immédiate. Le premier libéra son cou et s'écarta d'un pas. Le deuxième devint si pâle qu'Alkan crut qu'il allait tomber inconscient. Alkan s'interrogea sur ce petit miracle. En observant sa main, il comprit.

Au creux de sa paume reposait la bague du Tourneur de Page. Il l'avait saisie par réflexe dans son vêtement pour la broyer, dans une tentative désespérée de maîtriser sa panique.

En moins d'une seconde, la vision du bijou qui l'avait tant fait souffrir lui redonna tous ses moyens. Son cerveau débusqua l'idée qui le sauverait sans qu'il ait besoin d'y penser. Il s'écouta affirmer :

– Je suis missionné pour contrôler la surveillance des parcs.

– Missionné ? Un enfant ?

– N'as-tu jamais entendu parler de Colard, l'enfant-patrouilleur de l'Outre-Monde ? demanda Alkan.

Le garde hocha la tête. Bien sûr qu'il connaissait son existence. La rumeur de sa formation et de ses capacités avait bruissé dans toute l'armée ! Personne n'avait osé contester une décision d'Iriulnik, mais beaucoup estimaient injustifié le fait de recourir au travail d'un enfant.

Sans les laisser songer plus avant, Alkan renchérit :

– Si vous envisagez d'entraver ma mission, donnez-moi vos noms. Je suis certain qu'Iriulnik se réjouira de faire votre connaissance.

Les deux hommes n'hésitèrent pas. Leur erreur d'appréciation risquait de leur coûter cher. Leur seule chance était de garder leur identité secrète. Ils reculèrent, lentement, vers leur cahute. Puis, dès qu'ils s'estimèrent assez loin, ils se détournèrent d'Alkan pour fuir vers la sortie du parc.

Alkan soupira. Sauvé. Mais le temps était peut-être compté avant qu'un autre garde n'apparaisse. Ou que les deux tourneurs ne se renseignent et ne découvrent la vérité. Il plongea la bague dans son vêtement et, après un regard alentour, souleva la trappe. Le long boyau de terre occupé par l'échelle était vide. Alkan prit pied sur le premier barreau et dévala les quatre suivants. Il pencha la tête pour refermer l'accès. Dissimulée par la végétation, la trappe constituait le meilleur moyen de les protéger.

78
Les rats

Au bas de l'échelle, Alkan trouva à tâtons la porte d'accès vers le souterrain. Elle s'ouvrit sur les ténèbres. Il hocha la tête en signe d'approbation. Les autres avaient eu le bon réflexe. Dès que Tahar avait donné l'alerte, ils s'étaient repliés dans les galeries, à l'abri.

Bras tendus vers l'avant, plongé dans le noir absolu, Alkan hésita à faire un pas. Privé de torche, sans même une pierre à feu pour jeter quelques étincelles, il percevait une boule d'angoisse grossir en lui. L'obscurité commençait à lui jouer des tours. Il sentait une présence, toute proche, menaçante. Il se rassura intérieurement. Bien sûr qu'il n'y avait pas de monstre dans ces souterrains ! À moins qu'il ne s'agisse des rats ? Il n'avait pourtant entendu aucun bruit de pattes. Un frisson de peur le traversa. Surtout, ne pas paniquer.

Pour s'encourager, il sifflota les trois notes, cette petite musique qu'il partageait avec son frère et ses amis. Aussitôt, comme si la mélodie possédait un pouvoir magique, une grande lueur l'éblouit. Une torche gorgée de sève venait de s'embraser. Alkan éclata de rire et de soulagement. La lumière dévoilait un étrange tableau. Ses amis s'étaient préparés à accueillir les tourneurs ! De chaque côté de la porte se tenaient Berlusin et Lali, prêts à abattre leur torche éteinte sur la tête d'un assaillant. En face, Tahar et Adélou tendaient une corde en travers de la galerie, destinée à faire trébucher l'adversaire. Un peu en recul, Artelune bandait son arc. Colard assurait l'éclairage. Les enfants laissèrent tomber leurs armes, et se précipitèrent autour de lui. Son hilarité les gagna. Après des minutes de tension intense, comme il était bon de rire aux éclats !

– Dire que ce symbole de l'horreur t'a tiré de ce mauvais pas ! s'exclama Artelune en faisant miroiter la bague du Tourneur de Page à la lumière de la torche.

Elle concluait ainsi le récit d'Alkan.

– Si seulement la bague pouvait aussi nous

servir à entrer ! soupira Tahar. La présence du poste de garde dans le parc signifie une chose : les contrôles de sécurité ont été renforcés. Nous ne pourrons pas avancer dans la rue sans attirer l'attention.

– En supposant qu'on trouve un accès… maugréa Colard. On devrait plutôt rejoindre le passage officiel qui relie la Bulhavre à l'Outre-Monde.

– Et les gardes, tu en fais quoi ? interrogea Artelune.

Colard glissa la tranche de sa main sur son cou. Le grand silence qui suivit son geste était clair : tous avaient compris sa pensée. Tuer ! Était-ce le prix à payer pour pénétrer dans la Bulhavre ?

Lali leva ses deux paumes, tournées vers son visage. Elle annonça avec calme.

– Je ne tuerai pas. Prendre intentionnellement la vie d'un homme, quel qu'il soit, c'est tuer l'humain qui est en nous. Et je ne me résoudrai pas à laisser l'un d'entre vous s'y abaisser.

Berlusin ajouta :

– Et tu peux compter sur moi pour empêcher ces jeunes gamins de tremper dans ce genre de combine ! Heureusement que je suis là pour leur remplir la cervelle.

Alkan, Tahar et Artelune sourirent. Ils étaient rassurés : Colard mis à part, tous partageaient les mêmes principes. Tuer pour se défendre était une chose. Tuer pour attaquer en était une autre.

Vexé, Colard se renfrogna.

Adélou proposa :

– Il y a forcément une autre sortie, on doit continuer à chercher !

– Peut-être que tu as raison, Adélou, commenta Lali. Mais on risque aussi de marcher des heures sans jamais trouver d'accès !

– Pour le moment, je n'ai rien de mieux à faire, précisa Artelune. Tant qu'on trace notre passage pour être sûrs de réussir sans encombre à revenir sur nos pas, ça me va !

Tous se regardèrent. Artelune avait énoncé une évidence. Ils ne risquaient rien à chercher. Guitin leva sa torche et s'engagea dans le tunnel :

– Alors, c'est parti !

Le groupe obliqua dans la première galerie qu'il croisa sur sa droite. Tahar fermait la marche. À chaque intersection, il marquait d'un trait de craie blanche la paroi du souterrain. Plusieurs fois, les amis furent contraints de faire demi-tour. Parce qu'une galerie s'achevait en cul-de-sac.

Parce qu'un éboulement condamnait le passage. Tous continuaient à marcher, en silence. Tous se demandaient s'ils parviendraient un jour à trouver un accès.

– On fait une pause ? proposa Berlusin alors que le découragement gagnait du terrain.

Les enfants s'asseyèrent, appuyant leur sac à dos sur le mur.

– Vous entendez ? demanda Tahar.

– Entendre quoi ? rétorqua Berlusin.

À peine l'échange achevé, tous les amis perçurent les bruits qui résonnaient dans le souterrain : des crissements de gravier, des petits coups secs, rapides et nombreux.

– On s'est fait repérer ? chuchota Adélou.

La voix enthousiaste d'Alkan surprit tout le monde :

– Non ! Ce ne sont pas les tourneurs mais des rats ! J'en avais croisé la dernière fois. Vite ! Éteignez les torches pour ne pas les effrayer. Ils vivent ici… ils vont forcément quelque part. On n'a plus qu'à les suivre !

Plaqués contre les parois humides de la galerie, les enfants suivirent la progression des rats à l'oreille. Les bêtes ralentirent leur marche dès qu'ils sentirent leur présence. Mais après quelques secondes d'arrêt, les trottinements repartirent de plus belle. Sans perdre un instant, Lali ralluma une petite torche. La faible lumière qu'elle dégageait évitait de faire fuir les bestioles. Elle permettait à peine aux autres de repérer les reliefs du sol.

Guidé par les animaux, le groupe progressa rapidement dans l'entrelacs des galeries. À intervalles réguliers, Tahar donnait un coup de craie rapide, sans réfléchir.

– Oh non !

L'exclamation d'Alkan était la première parole prononcée depuis que les enfants suivaient les rats.

– Une grille ! Il y a une énorme grille qui barre le passage.

Les rats n'avaient rencontré aucune difficulté pour se glisser entre les barreaux. Déjà, le bruit de leurs trottinements s'éloignait au loin. Les amis ne parviendraient plus à les rattraper.

Berlusin se laissa glisser jusqu'au sol.

– On peut pas leur faire confiance à ces bêtes-là ! Lali, tu nous allumes la grande torche qu'on puisse examiner le problème ?

La lumière jaillit et Colard tendit un doigt menaçant vers le sol.

– Celui-là, je vais lui faire un sort !

Par terre gisait un petit rat trop effrayé pour songer à fuir le danger. D'un prompt mouvement du bras, Artelune rafla l'animal orphelin, juste avant que le pied de Colard ne l'écrase. Elle l'installa à l'abri dans une poche de son vêtement.

– Laisse-le tranquille, il ne…

Personne ne l'entendit protester. Le cri, qu'Adélou venait de jeter, avait étouffé ses paroles et fait sursauter les enfants.

– C'est elle ! C'est sûr, c'est elle !

Il sautait de joie tandis que les autres lui jetaient un regard aussi interrogatif qu'intrigué.

– Je sais où nous sommes ! Je connais cette sortie. Elle est sous l'escalier du collège !

En deux mots, il raconta ce qui s'était passé avant qu'Alkan ne les aide à s'échapper du collège. Tahar et Adélou avaient repéré une trappe dans un placard. Elle protégeait l'accès à un escalier descendant vers les caves. Des heures de travail leur avaient permis de venir à bout de la grille métallique qui en barrait le passage.

Alors qu'il rappelait cette aventure oubliée, les cœurs s'emballèrent dans toutes les poitrines. Les enfants commençaient à y croire. Ainsi, la solution se tenait là, sous leurs yeux. La solution idéale ! Entrer par le collège les protégerait des regards des tourneurs. Restait à éviter ceux des gardiens, des potentiels et du tourneur Toache. Tahar et Adélou rassurèrent le groupe : ils connaissaient une pièce presque à l'abandon. Située dans le même couloir que le bureau du directeur, peu de gens s'y aventuraient. Et les marchandises qui y étaient stockées ne servaient qu'épisodiquement. S'ils parvenaient jusque-là, ils seraient à l'abri. Tahar saisit Adélou par l'épaule et le secoua :

– Je t'ai déjà dit que tu étais un génie ?

Berlusin grogna :

– Si, plusieurs fois ! D'ailleurs, si tu continues à lui répéter aussi vigoureusement, son cerveau sera transformé en compote !

Artelune éclata de rire et ébouriffa les cheveux de Berlusin :

– Tu sais que toi aussi, tu es un génie, dans ton genre !

79
Au collège

La grille était telle qu'Adélou et Tahar l'avaient laissée. Lourde et imposante, poisseuse d'humidité, elle barrait la galerie d'une paroi à l'autre, depuis le sol jusqu'au plafond. Pourtant, grâce aux taquets qui la maintenaient en place, Adélou la démonta en un instant. Tous la soulevèrent pour la basculer sur le côté. Une fois le passage libre, Tahar s'engagea en chuchotant :

– Dire qu'on avait fait tant d'efforts pour sortir, et voilà qu'aujourd'hui on cherche à entrer. On ne serait pas un peu fous ?

– Oh si ! renchérit Artelune, une vraie équipe de toqués de la caboche, prêts à tout et surtout à n'importe quoi ! Et c'est pour ça que pour vous, je pourrais, je pourrais… tout !

– Intéressant, rétorqua Berlusin, et si tu me laissais ta prochaine part de brioche au miel ?

Pour toute réponse, Artelune effleura la peau de sa nuque en s'exclamant :

– Une araignée !

Avec de grands mouvements des bras, Berlusin se frotta le cou et le dos. Artelune s'esclaffa :

– Ah, non, j'ai dû confondre. Ce n'était qu'une poussière !

Le grognement de Berlusin accrut encore son éclat de rire. Mais quand Tahar posa un doigt sur ses lèvres, elle se maîtrisa aussitôt. Se taire devenait nécessaire, question de sécurité.

Ce fut en silence et à la queue leu leu que les enfants montèrent les marches vers le collège. Serrés en haut de l'escalier, le dos ou les mains appuyés sur la trappe, ils parvinrent à la soulever, et à la glisser sur le sol. Adélou sortit le premier. Puis, un à un, les amis s'entassèrent dans le petit réduit. Trop comprimés pour esquisser le moindre mouvement, ils grimaçaient d'inconfort.

L'oreille collée à la porte, Tahar leur donna bientôt le signal. Tous connaissaient le déroulement précis des opérations : quel trajet effectuer pour rejoindre la pièce de stockage, dans quel ordre avancer, à quelle vitesse. Ce qui n'était pas prévu, à peine les premiers mètres franchis, c'était le bruit de pas qui retentit derrière eux. Aussitôt, Tahar accéléra la cadence, entraînant le groupe à sa suite. Il bifurqua, grimpa les escaliers. Les claquements de talons sur le sol continuaient. Ils passèrent devant le bureau du directeur dont la porte resta fermée. Quelques mètres plus loin, ils s'engouffrèrent dans la pièce. Mais les pas ne s'arrêtèrent pas. Et s'ils avaient été repérés ? Alkan se précipita vers une vieille armoire, suffisamment large pour s'y dissimuler. Il fit pivoter le battant sur ses gonds et se glissa à l'intérieur, bien décidé à se tasser pour laisser la place à ses amis. Soudain, le martellement de pas cessa. Durant une longue minute, toutes les respirations restèrent suspendues. Le bruit d'une porte qui claque finit de les rassurer : l'inconnu était entré dans l'autre bureau du couloir. Enfin, ils expirèrent, chassant avec soulagement l'air vicié de leurs poumons.

La voix étouffée d'Alkan parvint alors à leurs oreilles.

– Venez voir !

Ils s'approchèrent du meuble ancien. Artelune et Tahar se penchèrent les premiers dans l'encadrement. Le doigt d'Alkan leur montrait le contour d'une découpe. Il s'arrêta sur la plaque de métal qui recouvrait une portion du mur. Artelune se glissa à ses côtés dans l'armoire, et tapa la main d'Alkan.

– Cette fois, c'est à mon tour d'y aller la première !

Alkan recula son buste, résigné.

La plaque s'ouvrit sans un grincement, souplement. Alkan se méfiait : elle semblait avoir servi récemment, qui sait ce qu'elle dissimulait ? Mais il n'eut pas le temps de retenir Artelune qui déjà, s'engouffrait à quatre pattes dans une pièce plongée dans la pénombre. La menace retentit aussitôt sous forme d'une voix masculine :

– Un pas de plus, et je te fracasse la tête !

– Guitin ?

Cette voix ! Elle était un peu plus grave que dans son souvenir peut-être, mais toujours si aisément identifiable ! Par quel miracle son frère se trouvait là, caché au fond d'un réduit à peine éclairé par la lumière venue d'à côté ? Elle n'y réfléchit pas et saisit à bras-le-corps la silhouette qui l'attendait, une bouteille dans ses bras levés, prêts à frapper. Quand Alkan se précipita quelques secondes après, il découvrit le frère et la sœur serrés l'un contre l'autre. Guitin hoquetait de bonheur.

Artelune sanglotait. Tahar, Berlusin, Lali puis tous les enfants pénétrèrent à leur tour dans la cache. Artelune recula d'un pas, son regard dévorant chaque parcelle du corps de son frère. Elle demanda entre ses larmes :

– Mon pauvre Guitin. Qu'est-ce qu'ils t'ont fait ?

Guitin lui sourit.

– Rien que la joie de te revoir ne peut effacer. Si tu savais comme tu m'as manqué, ma petite pestouille !

À nouveau, elle le prit dans ses bras. Sa gorge serrée l'empêchait de parler. Guitin, si fier de ses muscles, avait fondu. Elle pouvait sentir chacun de ses os pointer juste sous la peau. Quelles souffrances avait-il endurées pour que son corps soit ainsi transformé ? Quand il trembla de fatigue, ou peut-être de douleur, elle proposa :

– Pfiou, tu pourrais quand même nous inviter à nous asseoir, ce n'est pas tous les jours que tu reçois d'aussi prestigieux visiteurs !

Guitin lui adressa un sourire reconnaissant, et se laissa tomber au sol plus qu'il ne s'assit. Depuis le départ de Toache, il n'avait rien mangé. Ses forces le lâchaient. Il crut même avoir perdu la tête quand un ange s'agenouilla devant lui et le regarda avec douceur. Pourtant, la voix de sa sœur continuait à résonner, juste à côté. Elle disait :

– Je te présente Lali.

Guitin sourit à son tour et sentit la main de l'ange saisir la sienne. Sa griffe d'aigle glissa, sans qu'il ne s'y accroche, sans même qu'il ne frissonne. Alors seulement, il comprit. L'ange était vivant et la douceur de ses yeux lui annonçait un avenir. Guitin avait si longtemps douté de la possibilité de survivre que des larmes coulèrent. Son cœur s'emballa. Une idée puissante balaya le sordide réduit, pulvérisa la douleur, effaça ses soucis. C'était elle.

80
Le secret

D'un coup de dents, Guitin arracha un lambeau de viande séchée au morceau qu'il tenait dans sa main. À chaque bouchée, il sentait ses forces augmenter. Guitin parlait la bouche pleine au mépris de toute politesse. Personne n'aurait pensé à le lui reprocher : cette entorse à la bonne conduite conciliait son besoin vital de nourriture avec la quête d'informations de ses amis.

À leur tour, les visiteurs relatèrent les événements des derniers mois. Alkan racontait tandis que les autres ponctuaient son histoire avec un détail, une précision, une remarque.

Au bout d'une heure, l'échange s'acheva, et laissa les clandestins de la Bulhavre songeurs. Guitin ignorait ce qu'était devenu Toache. Impossible de compter sur cet allié dont l'aide aurait été si précieuse. Piupy semblait inatteignable tant l'attention qu'Iriulnik lui portait ne se relâchait jamais. Et le renforcement de la sécurité au sein de la Bulhavre compliquait toute tentative d'information des habitants. Nul n'osa avouer le fond de ses pensées. Mais sans le savoir, ils s'accordaient sur un constat : ils étaient seuls et désarmés, pas plus menaçants pour Iriulnik qu'un lapereau pour un mégacérours. Qu'elle les croise une fois et elle éventrerait d'un coup de griffe tous leurs espoirs.

Guitin réfléchissait de son côté. Il ressassait une information qu'il n'avait pas encore dévoilée. Elle était là, au bout de sa langue, en embuscade. Elle le titillait à coup de frissons de culpabilité. Il avait promis à Toache de ne jamais en parler, à personne. Mais est-ce que sa sœur, Alkan et Tahar ne constituaient pas l'exception ? Désormais, Toache ne se tenait plus à ses côtés pour le guider. C'était à lui de prendre la bonne décision. Une décision fondée sur la confiance. Il murmura :

– Alkan, Tahar, vous avez le droit de savoir.

Les deux frères le dévisagèrent avec curiosité. Il était trop tard pour reculer. Il poursuivit :

– Cette enfant que Colard a aperçue, cachée dans les bras de Toache, c'est une fille. Votre petite sœur. Et la femme qui s'en occupe habite tout près d'ici.

Alkan se redressa d'un bond et cria presque :

– Est-ce qu'elle va bien ?

Artelune se releva et bâillonna la bouche du garçon.

– Pas si fort, zigouillou, tu vas nous faire repérer !

Guitin tendit sa main vers lui, en signe d'apaisement.

– Elle se porte très bien. Toache lui rendait visite régulièrement. Il a débusqué la planque parfaite : elle grandit aux côtés d'une autre fillette de son âge, comme des jumelles.

– Dis-moi où la trouver ! exigea Alkan.

Il paraissait fébrile, toute raison envolée, prêt à quitter le collège sans précaution. Tahar sifflota les trois notes qui ponctuaient les moments forts de leur vie. L'impact de la musique ne tarda pas. Alkan cessa de trépigner. Pourtant, il semblait toujours tendu. Tahar dit :

– Sortir rencontrer la petite nous mettrait en danger, nous tous et elle aussi. Elle va bien, elle est à l'abri et tu ne la connais même pas, pourquoi veux-tu te précipiter là-bas ?

– Parce que c'est ma sœur, voilà tout !

– C'est la mienne autant que la tienne, lui rappela Tahar.

– Et tu n'as pas le droit d'agir sans que nous soyons tous d'accord, ajouta Colard. On est comme une armée, tu dois obéir aux ordres. C'est ce que je fais moi. Et pourtant, en ce moment même, Piupy vit aux côtés d'Iriulnik.

Alkan s'effondra au sol, aussi vide d'énergie qu'il débordait de tension un instant auparavant. Son frère avait raison. Mais quelque chose le poussait vers sa petite sœur, comme si la voir était la chose la plus importante à faire, à ce moment précis. Il se redressa légèrement lorsque Berlusin s'interrogea à haute voix :

– Alkan n'a pas tout à fait tort. On a besoin d'une piste. Toache avait de l'estime pour cette femme, puisqu'il lui a confié un bébé interdit. Il lui a peut-être communiqué des informations ? Ici, au collège, toutes les couleurs de peau sont mélangées. Si on parvient à récupérer des uniformes de potentiel, il deviendrait facile de se déplacer sans attirer l'attention. À part Guitin et Lali, qu'on ne peut pas confondre avec des enfants, bien sûr.

La morosité qui régnait dans la pièce disparut d'un coup. Un plan se dessinait : voler des uniformes, les enfiler, partir aux renseignements. Agir, enfin !

Adélou proposa :

– Je suis le plus jeune et je connais les lieux. Je me porte candidat pour la mission d'approvisionnement.

– Candidature approuvée ! valida Artelune. Mais sois prudent…

Une fois la porte d'armoire refermée, les clandestins tendirent l'oreille. En vain. Adélou ne fit aucun bruit. Il ne restait qu'à attendre. Alkan soupira :

– Attendre… Encore et toujours attendre… Je déteste attendre.

81
Retour aux sources

Adélou s'engagea dans le couloir du premier étage. Rien à signaler. Il exulta : plus qu'une dizaine de mètres et il rejoindrait les autres avec assez d'uniformes pour les vêtir tous. Quelle chance ! Il n'avait croisé personne jusqu'à la buanderie. La gardienne revêche qui l'avait accueilli ne l'avait même pas regardé.

– Le jour où les nouveaux seront punis quand ils se présentent en dehors des horaires d'ouverture, je serai peut-être un peu moins débordée !

Elle avait parlé tout haut et s'était appliquée à ignorer la présence d'Adélou. Puis, elle lui avait demandé sèchement de patienter avant de sortir rejoindre sa collègue qui l'appelait. Profitant de cette absence inespérée, Adélou avait enfilé un uniforme et saisi un sac à linge vide. En moins d'une minute, il l'avait garni d'une bonne dizaine de tenues, l'avait jeté sur son épaule, et était reparti. Deux couloirs à traverser, une large porte à franchir, un escalier à escalader, et il était déjà de retour.

Devant l'accès à la pièce de stockage, il posa son sac au sol. Il préférait manipuler la poignée à deux mains pour éviter tout grincement intempestif. Mais la porte du bureau d'à côté s'ouvrit à la volée. Une jeune tourneuse en surgit. Un coup d'œil vers le garçon et elle s'immobilisa. Le cœur d'Adélou s'accéléra tandis qu'une sueur froide suintait de tous les pores de sa peau. Si cette femme sortait du bureau du directeur, alors il s'agissait de la nouvelle directrice !

– Qu'est-ce que tu fais là ? demanda-t-elle.

– Je… hésita Adélou.

– Tu quoi ?

– Je vais aux toilettes.

– Bien sûr, tu vas aux toilettes dans un couloir où il n'en existe pas. Tu sais que je déteste les gamins qui se moquent de moi ?

– Désolé.

– Et je déteste encore plus les gamins qui pensent sécher leurs leçons en toute impunité.

Elle s'approcha d'Adélou et attrapa une mèche

de ses cheveux. Elle la tira sans ménagement, obligeant le garçon à la suivre.

Adélou avait l'impression qu'elle lui arrachait la moitié de la peau du crâne. Il tentait péniblement d'avancer à la même vitesse qu'elle et d'éviter les à-coups qui ravivaient la douleur. C'était sans compter les escaliers dont la descente fut un supplice répété à chaque marche. Adélou avait tellement mal qu'il ne porta pas attention au trajet. Ce ne fut que lorsqu'elle s'arrêta devant la salle qu'il comprit. La peur qui s'abattit sur lui le tétanisa : elle le ramenait en classe ! Dès le premier pas, professeur et élèves le reconnaîtraient. Alors la directrice découvrirait qu'elle tenait entre les mains un des fugitifs recherchés depuis si longtemps. Un fugitif dont la capture lui rapporterait l'estime d'Iriulnik.

La femme ouvrit la porte. Toutes les chaises raclèrent le sol. Les enfants se levaient, attentifs. Adélou ne bougea pas. D'une forte bourrade au bas du dos, elle le propulsa dans la salle.

– J'ai retrouvé un élève égaré, dit la tourneuse. Elle menaça le professeur de son index pointé vers lui et ajouta : Veille à ne pas le perdre à nouveau !

À peine sa phrase achevée, elle ressortit.

Tous les regards se posèrent sur Adélou. Et la stupéfaction qui s'y affichait montrait l'évidence. Tous le reconnaissaient.

82
Réunis

– C'est pas normal.

Voilà dix fois que Tahar répétait cette phrase. Adélou était sorti de la pièce depuis plus de six heures. La nuit était tombée sur la Bulhavre. Au collège, les bruits des potentiels et des professeurs avaient progressivement laissé place au silence. Et ce calme alimentait la tempête d'inquiétude qui sévissait dans les têtes des enfants. Adélou n'était pas reparu. Et de toutes les hypothèses expliquant son retard, l'une devenait à chaque minute plus crédible : Adélou avait été arrêté.

– Ils ne l'ont peut-être pas encore emmené. Je vais le chercher, vous l'attendez ici, au cas où !

Alkan stoppa Tahar dans son élan. Il comprenait son frère, son besoin de faire quelque chose, n'importe quoi plutôt que de patienter. Mais un autre problème plus urgent nécessitait une décision.

– Tahar, garde ton sang-froid. On ne sait pas où il est. Mais lui sait où nous sommes. On n'a pas le choix.

En cas d'arrestation, Adélou serait inévitablement interrogé.

Alkan se tut. Il connaissait l'efficacité des techniques de torture d'Iriulnik. En restant sur place, le groupe entier s'exposait au danger. Une fois leur cachette dévoilée, ils seraient tous faits prisonniers !

Artelune tira la conclusion qui s'imposait :

– On doit partir. Tous. Là où il ne saura pas nous retrouver.

Le silence s'abattit sur le petit groupe, aussi profond que leur résignation. Le plus dur consistait à s'empêcher de penser. Ne surtout pas imaginer Adélou capturé. Ne surtout pas envisager quel traitement lui était réservé.

Lali se leva, ramassa son sac à dos, et y glissa l'une des bouteilles d'eau stockées dans la réserve. Les outres étaient vides et s'il fallait se terrer quelque part, des provisions s'avéreraient indispensables. L'état de Guitin montrait à quel point le corps souffrait des privations.

Berlusin et Colard se redressèrent à leur tour,

suivis par Guitin, sa griffe d'aile à la main, pointe en avant, telle une arme dérisoire.

Quand tous les amis se tinrent prêts à partir, Tahar soupira.

– Et s'il revient là. S'il n'a pas été arrêté et qu'il découvre qu'on l'a abandonné ?

Il reposa son sac à terre, en tira une branche au bout brûlé. Malgré la pénombre, il traça à grands traits le visage d'Adélou sous lequel il dessina le chariot à glace.

– C'est un rendez-vous. Comme ça, il saura où nous retrouver. Les points de vue ne manquent pas au-dessus de la rivière. Pour ne pas être piégé, on ne se montrera que s'il est seul.

Guitin fit coulisser le battant. Mais à peine s'était-il engouffré dans l'armoire qu'il recula.

– Du bruit. Y a quelqu'un.

Comme pour confirmer ses dires, un pas discret s'approcha du meuble et l'ouvrit. Peu après, une main appuyait sur la porte du local.

– Adélou ! s'exclamèrent en cœur les clandestins.

Adélou, les yeux brillants, poussa devant lui un lourd et volumineux sac de toile puis pénétra dans la pièce. Tahar se précipita vers lui, hésita à le prendre dans ses bras et finit par lui tendre la main.

– On a eu tellement peur pour toi !

– Et moi donc, j'ai bien cru avoir emprunté la voie directe vers Iriulnik. Et pourtant, si vous saviez… Je vous rapporte une nouvelle stupéfiante !

En quelques mots, Adélou brossa le tableau de ses aventures jusqu'à son arrivée dans la classe des potentiels. Il annonça alors triomphant :

– Toache a organisé un complot ! Des professeurs et quelques élèves savent qu'il œuvre pour renverser Iriulnik et ils le soutiennent. Les rumeurs ont traversé les murs. Ils ont entendu parler des contrôles de sécurité, des dysfonctionnements des misphères, des souvenirs à moitié effacés. La folie d'Iriulnik se retourne contre elle ! Quand la directrice m'a emmené en classe, ils ne m'ont pas dénoncé. Le professeur Mogi m'a même félicité. Je suis resté jusqu'au coucher, et me voilà !

La nouvelle laissa ses amis abasourdis. Jamais ils ne se seraient imaginé qu'à l'intérieur même de la Bulhavre se manigançait une révolution ! Seul Guitin hochait la tête, sans surprise. Toache avait déjà prouvé son courage et sa détermination.

– La révolte ne se limite pas au collège, ajouta Adélou. Personne ne connaît leurs noms, mais les gens d'ici savent que des tourneurs haut placés se tiennent prêts à l'action.

Une fois encore, il s'interrompit, laissant aux autres le temps d'assimiler l'information. Mais son état d'excitation était tel qu'il ne put se retenir d'asséner sa dernière découverte.

– Et maintenant, le plus extraordinaire : demain, deux groupes de potentiels sortent visiter le centre de fin de vie et le centre d'information. La visite n'est qu'un prétexte. Car, de ces deux endroits stratégiques partira la révolution. Tout est prévu, organisé, minuté. Il ne manque qu'une chose pour que le succès soit assuré. Une chose que Toache n'a pas eu le temps de trouver.

L'enthousiasme d'Adélou retomba. La révolte risquait d'avorter.

– Qu'est-ce qu'il manque ? demanda Tahar.

– Une armée.

Rien que ça ! La réponse d'Adélou refroidit aussitôt les esprits. Sans armée, la révolte n'irait pas loin. Une classe de potentiels et quelques tourneurs ne suffiraient pas à maîtriser tous les hommes et les femmes chargés de la sécurité de la Bulhavre. Et convaincre assez d'individus de se rebeller pourrait prendre des mois, des années ! C'était plus qu'il n'en fallait pour permettre aux programmeurs d'effacer toutes les mémoires.

À la surprise générale, Guitin annonça :

– Je sais où trouver une armée.

Face aux regards interrogateurs, il s'expliqua :

– Les bagnards. Leurs rêves se résument en deux mots : vengeance et liberté.

83
Un plan minutieux

Les clandestins sortirent du collège sans encombre. Vêtus de l'uniforme des potentiels, Alkan, Tahar, Colard, Artelune, Berlusin et Adélou dissimulaient entre eux Lali et Guitin, trop grands pour en porter. La nuit était avancée. Personne ne s'était risqué dans les rues après le couvre-feu. À voix basse, Guitin leur indiqua la maison de Canile. À défaut de l'avoir déjà vue, il l'avait souvent imaginée lors de ses discussions avec Toache. Il savait précisément où elle se situait.

Devant la bâtisse carrée, ils s'arrêtèrent. Pas un son, pas même la voix des tourneurs-animateurs qui, d'habitude, bruissaient d'une manière ininterrompue dans les écrans allumés. Mais la lumière qui filtrait au travers des fenêtres du rez-de-chaussée indiquait une présence.

– On y va ? interrogea Artelune. Cette fois,

c'est mon tour…

Elle franchit la haie de bambous, taillée de près, et marcha sur l'allée jusqu'à la maison. Elle toqua.

Ils n'entendirent pas les mots qu'elle échangea avec la femme qui lui ouvrit la porte. Mais visiblement, Artelune avait su les choisir. Moins d'une minute après, elle leur faisait signe d'approcher, et la femme les invitait à entrer. Elle ne regarda pas leurs visages, trop occupée à traquer la présence d'un éventuel délateur. Ce ne fut qu'en refermant la porte, qu'enfin, elle les détailla, l'un après l'autre, en silence. Alors elle tendit le doigt vers Guitin :

– Toi, tu es Guitin.

Puis, elle énuméra sans se tromper Tahar et Adélou.

– Toache m'a déjà si souvent parlé de vous !

Artelune assura le reste des présentations. Et la jeune femme conclut :

– Je suis Canile. Je me doutais que vous viendriez un jour. En tout cas, je l'espérais. On peut monter la voir, si vous voulez ?

Alkan hocha la tête. Sa sœur partageait probablement une chambre avec l'autre petite fille, à l'étage, comme il l'avait fait avec Tahar.

Tahar suivit Canile et Alkan dans les escaliers puis dans la chambre. La lumière des veilleuses éclairait doucement le visage des deux enfants, dormant dans le même lit. Ils n'eurent aucun mal à reconnaître leur petite sœur. Elle ressemblait tellement à leur mère !

– Je lui parle de vous, chaque jour. De sa mère aussi. Et de son père.

Elle se tut, le regard soudain assombri.

– Elle est heureuse ici. Je vous laisse avec elle.

Elle sortit et croisa Artelune venue rejoindre le groupe. La jeune fille se pencha sur le lit et chuchota :

– Comme elle est belle !

– Tu crois qu'elle me ressemblera ? demanda Alkan.

– La pauvre… je ne lui souhaite pas ! ironisa Artelune. Elle redevint sérieuse pour ajouter : maintenant, tu dois répondre à la question de Canile.

– Quelle question ? interrogea Alkan, elle ne m'a posé aucune question.

– Tu ne l'entends donc pas hurler derrière chaque mot, chaque sourire, chaque battement de cœur ? Canile s'est attachée à ce bébé. Elle a peur ne plus jamais la revoir quand tout sera terminé. Tu dois la rassurer.

Interloqué, Alkan la regarda, surpris. À aucun moment, il n'avait perçu la moindre inquiétude chez Canile. Artelune le poussa vers la sortie.

– Fais-moi confiance, vas-y maintenant.

Il s'exécuta.

Quand Artelune redescendit l'escalier, elle trouva Canile en pleurs, bercée par les bras de Lali. Cette dernière précisa à son intention :

– Ce sont des larmes de soulagement. Alkan lui a parlé.

– Ce sera difficile de la laisser partir, c'est vrai, ajouta Canile au milieu de ses sanglots. Mais je serai libre de venir la voir avec ma fille. Et il s'agit de son bonheur, c'est ce qui m'importe avant tout.

Artelune passa derrière Alkan et chuchota à son oreille :

– Qui a toujours raison ? Hum ?

Alkan lui sourit sans répondre. Elle fit mine de s'en offusquer.

Quand Tahar les rejoignit à son tour, tous s'assirent en rond sur le sol. Le mari de Canile assurait le poste de garde de nuit au collège, il était absent. Mais ils étaient trop nombreux pour tenir tous autour de la table ! Les discussions sérieuses commencèrent.

Canile parla, longuement. Elle connaissait chaque détail du plan de Toache depuis la chronologie des événements jusqu'au plus petit élément de mise en œuvre. Les clandestins écoutaient, de plus en plus étonnés. Ils arrivaient alors que tout était déjà prêt ! Et la minutie des préparatifs les laissait béats d'admiration. L'organisation de Toache relevait du génie !

Les premiers à intervenir seraient un groupe d'élèves et de professeurs. Même après le couvre-feu, ils justifieraient leur présence facilement.

– C'était prévu ce soir ! précisa Canile. Il devait s'agir du lancement de la révolte : un tour de quartier pour neutraliser les différentes patrouilles avant de lancer l'offensive. Mais il manque encore trop de bras. On se contentera d'un exercice de découverte.

– Et ensuite, qu'est ce qui était prévu ? interrogea Alkan.

– Le plan de bataille est simple, efficace. Une fois les patrouilles arrêtées, il est prévu de répartir les révoltés en cinq équipes. Quatre d'entre elles donnent l'assaut aux organisations névralgiques de la Bulhavre. D'abord, le centre d'approvisionnement pour bloquer les distributions d'armes. Ensuite, ou mieux… en même temps, le centre de fin de vie. C'est là que travaillent les tourneurs-programmeurs. Il faut éviter à tout prix qu'ils reprogramment nos misphères avant que la révolte ne soit terminée ! Pour finir il est prévu d'investir le centre d'information, comme ça, les écrans diffuseront la nouvelle de la révolution avant même que 213 ne sonne.

– Et le quartier général des tourneurs ? demanda Tahar.

– Une équipe doit s'y rendre. Mais elle attendra les nouvelles des autres avant d'entrer. Si tous les sites tombent entre nos mains, les tourneurs-alpha se verront contraints de se livrer.

– Si je compte bien, ça fait quatre groupes ! commenta Artelune. Et le cinquième sert à quoi ?

– On l'a baptisé le groupe mobile. Ceux qui y sont affectés s'occupent des prisonniers mais aussi, et surtout, de la communication entre les équipes des révoltés. Ce sont eux qui rapporteront le tableau de la situation : où on en est, qu'est-ce qui a marché, qu'est-ce qui a échoué. Des informations indispensables pour prendre les décisions !

Les enfants réfléchirent. Si tous les points névralgiques de la Bulhavre tombaient au même moment, ce plan avait une chance de réussir. Et tout cela, sans trop de sang puisque les révoltés avaient pour mot d'ordre d'éviter les violences.

Canile conclut en soupirant :

– Prendre d'assaut tous les lieux de pouvoir, au même moment, cela demande des bras ! Toache n'a pas eu le temps de mettre sur pied son armée.

– Nous avons une armée ! l'informa Guitin.

Canile pinça les lèvres.

– Votre aide est la bienvenue, bien sûr. Mais vous n'êtes pas assez nombreux !

– Je ne parle pas de nous, précisa Guitin. Il y a, au bagne, plusieurs dizaines de prisonniers en colère contre les tourneurs-alpha !

– Les bagnards ? répondit la jeune femme.

Un instant interloquée, elle retrouva vite un large sourire. Les bagnards… Ni elle ni Toache n'y avaient songé ! Elle finit par rire aux éclats :

– Je suis si heureuse, si heureuse ! Vous êtes exactement ceux qu'il nous manquait pour que la révolution s'accomplisse !

Alkan proposa :

– Alors ce soir, c'est la révolte ?

– C'est la révolte ! Gardez-moi les bébés deux minutes, je file trouver le professeur Mogi, il s'occupera de faire passer le message.

Quand elle revint, elle grimpa les escaliers et redescendit, deux uniformes à la main.

– Celui-ci sera peut-être un peu large pour toi, dit-elle en tendant les vêtements à Guitin, mon mari est plus corpulent que toi. Et voici pour toi, ajouta-t-elle en donnant l'autre habit à Lali. On fait à peu près la même taille. Lali et Guitin se changèrent dans la cuisine. Quand ils revinrent, un silence admiratif précéda une vague d'applaudissements. L'illusion était parfaite. Leur prestance, leur sérieux et leur tenue impeccable les avaient transformés en des tourneurs plus que crédibles. Guitin imita le ton sévère d'un professeur :

– Êtes-vous prêts pour la visite de nuit, les enfants ? Évaluation en classe demain !

84
Enrôlés volontaires

Et c'est ainsi que le soir même, tous les amis accompagnés d'un groupe d'élèves, ainsi que des professeurs Mogi, Lana et de leurs collègues, arpentèrent les rues en direction du bagne. Sans tenter de se cacher. Tapant des pieds au rythme d'une patrouille. Des potentiels encadrés par leurs professeurs qui complétaient leur apprentissage de l'organisation de la Bulhavre par une analyse des défenses de nuit. Le cœur battant, chaque membre du groupe dissimulait au mieux la peur qui l'étreignait. Elle était l'ennemie qui risquait de les trahir. Dans sa poche, Alkan tritura la bague du Tourneur de Page. Quel étrange porte-bonheur il s'était choisi ! Juste à ses côtés, Artelune marchait, dents serrées. Elle aussi luttait pour ne pas être submergée. Elle sentait le petit rat qui s'agitait dans sa poche. Il avait pourtant mangé avant le départ. Si seulement il pouvait rester silencieux !

– Halte ! Contrôle de sécurité !

Dès l'ordre donné par le patrouilleur, la colonne s'arrêta. Chacun veillait à afficher un air curieux et intéressé. Lali n'avait nul besoin de se forcer. Elle, qui avait si souvent entendu parler de la terre saine lors des veillées du peuple, regardait avidement autour d'elle. Tout y était si différent !

– Bonsoir, tourneur ! commença Mogi.

Ses explications suffirent à convaincre le responsable de patrouille. Il les laissa passer en leur souhaitant bon courage. Artelune sentit le rat se calmer. Il s'était endormi.

– Halte ! Contrôle de sécurité !

La deuxième patrouille leur offrit de s'arrêter au poste à leur retour, histoire de boire un petit jus d'algue pour se réchauffer. Ils ne croisèrent pas de troisième équipe avant d'arriver à destination. Le bagne.

La vision de la porte du bagne ramena Guitin des mois en arrière, alors qu'on le poussait violemment pour la franchir et qu'il s'écroulait au sol sans comprendre où il atterrissait. Face aux souvenirs douloureux qui investirent sa mémoire, il ressentit un haut-le-cœur. Il respira profondément pour éviter de vomir. Lali doubla les enfants et se tint debout, proche de lui. Puis, elle nicha sa main dans la sienne. Son énergie irradia le bras de Guitin et se répandit aussitôt en lui. Il sourit. La certitude d'avoir emprunté le bon chemin apaisa sa souffrance. Avec son ange à ses côtés, il ne risquait rien.

Les gardes n'émirent aucune protestation. Un seul objet accaparait leur attention : la bague du Tourneur de Page. Dociles, ils posèrent leurs fouets empierrés sur le sol et se rassemblèrent dans la salle de repos, sans poser de questions. Chaque instruction du professeur Lana qui portait la bague en évidence devenait un ordre.

– C'est déconcertant ! chuchota Alkan dans le bâtiment des gardes, ils obéissent comme si tout cela était parfaitement normal !

– Grâce à ta bague, rétorqua Artelune. On dirait que t'as fait bonne pioche le jour où tu l'as ramassée ! C'est une chance !

Alkan ne répondit pas. L'image du squelette du Tourneur de Page s'imposa dans son esprit. Non, ça n'avait rien d'une chance.

Une fois tous les gardes arrêtés, Lali, Berlusin, Colard et Tahar assurèrent la surveillance, comme les tourneurs le faisaient avec les bagnards, le fouet empierré et les gestes violents en moins. Assis sagement sur le sol, les gardes patientaient. Ils ne comprenaient pas ce qui se passait. Mais l'habitude d'obéir était suffisamment ancrée pour que cela ne crée aucune difficulté. Rester enfermés là ne constituait pas un problème puisque c'était un officiel qui l'avait ordonné !

Au même moment, Guitin, Alkan, Tahar, Artelune et Adélou rejoignirent le toit délabré qui abritait les bagnards pendant leur sommeil. Les enfants découvrirent avec stupéfaction les conditions de vie inhumaines imposées à ces hommes. Couchés par terre, vêtus de tenues crasseuses infestées de puces et de poux, les visages creusés par les privations et la maladie, les yeux ternes, ils semblaient abrutis par une fatigue bien supérieure à ce qu'un homme peut supporter. Alkan s'inquiéta : c'était donc là leur armée ? Ces hommes paraissaient à peine capables de se lever et de porter leur propre poids !

– Ne sous-estime pas l'énergie qu'un homme

peut déployer pour sa liberté !

La remarque de Guitin fut partiellement inaudible en raison d'un cri :

– Tahar ! Alkan !

Les deux garçons se précipitèrent, enjambant des bras, des corps, veillant à n'écraser aucun doigt. Leur père se tenait là, couché au milieu des bagnards. Il se redressa péniblement pour accueillir ses fils.

Au même moment, un chuchotis assez puissant pour passer au-dessus des têtes parvint aux oreilles de Guitin :

– Colard, Guitin !

À son tour, Colard et Guitin franchirent bras et jambes pour rejoindre Mino. Colard s'agenouilla à ses côtés. Son père était amaigri, mais vivant. Le garçon lui annonça sans attendre :

– Piupy est saine et sauve.

Mino serra la main de son fils dans la sienne. Trop d'émotions se bousculaient en lui pour qu'il parvienne à les traduire en mots. Guitin, debout à ses côtés, hocha la tête.

Rien que pour ce moment, la révolte se justifiait.

Que dire de ces retrouvailles sinon qu'elles réussirent à émouvoir les bagnards ? Ces hommes qui, chaque jour, voyaient mourir leurs semblables sous les coups des gardes, des roseaux perforants ou des gaz toxiques, ces hommes qui avaient appris à s'emmurer dans une indifférence nécessaire à leur survie, ces hommes qui attendaient que la mort vienne les délivrer de cet enfer, ces hommes-là sentirent une fissure ébrécher leur cœur. Des enfants qui retrouvent un père. Un ancien bagnard qui rejoint un ami. Soudain, ils en avaient la preuve, la vie palpitait encore sur ce camp de damnés.

Et quand Guitin s'adressa à eux et qu'Alkan leur expliqua la raison de leur présence, alors la brèche s'élargit. Un fossé se creusa en eux, immédiatement rempli par ce sentiment précieux qu'ils croyaient disparu : l'espoir.

Alkan et Tahar échangèrent un regard. Plus un seul homme n'était couché au sol. Il ne restait que quelques heures avant 213. Achever la révolte avant le réveil des habitants constituait l'une des conditions de sa réussite. Tous les bagnards avaient intégré leur feuille de route. Tous savaient où aller, quoi faire, quand. Mais un dernier problème se posait : enfermer les gardes dans la salle n'excluait pas une évasion. Et si l'un d'entre eux parvenait à donner l'alerte, c'en serait fini de la révolution. L'effet de surprise jouait en leur faveur. Un déploiement complémentaire de tourneurs les arrêterait comme une goutte de pluie balaie une fourmi.

On entendit la voix de quelques bagnards s'élever au-dessus du groupe :

– À mort ! Tuons-les !

Mais, malgré les souffrances qu'ils avaient endurées, la majorité ne réclamait pas cette justice expéditive. Mino trouva la solution :

– Installons-les sur une des plates-formes flottantes, celles sur lesquelles on pose les roseaux et les algues récoltés. Sans gaffe pour la manœuvrer, la barge restera immobile, coincée entre les roseaux. Plonger pour s'enfuir reviendrait à s'empaler sur les perforants et à se vider de son sang. Ils ne pourront pas s'échapper. Ils ont vu assez de bagnards mourir dans ces conditions pour le savoir, ils n'essaieront même pas.

Il avait raison.

Quand les hommes libres sortirent du bagne pour pénétrer dans la Bulhavre, les gardiens les regardèrent s'éloigner. Ils n'envisageaient pas de bouger. Ils espéraient secrètement leur succès. Car si la révolte échouait, on leur reprocherait d'avoir laissé s'évader les prisonniers. Et tous étaient convaincus qu'ils ne réchapperaient pas d'une colère d'Iriulnik.

– Il leur faudra de la chance ! s'exclama l'un des gardes.

L'armée disparaissait de leur vue, peu à peu. Clopin-clopant, les plus valides soutenant les malades, les blessés. Certains s'arrêtaient, trop épuisés par la violente quinte de toux qui les secouait, d'autres se concentraient pour enchaîner les pas… Les bagnards ne dégageaient pas une aura de puissance et de force. Et pourtant, leur détermination à surmonter leur faiblesse créait une circulation d'énergie qui portait le groupe dans son ensemble.

– De la chance et du courage, ajouta un autre garde. Mais ça, je crois qu'ils n'en manquent pas.

85
L'armée en marche

Les patrouilles de nuit, croisées à l'aller, se trouvaient dans le poste des gardes, à siroter un jus d'algue. Lorsque les bagnards investirent leur cahute, les tourneurs ne réagirent pas. Ils étaient si abasourdis qu'ils regardaient ces hommes sales et blessés les ligoter sans même songer à lutter.

Mais quand Artelune et Guitin entrèrent à leur tour, ils grimacèrent. Dans la rue, les veilleuses permettaient de distinguer les silhouettes, guère plus. Alors qu'à l'intérieur, la lumière drue leur montra ce qu'ils n'avaient pas remarqué : le faux tourneur et la fausse potentielle se révélaient être des contre-diversités ! Leur dégoût, déjà évident devant les barbes et les moustaches des bagnards, s'imprima plus encore sur leurs visages.

– On devrait les tuer, ce serait plus sûr ! proposa Colard.

Artelune et Guitin échangèrent un regard. Colard n'avait pas réussi à tenir sa langue ! Et ils ne pouvaient empêcher les insurgés de discuter du sort de leurs prisonniers.

– Jusque-là, le plan a parfaitement fonctionné, affirma Artelune, il est préférable de s'y tenir. Nous emmenons les prisonniers. Le groupe mobile s'en occupera.

Les professeurs, les bagnards et les potentiels approuvèrent d'un mouvement de tête. Les tourneurs, soulagés, observèrent d'un œil neuf les contre-diversités qui leur sauvaient la vie.

Lorsque la colonne se remit en marche, les tourneurs avancèrent au pas, disciplinés. À leur grande surprise, les bagnards ne les traitaient pas comme des prisonniers. Au contraire ! Ils discutaient d'égal à égal avec eux, apportant des informations sur la Bulhavre, proposant un nouvel éclairage sur son organisation. Aucun sujet ne les rebutait. Le manuel, un outil pour les manipuler ? Les enlèvements, le moyen de produire de l'énergie dans le centre de fin de vie ? À chaque pas, les esprits des gardes s'ouvraient un peu plus, à mesure que leurs certitudes s'écroulaient.

Les gardes du poste du parc, au cœur du quartier des officiels, furent maîtrisés avec la même facilité. Cette fois-ci, ils restèrent sur place, avec leurs collègues. La cahute, transformée en prison, permettrait de tenir au secret tous les tourneurs capturés jusqu'à ce que la rébellion s'achève. Alors, il serait temps de vérifier qui se ralliait au soulèvement et qui s'y opposait.

Quelques bagnards restèrent sur place afin d'assurer la surveillance. Même si chacun s'astreignait au calme, les chuchotements et les déplacements des bagnards, des potentiels et des professeurs créaient une effervescence inhabituelle sous la Bulhavre.

– Il faut partir ! dit Artelune. Si l'alerte était donnée maintenant, les tourneurs parviendraient à nous encercler facilement.

Alkan approuva et soudain, sa voix s'éleva au-dessus du discret brouhaha :

– Il est temps ! Chacun sait ce qu'il a à faire. Mettons-nous en marche !

L'armée des bagnards se scinda.

Les potentiels intégrèrent leur groupe d'attaque. Les professeurs constituaient la majorité des soldats pour prendre d'assaut le centre d'animation. Tahar et Lali les accompagnaient.

Adélou et Berlusin se joignirent à l'équipe qui partait en direction du centre d'approvisionnement. Ni arme ni nourriture n'en sortiraient avant que les révoltés n'aient triomphé.

Guitin et Tomy marchèrent en tête de la colonne affectée au centre de fin de vie. Les hommes à l'esprit le plus solide avaient été choisis pour libérer les personnes enfermées dans les cachots et leur apporter des soins. La consigne était claire : le matériel technologique ne devait pas subir de dégâts dans la bataille. Détruire les souvenirs des habitants constituerait un drame qu'aucune révolte ne pourrait justifier.

Le groupe mobile comportait des bagnards, quelques potentiels parmi les plus âgés, sous les ordres de Mino. Leur mission consistait à sillonner les rues, étouffant les tentatives de réaction des gardes, assurant la liaison d'un lieu d'insurrection à l'autre.

Enfin, Alkan, Colard et Artelune, suivis par les bagnards au caractère calme et pondéré, empruntèrent la direction du quartier général des tourneurs.

Alkan sentait l'excitation imprégner jusqu'à la

plus petite partie de son corps. Mais il percevait aussi la peur, nichée en embuscade, prête à lui couper tout moyen. Il n'espérait qu'une chose : ne pas se laisser submerger par ses souvenirs, ne pas rester tétanisé de terreur face à Iriulnik. Il prit la main d'Artelune qui marchait à ses côtés. Elle la serra :

– Ça ira. Avançons pas après pas. On avisera.

Il hocha la tête. Les hommes qui les suivaient risquaient leur vie. Il n'avait pas le droit à l'échec.

86
La révolte

Le centre d'approvisionnement, situé à l'intersection des différents quartiers des familles, tomba le premier. Sa surveillance de nuit se limitait à une ronde toutes les deux heures, effectuée par les patrouilles de contrôle. À cette heure proche de la fin du couvre-feu, c'était au tour de la patrouille des familles cuivrées. Les deux tourneurs aperçurent une lumière dans le bureau du gestionnaire. Ce n'était pas la première fois qu'il oubliait d'éteindre en partant. Ils s'acheminèrent dans sa direction.

– Il a de la chance qu'on ne l'ait pas dénoncé. Les tourneurs-chefs ne plaisantent pas avec le gâchis d'énergie.

– Oui, et les autres patrouilles auraient pu intervenir avant nous. Toute une nuit d'éclairage pour rien…

Le premier poussa la porte. Il cria. Trop tard, le deuxième s'était déjà engouffré à sa suite. De part et d'autre de la porte, alignés le long du mur, se tenaient des bagnards de toutes couleurs de peau et deux enfants. Le plus surprenant pour les patrouilleurs consistait à découvrir des visages constellés de poils de barbe et de moustache. Ils n'en avaient jamais vu !

Adélou referma la porte tandis que Berlusin annonçait :

– Nous sommes les révoltés de la Bulhavre et nous prenons le contrôle du centre d'approvisionnement. Ne nous obligez pas à vous faire du mal.

Interloqués, les deux hommes ne réagirent pas immédiatement. Puis, le premier courut vers la porte et s'immobilisa aussitôt : deux bagnards se tenaient debout devant le seul accès au bureau. Les tourneurs étaient pris au piège. Ils furent confiés, les mains ligotées dans le dos, aux membres du groupe mobile. Ces derniers les encadrèrent jusqu'à la prison du parc, et diffusèrent l'information. Le centre d'approvisionnement était tombé. La suite du plan pouvait être mise en œuvre sans attendre.

***

L'opération centre de fin de vie se déclencha aussitôt. Le père d'Alkan entra le premier, la porte n'était pas fermée. Mais le dédale des couloirs rompit leur effet de surprise : les gardes les entendirent arriver bien avant de les rencontrer.

Quand les révoltés tentèrent d'accéder à la salle des souvenirs, un cordon de tourneurs l'en empêcha. Guitin s'en réjouit : le matériel technologique resterait à l'abri de la bagarre. Équipés de ces mêmes bâtons métalliques qu'ils utilisaient pour assommer les fins de vie agressifs, les gardes s'avancèrent, bien décidés à chasser les intrus. Mais les insurgés ne reculèrent pas. Avec pour seules armes, leurs mains et leur détermination, ils s'élancèrent pour un combat au corps à corps. Le choc fut violent. Les barres métalliques s'abattirent sur les têtes, les jambes, les ventres. Mais après ce premier coup, les tourneurs ne parvinrent pas à redonner de l'élan à leurs gourdins : à peine les levaient-ils en l'air qu'ils leur étaient arrachés des mains par un bagnard. Le nombre des révoltés jouait en leur faveur. Et même si leur état de santé déplorable les condamnait à perdre lors d'un affrontement en tête à tête, leur énergie les poussait à continuer la lutte, à combattre sans baisser les bras.

Quand les tourneurs comprirent qu'ils ne réussiraient pas à retenir les insurgés, ils se replièrent dans le couloir menant aux cachots. Ils dévalèrent les escaliers, poursuivis par les insurgés qui ne les lâchaient pas. Bientôt, acculés contre un de ces vieux murs de pierre que formaient les fondations du bâtiment, ils posèrent leurs armes à terre.

– Les clés des cellules, exigea Guitin.

Une tourneuse les jeta à ses pieds. Un bagnard ramassa le trousseau et entreprit d'ouvrir toutes les portes. La première salle, humide et sinistre, était vide. Guitin ordonna au groupe des tourneurs d'y entrer. Il verrouilla la porte derrière eux. Il ne s'attendait pas à des cris de triomphe : beaucoup des révoltés étaient blessés, certains trop gravement pour parvenir à descendre jusque-là. Mais l'absence totale de réaction l'étonna : les tourneurs étaient prisonniers et nul ne s'en réjouissait ! Quand il se retourna, il comprit. Les insurgés, debout devant les entrées des cachots, hésitaient à y pénétrer. Le spectacle qu'offraient les fins de vie, roulés en boule sur le sol humide et sale, trop épuisés pour tenter ne serait-ce qu'un geste vers leurs libérateurs, dépassait toutes leurs craintes.

Jamais les bagnards n'auraient pu imaginer que d'autres hommes et femmes vivaient dans des conditions pires que les leurs sous la Bulhavre. Le père d'Alkan lança le mouvement en expliquant calmement aux victimes :

– Ne vous inquiétez pas. Nous sommes les révoltés de la Bulhavre. Nous ne vous voulons aucun mal. Vos tortionnaires sont prisonniers. Nous venons pour vous délivrer et vous soigner.

Aucune réponse. Pour la plupart des personnes, il était déjà trop tard. Elles avaient perdu le goût de vivre.

Les bagnards entrèrent dans toutes les cellules, répétant les phrases de Tomy. Ils dépassèrent leurs propres faiblesses pour porter dans leur bras les fins de vie. Ils préféraient consacrer leurs ultimes forces pour extirper ces pauvres gens de leur terrible environnement. Les soulever n'était pas si difficile… les victimes pesaient si peu, pas plus qu'un enfant bien portant.

Guitin pénétra dans le dernier cachot. La personne qui occupait la cellule se tenait recroquevillée sur elle-même. Il était impossible de discerner s'il s'agissait d'un homme ou d'une femme. Guitin s'approcha de l'être humain et s'agenouilla à ses côtés. Alors seulement, il le reconnut :

– Toache ? s'exclama-t-il surpris. Toache ! répéta-t-il avec compassion, je vais prendre soin de toi.

Du bord tranchant de sa griffe d'aigle, Guitin coupa le lien qui retenait la cheville de Toache à un anneau scellé dans le mur. Puis, il porta le tourneur-directeur dans ses bras et, marche après marche, extirpa son ami de l'enfer.

Bientôt, toutes les cellules furent vidées de leurs victimes. Seul un cachot, situé au fond du couloir, restait fermé. Aucune clé n'en ouvrait la porte. Tomy s'immobilisa devant pour réfléchir. Forcer cette serrure signifiait perdre un temps précieux, probablement inutilement. Mais l'hypothèse qu'un pauvre bougre soit enfermé là, derrière le battant, ne pouvait être complètement écartée. Guitin le rejoignit et proposa :

– Et si je tentais de la crocheter avec ma griffe d'aigle ?

Tomy approuva. Au moins, ils auraient essayé.

La pointe effilée de la serre crissa sur le métal. Sous la Bulhavre, les serrures n'équipaient que les portes des espaces sensibles, nécessitant une protection particulière. Et elles ne ressemblaient pas à cette vieille serrure d'un autre âge. Mais pour Guitin, ce mécanisme à rouages, très proche de celui qui déclenchait ses pièges, ne constituait pas une difficulté. Explorer, tâtonner, triturer, il prit son temps. Le père d'Alkan s'apprêtait à lui demander d'arrêter lorsqu'enfin, il fut prêt. Exerçant une légère pression sur l'un des taquets, il entendit le discret déclic qui signifiait qu'il se trouvait sur la bonne voie. Il recommença l'opération cinq fois. Un « clac » franc et sonore résonna sous la voûte. La serrure avait cédé.

Guitin pénétra dans le cachot. Il frissonna, le froid et l'humidité pinçaient plus encore que dans le reste des caves. Dans la pénombre, il repéra une masse vers le mur du fond. Il s'approcha pour distinguer de quoi elle était composée. Pendant un instant, la stupéfaction lui ôta toute possibilité de parler.

La femme était couchée sur une fine épaisseur de paille, non pas recroquevillée pour se protéger du froid comme toutes les autres victimes, mais allongée sur le dos. Les traits apaisés de son visage dégageaient une sérénité d'autant plus impressionnante qu'ils se détachaient sur sa peau diaphane. Elle était belle.

Et tout indiquait qu'elle était morte.

– Tomy, il y a quelqu'un.

Le père d'Alkan et de Tahar entra à son tour. La vue de la femme lui arracha un douloureux gémissement.

– Minda !

Il s'agenouilla sur le sol de pierre et, sans quitter le visage de sa bien-aimée du regard, posa une main sur la sienne. La surprise fouetta son cœur. Il s'attendait à une main dure et glacée, mais elle s'avéra souple et tiède. Un violent espoir le submergea. Il se pencha, et colla son oreille sur sa poitrine. Un battement effleura son tympan. Un battement, puis ce fut le silence. Le père d'Alkan balbutia :

– Je ne comprends pas ! Son corps est tout juste tiède, son cœur bat à peine, et les couleurs de la vie ont déserté son visage. Pourtant, on dirait que…

Il n'osait prononcer le mot. Le risque de voir son espoir déçu était trop grand. Vivante. Elle était peut-être encore vivante.

Guitin plaça sa main devant la bouche de Minda. Un imperceptible souffle d'air effleura ses doigts. Il appela :

– Minda ? Minda !

Aucun muscle de Minda ne tressaillit. Elle ne l'entendait pas.

– L'hiver dure six mois, en Outre-Monde.

Tomy jeta un regard interloqué à Guitin qui poursuivit :

– Certains animaux ne résisteraient pas à une si longue période de froid. Alors, ils se terrent à l'abri quelque part, et le rythme de leur cœur se ralentit. Ils ne mangent plus, ils respirent à peine. C'est comme s'ils dormaient très très profondément, en économisant leur énergie. Ce n'est qu'au retour des beaux jours qu'ils se réveillent ; fatigués, mais vivants. On appelle ça l'hibernation.

Le père d'Alkan observa sa femme. Elle aussi semblait dormir paisiblement. Son cœur battait au ralenti, mais elle respirait. L'espoir gonfla à nouveau en lui :

– Tu crois que…

Guitin inclina la tête.

– Je crois qu'elle hiberne et qu'elle se réveillera quand elle se retrouvera en sécurité dans un lieu accueillant.

Des larmes de soulagement inondèrent les cils de Tomy. Elles coulaient sur ses joues, cascadaient jusqu'au sol de pierre. Il glissa un bras sous la nuque de sa femme, un autre sous ses genoux, pour la porter hors de la cellule. Il monta les escaliers, poussa la porte de l'entrée. Il ne gardait plus qu'une idée en tête. L'extirper de ce lieu de souffrances.

Deux membres du groupe mobile l'attendaient. Son visage inondé de larmes les inquiéta. Les tourneurs avaient-ils gagné la partie ? Ils soupirèrent de soulagement quand Tomy annonça :

– C'est fait. La situation est maîtrisée. Mais on a des blessés. Beaucoup de blessés.

– On prévient le centre d'approvisionnement pour te faire porter des médicaments.

Ils repartirent aussitôt transmettre les informations.

Tomy regarda sa femme. Le meilleur médicament ne suffirait pas à effacer ce qu'elle avait vécu. Il ordonna aux membres de son unité :

– Six bagnards restent avec moi pour commencer les premiers soins. Le reste de l'unité rejoint le quartier général. Prévenez Alkan, Tahar et Toache que je ne bouge pas de là.

Il rentra dans le hall et installa sa femme aux

côtés des blessés. D'un serrement de main, il prit congé de Guitin. Le jeune homme ne s'attarderait pas. Artelune et ses amis l'attendaient au quartier général. La révolte avant tout.

***

Au centre d'animation, nombreux étaient les habitants qui bénéficiaient d'une dérogation afin de rejoindre leur poste avant 213. Les consignes étaient simples : garnir en image l'écran équipant chaque maison, du matin au soir, à l'aide d'émissions à la gloire du Tourneur de Page, des tourneurs-alpha, du manuel ou encore de la vie sous la Bulhavre. Ce matin-là, tous les tourneurs-animateurs se tenaient prêts : le direct commençait une demi-heure après.

Le tourneur installé au poste d'accueil ne posa aucun problème aux bagnards, aux potentiels et à leurs professeurs. À peine aperçut-il la vague de barbes et de moustaches qu'il s'évanouit, terrassé par sa peur d'être contaminé par ces horribles poilus. Tahar et Lali s'engagèrent dans le bâtiment. L'un emprunta le couloir de gauche, suivi par la moitié du groupe. L'autre prit celui de droite. Diviser leurs forces les affaiblissait, mais il fallait courir le risque d'attaquer partout en même temps. C'était la seule manière de réussir leur mission. Rapidement, le groupe de Tahar constata que le couloir ne conduisait qu'à des salles de stockages, vides. Il revint sur ses pas et rejoignit l'autre équipe. Lali tenait déjà en respect les tourneurs-animateurs. Les professeurs et les potentiels s'activaient pour comprendre comment manipuler le matériel. Encore un quart d'heure et sur l'écran des maisons, la nouvelle de la révolution serait annoncée. Elle se répandrait dans tous les foyers, chez les familles, les jeunes et même les tourneurs. Les professeurs du collège avaient préparé en secret des explications claires et simples pour dévoiler aux habitants les vrais rouages de l'organisation de la Bulhavre. Les enlèvements, les effacements, la torture des émotions des fins de vie, la cruauté d'Iriulnik et de Rustor. Les résidents de la Bulhavre méritaient de connaître la vérité. Les révoltés y veilleraient.

87
Réveil non conforme

Son premier geste fut d'allumer l'écran. Règle 755 du manuel. Mais comme chaque matin, elle n'écouta pas vraiment ce qu'il s'y disait. Perdue dans ses pensées. Le jus chaud à préparer. Nettoyer la tache de boue du vêtement de sa fille aînée. La journée de labeur l'attendait, sans surprise. Et puis, soudain, un mot. Un mot surgit de l'écran qui pénétra son esprit : « Vérité ». Elle reposa les algues sur le plan de travail de la cuisine. Elle regarda, elle écouta. Les révoltés lui parlaient.

Elle n'était qu'une parmi d'autres. Des centaines d'autres, femmes, hommes, blancs, noirs ou cuivrés, couples, jeunes ou enfants. Ils stoppèrent le rituel du matin. Certains même s'effondrèrent sur le canapé, sans quitter l'écran des yeux. Et à mesure que les informations étaient diffusées, à mesure que les professeurs expliquaient, à mesure que les indices s'accumulaient, un nouveau filtre se formait et changeait leurs regards. Un filtre qui les aidait à voir la vie telle qu'elle était. Ils examinaient leur existence passée, les petits riens, les petites choses. Ce qui semblait insignifiant, une fois tout assemblé, prenait soudain une autre dimension. Leur raison leur murmurait que tout ce que l'écran vomissait n'était peut-être pas faux. Leur cœur leur hurlait que les révoltés dévoilaient la vérité.

Alors, comme les professeurs les y invitaient, hommes et femmes sortirent de chez eux. Les enfants riaient, heureux de cet événement si inhabituel. La foule marchait, mais les discussions gardaient l'empreinte du manuel. Prudence, on ne sait jamais. 213 avait déjà sonné. Nulle règle n'interdisait une promenade matinale. Mais ici ou là, une question échappait au carcan :

– Et si c'était vrai ?

Le poste des gardes était désert. Une femme franchit la barrière suivie d'une flopée d'enfants. D'autres adultes la rejoignirent quand certains préféraient rester à l'abri, au sein de leur quartier. Les prudents observèrent les téméraires s'éloigner. Noire, blanche ou cuivrée, quelle que soit leur couleur de peau, la même scène se reproduisit dans tous les quartiers.

Est-ce que quelqu'un, devant, savait où ils se rendaient ? La foule l'ignorait. Mais cela ne l'empêchait pas d'avancer. Et plus elle se rapprochait de sa destination, moins les discussions animaient ses rangs. Lorsque la foule remarqua le signe des tourneurs apposé au fronton d'un bâtiment, le silence devint total. Hommes, femmes et enfants se tenaient debout, face au quartier général des tourneurs.

88
Traqués

Le groupe mobile se présenta à l'entrée du quartier général peu avant l'arrivée des habitants. Artelune leur remit les gardiens que les bagnards de son équipe avaient neutralisés. À cette heure, le labeur n'avait pas commencé, le bâtiment était presque vide. À l'exception du troisième étage qui abritait Iriulnik, Rustor et Piupy.

Deux membres se détachèrent de l'armée mobile pour emmener les prisonniers jusqu'au parc. Les insurgés restants se disposèrent en demi-cercle, protégeant l'entrée du quartier général. Les révoltés affectés aux autres secteurs arrivaient par grappes, et se positionnaient pour les aider. Les habitants approchaient, il convenait d'éviter tout déchaînement de violence incontrôlée. La consigne de Toache demeurait présente dans tous les esprits : ne pas faire couler le sang inutilement.

Artelune grimpa jusqu'au palier du troisième étage. La porte de l'appartement du Tourneur de Page était entrouverte. Elle pénétra dans le logement. Le confort et la beauté du lieu l'obligèrent à ralentir : comment détacher ses yeux de tant de tissus aux teintes mordorées, du parquet de bois dont toutes les lames s'imbriquaient à la perfection, de tapis soyeux, de canapés dont l'assise paraissait si moelleuse qu'elle invitait à s'y plonger ? Le bruit d'une discussion sortit Artelune de sa contemplation. Elle traversa plusieurs salles, toutes décorées avec magnificence, et rejoignit Alkan, Colard et les révoltés. L'expression déçue de leurs visages n'augurait rien de bon.

– Ils sont descendus par un escalier, dissimulé au fond, lui expliqua Colard à son arrivée.

– La porte qui clôt la cave où ils se sont réfugiés est en vieux bois, épais et solide, ajouta un bagnard. Il faudra des heures pour la défoncer. Et l'étroitesse du lieu leur donne un atout : ils nous cueilleront un par un !

– Sans oublier que les tourneurs-alpha détiennent ma petite sœur. On risquerait de la blesser lors d'une intervention musclée !

Alkan restait silencieux, dépité. Il avait tant

attendu ce moment où il se trouverait face à face avec sa tortionnaire privée de ses pouvoirs. Et voilà qu'elle fuyait !

Artelune réfléchit un instant. L'idée qu'elle disséquait dans son esprit ne comportait qu'une infime chance de réussite. Mais ils ne perdraient rien à la mettre en œuvre. Elle s'adressa à Alkan :

– Tu dois descendre et parler à Iriulnik. Dis-lui que tu l'attends dehors. Dis-lui bien que le bâtiment sera vide, que tu le lui promets. Dis-lui aussi que les habitants sont arrivés. Si sa folie va jusque-là, elle ne résistera pas à cette tentation de t'affronter et de se montrer une dernière fois.

Alkan inclina la tête. Parier sur la folie d'Iriulnik était plus sensé que toutes les stratégies musclées envisagées jusqu'à présent. Il ne perdrait rien à essayer, même si les chances de succès étaient faibles. Alkan consulta du regard le groupe des révoltés. Les bagnards approuvèrent cette décision. Colard grimaça. Quoi qu'il choisisse, sa petite sœur courrait un danger. Il haussa les épaules et dit :

– Sortons tous ! Alkan, on compte sur toi.

Une fois seul, Alkan patienta deux minutes, le

temps que les autres gagnent la sortie. Ce court délai s'avéra bien suffisant pour laisser toutes sortes d'émotions prendre possession de son corps et de son esprit. La peur se logea dans son ventre, écrasant ses organes tandis que son cœur battait la chamade, et qu'une sueur froide menaçait de dégouliner le long de ses tempes. Il avait peur d'échouer, peur que Piupy soit blessée, peur que les tourneurs restent terrés là, arme à la main. Mais il avait surtout peur pour lui. Il savait Iriulnik capable de tout. Et si elle se jetait sur lui alors qu'il lui parlait au travers de la porte ? Si elle exigeait sa mort pour se rendre ?

La peur n'était pas seule à jouer avec ses nerfs. Quelque part dans un coin de son esprit se logeait la fierté. Tête droite, épaules ouvertes, oh oui il se sentait fier ! Fier de ce qu'il avait déjà accompli. Fier d'avoir tenu bon. Fier d'être au cœur de l'action. Il imaginait les yeux d'Artelune se poser sur lui lorsqu'enfin tout se terminerait. La fin de la révolte dépendait de son comportement, de sa capacité à convaincre Iriulnik, de son aptitude à dépasser sa peur. Était-ce la recette du courage ? Une fierté qui prend le pas sur la peur et oblige sa proie à se lancer dans la tourmente ?

Il était temps de descendre.

– Iriulnik, Rustor ! C'est moi, Alkan. M'entendez-vous ?

Un éclat de rire strident, reconnaissable entre tous, lui répondit. Après cet accès d'hilarité, Iriulnik lui dit d'une voix suave :

– Mon jeune ami aux oreilles si joliment ourlées ! Comme je suis contente d'enfin te retrouver ! Mais quel vilain garçon tu as été ! Cela mérite une punition. Laisse-moi réfléchir…

La peur broya les tripes d'Alkan. Si cette femme l'attrapait, si… Il ferma les yeux pour surtout éviter d'y penser. Sa mission consistait à parler. Il parlerait.

Il tenta de prendre une inspiration, mais s'aperçut que ses poumons étaient déjà gonflés à en exploser, bloqués. Il s'obligea à les vider, respira un grand coup, et résuma tout haut la situation. Les points centraux de la Bulhavre tombés aux mains des révoltés. L'armée des bagnards déployée dans les rues. Les informations communiquées aux habitants. Le rassemblement, au pied du bâtiment.

– Le quartier général est désert. Je vais sortir à

mon tour. Rendez-vous et nous protégerons vos vies.

Rustor et Iriulnik avaient écouté la tirade d'Alkan en silence. Même Piupy ne faisait aucun bruit. Le garçon attendit un instant après sa conclusion. Pas un mot, les tourneurs-alpha continuaient à se taire. Alors, Alkan remonta les escaliers, prenant soin de taper ses pieds sur chaque marche afin qu'une oreille posée contre le battant de la porte parvienne à reconstituer son parcours. Une fois arrivé au troisième étage, il traversa l'appartement, fit un crochet pour éviter de piétiner l'emplacement où il avait découvert le corps du Tourneur de Page, rejoignit le palier, dévala les escaliers. Dans le hall d'entrée, il soupira. Personne ne le suivait. Il avait échoué. Il sortit dans la rue, osant à peine croiser le regard d'Artelune.

– Alors ? demanda Colard.

Alkan baissa la tête. Il n'osait pas regarder Mino dans les yeux. Le père de Piupy attendait des nouvelles de sa fille. Il ne pouvait lui en donner. Le garçon avoua :

– Alors rien. Elle n'a rien dit. Elle s'est contentée de rire.

89
Mortelle destitution

La peur avait fait place à la colère. Tournant le dos au quartier général, Alkan se sentait furieux ! Il aurait presque souhaité qu'un garde l'attaque pour soulager sa tension en répliquant à coups de poing. Artelune posa une main sur son épaule. Il se dégagea. Comme il se détestait d'avoir failli à sa mission. Convaincre un perdant de se rendre n'était pourtant pas si compliqué ! Sauf qu'avec Iriulnik, rien n'était jamais simple.

Le murmure des habitants l'incita à se retourner. La porte du bâtiment s'ouvrait. Rustor s'avança de trois pas. Iriulnik le suivit peu après, Piupy dans les bras. Elle déposa au sol la petite fille intimidée par la foule. Puis, souriante, triomphale, elle leva ses bras en l'air, en signe de victoire. S'attendait-elle à être acclamée ? Alkan s'approcha pour s'immobiliser aussitôt.

Colard l'avait précédé. Torse gonflé, épaules en arrière, il marchait droit vers le couple de tourneurs-alpha. Dans sa main, il portait bien en évidence l'un des fouets empierrés récupérés au bagne. Mino avait tenté de le retenir par le bras, mais le garçon s'était affranchi du conseil paternel sans même lui adresser un regard. Tout son être dégageait assurance et légitimité. Il incarnait le nouveau pouvoir et souhaitait le faire savoir. Au moment où les deux grands chefs de la Bulhavre se rendaient, il tenait à être au premier plan. Libérer sa petite sœur otage constituerait la première action d'éclat de Colard, chef de la révolution.

Alkan s'apprêtait à le stopper lorsqu'il comprit qu'il allait parler. Mais si Colard ouvrit bien la bouche, rien n'en sortit. Il restait là, bouche bée, immobile. Car au même moment, Rustor avait attrapé Piupy. L'enfant avait laissé tomber sa podera sur le sol et ses yeux exprimaient toute la terreur que l'homme lui inspirait. Il la portait, serrée contre lui, son petit cou coincé au creux de son coude.

– N'approche pas ou je l'étrangle !

Mino sentit ses jambes se dérober sous lui. Après une nuit de révolte, à marcher de long en large sous la Bulhavre, la vision de sa fille menacée l'anéantissait. En entendant les mots de son compagnon, Iriulnik se figea, mâchoires serrées. Elle exigea, tandis que Colard reculait d'un pas :

– Rustor, lâche-la !

– Je m'occupe de tout, ma belle, poursuivit Rustor, n'aie crainte, je vais nous sortir de là.

– Rustor, lâche-la ! répéta Iriulnik pour toute réponse.

– Je les tiens en respect, avec la petite. Pendant ce temps, prends un véhicule et pars te mettre à l'abri.

– Rustor, ne m'oblige pas à la libérer moi-même !

Mais le tourneur-alpha ignora sa remarque. Quelle satisfaction de percevoir l'effroi de cette gamine ! Il la sentait palpiter dans les veines de son cou. Elle lui avait volé Iriulnik. Elle l'avait contraint à la solitude. Elle méritait de mourir. Une vengeance utile… Aurait-il pu rêver de meilleure occasion pour s'en débarrasser ?

Le visage d'Iriulnik perdit de sa superbe pour se durcir en une grimace déterminée. La tourneuse-alpha s'approcha de Rustor par-derrière, plongea ses mains dans ses poches de tunique, et en tira deux poignards. Puis, elle agit à une telle vitesse qu'aucun des spectateurs, habitants, bagnards, potentiels ou clandestins n'eut le temps de réagir. Elle enfonça les poignards de chaque côté du crâne de Rustor, dans un sinistre bruit d'os brisés.

L'homme afficha une surprise extrême. Les deux poings collés à ses tempes, Iriulnik chuchota à l'oreille de son compagnon. Il fut le seul à entendre ces dernières paroles. Elles eurent pour effet d'effacer la surprise et de la remplacer par une intense félicité. Rustor mourait des mains de sa féline tant aimée. Rustor mourait heureux.

90
La mer

– Piupy, viens me voir, ma chérie.

La voix douce et calme d'Iriulnik contrastait avec la tension qui l'habitait. Elle déployait une énergie colossale pour maintenir le corps de Rustor debout. Elle le tenait à bout de bras, par la seule prise des couteaux fichés dans son crâne. En mourant, Rustor avait relâché son étreinte. Piupy glissa par terre, et trottina vers sa princesse. Dès qu'elle enserra l'une de ses jambes, Iriulnik arracha les poignards d'un geste brusque. Tel un pantin désarticulé, Rustor s'écroula sur le sol. Iriulnik provoqua la foule qui la regardait, ébahie.

– D'autres volontaires ?

Face à elle, Colard, horrifié, restait debout, incapable du moindre mouvement. Guitin tenait Lali serrée tout contre lui. Alkan, la main d'Artelune écrasée dans la sienne, affichait la même incrédulité que Berlusin, Adélou et Tahar. Ils secouaient la tête de droite à gauche comme s'ils refusaient de croire à la réalité du meurtre de Rustor. Après une poignée de secondes, Mino se releva et esquissa un pas vers la criminelle. Mais un homme le précéda. Il écarta la foule pour se frayer un chemin jusqu'à l'entrée du bâtiment. Trop courbé pour que l'on distingue son visage, il marchait à petits pas instables. Iriulnik le reconnut la première et s'écria :

– Toache ! Tu m'as l'air bien chétif pour un chef d'armée ! Viens-tu me trahir une nouvelle fois ?

La foule chuchota. Ainsi cet homme à l'apparence si fragile était l'instigateur de la révolte ?

La voix ferme et assurée du directeur surprit ceux qui ne le connaissaient pas.

– Je regrette le mal que je t'ai fait, Iriulnik. Mais je ne suis là ni pour me faire pardonner ni pour te tuer. Je suis là pour te protéger de toi-même. Pose tes armes.

Le regard planté dans celui de Toache, Iriulnik leva les bras devant elle, et ouvrit les mains. Les deux poignards rebondirent sur le sol dans un étrange bruit de casserole avant de s'immobiliser. Toache inclina la tête, se tourna vers l'assemblée et annonça :

– Cette femme sera menée au bagne !

Iriulnik sourit.

– À mort ! À mort !

Toache leva la tête vers la personne à l'origine de ce cri de vengeance. Quelle surprise quand il reconnut Sybel ! Elle avait rallié les révoltés !

Le sourire d'Iriulnik s'élargit encore, comme si elle seule pouvait comprendre toute l'ironie de la situation.

Les murmures approbateurs jaillirent de la foule. Alkan courut vers un des véhicules du quartier général, stationnés à proximité. Il n'arrivait pas à croire qu'Iriulnik se rende si facilement ! Il fallait faire vite avant qu'elle ne change d'avis ou que l'étincelle allumée par Sybel ne provoque la colère incendiaire des habitants. Une colère que nul ne réussirait à maîtriser ! Il s'installa sur le siège du conducteur, actionna la manette. Rien ne bougea. Il poussa un bouton, remua un levier. Toujours rien. Adélou surgit alors à ses côtés.

– Je crois que je n'ai jamais été aussi content de te voir ! s'exclama Alkan.

Deux secondes plus tard, le moteur électrique tournait, et Alkan avança le véhicule. Toache appuya légèrement sur le dos d'Iriulnik pour l'inciter à entrer dans l'habitacle. Elle se retourna pour lui cracher au visage :

– Ne me touche pas !

Elle se pencha, installa Piupy sur la banquette, et s'engouffra à ses côtés. Mino se tenait désormais à quelques pas. Il venait à peine de retrouver son fils que déjà planait la menace de perdre sa fille, une deuxième fois. Mais ses jambes et son cœur, après tous les efforts déployés, rechignaient à avancer. Il s'adressa à Colard et trouva l'énergie de lui ordonner :

– Vas-y. Je n'ai plus la force. Piupy a besoin de toi, aide-la.

Colard entra à son tour dans l'engin. Sur la banquette, sa petite sœur le séparait d'Iriulnik. Artelune s'installa sur le siège avant.

Alkan roula d'abord au pas, laissant aux habitants le temps de se reculer. Puis, dès que possible, il accéléra. Quand il hésita sur le chemin à suivre, Iriulnik susurra :

– À droite, mon jeune ami, à droite. Faut-il que je t'indique moi-même l'emplacement de mon nouveau logis ?

Elle rit, se pencha vers Piupy et proposa :

– Tu veux jouer à tap-tap ?

Enthousiaste, la fillette dressa ses mains, paumes vers l'extérieur. Toutes les deux se tapèrent dans les mains selon un rythme régulier et un ordre compliqué tout en récitant les règles du manuel. Le jeu était celui pratiqué dans les cours de récré.

Alkan hésita avant d'emprunter le trajet suggéré par Iriulnik. Puis il se décida. Elle était assez folle pour lui avoir indiqué la bonne direction ! Ils arrivèrent bientôt au bagne déserté.

À la descente du véhicule, Colard ligota les poignets d'Iriulnik.

– Pourquoi tu fais ça ? demanda Piupy, on peut plus jouer à tap-tap.

Colard s'agenouilla en face de l'enfant pour lui répondre :

– Elle a fait du mal à beaucoup de gens. On ne peut plus la laisser libre. Mais toi, tu n'as rien à te reprocher, et tu repartiras avec moi. Ce sera comme avant, tu te rappelles, frère et sœur ?

Colard tendit ses mains vers elle pour la serrer dans ses bras. Piupy recula d'un pas, le regard perdu. Elle ne comprenait pas. Colard se pencha légèrement vers elle. Elle recula de deux pas.

– Je veux rester avec la princesse.

Colard soupira. Bien sûr, sa petite sœur avait partagé le quotidien d'Iriulnik pendant plusieurs mois. À son âge, elle avait probablement oublié sa vie d'avant. Il dit doucement :

– Je sais Piupy. Mais tu ne peux pas. Ça ira, ne t'inquiète pas.

Elle secoua la tête brusquement, ses cheveux cinglant l'air.

– Je veux rester avec elle ! répéta-t-elle avec colère. Toi, tu n'as pas besoin de moi. Sa voix se fit fluette pour ajouter : il faut que je sois avec elle. Sinon, ma princesse perdra toute sa joie.

Colard se releva, le visage grave. Obliger Piupy à quitter Iriulnik était la seule solution. L'appliquer l'attristait, mais il le ferait, car tel était son devoir. La fillette lui en voudrait longtemps avant que l'oubli ne fasse son œuvre. Il soupira. Il n'avait pas le choix.

Sous la garde d'Alkan et d'Artelune, Iriulnik traversa le camp des prisonniers et avança vers le bord de la mer.

– Tu vois dans quelles conditions tu obligeais les bagnards à travailler ? interrogea Artelune.

– Crois-tu que j'ignorais quoi que ce soit de ce qui se passait sous la Bulhavre ? répondit Iriulnik. Quels naïfs vous êtes tous ! Vous imaginez avoir réalisé l'essentiel en m'amenant ici. Mais vous vous trompez… Il ne suffit pas de prendre le pouvoir. Encore faut-il avoir la volonté de l'exercer. Qui va décider de l'avenir, décider d'arrêter la production d'énergie, décider de supprimer la culture d'algue ? Qui va répondre aux besoins des habitants ? Elle se tourna vers Alkan. Toi ? Elle regarda Artelune. Ou bien toi ? Rationnement d'énergie, rationnement de nourriture… Renoncez tout de suite à être aimés, les petits chéris ! Force et soif de pouvoir sont les deux seuls outils qui vous seront utiles. Mais, vous partez bien mal équipés !

Iriulnik se pencha vers Piupy et changea de ton pour lui demander gentiment :

– Reste près de moi.

Alkan et Artelune ne surent que répondre. Des cris détournèrent leur attention. Toujours coincés au milieu des roseaux perforants, les gardiens appelaient à l'aide. Après un bref échange, les enfants décidèrent de les sortir de là. La vue d'Iriulnik prisonnière avait suffi à faire changer les tourneurs de camp. Les bagnards qui avaient suivi le véhicule à pied ne tarderaient plus. Et Alkan et Artelune préféraient agir plutôt que réfléchir.

Colard ramassa l'un des longs bambous utilisés pour manœuvrer les radeaux. D'un grand mouvement du bras, il l'envoya vers la plate-forme. Les gardiens saisirent la gaffe, et la plongèrent dans la mer. Une fois solidement plantée dans le fond sous-marin, ils s'arc-boutèrent dessus et débloquèrent la plate-forme. Mètre après mètre, ils rejoignirent la rive, heureux d'être enfin libérés de leur angoisse : tomber dans l'eau et s'empaler sur les roseaux.

– Inutile de fuir ! Toute la Bulhavre est entre nos mains, déclara Colard à leur intention, remontez jusqu'à la porte et attendez les révoltés.

Les hommes s'exécutèrent en silence.

Colard, Artelune et Alkan jetèrent un coup d'œil sur le petit groupe alors qu'il s'acheminait vers la sortie du bagne. Iriulnik profita de ce court moment pour ôter ses liens qu'elle travaillait à relâcher depuis l'arrivée au bagne. Elle attrapa Piupy d'une main, saisit la gaffe de l'autre et sauta sur la plate-forme. Les enfants se précipitèrent pour l'arrêter. Une seconde trop tard. Un mètre de trop. Le radeau s'engageait déjà entre les roseaux perforants.

– Piupy ! ordonna Colard.

La petite fille sourit et lui adressa un signe d'adieu.

– Piupy ! supplia Colard.

L'enfant embrassa la paume de sa main et souffla son baiser vers son frère.

– Au revoir, Colard.

Debout au bord de l'eau, Alkan enrageait d'être aussi désarmé. La plate-forme n'était qu'à trois mètres de lui. Mais la végétation formait une barrière infranchissable. Le temps d'aller chercher une autre plate-forme tout au bout de la plage, la tourneuse-alpha disposerait d'assez d'avance pour le semer. Le sourire narquois d'Iriulnik montrait qu'elle en avait conscience. Les enfants ne pouvaient plus l'appréhender.

– Je pars, mon ami aux si belles oreilles. Il est temps pour moi d'aller explorer de nouveaux horizons !

Artelune, furieuse de sa négligence, rétorqua :

– Nous te poursuivrons, nous te rattraperons,

tu paieras pour ce que tu as fait !

– Allons, jeune écervelée. Qui oserait affronter les roseaux perforants, la mer, le soleil ? Qui oserait affronter la mort pour venir me chercher ? Crois-tu que j'en vaille la peine ?

– Laisse-nous Piupy, implora Colard. Elle a le droit de vivre !

Iriulnik hocha la tête lentement de droite à gauche, de gauche à droite. Debout sur la plateforme, elle installa Piupy assise entre ses jambes écartées. Elle enfonça la gaffe et prit appui dessus, menant le radeau en direction du large.

– Attends ! hurla Alkan.

Il courut jusqu'au poste de surveillance et revint avec les deux seules bouteilles d'eau qu'il avait dénichées.

– Prends ça !

Iriulnik attrapa les gourdes qu'il lui lançait avec habileté. Elle demanda, ironique :

– Aurais-tu pitié de moi ?

Alkan sentait les larmes de l'impuissance et du dépit s'amonceler au bord de ses paupières. Il ne les versa pas et répondit :

– Ce n'est pas pour toi, c'est pour la petite.

Iriulnik redevint sérieuse. Affichant tous les

signes du dégoût, la voix emplie de mépris, elle dit :

– N'as-tu donc pas compris, gamin ? La vie de cette enfant compte plus que la mienne. Si elle a soif, je lui donnerai à boire. Et quand l'eau viendra à manquer, c'est de mon sang qu'elle s'abreuvera.

Ignorant les appels d'Artelune et de Colard, Iriulnik appuya sur le bambou, déterminée. Aussi lentement qu'inexorablement, le radeau s'éloigna. Quand les révoltés franchirent la porte du bagne, la plate-forme voguait déjà loin. Pas assez loin cependant pour que les enfants ne puissent entendre l'échange de paroles portées par le vent.

L'enfant chouina :

– Ma podera ! Elle est restée là-bas ! Je veux ma podera !

Iriulnik posa une main rassurante au sommet de son crâne. Elle répondit :

– Nous reviendrons la chercher. Un jour. Je te le promets.

91
Après

Jamais le hall du centre de fin de vie n'avait connu une telle affluence. Les blessés de la révolte, les bagnards épuisés, les fins de vie épargnés, toutes les victimes de la tourneuse-alpha étaient rassemblés en ce lieu.

Beaucoup n'avaient aucune famille pour se souvenir d'eux. Certains, plus chanceux, étaient entourés d'un enfant, d'un conjoint, d'un ami. Les docteurs, privés de l'usage de la misphère, dispensaient les soins de base. Adélou sillonnait la salle avec une gourde pour donner à boire à ceux qui avaient soif.

Malgré les pleurs, les cris, le brouhaha des voix et les déplacements incessants, Guitin et Lali se sentaient seuls au monde. Allongés sur le dos, la main dans la main, ils ne parlaient pas. Leur échange se passait de mots. Parfois, Guitin risquait un regard. Et toujours, le miracle recommençait. L'ange était là, à ses côtés, et lui souriait.

Debout devant la porte, Berlusin regarda le toit de la Bulhavre. Le monde était si vaste au-delà de cette paroi translucide ! Comment les habitants avaient-ils pu s'en contenter ? Artelune s'arrêta près de lui, le petit rat lové dans sa main. Elle l'avait nourri juste assez pour qu'il survive sans perdre son instinct de liberté. Elle s'agenouilla pour le poser au sol. Puis, le visage tourné vers Berlusin, elle dit :

– Nos parents sont vivants. Les tiens arriveront dès le retour des beaux jours. On préviendra les miens bientôt. Je crois qu'on a de la chance !

Berlusin se retourna et approuva d'un hochement de tête. Le rat s'éloigna en trottinant. Artelune sourit :

– Il se décide, enfin ! Bonne chance, l'ami !

Tous les deux le perdirent rapidement de vue : l'animal s'était glissé dans une fissure du bâtiment. Au même moment, un bébé en pleurs attira leur attention.

– Canile ! s'exclama Artelune. Que viens-tu faire là ?

La femme, le bébé serré contre elle, secoua la

tête en fronçant les sourcils.

– Je suis inquiète. Depuis des heures, le bébé n'arrête pas de pleurer. Elle n'a ni fièvre ni douleurs. Ma fille est restée avec son père. J'ai pensé que peut-être…

Berlusin ouvrit la porte et lui laissa le passage. Elle scruta la foule jusqu'à ce qu'Artelune tende son doigt vers le fond :

– Sa mère est là-bas. Mais, elle n'a toujours pas repris connaissance. Elle est comme ralentie, plongée dans un sommeil profond. Suis-moi !

Artelune et Berlusin précédèrent Canile. Au fond du hall, Alkan et Tahar se tenaient assis à côté de leur mère. Alkan agrippa la jambe d'Artelune pour l'obliger à s'asseoir à ses côtés. Elle le fit de bonne grâce.

Tomy adressa à Canile un signe reconnaissant. Il ne savait comment remercier cette femme qui avait sauvé la vie de son enfant. Elle se pencha, et déposa la petite fille dans les bras de son père. Mais il eut beau la bercer, lui parler à l'oreille, rien ne pouvait la consoler. Le bébé continuait à hurler.

– Je comprends, ma chérie, je comprends, la rassura Tomy.

Doucement, il déshabilla le bébé. Puis, il se pencha au-dessus de sa femme, écarta les pans de sa tunique et glissa l'enfant sous son vêtement de corps. Il replaça la veste en guise de couverture. Aussitôt le contact peau à peau établi, le bébé s'arrêta de pleurer. On n'apercevait que son visage, niché au creux du cou de sa mère. Ses traits se détendirent. La petite fille s'endormit, enfin sereine.

À un mètre de là, Mino détourna la tête. Il ne pouvait s'empêcher de penser à sa propre fille, enlevée par la pire des femmes. Il pinça les lèvres pour s'empêcher de pleurer. Colard se sentait probablement coupable. Des larmes l'auraient accablé encore davantage. Il se leva, et enchaîna les quelques pas qui le séparaient de son fils. Colard était assis près de l'accès au couloir. Le dos droit, le visage fermé, il ne dévoilait aucune de ses pensées. Mino posa la main sur son épaule.

– Personne n'aurait pu prévoir que cette folle embarquerait ainsi notre petite Piupy. Ce n'est pas de ta faute, tu sais.

Colard se dégagea d'un brusque mouvement du torse, et se leva. Debout, le regard planté dans celui de son père, les yeux débordant de colère, il répliqua :

– Bien sûr que ce n'est pas de ma faute ! J'ai fait ce que je devais faire. Mon devoir. Et si tout le monde en avait fait autant — il lança un regard haineux vers Alkan — Piupy serait encore là, avec nous.

– Allons, Colard, ne…

Le regard glacé que son fils lui lança interrompit Mino. Les narines frémissantes, Colard asséna :

– Désormais, je ne laisserai plus les autres faire n'importe quoi.

Puis, il se dirigea à grands pas vers la sortie. Sybel le rejoignit, marcha à ses côtés et lui tint la porte. Elle sortit juste derrière lui.

À un mètre de là, assis le dos appuyé contre le mur, Toache conseilla :

– Laisse-lui le temps !

Mino hocha la tête et s'installa à ses côtés. Toache avait raison. C'était bien de temps dont son fils avait besoin pour surmonter cette terrible épreuve.

Mino remercia Toache. Sur son visage, il découvrit une ride soucieuse qui lui barrait le front. Il demanda :

– Et toi, tu as besoin de temps ?

Toache lui répondit avec un triste sourire.

– Sans bagnards pour produire les algues, sans énergie pour rendre potable l'eau de mer, pour chauffer et éclairer les maisons, que vont devenir les habitants de la Bulhavre ? Il y a tant de choses à penser. Et je suis si fatigué. Alors oui, j'ai besoin de temps, de beaucoup de temps ! Mais je sais une chose. Du temps, on ne m'en laissera pas.

À suivre...

Parution du tome 3 en octobre 2013

Remerciements

Écrire, un travail solitaire ? Pour partie, peut-être, mais les coups de main ne manquent pas ! Car nombreux sont ceux qui, d'une manière ou d'une autre, ont contribué à l'élaboration de ce livre. Merci à Adeline, éditrice passionnée, qui carbonise les doutes et permet d'avancer. Merci à Ghislaine B., Nathalie L. et Flavie R., fidèles relectrices, dont le point de vue m'ouvre des horizons parfois inattendus. Et merci à mes proches pour toutes les raisons qu'ils savent.

Photo : Pascal

Muriel Zürcher

Auteur

Muriel Zürcher a suivi de très sérieuses études avant d'exercer un très sérieux métier. Mais ce chemin bien balisé n'a pas résisté à un coup du sort : Muriel est soudain devenue sujette à d'insupportables démangeaisons de son imaginaire. Depuis, quand ça gratte, elle écrit des histoires, des albums pour les petits et des romans pour les grands. Lorsque ses neurones la chatouillent, elle s'attelle à des documentaires. Même ses doigts ne sont pas épargnés ! Alors, elle concocte des livres d'activités. Muriel Zürcher contamine ses lecteurs, sans aucune précaution, sans l'ombre d'un scrupule. Vous êtes prévenus.

Retrouver l'auteur sur son blog :
http://minisites-charte.fr/sites/muriel-zurcher/

Bibliographie de l'auteur

Aux éditions Eveil et Découvertes, Muriel Zürcher a également publié :

Roman :

- *Le Tourneur de Page - Passage en Outre-Monde,* oct. 2011

Albums :

- *L'affreuse Madame Kanne Hular !*, coll. « Les enquêtes de L'inspecteur Bubulle », mai 2011 - mars 2012, illustrations Émilie Ruiz.
- *Le doudou disparu*, Ibid.
- *Alerte aux bulles !* Ibid.
- *La perle volée*, Ibid.

Bastien Sanchez, dit « Pelm »

Illustrateur

Né en 1986, Pelm grandit dans le Sud-Ouest de la France. Il suit un cursus scientifique jusqu'en 2006, année où il réoriente ses études. Deux ans plus tard, il obtient son diplôme d'illustrateur à l'E.S.M.I. de Bordeaux, et entame sa carrière professionnelle. Son premier contrat lui confère le poste de concepteur de personnages dans le jeu vidéo. Aujourd'hui, Pelm est illustrateur et graphiste en indépendant, dans les loisirs numériques et l'édition papier.

Table des matières

Retrouvez également

LE TOURNEUR DE PAGE

Muriel Zürcher

Tome 1

Passage en Outre-Monde

LE COUVENT DE LA REINE

Lova Pourrier

Tome 1
L'aile des Princes

Tome 2
Le Bal du Palais-Royal

Girls' Stories

Catherine Ganz-Muller

Tome 1

Tome 2

Mise en page :
Élodie Lhomme

Corrections :
Agnès Scicluna

Responsable éditoriale :
Adeline Ruel

Éditions Éveil & Découvertes
34, quai Saint-Cosme - 71100 Chalon-sur-Saône

Achevé d'imprimer en août 2012
ISBN : 978-2-35366-172-5
13 €
Dépôt légal : août 2012
Imprimé en Union européenne
Sur papier Ecobook

loi n°49-956 du 16 juillet 1949
sur les publications destinées à la jeunesse